和泉事典シリーズ28

丹羽文雄文藝事典

秦 昌弘
半田美永 編著

和泉書院

丹 羽 文 雄

自宅応接間にて（提供：丹羽家）

はしがき

丹羽文雄は、昭和七年に発表した「鮎」によって作家生活に入ったが、それ以前の早稲田大学在学中より創作活動を始め、その頃には「鮎」の原型となった作品を手がけていた。それ以降、昭和六十三年に発表し最後の作品となった「蘇生の朝」まで、まさに昭和の時代とともに数多くの作品を絶え間なく発表し、〈日本一の多作家〉と呼ばれたのであった。

そこには、精力的な創作活動への敬意とともにある種の揶揄も含まれていたのではないだろうか。昭和二十五年に発表された中村光夫の『風俗小説論』によって、丹羽文学の規定がなされたことで、丹羽文雄の作品を俯瞰する際の足かせが設けられてしまい、精確な鑑賞を妨げてきたのである。

さらには、昭和三十五年には『日日の背信』が〈よろめきドラマ〉の第一号として放映され、婦人層を中心に高い視聴率を得るなどテレビ化や映画化された作品も少なくはなく、それらが丹羽文学のイメージを定着させてしまったのである。

丹羽文雄が〈生母もの〉〈マダムもの〉によって台頭してきたのは、昭和十年前後のプロレタリア文学の退潮後、様々な文学主張がみられた頃であり、それらの運動からは距離を置いていた丹羽の作品を検討することは、風俗小説という昭和文学の大きな流れを、改めて見直すものとなるはずである。

戦後には、〈実験小説〉と言われた『海は青いだけでない』『幸福への距離』などを経て、『青麥』『菩提樹』『一路』など一連の〈寺院小説〉によって、我が国の近代文学において、初めて〈宗教文学〉の確立を図ったことは多くの人々に記憶されるべきである。

丹羽文雄が父と母をモデルに、〈非情の作家〉と言われるほどに執拗に人間の業を描き続けたのは、救われざる人間の救済は、彼にとって、文学的営みの基底となっているものであったからである。しかし、彼に科せられた〈情痴作家〉のイメージから、敢えて丹羽作品を手にしなかった人も多いのではないだろうか。

丹羽文雄が創作活動を休止して約二十年の歳月が経過し、かつての読者の脳裏からもほとんど忘れられた存在となりつつあるなか、平成十七年の逝去を期に、三重の近代文学を探求している研究者のなかから丹羽文学を見直す気運が起こり始め、シンポジウムや研究発表がみられるようになったのである。

それらは『風俗小説論』を基点とした丹羽文学再評価とは異なり、丹羽文学が内包していた可能性への言及という新たな展開がみられたのであった。私たちは、そのような流れを逸することなく、丹羽文学の正しい全体像を多くの読者、研究者が共有し、さらなる鑑賞の広がりと研究の深化を願いたい。

最後に、ご多用にもかかわらず本事典のためにご執筆いただきました諸氏に深く感謝の意を表します。また、丹羽文学の事典をつくりたいという私どもの思いに真摯に耳を傾けていただいた和泉書院廣橋研三社長、事典の編集という煩雑な業務に携わっていただいた編集部の方々に篤く御礼を申し上げます。

なお本事典には、皇學館大学津田学術振興基金による成果の一部を収録しました。御支援を賜りました関係各位に謝意を捧げます。

平成二十四年八月

秦　昌弘
半田美永

目次

凡　例

一　本事典は、膨大な作品と指導力とによって昭和の文壇に大きな影響を与えた丹羽文雄の文学を俯瞰し、そのほぼ全貌を知るための入門・研究の手引き書として構成・編集したものである。

二　「Ⅰ部　作家研究」では、丹羽文雄の人となりや文学上の重要な課題、及び問題点等を、総論と提言とに分け、テーマ別に解説した。

三　「Ⅱ部　作品事典」の作成にあたっては、次のような編集方針とした。

a　『丹羽文雄文学全集』（講談社）、『丹羽文雄選集』（竹村書房）、『丹羽文雄文庫』（東方社）、『丹羽文雄作品集』（角川書店）、各出版社の『丹羽文雄集』及び文庫本に収録された作品の全てと、丹羽文学を考える上で重要となる作品の二百五十編を選定し、五十音順に配列した。

b　作品項目には、作品名・初出・初収・梗概のほか必要に応じて研究展望などを記した。末尾に担当者名を示した。

c　作品項目の梗概・研究展望については、その長短、作品への視点など、必ずしも統一されたものとはなっていない。それは、各執筆担当者の作品に寄せた想いは、読者に丹羽文学を鑑賞する際の参考になるとの編者の判断による。

d　発行年月日は原則として元号を用いた。

〔例〕昭和五十一年十月二十五日発行。

四　「Ⅲ部　丹羽文雄随筆書目」には、単行本として刊行された随筆集三十七冊の収録作品を記した。書名、発行年、発行所、判型（変型判の場合は、縦×横のサイズをミリで表示）、函・カバーの有無、頁数、装幀者及び収録された作品について明記し、その内容を示した箇所を、「あとがき」または「帯」等から抄出した。

五　「Ⅳ部　伝記年譜」には、丹羽文雄の主な作品を中心に年表を作成した。なお地方紙連載小説は掲載時期が異なるため、確認できた掲載紙で最も連載期間の早いものを採用した。

I部　作家研究

一、総論

丹羽文雄 人と文学

秦 昌弘

昭和という時代と重なるかたちで、止むことなく創作活動を続けた作家が丹羽文雄である。丹羽は大正の末に早稲田大学に入り、尾崎一雄を識ったことで、早稲田系の複数の同人誌に参画し習作に取り組んだのであった。卒業後は不本意ながら郷里に戻り僧侶として父の手伝いをしていたものの、秘かに原稿を書き溜め、永井龍男の勧めで書いた「鮎」が「文藝春秋」（昭和七年四月）に掲載されたのを機に出奔したのであった。その後、昭和六十三年に発表した「蘇生の朝」（「中央公論文芸特集」春季号）という作品に至るまでのおよそ六十年間を、常に第一線の流行作家として活躍したのである。『厭がらせの年齢』を始め、『遮断機』『青麥』『菩提樹』『一路』などの問題作に加え、昼メロドラマのはしりとなった『日日の背信』や長男の結婚問題を題材にした『有情』など話題となった作品も多い。

その丹羽文雄に寄せられたイメージは、すでに戦前に「愛欲作家」「情痴作家」と呼ばれ、戦後も『日日の背信』に代表されるような不倫を題材とする風俗小説を好んで書く作家というものであった。

丹羽文雄を文学に向かわせたのは、祖母と両親の三角関係に加え、青年期には同棲していた女性から味わされた塗炭の苦しみの体験が、男女が織り成す愛憎のなかにありのままの人間の姿があることを見出したからであった。

丹羽文雄は、三重県四日市市の東海道に面する真宗高田派・崇顕寺の長男として明治三十七年（一九〇四）に生まれ、四歳年上の姉幸子がいた。父教開は、名古屋市中村の農家の出身であったが、僧侶を志し近隣の寺院で修行をした後、崇顕寺の養子として、十六代住職如昇の娘であるふさへ（通称こう）の婿に迎えられたのである。

この時、教開は二十一歳であり、妻となるべきふさへは十一歳の少女であった。義理の母であるすまは、未亡人として寺の切り盛りをしていたが、四十歳代の女盛りでもあり、教開との間に道を越えた関係が生じてしまったのである。幼いふさへには、二人の秘密を嗅ぎ分けることは出来なかったものの、教開との間に二人の子供をもうける頃には、母と夫の関係に気づくこととなるのは自然な成り行きであった。

気持ちの収まらないふさへは、地方巡業の歌舞伎役者と浮名を流すこととなり、教開を独占したいすまは、実の娘であるにもかかわらずふさへのその行状を理由に、八歳と四歳になっていた姉弟を置いて家を出ざるを得ないように追いつめたのであった。

そのような醜い大人の事情を知らない丹羽は、祖母であるすまによって甘やかされて育てられる。姉の幸子は、母は自分たち兄弟を捨てて歌舞伎役者と駆け落ちしたと思い込み、四日市で暮らすことがいたたまれず、十六歳の時にアメリカへ渡ってしまうのである。

丹羽は崇顕寺の血を引く唯一の跡継ぎであり、祖母に限らず檀徒からも何事もおおめに見られ、腕白な少年となっていった。しかし、内面に抱いていた淋しさは、寺院を舞台とした『菩提樹』で、少年期の丹羽をなぞった良薫という少年に託し、次のように描かれている。

わが家の山門をくぐると、忘れていた大切なことを思い出したように、悲しみがどっと胸にうちよせてきた。

（略）

仏応寺全体が、彼には大きな空洞のように思われる。悲しさの性質が判らなくとも、悲しさの重量感が、良薫を粉々にひしいでしまう。

――お母さんがいない！

「お母がいない」という叫びにも似た幼少期の想いは、後年丹羽が故郷を思い起こす際の基調となっているもので、それは少年の頃の遊び場であった公園に建てられている句碑「古里は　菜の花もあり　父の顔」に象徴されている。

この句は、アメリカに渡った姉幸子の求めに応じて、春には菜の花に一面覆われる故郷の光景を丹羽が詠んだもので、故郷には父の存在があるものの、崇顕寺を出た後、再び四日市で暮らすことのなかった生母を、故郷では見出すことが出来ないということを暗に示したものとなっている。

このことは、三十数年振りにアメリカから帰国した姉を題材にした「肉親賦」でも描かれる。四日市を訪ねることが長年の念願であった姉にとって、「四日市にいるかぎり、生母はわすれられて、亡くなった父が話題になった」とあり、姉も故郷で生母を思い出すことはなかったのである。

「しかし、東京に戻ると、姉は生母を思い出すふうであった」となり、それは「私（丹羽―筆者注）と顔を合わせるから」であると語られる。それほど生母は、丹羽に寄り添っていたのであり、いうならば生母自身も帰るべき故郷を喪失してしまっていたのである。

その生母については、文壇デビュー作となった「鮎」で、成人した息子に一人の女としての痴情を明け透けに示してくる母として捉えている。丹羽はこの作品以降、商家の妾となっていた濃艶な生母の生涯をテーマに〈生母もの〉といわれる一連の作品によって、生母への想いを確かめていくこととなる。

また、初期の作品には、早稲田在学中に知り合った女性との同棲生活から別れまでを、赤裸々に綴った「海面」などの〈マダムもの〉と呼ばれる作品群がある。銀座の酒場づとめのマダムの生態を、養われている男の側から描いたもので、奔放な異性関係を展開するマダムによって、丹羽は女という存在を目の当たりにしていくのであった。そのことが結果的には、囲われものとしての生活を続けていた生母への理解を深め、〈生母もの〉執筆の要因の一つとなったのである。さらに、丹羽にとって生母を描くことは、少年期を生母と共に暮らすことができなかった代償行為ともなっていたのである。

また、マダムという社会風俗の渦中に身を置く女性と同棲したことは、男女の愛憎それすらも、社会の一現象に過ぎないという理解を丹羽にもたらし、愛情や金銭などの欲望のままに右往左往する人々を俯瞰するように活写した「南国抄」「太宗寺付近」などの〈市井毎もの〉と呼ばれる一連の作品を生み出していくのであった。

そのようななか、故郷と父とのつながりについては、早くも初期の作品である「煩悩具足」から窺うことができる。主人公は僧侶であり妻子のある身であるにもかかわらず、別の女性を身ごもらせる。処置に困った僧侶は、その女性に好意を寄せている男の子供であるかのように謀り、その女性を捨てようとする。小説の展開としては、父を直接のモデルにしている訳ではないが、舞台を昭和初期の四日市に設定し、女性と多くの過ちを重ねてきた父を意識したものに他ならない。

その後、日中間の紛争の拡大とともに、従軍作家として中国・漢口やラバウルに派遣され、その体験をもとに『還らぬ中隊』『海戦』などを発表する。しかし、戦時体制の強化とともに検閲が厳しくなるなか、『逢染めて』『中年』などの恋愛ものはもとより、従軍体験にもとづいた『報道班員の手記』までもが発禁処分を受けたのであった。

終戦とともに、執筆を控えざるを得なかった戦時下の分をも取り戻そうとするかのごとく、丹羽は堰を切ったように多くの作品を発表、『厭がらせの年齢』『哭壁』『蛇と鳩』などの話題作が続いたのであった。

流行作家として多作を余儀なくされるなか、表現手法への試行錯誤を続け、『海は青いだけでない』などに代表される実験小説と呼ばれる作品を手がけ、その試みが『遮断機』として結実する。その作品によって、人は罪を犯す時に、罪悪ゆえの快感を味わうものであり、その罪への反省の言葉を発するにしても、そこには反省という自己陶酔とともに赦してもらおうという計算が働くものであることに丹羽自身が気づかされたのであった。この『遮断機』を評した亀井勝一郎の「彼（丹羽―筆者注）に必要なのは親鸞の思想である」との指摘は、人間の救われがたい罪業と仏（弥陀）の救いとの接点への模索となり、小説家を志したときに捨てたはずの親鸞の「他力をたのみたてまつる悪人、もともと往生の正因なり」とする絶対他力の思想へと回帰していったのである。

思想家でも仏教者でもなく小説家である丹羽文雄は、作品によって「悪人」と対峙し親鸞に迫っていくのであった。その「悪人」のモデルと成りえたのが、生母の家出の原因となったゆえに嫌悪し距離をおいてきた父であったのである。父は僧侶であるにもかかわらず、女性との醜聞が絶えることがなかったが、その父の内面を理解しようと試みた作品が『青麦』であった。

『青麦』で描かれた僧侶如哉は、老年になっても女性への執着を捨て去ることができない。人が持つ罪業を説く職業であるだけに、自分自身の罪深さは思い知っているのであるが、欲望を抑えることが出来ずにいる。そういう自分の無慚無愧の姿を凝視する仏の眼を感じ得た時、無意識に念仏が漏れている如哉には、すでに仏の救いが差し伸べられているのではないかとの問題意識が見られるのである。

この作品に続いて、『菩提樹』では、過去に犯した義母との不義に加え檀家の婦人との愛に苦しむ僧侶宗珠は、それらの罪を、本堂の阿弥陀仏と親鸞像、さらには檀家一同の前で告白する。自分が犯した罪を、余すことなく全てを告白できたことが仏の慈悲であるとする宗珠は、寺を出て再生の道に踏み出すのであった。

そして、畢生の大作といえる『一路』は、真宗の寺院に嫁いだ加那子がかつて犯した過ちによって出生したのぶ子と、加那子の息子・聡が、兄弟であることを知らずに愛し合うという近親相姦の果てに、のぶ子が自殺するにいたる物語である。結末でこの宿業をもたらした加那子が苦しみ呻くことによって、仏の救いへと導かれていると暗示するのであった。この作品の読売文学賞受賞式で、丹羽作品を批判するために書かれたといっても過言ではない『風俗小説論』の著者中村光夫は「丹羽さんのこんな作品をまっていたんです」と述べている。社会のなかの風俗現象を切り取ってみせる職人芸に過ぎないと非難されてきた丹羽であったが、『遮断機』以降は、『歎異抄』の世界を通路として、煩悩がもたらす罪業への凝視となり、その到達が『一路』となって結実したのであった。

丹羽は、かつて真宗の寺院の跡継ぎという宿命から逃れようとするかのように、小説家を目指して家出したのであった。その際の気持ちを、

親鸞なんか、私にとっては必要ないとおもった。私にとって必要なのは、この現実であって、現実とたえず向きあっている非情な精神だけが、大切だとおもいました。

「菜の花」(「群像」昭和二十八年六月)

と後に回想しており、家出は親鸞を否定する決意の自己確認でもあった。

丹羽がその後、小説で描いた「現実」とは、煩悩に導かれていることに気づくことなく、打算や欲望のまま右往左往する人々であった。そういう「現実」と長年にわたって「向きあって」きた丹羽に、煩悩のままに生きることしかできない凡夫に、どのように救いの手立てが用意されているのかという問題意識を抱くようになるには、一度は親鸞を捨て、人間の持つ浅ましい「現実」を見極める必要があったのである。若い日に親鸞を捨てた丹羽がひたすら描き続けた救われない人々こそ、親鸞が見据えていた「悪人」であった。それは回り道ではあったが、かつて親鸞と同時に否定した父をも理解する為の軌跡であったのであり、そういうかたちで丹羽はようやく帰郷意識を抱くことが出来るようになったのであった。しかし、そこにはすでに母の存在はなかったのである。

I部

丹羽文雄の方法

永井　博

丹羽文雄は長年にわたって膨大な数の作品を残した。それらすべてに通底する方法をとらえることは難しい。ここでは改作、および自意識の作用による描写という二つの方法を中心に述べる。

丹羽文学の大きな特徴の一つに、同じ題材による互いに似た作品が多数あるということがある。これは習作期から最晩年に至るまで認められる。いわゆる〈生母もの〉と言われる「鮎」（昭和七年）を例にとると、「秋」（大正十五年）、「或る生活の人々」（昭和二年）、「悪い奴」（昭和四年）、「いろは」（昭和四年）、「河」（昭和五年）、「贅肉」（昭和九年）、「鬼子」（昭和十年）や、さらに後年の「母の日」（昭和二十八年）、「菩提樹」（昭和三十年）などがこれに該当する。〈生母もの〉だけではなく、この他にも「捨てられた女」（昭和二年）と「唄」（昭和八年）と「雪」（昭和九年）や、「お膳を蹴りあげた話」（昭和四年。後「お膳を蹴飛ばした話」と改題）と「横顔」（昭和七年）などが互いに類似する作品である。

これらの作品は共通点を持ちながら、どれも少しずつ違う。〈生母もの〉で言えば、主人公の男性の産みの母が事情があって家を出、よその男の世話になっていたが、その妻が亡くなったことを契機に入籍を迫られるけれども母はそれを拒否するという、丹羽文学ではお馴染のプロットがおおよその共通点である。そのもとになっているのは、言うまでもなく丹羽自身の母の身の上である。だが、丹羽は、母やその息子、息子の妻、あるいは母を世話する男、彼の娘や妻などの一連の人物たちについて、一人ひとりの年齢や職業などの設定、あるいは彼らの人間関係のありかたを少しずつ変えてこれらの作品を書いている。たとえば「鮎」の和緒と「贅肉」の琴は、モデルは同一人物だが、和緒が自分を妾として養っている守山に対して異常なまでに冷淡なのに対して、琴は永田東作と別れることなど考えられない。それに対応して、守山は和緒への未練が昂じて自殺してしまうが、永田は自殺などしない。この二つの作品は互いによく似ているが、このような違いがある。

また、〈生母もの〉では、彼らが織りなす人間関係のいろいろな局面に焦点を少しずつ移動させて違う作品が書かれている。たとえば「秋」は、一連の人間関係のうち、主人公の母と妻に焦点を当て、「悪い奴」は主人公とその母が世話を受けている男の娘との関係や、彼とその妻の関係をクローズ・アップし、「或る生活の人々」はそれらの人間関係の全体を書こうとしている。

丹羽の場合、このような自分の作品の改作がいくつかの点で重要な文学上の方法だった。まず、丹羽にとって改作は、自分が追究するべき固有の問題を明らかにするための方法である。これは〈生母もの〉に顕著に窺われる。「秋」や「悪い奴」や「或る生活の人々」のように、一連の人物がかたちづくる人間関係の違った局面に焦点を少しずつ移動させてさまざまな作品を書きながら、その一連の人間関係の中心であり、またその人間関係を複雑なものにしてしまった原因が何なのかを見究めているのである。言うまでもなく、その原因とは主人公の母であった。母が父以外の男性と関係を持ったがために、彼の娘と主人公が関係してしまい、そのことが主人公の妻に知れて、彼ら夫婦の間にも亀裂が生じるということになるのである。

また、丹羽にとって改作は、作品の大枠の話は同じだが、登場人物の年齢・職業・性格などや彼らの関係のしかたなどを変えることで、彼らがどのような心理になり、どのような行動をとるかを確かめるための実験的な試みの方法でもある。「お膳を蹴りあげた話」と「横顔」は、両方とも夫の就職にからむさまざまな出来事をおもな話柄にした作品である。だが「お膳を蹴りあげた話」の貞淑な妻である直子を、丹羽は「横顔」では娼婦型の悪女である妻郁子に書き変えている。そうすることによって貞女であっては描くことのできない、悪女ならではの深みのある心理を浮き彫りにしているのである。そして、その結果凄みのある心理小説を書くことに成功している。

次に、自意識の作用を描くという方法について述べる。「鮎」を例にとると、和緒はわずかな例外を除いてほとんど外側から見る目によって描かれ、心の内側からは描かれない。外側から描くということは、彼女のそばにいて彼女を見ている人間の目から見るということである。小説の登場人物のうちで彼女の一番そばにいて彼女を最もよく見ている人間は、彼女の息子の津田である。「鮎」は津田の目を通して和緒を描いている。だが、この場合語り手が直接描くのは、あくまでも津田の内面である。その内面は和緒のことで充満しているのだから、読者は津田が和緒をどのように思っているかということを読みながら、間接的に和緒がどういう女なのかを知ることになる。このように、語り手は、和緒を客観的に、あるいは彼女を見つめる息子の目を通して、外側から描くのである。

しかし、このような描き方は、いわゆる視点人物を通した小説世界の描き方であり、丹羽だけに特徴的なものではない。丹羽に特徴的な語りは、その津田を語る語りに彼の自意識の作用による描写を導入したところにある。それは次のような構造になっている。

①　津田以外の人物たち及び彼らが原因で惹起する事件
②　それに対して起こる津田の反応
③　②を冷静に見つめる彼自身の自意識によってとらえられた彼自身の姿（これがとらえることができないと語られる場合もある）

①は、母や彼女が引き起こすゴタゴタ、たとえば守山の自殺といった事件である。②は、それに直面させられる津田の直接の反応である。③は、津田が彼自身を見つめる自意識によってとらえられた彼自身の姿である。

まず、この①はたとえば次のように描かれる。

『朝はね、もう少しのところで守山と喧嘩するんでしたよ』。

守山と会って来た津田が和緒のことをめぐって彼と一触即発のところまで行ったという事実が語られる。そしてすぐ続けて②が語られる。

「笑いながら、しかしその語気は刺々しかった」。

守山とすんでのところまで行ったのだから、当然津田の語気は荒くなる。これは、ある出来事に対する津田の反応である。もし和緒についての描写だったらここまでで終わるだろう。和緒に対しては、語り手は内側に入り込むのを拒む傾向が強いからである。しかし津田に対してはそれだけでは済まない。続けて③が描かれる。

「刺があるので、まだまだ朝の余憤がのこってい、自分はまだ慍っているのだという気が津田はした」。

つまり、津田については②だけで済まさずに、③をも描くことによって、その内面を徹底的に暴いていくのである。それは、基本的にはおぼろげな自分のその時その時の姿を改めて確認するようなはたらきをする。自分でも実のところ過不足なく明確にとらえきれていない自分自身の姿を、自意識の作用によってはじめて明確にとらえるのである。このように、津田の内面は徹底的に暴かれていく。一人の人間の内面がその外にいる人物や事件に対してどのように反応し、輾転し、推移していくか。そのありさまが自意識の作用による描写を導入することによって、細大漏らさず白日の下に曝されるのである。

ただし、このような自意識の作用によっても、その人物の内面を正確にはとらえられないと描かれる場合もある。たとえば守山の自殺を聞かされた時は「(守山の自殺を―筆者注)津田には一概に笑い切れないものがあった。(略)この暗鬱な感じは、理不尽な自殺の事後の咎にちがいなかった。その咎をいったい誰が受くべきか、母か――。むろん和緒である。津田はそんな責任はもちたくなかった。持つ意志もないのに、この弱り方は何故なのか。癪だった」と語られている。つまり、彼は自分でも自分の気持がはっきりととらえられないのである。しかし、このように③によっても②をとらえられないと描くことで、かえって彼を取り巻く危機的状況の強烈さとそれに翻弄される彼の混乱ぶりを如実に描くのである。

このように「鮎」では、津田の内面を描くことを通じて、彼自身と彼を悩ませる母とを同時に描こうとするのだが、彼の内面はその自意識の作用によって細大漏らさず描かれる。このような執拗な語りによってその内面が暴かれるのは、平穏無事な内面の持ち主であるよりは、何らかの危機的な状況に置かれて、強烈な葛藤や激情を持っている人間である方がよい。それでこそダイナミックな人間の苦悩が描けるからである。そのためには、一人の人間をそのような状況に置く原因が必要になる。「鮎」の場合、そのためには息子を追い詰めるわがままな母が絶好な題材であった。あるいは、逆にそのような母を描くために彼女によって振り回され、ある時は暴力まで振るわれる津田を彼女に直面させ、そして彼の内面を自意識の作用を利用して徹底的に描いたのである。このような、ある一人の人間を危機的な状況に置く何らかの事由と、それによって危機的な状況に立たされるある人間の内面を自意識の作用を描くことまで動員して描くということが丹羽に特徴的な方法である。

これは「贅肉」にもうかがわれる。「贅肉」では、危機的な状況に立たされるのは紋七であり、彼をそうさせるのは母の琴である。「鮎」と「贅肉」では、このように母と子である。だが、危機的状況に立たされるのは、危機的状況の原因と危機的状況に立たされるのは必ずしも母と子とは限らない。たとえば「海戦」（昭和十七年）における危機的状況は、言うまでもなく戦争であり、その状況に置かれるのは丹羽本人である。そのクライマックスである、丹羽が敵の砲弾を浴びる場面は次のように描写されている。「私のよりかかっている棚の右上、二間ほどはなれたところで、敵の砲弾が炸裂した。（略）熱い、砂利をまじえたような重い爆風が、私を横なぐりに殴りつけた。右の上膊部に何かがとびこんできてへばりついた。むやみに熱い風といっしょに目のまえの兵が数人、向こう向きに倒れた。／——死？／自分をふりかえったが、その感じではなかった。自分はまだ死には届かない気がした」。ここにも自意識の作用がうかがわれるが、これに続けて丹羽は自分で自分の顔や手足や体を触ってみて怪我の状態などを確かめる様子を描写している。それはまさに自分で自分のことを振り返る自意識の作用を掌が代わりに行っているのであり、それによって生死の境目にあるかも知れない自分自身の姿を描き、さらに戦闘の激烈さを描いているのである。「海戦」は小説ではなくルポルタージュであるが、そのようなフィクションでない作品でも小説と同じ方法がとられていることが分かるだろう。

このように丹羽の作品においては、作品の要である危機的な状況を描くために、自意識の作用による描写という方法が重要な意味を持っているのである。

丹羽文雄の宗教観

衣斐弘行

真宗高田派の寺の長男に生まれた丹羽文雄の宗教観がその開祖親鸞の教義にあることはいうまでもない。しかし、丹羽文雄の宗教観や文学の発露としての依拠はその特異な浄土真宗寺院の寺族性にある。寺院の家族を今日仏教では寺族という。かつて明治政府による太政官符令により多くの僧侶は還俗や蓄髪結婚を許され寺院の寺族化がはじまった。それは僧侶を一般民衆化し神仏分離令をはじめとするそれまでの仏教保護政策から神道保護政策へと転換さす明治政府による企図でもあった。そんな風潮のなかで浄土真宗寺院は親鸞以来両本願寺をはじめ多くの寺院や念仏道場の僧侶の妻帯が公然となされていた。

真宗高田派の本山専修寺も例外でなく丹羽の生家崇顕寺も戦国時代の武将丹羽弥八郎時定の流れを先祖にもつとされる。（『仏にひかれて』）丹羽文雄が生れた明治三十七年という年は日露戦争開戦の年であるが僧侶の家庭妻帯が全国的にすすみ、それまで比較的戒律の厳しかった奈良仏教寺院をはじめ天台、真言、法華、禅など各宗寺院の寺族化がすすんでいった。丹羽文雄の父教開（号吟月）は名古屋中村在の生れであったが仏縁があって二十二歳のとき祖父如昇亡き後の崇顕寺後住として養子に迎えられている。母ふさへ（通称こう）十三歳、祖母すま四十代のときで丹羽が生れたとき父三十三歳、母二十四歳であった。明治の動乱期崇顕寺の後住となった父教開は祖母や妻となる幼い母ふさへ等寺族を扶けながら念仏布教活動や寺の護持、復興に努めたことは丹羽自身教開を「崇顕寺中興の祖」と称えていることでも分る。真宗寺院史に関して丹羽と同年代で同じ四日市出身の近代思想史家の森竜吉はその論で次のようにいう。

　中世以来、真宗教団は門徒の生産力から生れる自発的〈懇志〉以外には、寺領・寺田も、またそれに類する特権・得分も基本的には求めようとはしなかった。そのことは〈近代化〉の過程で農地政策やその他の経済政策の変革にともなって他教団が味わねばならなかった困難と転落を最小限くいとめ得た理由となるであろう。明治初期をふりかえってみても、廃仏毀釈が与えた仏教界への打撃を捲き帰す現実的な力としてもっとも強力にはたらくことができたのは真宗教団であったし、農地解放の影響を門徒層の生活変化をクッションとして間接的にうけとめることのできたのも、この教団である。

（「組織と伝道」『日本宗教史研究』）

森の指摘にある門徒（同行）による〈懇志〉こそが真宗教団やその寺族の台所や後継者の養育費や教育費までを支えてきたものである。そして、その〈懇志〉に対して寺僧側は寺の護持に勤め親鸞の教えを通して得た弥陀念仏の安心や信心を説く。父教開は崇顕寺に入寺後こうしたことを真摯に勤めた。ただ、どこの寺院にも表の〈信仰〉の面とは別に寺族間に生じる裏の〈苦悩〉の面は多少の差こそあれある。その〈苦悩〉の影は寺院における肉食妻帯に長い歴史のある真宗寺院はいっそう肉親間における非社会的問題が濃くかつ根深いことは否めない。その影を体験的、断面的に文学という世界に昇華したところに丹羽文学の特異性がある。そのことは倉田百三の『出家とその弟子』を引き合いに出すまでもなく親鸞・善鸞における親子義絶事件を含め広義的にいえば親鸞思想の出発点ともなっている。丹羽文雄は自身の生家での体験や父や母の苦悩を真宗寺族が抱かえるこうした問題と重ねた。寺族史からの視点は以前小論（「丹羽文雄試論—その寺族史と宗教観からの視点」『丹羽文雄と田村泰次郎』）でも触れたのでここでは重ねないが丹羽文雄の宗教観の根幹には父教開から感受した見方が考えられその点について以下述べたい。

　父教開を正面から採りあげた『青麥』に次の一節がある。

　伊勢湾に面したこの街には、真宗高田派の末寺が三軒あつた。本願寺派の末寺も五六軒あつたが、月々念仏の会をひらいてゐるのは、仏法寺と、となりの清香寺だけであつた。本山からすすめられてやつてゐるのではなく、また、宗派を宣伝するためにやつてゐるのでもなかつた。

息子鈴鹿の父如哉は「七十年にちかい坊主が、いまだにさとれないでゐるなど、滑稽至極であつた」とされその如哉が称名念仏をするくだりである。当時、高田本山専修寺近在に博多七里恒順の高弟村田静照という有名な念仏僧がいた。この村田和上は豪放磊落な性格でかつ枯淡清貧の日々をおくりながら求道心の徹底した念仏僧であった。それ故、真宗僧よりはむしろ禅僧、それも臨済系の禅僧が彼の許に参じその法を求めた。事実今日村田和上の名が知られるのは鈴木大拙をはじめ当時参じた禅僧の著書などによってである。そのようななかで殊に北勢真宗寺院のなかでは丹羽文雄の父教開や同派で隣寺の東漸寺東忍敬はかなり色濃くこの村田和上の感化を受けた数少ない高田派僧であった。二人のことを『有情』に記している。少し長いが重要な箇所なので次に引用する。

宗顕寺の南方にあたり、おなじ宗派の薬法寺がある。その寺は戦災をまぬがれた。私のしっている当時の院主は、どこか病弱だった。院主は仏教大学を卒業し、考究院に在学中、病弱のため心の救いをもとめて、全国の大徳をさがして歩いた。村野なるひとに会い、帰依して、学問をすてた。それから二十年間、名聞から遠ざかり、ひたすら念仏の一道に生きた。おなじ院主にしても、自分の父と薬法寺の院主とはどこかちがうなと私は感じていた。昭和五年薬法寺の院主は五十五歳の生涯を終えた。私はそのとき葬儀に父のそばについていた。いかにも念仏によって救われたひとであった。その救われ方が素人の私にも、といって僧位はすでにあった。それにくらべると私の父は、壮健だったせいか、晩年まで愛欲の広海からぬけ出ることができなかった。薬法寺の院主ならば、私にもうなずける。が、父の場合、むしろ僧にあるまじきふるまいが多かった。家庭の事情も薬法寺とちがっていた。薬法寺にはつねに清浄な空気がながれていたように思う。そこからは私のような背教者が生まれるはずがなかったのだ。宗顕寺では、院主が先にたって道義をみだした。なまぐさい事件がつづいておこった。しかし、七年目に上京した父からは、私は薬法寺の院主のような印象をうけたのだ。念仏一道に生きるひとをみたのだ。

最後ここで丹羽文雄は父教開を隣寺の忍敬と同じ念仏信仰に徹したひとりの立派な念仏僧侶として見ている。父開教は丹羽自身作品で書くようなスキャンダラスな僧ではたしてあったのか。祖母との関係のことにしても母の出奔のことにしても寺族間の醜聞である。父教開の念仏僧としての力量は実はかなりのものでなかったかと思われる。事実、真宗寺院に限らず普通寺の住職が非社会的世間的事件を起こせば僧籍剥奪にいたらなくとも総代や檀家が本山なりに直訴する。しかし、丹羽作品ではそうしたことは一切描かれていないし教開の住職としての地位保全はなされたままである。それは一休と森女の関係をもちだすまでもなく父教開の念仏僧としての力量と信心が徹底し檀信徒への信頼を得ていた証左といえる。そんな父教開に「念仏一道」の姿を認めるのに丹羽文雄がそれなりの歳月を必要としたのはやはりその特異な寺族関係の故であった。そして、その悶々とした苦悩の歳月から出世作『鮎』をはじめ多くの名作を生み、果ては『親鸞』『蓮如』に父の姿を重ねた。先述の村田和上の語録集『念共讃裡』に次のような一節がある。

聖道（自力）の人たちが難業を修せられるのは法蔵菩薩のご修行を型に顕はして私等に見せてくださるのでしやう。それゆへ不許薫酒入山門と門前に立てながら中で酒を呑んでゐても我等はそれを咎めずにその型だけを尊んで仏恩を念ずれば宜しい。

この言葉は『歎異抄』に散見する言葉を村田和上風に語ったものだが教開はまさしく寺の中で建前に反する行為（悪）がなされていても仏恩に徹して念仏をすれば善いという世界を生きた。父は「いまだにさとれないでゐるなど、滑稽至極」の身だがそれは『歎異抄』でいう「煩悩具足の身をもつて、すでにさとりをひらくといふこと。この条、もつてのほかのことに候ふ。（略）しかれば、ながく生死をばへだて候ふぞかし。かくのごとくしるを、さとるとはいひまぎらかすべきや。あはれに候ふをや。」（第十五条）の世界を十分承知していたのである。丹羽文雄が父教開をいち念仏僧として理解していく過程で彼の宗教観、しいていえば親鸞観がはっきりとしてきた。そのことはかつて、亀井勝一郎が『青麥』論で、「小説家といふ職業意識からでなく、煩悩具足の凡夫といふ宗教意識から自覚的に眺めようとしたとき、彼の転換が始つたとみてはどうだらうか。（略）その小説家意識の中に、別個のものが影を宿しはじめたといふことが重要なのだ。云はばその自覚が、直接的には彼の父の思い出である。〈青麥〉の主人公如哉といつてよかろう。」（『亀井勝一郎選集』第五巻）といった指摘に近い。

親鸞に禅的素養がある、といったのは鈴木大拙だがそれは一切衆生の救済を説く弥陀の本願力は真宗教学でいう「抑止《おくし》門《もん》」と呼ばれどのような重罪者ももらさず救済するという横超的救済を示唆していった。丹羽文雄がどれほど禅に関心を寄せていたか分らないが『遮断機』『菩提樹』をはじめ『親鸞』等にも禅に関する記述が見られる。そして、もう少し健康でいたら妙好人を書いたことは『一路』を読むと想像に難くない。妙好人こそ禅的素養を会得した念仏者である。遺された父教開の写真や書（『歎異抄』第九条の言葉）を見るとその面影は浄土真宗近代の傑僧 暁烏《あけがらす》敏《はや》を髣髴とさせ、書は卑俗性のない清逸なものであり並の念仏僧でなかったことが分る。丹羽文雄の宗教観は父教開を今後見直すことで更に多角性をもって論じることができると思われる。

丹羽文雄と親鸞

濱川勝彦

真宗高田派の仏法山崇顕寺（三重県四日市市浜田）の長男として誕生した丹羽文雄は、七歳のとき（明治四十四年）、得度して「開寿院文雄」の法名を受けた。それまで家庭の雰囲気として感じていた仏教的なもの（浄土真宗的なもの）に、真正面から向き合うことになった。しかし、幼い丹羽は、進んで親鸞を知ろうとしたのではなく、与えられた経典類を意味も分からず読んだのである。『私の人間修行』（昭和三十年十月　人文書院）の中で

> 正依経典の中では、仏説阿弥陀経だけであったが、読みやすい浄土文類や、浄土和讃、高僧和讃、正像末和讃は節をつけて読み、専修寺御書なるものにも親しんだ。その内に仏説無量寿経や仏説観無量寿経も読むようになったが、お経よみのお経知らずであった。

と述懐している。小学生、中学生、大学生と進むにつれて、理解度も深化していったが和讃や専修寺御書を読むうちに、小学生のころから「罪の意識」が芽生え、後々、丹羽の小説

のバックボーンを形成するにいたった。

しかし、密かに創作に心をよせ、昭和七年四月、「鮎」を「文藝春秋」に発表し、好評を得るや、家を出て東京に奔った。そのとき、もう親鸞は要らない、むしろ自分の創作活動に邪魔になるだけだと見做していた。早稲田大学の伝統たる「自然主義」を引き継ぎ、徹底したリアリズムで創作に励んだ。四歳の自分や姉を残して旅役者と駆け落ちし、家庭生活にも失敗した自堕落な母をはじめ、巷の女性たちを冷酷に描写して多くの作品を生み出していった。創作を続けていく内に、あまりにも在り来たりのリアリズムには、満足できなくなっていた。所謂「はみ出すリアリズム」運動を提唱し、自ら実験小説を作り出し打開の途を探ったが、思わしい成果は得られなかった。その頃、丹羽は、早稲田の偉大な先輩島村抱月のことばを思い出す。「囚はれたる文芸」（「早稲田文学」明治三十九年一月）で詳細に西欧思想・文芸を論じた中に、「自然主義文学はわれらを宗教の門へ導く、宗教的というところまで接続されているものだ」と言っていたのを思い出したのである。（抱月の表現によれば、「自然主義哲理主義よりして神秘主義乃至標象主義に至れる傾向を推し延ばすときは、次に来るべき頂点は、おのづから明らかなるにあらずや。曰く、宗教的といふこと是れなり。」）そのことばを思い出した丹羽は、自分が、長い間救いのない人間ばかり描いてきたことを想起する。「罪の意識」を小説の原動力にしていることは、昔から変わっていない。では、その「罪の意識」が何から由来しているのか、それを真っ直ぐに反省すればよかったのに、それを怠っていた、と言うよりも直視する勇気がなかった。すでに五十代に差し掛かった丹羽は、改めて「教行信証、浄土文類聚鈔、各御和讃、専修寺御書、親鸞聖人御消息、親鸞聖人言行録」を読み、わが身を、人間を考えた。丹羽は、やっと親鸞のよって立つ境地に思い至る。「無慚無愧の極悪人」という自覚であった。

自分が小説を書くようになると、文法が非常によくわかるようになったが、それと同じように親鸞が、不思議なくらいに判るようになった。二十年来こつこつと小説を書いてきたことは、二十年後に親鸞のものが理解出来るようになる準備であったといっても誇張ではない。六万枚の原稿は、親鸞を理解するために費やされたものだったと、いまにして私はしみじみ思う。親鸞の哲学の深奥なところまでことごとく判ったというのではない。そんな僭越なことは言えない。が、親鸞が自分という人間は無慚無愧の極悪人だという自覚に達した苦悩の道と、私が無救の思想を追求し、小説化してきたこととは、明らかにつながっていたのだ。私は親鸞と別の道を歩いて来ていたのではなかった。

(『私の人間修行』昭和三十年十月　人文書院)

このような自覚のもとに昭和二十七年十一月「遮断機」を発表した丹羽は、煩悩や愛欲のよってくる根源の深さを識った。この「遮断機」を読んだ亀井勝一郎が、「煩悩具足」(昭和二十八年五月)で丹羽の浄土真宗的な宗教観を指摘し、やがて「彼に必要なのは親鸞の思想である。『遮断機』ほどこれを明瞭に語ってゐる作品はない。」と論じたが、丹羽の自発的な探索と外部からの指摘が「時」を得て、一つの方向を採ったと言うべきであろう。

丹羽文雄は、自分や家族に焦点を合わせながら宗教小説とも呼ばれる『青麥』『菩提樹』『一路』を執筆し、人間の業の深さ、凄まじさを追求していくが、その途次、生母こうの死(昭和三十一年)に遭遇する。愚かしく醜く生きた母が、彼には「良く生きてくれた、良くそういう見本を私に見せてくれた」と有難く思われ、母を見ることによって「親鸞と言うものを私の身近に感ずることができた。」という。

先の宗教小説の流れを追うと、最後には、親鸞自身の信仰、生活に体当たりせざるを得なくなる。元来、ある思想なり人物なりを考究し纏めた段階で筆を執る作家ではなく、書きながら何かを発見していくタイプの丹羽文雄は、原稿用紙の升目を一字一字埋めつつ巨大な「親鸞」に向かうしかない。随筆や講演でしばしば親鸞に触れてきたが、作家として小説という虚構の世界に「自分の親鸞」を描くことが最後に残された。

最初に手がけたのが、「親鸞とその妻」である。昭和三十年十一月から三十四年五月まで「主婦の友」に連載され、後、三冊の単行本に纏められた。第一巻―叡山時代(昭和三十二年七月)、第二巻―吉水時代(昭和三十三年七月)、第三巻―越後時代(昭和三十四年六月)、いずれも新潮社より出版。

既に延暦寺で堂僧として修行する二十二歳の綽空から始まり、四十二歳、罪を許され越後から常陸へ旅立つまでの親鸞が描かれている。親鸞の妻「三人説」(例えば中沢見明説)に従い、福子、住女、恵女(後の恵信尼)の三人の妻、さらにその前に、若き綽空に愛欲の世界を教える寡婦・民女なる女性も登場し、人間の自然な生き方が、なぜ罪と呼ばれるのか。人間の罪と救済を求め、やがて法然上人の吉水で生涯の師を得るが、法難に逢い、越後へ流され、そこで独自の信心と布教に励む親鸞が描かれる。しかし、親鸞のすべてを描けず、次のライフワーク「親鸞」執筆を待たねばならなかった。「私はその中で、たったひとつのことを追求した。宗教と道徳とはちがうということである」と「武蔵野日日」(『人生作法』(昭和三十五年七月　石華社)でのべている。「あとがき」にも書かれたように

親鸞への傾倒は私自身の投射の姿勢であった。三人の妻

への愛欲によって、親鸞はみごとに自己昇華をなしとげた。愛欲を基点とした自己昇華ということに、私はふかい共感を覚えた。

時代の流れ、罪と信心の関係、還相回向に関する見解など、重要な事柄を提示しているが、丹羽の親鸞理解は、次の「親鸞」で大きく展開し、深化していくのである。

「産経新聞」に連載された丹羽の「親鸞」は、昭和四十年九月十四日から昭和四十四年三月三十一日まで、じつに千二百八十二回の連載、原稿用紙五千百二十六枚に及ぶ大作である。ただ、この作品のテクストに五種類あり、その間の異同が大きく、どのテクストによるべきかの問題がある。新聞連載時の初出本文─五巻本の本文─三巻本の本文─全集本の本文─文庫本の本文の五種類がある。はじめの三つの本文の異同が激しく、新聞連載時のものから五巻本に収められるとき、大きな出入りがある。また、五巻本から三巻本への移行の場合、特定の章に異同が集中している。特に四冊目での削除が目立ち、章名まで変更される場合もある。「東国の信者」が、三巻本以下は、「三願転入」と変更されている。近年、四日市立博物館の秦昌弘によって、丹羽文雄手書きの校閲本が発見され、それによると万年筆の太い線で大胆に消したり、赤鉛筆でチェックしたり、文章表現に対する気迫がうかがえる。構成、表現面で多くの問題が考えられるが、いまそれらを一先ずおき、内容面に注目したい。王朝末期から鎌倉時代にかけて、社会の変動、庶民の生活、宗教界の動向を参考文献によりながら詳しく描写していく本格的な「歴史小説」の一面を見せながら、旧仏教や法然上人、その弟子たち、親鸞の宗教的活動を詳細に考察する「宗教小説」として造型されている。その場合、特に目立つ丹羽の態度は、親鸞をあくまで合理主義者として扱うという姿勢である。従って、奇蹟や夢の類を一切否定してしまう。先ず問題になるのが親鸞二十九歳のとき、京洛六角堂に百日間通って参籠した時の事。親鸞の死後、恵信尼が娘・覚信尼にあてた手紙には、九十五日目の暁に、夢の中で聖徳太子から示現の文を戴いたとあり、それが、吉水の法然上人のもとに赴く縁になったのである。その文の内容は不明である。ところが「本願寺聖人親鸞伝絵」などによると、「親鸞夢記」なるものがあって、六角堂で得た夢告は、有名な「行者宿報設女犯」で始まる四句の偈であるという。それは、「行者宿報設女犯　我成玉女身被犯　一生之間能荘厳　臨終引導生極楽」というもので、意味するところは、赤松俊秀の解説によれば、つぎの通り。

仏道に入って修行しているものが前世に作った宿因の報いとして妻帯することがある時は、自分が玉女の身と成って妻となり、一生の間よくその身を飾り、臨終には引き導き極楽に生まれさせる。(『人物叢書　親鸞』平成十六

年四月新装版　吉川弘文館）

丹羽文雄は、新聞連載時には、この夢告を受ける親鸞を描きながら、単行本に収めるとき、これを否定し、削除した。その心理的なプロセスを次のように語っている。

私ははじめその伝説（夢記のこと—筆者注）を小説の中に使った。しかし小説の上で親鸞の人間性を追求していくに従って、夢記が信じられなくなった。私は「親鸞夢記」を否定した。（略）それを私は小説の上で親鸞や妻の人間性を追求することによって否定せざるを得なくなった。（「『親鸞』を書き終えて」「産経新聞」（夕刊）　昭和四十四年四月一日）

「親鸞」を書き終えた丹羽は、人間性追求が中心であり、「信仰的でなく、客観的に親鸞をとらえることが出来た」（あとがき）と自信のほどを見せている。しかし、丹羽の合理主義中心の人間性追求は、果たして宗教者親鸞の全容を捉え得たであろうか。「歎異抄」に記された、あの畏怖すべき「信じること」の無私、無限性を、論理、合理という知性の刃物で腑分けできるのであろうか。或いは、彼岸で成仏して再び俗世に帰り、衆生のために菩薩行に邁進する還相回向をどのように捉えるのであろうか。成る程、西田幾多郎の「絶対矛盾的自己同一」や鈴木大拙の「般若即非の論」を利用しながら、論理的に説明しているが、信心と理論の溝は、完全には埋まっていない。「疑謗を縁とせよ」という親鸞の言葉通り合理主義という「疑謗」で伝説や迷妄を払いのけ、現代に通じる宗教者・親鸞（正しくは丹羽・親鸞）を造型しえたが、今度は丹羽・親鸞が、信仰と言う知性を超える世界からの「疑謗」に答えなければならないであろう。

丹羽文雄の中国

―文士従軍体験を通して

奥出　健

丹羽文雄が初めて中国に深く関わったのは、昭和十三年九月の漢口攻略戦従軍においてであった。この丹羽の従軍については、田中励儀「丹羽文雄の従軍―ペン部隊から『還らぬ中隊』へ―」（「同志社国文」平成六年十一月）が詳細にその様子を追っている。本稿はこれを参考としつつ、丹羽が中国で何を見、何を感じたのかを論じることになる。

丹羽文雄は九月十五日、陸軍班の一員として福岡から大陸にむけて飛び立った。板垣直子『現代日本の戦争文学』（昭和二十八年　六興商会出版部）には「当時、ペン部隊などに作家が加わることは、彼の文学者としての生涯に洋々たる未来を約束する如く見えたものである」と記しているが、新聞も文士従軍をはなばなしく報じた。丹羽も「読売新聞」（昭和十三年九月十日）に次のような従軍のコメントを残している。

私達の前には秀れた「麦と兵隊」がある。しかもその作者は兵隊である。（略）漢口攻略戦に従軍する私達は、いくら逆立ちしたところで、その強みには勝てないである。（略）「麦と兵隊」は戦争を書いている。実践の如実を表現している。（略）しかし目をそらして、さような戦地と銃後の関係となると「麦と兵隊」は一方的にかたよりすぎた作品である。もしも私に才能があれば突くべき隙間はその点一つであろうと考へるのだ。例えば武装していない挺身隊の存在など。また同じ聖戦にしろ、兵隊と私達の目はずいぶんと違っているだろう。

（「従軍の言葉」）

従軍の命を受け、それ自体のプレッシャーとともに兵隊経験者たちの作品に丹羽がまず対抗心を燃やしたとしても不思議ではない。

また丹羽は出発直前にも原稿を書いた。この「新浪漫派へ―文学者のゆく道」（「読売新聞」昭和十三年九月十四日）では大陸内での「抗日文学が抗日という思想で狂いまくつていると同じ熱心さで、日本文学はこの長期建設に足並をあわせるべきではないだろうか」とのべ、さらに、自分は「時代と共に行かん」という決意をしたとしたためている。しかし時代の流れに乗る、といった瞬間、丹羽は大陸を見る前から批評精神というものを手放したというべきかもしれない。自己の視野に大きな壁を作ったのである。

ところで、丹羽ら陸軍従軍班の視察スケジュールは上海に着いて知らされたらしい。一週間は上海、蘇州、杭州視察、その後十月十六日までが武漢攻略戦の視察となっていた。しかし実際には変化が生じた。先の田中励儀の論に詳しいが、丹羽は十月八日ころ武穴まで行って、そこで猛烈な下痢になり、漢口への従軍はあきらめて南京に引き返している。

大陸の戦跡視察の中で、丹羽がもっとも興味深かったのは上海であったのか、エッセイ「上海雑感」と上海を舞台にした小説、「一夜の姑娘《クーニャン》」（「大陸」昭和十四年五月）をものしている。

この作品では主人公は一週間前から上海に滞在している日本人商社マンである。ある夕方友人と「狼狽したような混雑」した町に入り込み、中国人の売春婦と出会うという話だ。まず、主人公が上海で見た印象的な風景は、貧民窟で最下等の生活をさらけだしている難民たちの姿である。しかし主人公の視線には彼らへの同情は一切ふくまれていない。ものめずらしさが先だっている。そして主人公の中国人に対する評価は「捉えどころのない人種」「没法子という、万事投げ出した諦念の激しさ」ということばで表されている。

彼は姑娘と町を歩き回っているうちに「アバンチュール」を感じ始め、売春宿で中国人たちの性の狂態を見る。そして自分で自分を守るしか仕方のなかった歴史をもつ民族の「エゴイスト」ぶりを感じる。情事のあと、「今宵離別後、何日君再来」の句のある唄を切なく繰り返したということになっている。こういう「際物小説」の内容をなぜ紹介するかというと、そこに風俗作家丹羽文雄の本質がひそんでいるからである。ものの全体像を感得する前に自身の目の前のことを執着的に書き込む性癖が丹羽にはある。そのため作品に広がりがない場合ができてくる。

初期作品群の「母もの」も視野の広がりを感じさせないものが多い。かつて「女人禁制」周辺を論じた高橋昌子が「どこかに批評的なスパイスを潜在させなければ、対象を突き放す鋭さを作品は持てないのではないか。部分を描いて全体を暗示する、という」仕掛けが必要だ（「遡源の回避―丹羽文雄初期作品の構造」『丹羽文雄と田村泰次郎』平成十七年十月　学術出版会）と論じているが、この性向は戦時下の作品にも現れている。「一夜の姑娘」は大衆雑誌用の小説ではあるが、現実をもう少し遠距離からみつめ、ロマンを語る方法が必要であった。

さて、丹羽は九月二十九日に九江に着いて、翌日から戦場視察を行っている。

その戦場視察を通して、丹羽は中国、中国人をどのように表現しているか。「戦場覚書」（「改造」昭和十三年十二月）でそれをたどってみよう。

まず丹羽の目に印象的だったのは遠くに見える山、日本軍が制圧に苦しんだ廬山である。とくに蘆山は、直近の昭和十三年九月の石塚部隊長戦死の場所として有名だった。

ここで丹羽は、中国人は「ただ自分らの生活が安全である」ことが「一番大切」で、「この掟は何千年の歴史が彼等に教えこんでいる。イデオロギーで動くものではない」と評した。また中国人は「捉えどころのない人種である」が「存在だけは続けていく。その点決して滅びない人種である。（略）大自然の付録のような存在である」ともいった。そして、そういう民族への占領政策はいかにすべきか、彼は次のようにしたためている。「…これだけの戦いを見、支那の大陸に接して見て、私にも或る具体的な方法はいくつか建てられる。曰く、日本学校を立て、支那人間に日本語をひろめること。また、できるだけ政治家や新進の経済家を入れて、この大陸を解剖させること。（略）」などである。

ただ、この意見には中国（人）側の視点がごっそり抜け落ちていた。ここに同メンバー岸田国士『従軍五十日』（「文藝春秋」昭和十三年三月〜昭和十四年四月　昭和十四年五月　創元社）の左の文言と比べてみると、その視野の落差は明確である。

「（日中両国の—筆者注）感情的融和をはかり、誤解から生ずる相互侮蔑の念を一掃することは、今日、両国の識者がいずれも希求するところである。（略）中国の抗日政策が日本に戦争を引き起こさせた、という論理もある」が、要は「日本人」独特の「自己をもって他を律する流儀」が戦争の一要因になっている、と岸田は説いている。感情を極力排し、相手の立場を閲しつつ己をも省みれば、どこに原因があるかはおのずから明白だというのである。

丹羽の視点で決定的に欠落していたものは岸田が重くみた中国国内での「排日・抗日の」状況であった。つまり中国人の愛国心である。丹羽の「還らぬ中隊」（昭和十三年十二月、十四年一月）にも「支那が大陸をあげて巨大な愛国心のるつぼにたぎり立つには、支那の歴史が冷淡にうそぶいている」と記されてある。だが抗日は郭沫若『抗日戦回想録』（岡崎俊夫訳　昭和三十四年　中央公論社）にみるように頑強なものだった。観た、聞いたものを、どのように既成の情報で処理し、現実を解析するか、それが問われる場面である。しかし占領地の政策を表白したとき、丹羽の思考の裏側には、次のごとき感情がへばりついていた。

私も以前は一個の国際的思想にあやつられていたものだが、こちらに来て、自分らの兄弟が続々異郷の土に血を流して死んでいくのを見てからは、またさう考える（日本軍が血を流した土地には何か種を植え付けるべき—筆者注）ことが死んだ同胞に対する私たちの一番率直な礼儀であると考えるようになった。とにかく手ぶらではかえれないのだ。

先の丹羽の文章とこの文章をあわせ読めば、丹羽は、大陸と大陸の人間の内実にいかに視線を向けられなかったかということ、その様子が見えてくる。蘆山を見たとき劉長郷や李白の詩を思いだした、というような文章も現れるが、それらも浅薄なものにすぎない。短期間の占領地視察では無理からぬところもあるが、岸田などに比べて思考が概念的であるのは否めない。ただ、大陸の自然の悠久さ雄大さには真に感動している。先記の、中国人は「大自然の付録のような存在だ」という発想も、このところから生まれてきている。自然や自然の流れに、しょせん人間は抗し得ない、だから自然の流れに身をまかす民族ができたのだと丹羽は考えたのだが、彼らは外敵に烈々な抵抗心をもつ民族でもあった。

ところで、丹羽は先の「戦場覚書」で、石川達三「生きている兵隊」を意識し、この小説の悪いところを超えられると豪語してもいるのだが、丹羽の『還らぬ中隊』の内容を閲すれば瞬時にそれは了解される。まず視点人物を戦場の傍観者（新聞記者）として徹底させた。また日本兵の一切の非人間的行為―日本兵の姑娘狩や徴発行為―は、完全に封殺した。死者の多い激戦模様なども視点人物が立ち入らず、「三宅中尉」の陣中日誌を援用するという方法をとったのである。「一夜の姑娘」とは逆に、描写方法を遠距離視点にしたのである。

この方法をもって、丹羽は戦時下の中国人をいかに描いたか、ということだが、『還らぬ中隊』では二人の印象的な中国人を登場させている。一人は正規兵の捕虜であり、もう一人は戦場に残された老婆である。前者について、視点人物は捕虜の「諦めきつた態度があまりに見事すぎたので、感傷を寄せるところがなかつた」と語り、同情を寄せてはいない。ただし、中国人の「没法子」の態度は戦場ではよくみられたものであったらしい。丹羽は、嘘は書いていないのである。大事なのは、視点人物がその後、捕虜の行く末を推測するが、そのとき彼は「不吉な予感をはらい落とすように、頭を振って立ち上がった」とされているところである。「生きている兵隊」を見れば捕虜は基本的に処分せられたことは明らかである。しかし丹羽はその処分の場面までは視点人物を立ち入れさせなかった。これが「生きている兵隊」の「悪いところ」を「子どものいたずら程度に笑って許せる」と豪語した従軍作家・丹羽文雄の方法だったのである。

それにしても火野葦平『麦と兵隊』・林芙美子『北岸部隊』などと『還らぬ中隊』とをあわせ読むと、『還らぬ中隊』には兵隊の食い物や食う場面の描写が非常に少ないことに気づく。食は日常の象徴。それは兵隊と丹羽の間に、いかに距離があったかもさし示している。

「風俗小説論争」について

半田美永

「我国の近代小説の特異な性格について、まとまった形で書いて見たいと前から思っていたのですが、昨年の秋にたまたま丹羽文雄と論争したことが、これを実行する思いがけない機会になりました。」と、『風俗小説論』（昭和三十三年五月新潮文庫）の「あとがき」で、中村光夫はこのように書いている。これは彼が丹羽文雄との論争の挙句、彼の側の論旨の総括として書かれたことである。彼は、藤村の「破壊」、花袋の「蒲団」の時代から説き起こし、特異な日本の私小説の「発展」を整理し、執筆当時隆盛していた「風俗小説」をその流れの中に位置づける。結論としては、「風俗小説」も私小説の流れに連なるもので、私小説と同じ根本的な問題を抱えているというのである。

昭和四年三月、丹羽文雄は早稲田大学文学部を卒業。初期の短編「贅肉」や「厭がらせの年齢」に繋がる、出奔した母への愛憎と思慕と嫌悪が含まれる自伝的作品と、銀座のバーを舞台とした風俗小説を精力的に多量に発表し、いわゆる〈風俗小説〉の流行作家となった。戦後の風俗小説の興隆期にあたって、その渦潮の中心を占めていたものとして、まさに丹羽らの「早稲田派リアリズム」があったとみられる。

丹羽文雄の風俗小説をめぐって、『風俗小説論』（昭和二十五年六月初版　河出書房）で、中村光夫は、丹羽作品が自然主義、私小説から続く伝統的なリアリズムの手法を踏襲し、風俗のみを描いた芸術性、社会性のない風俗小説と批判した。中村における丹羽文雄の風俗小説批判の論点は主に二箇所に集中しているのに気づく。

まずは、伝統的なリアリズムの職人性による思想性の欠如。「どんな素材でも彼にはどしどし小説になる。自由と云えばこれだけ自由な作家もめずらしいが、その結果がまた職人的とみられる所以である」と、中村は青野季吉の説を引用し、「鮎」「贅肉」「海面」「愛欲の位置」を例証に、「狭い経験主義的な枠」に頼って、「日本の作家に伝統的な戒律から自由になった」リアリズムの職人性を指摘した。そして、「丹羽氏に答う」（「東京新聞」昭和二十四年十月二十七、二十八日）という文章を通して、その観点を強めていった。

現実に対する批評精神の喪失作家が真実に屈服して、それにもたれかかり、言葉による現実の再構成、あるいは思想的な創造の文学を閑却した（というよりその必要を意識さえしなかった）点に、自然主義以来の我国の小説の前近代的な弱点が存するのであるが、現代の風俗小説家と称する職人達の集団は、この弱点の病的な肥大と言えるでしょう。

また、「近代の社会では金銭があらゆる人間の交渉について廻るように、思想は人間の生き方の本質をなしている」ともいう。しかし、丹羽作品は、「社会に生きる人間をその内面から捕らえるより、外面の風俗描写を得意とするようになった」と評するのである。中村光夫は「社会小説ならぬ風俗小説」という平野謙の説に賛同し、引き続き「現代を描きながらそれに生きる人間の「思想」を描けず、風俗という「なんでもないデテール」に埋没した傀儡しか捕らえられぬということは、彼の作品を現代を真の意味で表現した文学というより、むしろ現代における私小説リアリズムの解体を象徴する文学現象と形容した方が正しい」と批判した。

次は、「自己滅却」の文学と私小説との根本的な矛盾。

丹羽作品の特徴について、つまり彼の重要なテーマは、母との関係と言える。八歳の時自分を残して家出した母に対する幼時の愛憎のまじりあった感情、大人になってから再会した他の男と同棲している意外に若い母に対する恋人に対するような愛と、それを抑制する母子間のタブー、更には母の愛人に対する曲折した感情、これらは丹羽文雄の豊富な小説の素材である。この点では明らかに私小説に属する作品だが、中村は、「それが一時代まえの私小説とくらべて著しく違う所は、その主人公が作者自身ではなく、明らかにその生母だという点です。つまり作者自身である青年はいつも脇役の位置しか占めず、舞台の正面に立って、読者の注意を独占するのはその母親や愛人なのです」と述べている。

また「志賀文学は私小説を書く道を教へてくれた」とか、「日本文学の一つの宿命的性格である私小説的精神というものを、私も強烈に受《(ママ)》ついでいる」と、丹羽文雄は言っているが、志賀文学と丹羽の文学とはこの意味ですでに出発点において決定的に違うと、中村は明確に指摘している。

一方、奥野健男は「丹羽文雄論―自我不在の文学」(『奥野健男作家論集1』昭和五十二年一月　泰流社)の中で、志賀直哉の作品との比較を通して、改めて中村説を確めた。

志賀直哉の作品には、父やその周囲に対する自我の主張がどぎついほど描かれている。自己の信じる倫理的基準によって、その関係を変革させようとする積極的な意志に満ちている。(略)これに反し丹羽文雄の作品たとえば「鮎」「贅肉」「再会」などには、母が画面いっぱいに拡がって、作者は隅っこでなすところなく眺めているだけである。そこにはこの作者の自我は不在であり、何の価値判断も下さない。

更に、中村は、「このような自己滅却が、元来それと相容れぬ筈の私小説の「枠」のなかでまず行われたということ自体が、彼の文学的方法に含まれた根本的な矛盾と、その限界とを示唆するもの」という結論を出した。

中村光夫の批評に直面し、当事者丹羽文雄をはじめ、小説家らはしばしば反駁を加えた。丹羽、井上友一郎、林芙美子といった三人の作家による「小説鼎談」（座談会）は『風雲』（昭和二十四年八月）に掲載された。その批評家抜きの、気分の楽な座談会で、丹羽は風俗小説という言葉が曖昧であり、ただ流行語の一つと、井上は「風俗でなければ小説は嘘だ。風俗を逃してしまえばいけない」と発言し、林芙美子は「風俗なくしてライフはない」と主張した。特に、思想性の欠如という直撃に対して、井上は「日本人の本当の生活は思想と風俗が密着などしておらん、それを小説だけで密着させるのはおかしい」と言った。林芙美子はモーパッサンの敗戦をバックにした風俗小説「脂肪の塊り」と明治時代のエレジーと呼ばれた鷗外の「雁」を取り上げて、時代の「風俗」について説明している。

その論争の中で、中村、丹羽の「東京新聞」紙上でのやりとりは注目されよう。中村は二葉亭四迷以後に小説家はいないという立場をとっている。臼井吉見は日本文学のガンという見立てで私小説と風俗小説を撲滅しようとしている。また丹羽は小説家と批評家の対立の観点に立って、中村らを文壇の「不遜な清掃人夫」と表現した。「小説家と批評家の摩擦」（「東京新聞」昭和二十四年十月九、十日）では、「風俗小説を理解するに本質的な条件に欠けている中村光夫たちが風俗小説を批判するなど盲目が象の足にさわるようなものだ」と、丹羽文雄は中村説の根源を否定している。中村光夫は、丹羽らがこれほど批評家を嫌悪する理由は風俗小説の内面に危機を孕んでいるという点にあると考えている。

ほかに、「自己滅却」「自我不在」などの非難に、丹羽は「自分以外の問題で書きたいことは一杯ある」と反論している。

当時、丹羽文雄と中村光夫の間に行われた論争をめぐって、作家、批評家たちは、いずれが正しいかの判断をしばしば発表した。その中では、伊藤整の「作家の立場と批評の基準―丹羽、中村の論争に関連して―」（「東京新聞」昭和二十四年十二月五、六、七日）は「モギ論争」に始まる戯文であるが、それを見逃してはいけない。伊藤整は「批評こそは当代至上の芸術である」ことを前提にし、まず丹羽に向かって、

小説や戯曲は人間や社会を考えるために第一に役立つものとされる。（略）作家は文壇のために書くのではなく、天下の読者のために書かざるを得なくなった。だから少なくとも作家は民衆の生活について読者を笑わせたり泣かせたり考えこませたりしなければならないのだ。

大体において今の作家はバルザックかディッケンズのような立場で書くのが妥当であろう。

と、風俗のみを描いた社会性、思想性の欠如を指摘した。続いて中村のほうに向かって、「風俗小説家と言われている作家たちも、批評家も、私小説家と同じではないかしら。つまり現世への無関心という奴を持っている」と、批評の基準をも疑っている。

一方で、奥野健男は「丹羽文雄論—自我不在の文学」（前掲）を通して、先に中村の『風俗小説論』の欠点を簡潔に指摘した。

（略）いつの間にか、風葉に代表される風俗小説批判は消え、花袋から始まった私小説批判に終始してしまう。そして最後に丹羽文雄にきて、否定したはずの私小説をもってきて、風俗小説を批判するという、矛盾を犯しているのだ。だから、彼の丹羽文雄批判は強引であり、今までの整然たる論理の道を曲げ、丹羽の作品の主人公にあらわれる性的マゾヒズムの傾向をもって、作者の文学に対する態度をマゾ的だと強弁するに至るのである。

にもかかわらず、奥野は中村が風俗小説に抱いている根本的な不信の念をよく理解し、「近代的自我が全然描かれていない」という一点が風俗小説に抱く最大の不満だと述べた。

風俗小説論争以後、中村の側では、『志賀直哉論』（昭和二十九年）などの作家検討、『日本の現代小説』（昭和四十三年）所収の「風俗小説の隆盛」の方向に進んでいった。丹羽の側では、『青麥』（昭和二十八年）、『菩提樹』（昭和三十～三十一年）などの一連の自伝小説がその論争の延長線上に誕生したものではないだろうか。

戦後文学史の中で、この論争は相当に着目されている。そして『近代文学論争事典』（昭和三十七年　至文堂）、「近代日本文学論争の系譜」（「解釈と鑑賞」特集、昭和四十五年六月）などにも、この論争に関する文章が載っているが、作家と批評家の間に一つの抜きがたい溝が出来ていることがわかる。

Ⅰ部

丹羽文雄と家族

鈴木吉維

二十二歳の丹羽がデビュー作「秋」で描いたのは、若い生母との複雑な関係であった。その後も「鮎」「贅肉」「母の日」「母の晩年」「うなづく」「もとの顔」「幸福」など母親について多数執筆し、肉親を主要なテーマにした作家であった。

母ふさへ（通称こう）は三重県四日市市の浄土真宗崇顕寺の総領娘として生まれた。養子を迎えたときは十一歳であり、結婚はしばらく延期される。やがて長女幸子が生まれ、明治三十七年には文雄が生まれる。しかし、こうの母すまと夫教開とは不倫の関係にあり、娘が邪魔になったすまは旅芸人と駆け落ちするように仕向ける。丹羽が自身の生い立ちについて著した『仏にひかれて』によれば、「母は崇顕寺の家つき娘であった。（略）二十七歳のとき、庫裡でくりかえされる愛欲地獄にいたたまれなくなって、また巧妙に生みの母親にそそのかされて、寺をとび出した」ということであった。

その後旅役者と別れたこうは、農家の後妻に入るが、姑との関係がうまくいかず、十年間苦労したあげく家を出る。次いで岐阜で愛人となり、自由気ままな生活を送る。病妻の死後、こうを本妻として迎えるという申し出を拒絶し行方をくらますと、相手の男は失意から自殺してしまうが、葬式にも参列しなかったという。晩年は千葉県鴨川の別荘で隠居生活を送った。痴呆が進むにつれて案山子を「風来《ふうらい》さん」といって拝んでいたというから、寺から離れても幼少期に培われた信仰心が宿っていたのであろう。

こうの起伏に富んだ七十五年の人生は、死に臨んで平安を迎える。『仏にひかれて』の臨終の場面は感動的な筆致で描かれている。

母の意識は朦朧として、そばにいる私すらわからなくなっていた。母がうわごとをいった。私は耳をすませた。「お寺のおこうさん。お寺のおこうさん」と、二度つぶやいた。こうとは母の名前であった。生まれた崇顕寺のことを思い出していたのであろう。お寺のおこうさんと母は呼ばれていた。母の魂が生家の崇顕寺にもどったのである。私は目頭が熱くなった。母がかえるべきところにかえってくれたのだ。

実母と夫に欺かれたこうの魂が最期に崇顕寺に戻ったことは、息子として心安らぐ思いであった。被害者であった母親のことを、息子は最後まで温かく見守りとおしたのである。

丹羽の祖母すまは崇顕寺に嫁ぐ以前に二度結婚し、それぞれ男の子をひとりずつ残して離縁になった人である。丹羽も「あやまちを犯す常習犯であった」(『仏にひかれて』)と記すように、娘の夫を誘惑し実の娘を追い出すような人であった。この祖母を主人公にした作品が『無慚無愧』である。その中に家出した母と丹羽自身を連想させる紋多とが、祖母の隠居所で再会する場面が描かれている。他の作品でも繰り返し登場するエピソードである。

紋多は抱きよせられた。つよい力で、紋多の小さいからだを、そのひとが自分の内に包みこもうとした。紋多の顔がちょうど固い帯のところにあたっていた。(痛いよう、痛いよう)声は出なかった。そのひとは泣きもだえながら、紋多の肩を撫で、背中を撫でた。頭を抱えた。紋多の大きさをはかっているようであった。(略)

異様な光景であった。祖母が畳の上を這いまわっていた。上体を畳の上に投げ出して、泣きながら畳を両手で叩いていた。叩くことで調子をとっている。号泣だった。大人は全身をもみしだくようにして泣きつづけた。

この場面で祖母に相当する「蓮子」は、自分こそ母子を引き離した張本人であり、極悪人だとの自己認識に至る。しかしその後も嫁した娘に金をせびるなど、謙虚に自らの来し方を省みることをしなかった。丹羽も「千載一遇の、百八十度の転廻の可能な、大切な機縁をのがしたようであった。(略)裸になって、泥のありだけを吐くということは、よくよく蓮子の柄ではなかったようである」(同前)と反省なき人生であったことを記している。

死期が近づいて崇顕寺に戻った祖母は、昼夜を問わず苦しみ続けた。丹羽が大学受験の試験勉強をしていたときというから、大正十一、十二年のことだろう。「蓮子のうめき声は、はるか昔の霊をことごとく呼びよせるように執拗だった。(略)うめき声は昼間よりも夜更けの方に凄惨さがこもっていた。それはもはや病人の吐くうめきとは思えなかった。」(前掲)と記している。また『仏にひかれて』でも「義母のうめき声は、ありし日の父と義母の秘密を夜となく昼となく言いふらしているようであった」と述べている。ついに耐え切れなくなった父は丹羽の隣室に祖母を移す。汚辱のなかで息を引き取る祖母を「心臓だけが生きていた。ただれた喉からうめき声が出る。死臭が漂いはじめていた」(『無慚無愧』)と描写し、死を迎える直前で筆を擱いている。つまり作品の中で祖母は永遠に苦しみ続けているのであり、作者の許し難い思いが強く打ち出されていると解釈できるのである。

父教開は名古屋中村の農家の次男であり、崇顕寺の娘婿として迎えられた。義母と不倫を繰り返し、その現場を妻にも目撃されている。

郁が御内仏のうすぐらい間へ、何気なくはいっていくと、須磨と如哉が妙な恰好でうごめいていた。
「お母さんが急におなかが痛いといわれるので、もんであげてるのや」
如哉が上半身をあげて、あわてずに説明をした。

（『青麦』）

父教開は僧侶でありながら檀家の未亡人と関係を持ち、「倒れる前日まで煩悩のとりこになっていた」（前掲）と記されるような人であった。『青麦』は父親を中心に描いた作品だが、祖母の最期の場面では「父のもつ冷酷さを、かれは見た。父親である故に、このわがままはゆるせなかった。人々の宗教心をあつかう職業人であるだけに、なお父がゆるせなかった。（略）父と祖母の醜行を知っているだけに、かれには父がゆるせなかった」と直截な表現で父親を批判している。丹羽は加害者としての父親を、寛大な気持ちで許すことができなかったのであろう。

丹羽には姉の幸子がいる。母親が旅役者と駆け落ちしたことを苦に、日本を離れてアメリカへ嫁ぐ。大正六年、十六歳であったという。アメリカでは過酷な労働を強いられ、また成長した娘を病気で亡くすなど、辛酸を舐める生活であった。四十年ぶりに日本へ帰国して丹羽と再会を果たし、四日市を訪ねて往時を偲ぶが、両親の真実の姿を知ったために、より複雑な思いにとらわれることになった。

かつての崇顕寺には母方の叔父、弁海がいた。本来寺を継ぐべき人であったが、文学雑誌に漢詩を投稿するような文学青年であったという。丹羽はこの叔父が寺を出たのも祖母の陰謀だという。「叔父のわがままを祖母がそそのかしたのだ。叔父はそれとは知らずに寺を出て、文学を夢みて東京にやってきた」（『仏にひかれて』）と記す。結局文学では生計を立てることができず、兵役終了後も軍隊に残って憲兵をしていたという。丹羽は何回かこの叔父と会っていて、甥が文学の夢をかなえたことになると述懐している。

また崇顕寺には祖父と血縁関係にあった仙厳という人物がいた。足が不自由で一生独身を通し、幼い丹羽の遊び相手であった。崇顕寺の庫裡に起こる生臭い人間模様を眺め、四国巡礼の旅に出て行路病者として死んだという。これ以外にも継母や異母弟妹など、丹羽を取り巻く家族は複雑に絡み合いながら、その精神形成に様々な影響を与えた。

寺を出て小説家を志した丹羽は、昭和十一年太田綾子と入籍、同年長女桂子誕生、十二年には長男直樹が誕生する。直樹は長じてアメリカで知り合ったベアテ・フィッシャーと結婚するが、丹羽は国際結婚に反対であった。そのとき直樹の「いままでお父さんは、子供としてぼくを愛したことは一度もなかった」（『有情』）ということばに愕然とする。同時にかつて檀家の期待を裏切って寺を捨て、作家になった自身のことを思い出す。父教開は息子の背信行為をひと言も責めず、檀徒に対してただうなだれて非難を受け入れていた。かつて自分の取った行動が父親を傷つけたことに思い至り、息子の国際結婚を許すことになる。

丹羽は八十一歳のときアルツハイマー病を発症した。周囲に気づかれないように文壇やゴルフ関係者から引退の花道を敷いたのが、長女の桂子であった。晩年の丹羽の面倒をみながら、その時々の様子を記録した『父・丹羽文雄介護の日々』（平成九年六月　中央公論社）を上梓した。その中で「最近はすっかりボケのほうも進行しているようで、定番の『四日市に帰りたい』も、しょっちゅう出てくるようになりました」と記している。思考力や判断力が低下していく一方で、過去の記憶の中を生きていたのであろう。文学碑に「古里は菜の花もあり父の顔」と刻んだように、丹羽の脳裏には生まれ育った崇顕寺と一面に咲く菜の花、そして家族の顔が思い浮かんでいたのである。

丹羽は寺で生まれ育ったために、ことあるたびに仏のまなざしを感じていた。それは人間を救ったり罰を与えたりするものではなく、人の行動を映す鏡として存在していた。丹羽が冷徹に人間観察しながらも、同時に人間を見る目が優しいのは、この仏のまなざしとともに生きていたからであろう。

「文学者」と作家たち

大河内昭爾

昭和四十九年四月十日発行の雑誌「文学者」終刊記念号に、主宰者丹羽文雄は「終止符の感慨」を巻頭に寄稿、「いったい何人の作家をおくり出していることか」と、多くの作家、評論家を世におくり出した感慨をあらためてしるしている。

終刊記念号に名をつらねた人たちが、さしずめ「文学者」から出た作家、評論家たちといえる。その人たちを目次順に並べてみると、小泉譲、河野多惠子、近藤啓太郎、大河内昭爾、瀬戸内晴美（のち寂聴）、竹西寛子、津村節子、富島健夫、野村尚吾、新田次郎、さらに花村守隆、吉井徹郎、吉村昭、八木義徳、山崎柳子、山田智彦らが、「『文学者』と私」という短文を寄せている。創作は佐藤和子と加藤秀といった常連であった。

中村八朗が、「敗戦の虚脱から第二の青春の血をたぎらせ、私を文学的に立上らせてくれたものは『文学者』であった」と編集後記にしるしている様に、第一次「文学者」は戦後の盛り上がった気分と、散り散りになっていた若い作家が集って、昭和二十五年七月、丹羽文雄個人の経済支援で発刊された。

「終刊にあたって」と題する座談会には「文学者」初期の牽引力的存在だった石川利光をはじめ、中村八朗、村松定孝、瓜生卓造が出席し、それ以後の再刊の折、第二次同人の中心となった吉村昭が司会役を引受けている。

「終刊にあたって」と題する座談会によると、第一次「文学者」発足当初、「十五日会」には主に早稲田派が、百二、三十人ほど出席、「これだけ多くの若い者が文学志望者かと思うと気が重くなる」と青野季吉を歎かせたほどだ。また号を重ねているうち、「日本の文学史を動かす暗流」と朝日新聞に匿名で書かれたという。

最初に芥川賞を受賞したのは、石川利光『春の草』他（昭和二十六年）で、近藤啓太郎「海人舟」（昭和三十一年）、菊村到「硫黄島」（昭和三十二年）、斯波四郎「山塔」（昭和三十四年）と続き、直木賞は新田次郎「強力伝」（昭和三十年）、榛葉英治「赤い雪」（昭和三十三年）などである。候補になった人は更に多い。

特異な、超現実的な作風の「触手」（昭和二十三年）をひっさげてにわかに注目を浴びた小田仁二郎のような作家が出現したあとに、新田次郎や吉村昭のように読書界を席捲し活躍した作家が台頭してきたことも注目される。少し地味ながら有力な芥川賞候補だった小堺昭三の「基地」をはじめ、鈴木俊平「醱酵」、林青梧「第六車輛」といった堅実な作風の作家などを脇に並べると、紙面を飾る作品は常に充実していた。青山光二、武田繁太郎、恒松恭助、評論家十返肇の存在も忘れがたい。

女流にはいっそう事欠かない。瀬戸内寂聴（当時は晴美）の存在はいまさら説くまでもないが、異色の文学世界を持続して造型している河野多惠子（「蟹」）、息の長い文壇活動を見せる津村節子（「玩具」）などの芥川賞作家をはじめ、竹西寛子、広池秋子、山崎柳子、帯正子、高橋光子といった、芥川賞、直木賞の候補にくりかえし名つらねた、地味ながら個性的な女流作家の活躍も決して見逃せないであろう。

こうしてみると瀬戸内寂聴の様な話題に事欠かない強烈な存在も含めて「文学者」という雑誌は一同人雑誌としては考えられないほど多彩、豊富な個性を多く擁して、有力商業誌に伍して存在を主張していた。

これだけ多くの作家を世に送りだし、一応その任務を果たした「文学者」は、昭和三十年十二月、六四号で休刊となった。

およそ二年半の休刊の後、第二次「文学者」が始まったのは昭和三十三年の五月号からである。第一次の時は同人費をとって同人制をとっていたため、義務と権利の問題でトラブルもあったが、今度は丹羽文雄が費用一切を出すことになり、新人の育成、とくに評論家を出すことに重点がおかれた。

評論家の貧寒をつぶやかれていた早稲田派は、上智大学教授村松定孝の肝いりと「文学者」側の意識的な掘起しも加わって、古典と現代文学を往復するスタイルの「往還の記」などに、地道ながら新鮮な評論活動を展開する竹西寛子や、三島由紀夫論で三島由紀夫自身に高い期待をもたれた田中美代子、そして丹羽文雄論に丹羽の精力的な仕事ぶりを追跡した松本鶴雄、鷗外の学究的系譜をつぐかに期待された直系の孫にあたる森常治、さらに親鸞と近代文学の解明の企図を手がかりに丹羽文雄の再評価を求めながら、近代、現代の文学と親鸞のかかわりに論及した私なども末端につらなって、「文学者」の評論グループが小説家に伍して多彩な活躍を見せはじめた時期でもある。

松本鶴雄が丹羽文雄の全体像を構築し、私が親鸞の側から丹羽文雄の文学的意図を探ってきた。「亀井勝一郎が亡くなって私の宗教的理解者がいなくなって心細く思っていたが、君みたいな人が出て来てこころ強いな」と丹羽さんに声をかけられたりした。一世を風靡した亀井勝一郎さんと比すべくもないが、浄土真宗的人間像の造型をもくろんだ丹羽文雄の親鸞的世界への関心に注目した一人として、単なる風俗派作家ではない丹羽文雄を強調したのである。

「文学者」は次から次に芥川賞作家やその候補者を輩出して、創作の活気は世間に広く認められる一方、弱点と見られがちだった評論家の輩出もその頃から「文学者」の活気を保証するのに不足はなかった。

内向派世代と目され、その代表的な存在と位置づけられた秋山駿の、「内部の人間」を追跡するユニークな評論活動なども新鮮な注目を浴びて、それまでの風俗小説の牙城の枠にみられがちだった「文学者」という雑誌の存在を引き立てた。従来の早稲田派リアリズムのイメージを破って、文壇の新鮮な話題にも活発に応じようとしていた。

ほかに、赤塚行雄、大久保典夫、落合清彦、諸田和治、日沼倫太郎や、「評説・牧野信一」を書いた薬師寺章明などの存在も忘れがたい。

母胎たる丹羽文雄の文学そのものも、それまでの風俗現象の精力的な描写を超えて、観念的なこころみを意図するようになり、大きく変貌しつつあった。「はみ出すリアリズム」といったことばさえ丹羽本人から言い出される風向きで現実模写の平板なリアリズムと見られがちだった丹羽文学の変貌が文壇でも注目されるようになった。いかにも丹羽らしい重量感のある厚みのある発言として「はみ出すリアリズム」ということばはしばらく文壇の流行語となった。

風俗現象への関心の底に、「煩悩具足の凡夫」の自覚をふまえた探求が志され、丹羽文学の底辺に横たわる「悪人正機」を訴える浄土真宗的人間観が積極的に意図されるようになった。それは従来の単なる風俗描写とは明瞭に一線を画して、中村光夫の丹羽文学批判を論じた『風俗小説論』（昭和二十五年六月　河出書房）にあきらかに挑戦するものとみられた。風俗現象の小説的講築に腐心するのを拒んで、作者の人生への対決をも描こうとして、従来のリアリズム一辺倒の信奉をはみ出して、観念的な世界に踏み込んで行った。丹羽文雄の変貌が従来の文壇に強固に存在した風俗描写に甘んじた現象的リアリズムへの否定となった事実を、成否はともかく何よりも評価すべきであろう。『親鸞』『蓮如』といった丹羽文学の大きな宗教的成果はそこから誕生したのである。批評が当の作家に刺激を与え、方向づけを示唆して成果をもたらした注目すべき一例といえた。リアリズムに徹して非情とよばれた丹羽文雄が、自身の年齢的成熟をふまえて、生家の浄土真宗寺院に育まれた「悪人正機」の親鸞への傾倒へ、ごく自然に、運命的に導かれていったのである。

「文学者」の舞台も題材も、これまでの風俗描写の物語にしばられることなく、完成度よりも作者それぞれの訴えが生々しく造型される傾向をおそれなくなった。

「文学者」は、四十九年、第一次石油ショックで終刊するまで通算二五六号。体裁、内容はまぎれもなく同人雑誌だったが、「文学者」の同人それぞれが次第に一家をなして、雑誌自体もおのずから同人雑誌の域を越えて文壇の一角にその存在性を誇示してきたといえる。

すでにマスコミに名を知られた大方の執筆者たちが、主宰丹羽文雄に随従して毎号名をつらねていたからである。その全貌は中村八朗『文壇資料　十五日会と「文学者」』（昭和五十六年一月　講談社）として三百頁一冊にまとめられている。

吉村昭は岩波書店から全八巻におよぶ歴史文学の遺作全集の刊行が完結したばかりで、とにかくこれほど多くの作家を登場させた同人雑誌はこれまで例がないであろう。

二、提　言

丹羽文雄と戦争

尾西康充

「情痴も海戦も、一つの素材にすぎないのである。」――これは丹羽文雄が自分自身をモデルにした主人公「紋多」を通して戦争中の創作姿勢を振り返った『告白』（昭和二十四年三月　六興出版部）のなかに登場する言葉である。内閣情報局第二部第二課専任情報官の鈴木庫三陸軍少佐から愛欲を描く情痴作家として睨まれていた丹羽は、昭和十六年十一月二十一日、国家総動員法にもとづく国民徴用令に従って二十数名の文化人とともに徴用に応じた。「情痴」は〈非政治的〉で「海戦」は〈政治的〉であるという単純な区分で当時の言論統制を理解することは適切ではなく、丹羽が内閣情報部から〝目の敵〟にされたほどセクシュアリティの表現は国家による弾圧の対象になっていたのである。文学者の戦争協力を研究する桜本富雄によれば、この徴用はどのような基準で人選がおこなわれたのかが全く不明で、「その謎は資料不足や当事者の沈黙等によっていまだに解明されていない」とされるのだが、(1)「従軍作家にえらばれることは花形作家としての折紙をつけられたことを意味していたし、それにはずれた者には日陰者のイメージがつきまとう時代」でもあった(2)（野口富士男）。丹羽は「ブラックリストにのっている軟弱な作家」であることを十分に弁えていたつもりではあったが、徴用令状（白紙）の配達が遅れたときの複雑な心境を、『告白』のなかで「さすがに紋多は淋しかった。失意を強いられた。彼は、ふてくさって、仲間外れに扱われたことを無視しようと努めた」と「紋多」に代弁させている。「バスに乗り遅れるな」(3)（大井広介）というムードが文壇に漂い、嫉妬と焦燥とが入り交じった複雑な心境のなかで多くの作家は半ば自発的に従軍作家となった。丹羽は作家として昭和十四年一月には、中国大陸開拓の国家的事業に〈文章報国〉する大陸開拓文芸懇話会の設立、そして昭和十七年六月には、大政翼賛会の一翼を担う日本文学報国会の設立に参加した。そして日本文学報国会が主催して昭和十八年九月二十六から二十七日まで開かれた大東亜文学者大会では、三日目の第一分科会で丹羽は「米英東亜侵略史の記録小説作製」という提案をおこない、「敵愾心の昂揚を期す」ために「米英の罪悪史といふものを残して置きたい」と発言したのである。(4)

「海戦」

丹羽は昭和十七年七月に広島呉港から第八艦隊旗艦の重巡洋艦鳥海に乗艦してラバウル（現パプアニューギニア領）に向かった。八月八日夜の第一次ソロモン海戦では鳥海の旗甲板上で被弾し、右上膊部に砲弾破裂傷および顔面に多数の裂傷を負った。当時は米軍の重巡洋艦四隻沈没・一隻大破と駆逐艦二隻中破という戦果だけが華々しく報道されたが、鳥海は小破し戦死三十四名、重軽傷四十八名もの犠牲者を出していた。丹羽は負傷したにもかかわらず、帰港後わずか一箇月の間に「サンデー毎日」や「週刊朝日」「主婦之友」「朝日新聞」「読売新聞」など十数誌に体験記を寄稿し、小説として「海戦」（「中央公論」昭和十七年十一月）、「報道班員の手記」（「改造」昭和十七年十一月）を発表した。中央公論社から単行本化されると、海軍省軍事普及部の検閲を受けて伏字に置き換えられた本文箇所も生じたが、一般読者に歓迎され版を重ねて第二回中央公論社賞を受けた。艦橋の後部にあるマストにロープを渡す旗甲板に踏みとどまって、真夜中の奇襲攻撃を見届けようとした丹羽の胆力は評価できるものであり、敵味方双方の軍艦から発射される砲弾の轟音と閃光、爆風と震動に耐えながら丹羽が取材ノートを書き付け完成させたこれらの作品は、いずれも迫真のルポルタージュ小説であった。

戦闘場面の描写もさることながら、丹羽が持っていたリアリズムの眼が発揮される例の一つは、長官訓辞がなされる場面である。第八艦隊司令長官三川軍一中将の「帝国海軍ノ伝統タル夜戦ニオイテ必勝ヲ期シ突入セントス。各員冷静沈着ヨクソノ全力ヲツクスベシ」という訓辞は、日露戦争の日本海海戦で東郷平八郎司令長官が掲揚を命じたZ旗とともに、帝国の輝かしいエピソードとして広く知られるようになる。だが「歴史的な長官訓辞というものはもっと厳粛な形式のもとで作られるものだという意識」があった「私」にとって、それが「粗末な半紙」に「乱暴」に鉛筆で書かれ、しかも「一、二ヶ所訂正」してあることに「何か割り切れないもの」を感じさせられていた。主人公が何ら臆することなく違和感を表明するところに丹羽文学のリアリズムの眼があったといえるのだが、作品では残念ながらそれが徹底されることなかった。戦闘現場にいた丹羽の〈実感〉によって帝国海軍の知謀と勇気ばかりが前面に押し出されて讃えられたために、このとき第八艦隊が第一の攻撃目標としていた米軍の輸送船団を全く取り逃がして、米軍のラバウルへの上陸作戦を許してしまったという失態が隠蔽されると同時に、夜襲という無謀な作戦を立てた参謀を増長させてしまうという望ましからぬ影響を残した。

「海戦」には、「私」が夜襲の直前に真水で湧かした士官用の風呂に入るという場面がある。廊下には「兵がいつものように通路をふさいで眠っていた。せまい箱の上に器用に眠っているのもあり、七、八寸幅の長い腰掛けにかるわざのように眠っていた兵の胸から、汗のたまが流れていた」という。「私」は士官待遇で、士官用食堂で果物の缶詰を食べ、サイダーを飲み、夜食のうどんを心待ちにする。戦闘を取材した旗甲板には「足もとに白いものがごろごろと寝ていた。応急員か、交替の兵か、ぐっすりと眠っていた」。さらに兵の視点に立つことのない「私」は負傷してからも、艦内の治療室で「重傷者は呻き声もたてずに清潔に寝ていた」ことに感心し、翌朝も治療室で負傷兵が「より清潔になって」寝て「呻き声も叫び声もなかった」ことに感動を深める。「私」によれば、「意志によってたたきあげられ、鍛えあげられ、自己放棄の最後の一線にふり向けられた彼らの肉体は、任務を余儀なく放棄しなければならない運命に落ちても、なお自己放棄の姿を守っているようであった」とし、「彼らにとっては、私らと共通の肉体の苦痛も、感じ方がまるで違うのであろうか。魂が肉体からはなれてしまっても、彼らは立派に兵であった」とする。生死の境をくぐり抜けた人間が何かしら宗教に近い感情にとらわれはじめるのは十分に理解できるが、丹羽は美意識に訴えかけるような「清潔」や「清冽」「謙虚」や「謙譲」という言葉を負傷兵の「肉体」にあてはめようとするだけで、ベッドに寝かされている負傷兵の「自己放棄」を余儀なくされた「魂」に向き合おうとはしないのである。

「海戦」を発表したとき丹羽は「情痴の作者が百八十度の

転回で『海戦』を書いた」とジャーナリストたちから呆れられたが、『告白』の「紋多」によれば、自分には「もともと信念がないのだから、与えられたものは何でも描く」だけで「自分の見たままを正直に書いた」にすぎなかったという。

しかし従軍作家としての責任は「正直に書いた」ことでは果たされるはずもなく、「日本の海軍は何といふ偉大なのでせう。無敵なのでせう」(5)という帝国海軍の新たな神話を生成流布させることに寄与してしまった。丹羽は雑誌や新聞に体験記を矢継ぎ早に発表する一方、傷兵の保護を訴えた「軍事保護週間」に際して、昭和十七年十月八日午後六時から日比谷公会堂で日本文学報国会と読売新聞社との共催によって開かれた「文学報国講演会」の講師を務め、聴衆の前で従軍記者としての体験を語ったのである(6)。

「報道班員の手記」

戦後GHQによる戦争協力者の公職追放のターゲットとされると、丹羽は戦争中に発行禁止処分と執筆禁止処分を各々三回受けたことをあげて、戦争に協力するどころかむしろ戦争の犠牲者であったと釈明している。実は丹羽は「検閲への協力　民間検閲」(「日本学芸新聞」昭和十四年七月五日)のなかで、「取締るものと取締られるものとの協同」を提案して「編輯者と作家を検閲に立会はせる」のを求めていたことがある。検閲官の文芸に対する無知への善処策のようにも見えるが、検閲という制度を前提とする以上これでは作家が作家を取り締まるという作家同士の相互監視と不信を招くだけであっただろう。

丹羽が発禁処分を受けたとする三冊のうち、酒場のマダムと妾生活者を主人公にした『中年』(昭和十六年七月　河出書房)と学生の恋愛を描いた『逢初めて』(昭和十六年八月　有光社)の二冊は「風俗紊乱」を問われての処分であった。これに対して「報道班員の手記」他五編の小説を収録した『報道班員の手記』(昭和十八年四月　改造社)は、朝日新聞「丹羽氏の従軍記絶版」(昭和十八年六月二十七日)という記事によれば、一度出版された後に、「凄愴苛烈な連続決戦の最前線に海軍将兵と共に烈々たる気魄をもつて挺身する報道戦士の活躍について国民に誤解を抱かせる恐れのある不適当な内容のものと認定」した海軍省軍事普及部によって昭和十八年六月二十六日に厳重注意処分が下され、丹羽は「自己の不明を謝すると同時に単行本『報道班員の手記』を自発的に絶版にする旨を表示した」とされる。「文学報国」第二号(昭和十八年九月一日)の「絶版について」という記事でも、丹羽は「自発的に絶版にした」と発言しているので、正確にいえば発禁処分を受けたわけではなく、海軍省軍事普及部から報道班員としての「軍紀弛緩」を問われて、みずから改造社に絶版を申し入れたのである。

このときの詳しい経緯は、『告白』の「紋多」によれば「報道班員が戦死した場合、社から一万円が下りる」ことを書いたことが同行した報道班員によって「金のために記者が従軍している」と曲解されたことが発端であったという。騒ぎを起こした報道班員は海軍省軍事普及部の外郭団体黒潮会に所属する記者で、黒潮会の名誉にかけて糺弾すると息巻いているが、実はこの記者が特ダネを拾おうとして同僚記者の顰蹙を買ったこと、そして彼の「自らを恃む気性の烈しさ」のために「協調精神に欠けた」ところから鳥海の副官を怒らせたことを小説のなかで暴露されてしまったことに腹を立てているのだという。戦後、丹羽が語ったところによると、(7)事の発端は、伊藤整が新聞記者の文章について「現象を感覚的に摑んでみせる力量においては、丹羽氏のものと甚だしい差があつた」と指摘したことにあったとする。(8)しかし「金のために」という言いがかりはこの他にも、丹羽が単行本の印税で大いに儲けたという妬みによるものがあり、丹羽が陸軍からの徴用令状を受け取りながら海軍省軍事普及部富永謙吾中佐に交渉して、陸軍の五割増しの給与で海軍の徴用に移らせてもらったという話もまことしやかに囁かれていた。(9)

他方、石川達三は「文学者の挺身」(「朝日新聞」昭和十八年八月二十五日)のなかで、蓮田善明が「丹羽文雄はペンをすてて弾丸運びをすべきであった」と評したことを引用しながら「作家は何時にてもペンをすてて銃をとり、もしくは鍬やハンマーをとる用意がなくてはならぬ」こと主張する。しかし報道班員として特派された丹羽にとってみれば、最後までペンを離さなかったことは自身の職務に忠実であったわけで、「内地の書斎のぬくもり」や「内地の素人の感覚」を忘れないように、できるだけ一般人の眼から戦闘を描くことに専心するのは当然であったといえよう。

「報道班員の手記」は「海戦」と同じく第一次ソロモン海戦に取材した作品ではあるが、戦闘そのものよりもその前後のエピソードを報道班員の視点から報じるところに作品の主眼がおかれている。一連のエピソードのなかに、特ダネを求めてエゴをむき出しにする報道班員や、他社との競争に走る新聞社の話が登場し、一般読者の関心を惹きつける。報道班員の主人公「森」は「四ヶ月も風呂に入らない兵のあることが耐えられなかった」とし、「兵を考える場合は、大佐中尉下士官の区別はなく、対人間として考えるので、解決のつかない当惑にぶつかってしまう」と述べるのだが、兵士たちが酷使されていることを正視しようとはしないのである。またこの作品には「街角のＴ病院の入口の土間と玄関には原住民がねころがったり坐っていた。土足上るべからずと注意書がしてあったが、原住民に通じない貼札であった」と、わずかではあるが地元住民が描かれている場面がある。土間と玄関に寝転がったり座ったりしている「原住民」は、艦内の「通路をふさいで眠っていた」兵の姿に通じ、「原住民」には通じない言語で注意書きがなされた貼紙は、軍事力をもって現地を支配している民族の象徴である。いずれの場合も丹羽は自分がおかれた立場や身分を問い返すような視点を持たないまま、艦内では士官待遇、そして占領地では支配民族の立場から対象を視ていたのである。

「還らぬ中隊」

「還らぬ中隊」（「中央公論」昭和十三年十二月、十四年一月）は文学作品として読むと、「海戦」「報道班員の手記」に比べて数段優れた小説である。武昌と漢陽とをあわせて武漢三鎮と呼ばれた漢口は揚子江中流に位置する戦略上重要な場所で、昭和十三年六月十一日に陸軍は武漢攻略をはじめた。中支那派遣軍第十一軍および北支那派遣軍第二軍に所属する九個師団一歩兵旅団の三十五万人を動員した作戦は、日中戦争が開始されて以来最大規模の戦闘となった。政府は巨額の支出と兵士の動員のために昭和十三年五月三日、国家総動員法を施行するとともに、内閣情報部は八月に戦意昂揚を目的として、日本文芸家協会の会長を務めていた菊池寛を中心にする従軍ペン部隊を結成した。陸軍班十四名は久米正雄、片岡鉄兵、川口松太郎、尾崎士郎、丹羽文雄、浅野晃、岸田国士、佐藤惣之助、滝井孝作、中谷孝雄、深田久弥、富沢有為男、白井喬二、林芙美子、海軍班八名は杉山平助、菊池寛、佐藤春夫、吉川英治、小島政二郎、北村小松、浜本浩、吉屋信子が選ばれた。丹羽は九月十五日に福岡雁巣飛行場を出発して上海に到着、南京の視察を経て九江、武穴まで前進したとき猛烈な下痢に襲われて病院船で南京へと後退するが、このとき同船した二人の少尉と出会ったことが「還らぬ中隊」執筆の動機になった。このような丹羽の行動は田中励儀が当時の資料を調査して「丹羽文雄の従軍――〈ペン部隊〉から『還らぬ中隊』へ――」（「同志社国文学」第四十二号、平成七年十一月）のなかで明らかにしている（なお田中には昭和十七年の第一次ソロモン海戦の南方徴用に関して「丹羽文雄の南方徴用―ツラギ海峡夜戦から『海戦』へ」（「昭和文学研究」第三十五号、平成九年七月）の論考がある）。

「還らぬ中隊」はYA新聞社から特派されている「酒井庸三」記者が、漢口攻略戦の前線にいる鍵木部隊の三宅格之進歩兵少尉たちと行動をともにした体験が語られる。各部隊における日々の戦闘記録が整理された陣中日誌を眼にした「酒井」は、報道記者として「これほど緻密に中隊の模様を記録しておくことは六ヶ敷いだろう」と思うと同時に、「しかし、実際のこの時の戦いには陣中日誌に書かれていなかった出来事」があったことに気づく。それは日本軍の張りめぐらせた煙幕を逆利用した約二百名の敵兵が、日章旗を振って日本語で怒鳴りながら逆襲してきた際、実は部隊が混乱して一時後退を余儀なくされていたことである。日本軍の混乱を誘った敵兵の巧みな戦術のために、この日は戦死者二十四名、戦傷者二十六名の犠牲が出ていた。陣中日誌を「兵隊の一人一人が大きな目的のために身を投げ出している一つ一つの生きた記録」であると尊重しながらも、丹羽は書かれていないこのできごとにあえて触れることによって戦場の実態を伝えようとしていたといえる。昭和十七年の徴用時と大きく異なるのは、「酒井」が「初めのあいだは、自分の個人主義的な教養に邪魔をされて、すなおに兵隊の愛情にはいっていけなかった」のだが「いつかそんな気持は霧散」してしまったというように、毎日のように戦死者が出る前線にいる兵の視点から戦場を視ることができているのである。進撃を続ける味方の戦果のみならず、兵に突き殺された捕虜や松の木に縛られた捕虜、捕虜になる前に自殺した兵士、立ち退きを承知しないで殺された「土民」や村に遺棄された「土民の屍体」が作品に描かれている。さらには、いずれも「支那兵」「敗残兵」の仕業だとされているものの、南京が陥落するときに性暴力を受けた二十歳の女性や、性暴力を受けて井戸に投身自殺した母子、自宅へ戻ろうとして狙撃された男女の新しい屍体も描かれるのだが、「酒井」によれば「支那事変は、頑迷な国民政府の錯覚と己惚れを叩き潰すことと、並びに共に天を戴かざる悪辣な思想の撲滅から起こった」とされ、彼の視点は典型的な〈支那膺懲〉論と〈剿共自衛〉論を背景にして設定されていたことが分かる。「酒井」は前線にいる〈実感〉にもとづいて「戦争の惨禍だけを取りあげて、平和をとなえる反戦論者の意見も、正しい一面はそなえている」が「今日のような複雑多岐に発展した現実社会にそのような妥協がのめのめと求められるであろうか」と主張する。このような「酒井」の心境は「戦線に足をふみ入れる人間は、だれもかれも容赦なく現実主義の鉄槌で叩きなおされるようであった」と説明されて正当化される。

このようにして「酒井」による主張の背景にあった〈支那膺懲〉論と〈剿共自衛〉論とが戦場の〈実感〉によって正当化され、「戦争の惨禍」は等閑に附されるようになるのであるが、そのような企てに反論するかのようなできごとが作品のなかで二つ語られる。まずは日本軍が占領した村に残された老婆の「ながく引っ張っぱった悲しい人間の泣き声」である。「中の綿を糸と布が辛うじて抑えている黒い蒲団」を奪われた老婆が悲鳴をあげて、それを取り返そうとするのだが逆に暴力をふるわれてしまう。ちなみにこのとき実際に「蒲団」を奪ったのは捕虜の中国人であるとされている。「酒井」

は自分の藁の寝床にも忍び寄ってくる老婆に対して「いかにも事変のとばっちりをうけて、不当にいじめられている感じ」を抱かされる。翌日も泣いて訴え続けていた老婆は三日目に「田の畦にぴったり顔をくっつけて」死んでいた。「酒井」は「自分のせいじゃないと反射的に呟いた」ものの、心底には「拘泥」を感じ「たかが土くれ同様の一老婆が死んだというだけの問題ではすまされそうにはなかった」と考える。つぎに、中隊長以下幹部が全滅した三日間に及ぶ駱駝山攻略戦において、砲撃と銃撃、さらに航空機による攻撃を防ぐために「酒井」が塹壕に入って身を隠していたとき、どこからか聞こえてきた呻き声である。この攻略戦での激しい戦闘を体験して、「酒井」は「自分はあくまで兵隊ではない。戦争はいつになってもおそろしい。兵隊なればめったに顔や言葉にあらわさない不名誉な感情も、自分の立場なら許されるのではないか。するとこの度の事変のおそろしい裏表の両面を自分と兵隊はともに表現していることになるのではないか」と思うようになる。どこから聞こえてくるのか、敵か味方かも分からない呻き声は「敵味方の銃声ももはやこの負傷兵を怯やかすことはなくなっているのか、自分の声だけが世界のような呻き方」になっていた。結局はこの声を発しているのが「敵の斜面にころがっている敵兵」であることが分かったのだが、言葉にならない「死の呻き声」は、敵味方を越えた人間としての死の恐怖を訴えているのである。

右の二つの場面に加えて、日本軍が占領した九江でも悲鳴が聞こえてくる。陥落した上海や南京から逃れてきた「敗残兵」が密集し「さらに気違いじみた音響の氾濫」に見舞われていた九江の街で、「酒井」と同じ新聞社から派遣されている「小杉」連絡員が夜になって「敵死体がかくしてある蓆に眠ると「どこから聞こえるとも判らない悲鳴」が聞こえ、「その声は何か幽霊じみて、色彩のぼけた廃墟の街を泣き喚いているようであった」とされる。荒井とみよが指摘したように、この部分は他の従軍作家の描写に比べて群を抜いた凄みを感じさせ[10]、戦争の惨禍を象徴的に伝えるものであった。

「篠竹」

昭和二十年四月、栃木県烏山に疎開していた丹羽は再び海軍の徴用に応じ、鹿児島県鹿屋にあった特攻隊基地に赴いた。川端康成や山岡荘八、新田潤、湊邦三もそこで取材をしていたが、丹羽は結膜炎を患って早々と退去した。このときの取材にもとづいた小説「篠竹」は「新生」第二巻第一号（昭和二十一年一月）に発表された。小説家の報道班員「新門姫介」は、ある日飛行場で見かけた特攻隊員の帽子に「二十六歳の若桜、噫無情」と横書きされていることに「百千のニュース以上の真実」が含まれていることを感じ、「大本営製造の報道」は決して「本当のことは発表しない」ことに気づく。大本営報道部から「過大評価」され、国民も「過大評価」を望んでいた特攻隊のなかには、途中で引き返してきた隊員や、未練があってなかなか離陸しようとしない隊員、背中に大きな女性の写真を貼り付けて操縦席に乗り込もうとした隊員がいたうえに、たとえ彼らが無事に敵艦上空に到達できても敵の戦闘機にほとんどが撃墜されるほど航空隊の技術が落ちていたという。また主人公「新門」によれば、特攻隊員が辞世の作品を詠むことが流行していたが、彼らのなかには「新門」の許に辞世の漢詩の添削を頼みにきた少尉もいて、その「強がり」と「みえ」に「本当の自分の目が開いていない愚かさを残してゐる」ことから「辞世の意義に疑ひをもつ」ようになったという。

『告白』の「紋多」が告白するように、丹羽はこの作品が発表されるや否や「文壇生活十数年間、これほどの攻撃をうけたのは、はじめてであった」というほどの「袋叩き」にあった。たとえば宮本百合子は特攻隊基地の「腐敗」を「自分の内面生活にかかわりなくつきはなし」て描いていることは評価できるが「文学的人間的感動をもっていない安易な態度」が作者のなかにあることを批判した(11)。このような多くの批判を浴びた理由を「紋多」は「敗戦とならざるを得なかった諸々の現実を、いまさら目の前につきつけられるのが堪らない」からだと考え、自分にとっては「日本海軍の緒戦の景気のよかった時代の姿も、敗戦直前の軍紀のゆるんだ、ぐうたらな姿も、文学者としての目を通す場合は、同列であった」という。

昭和二十三年十二月二十五日、丹羽は新日本文学会主催の文芸講演会で「文学上の疑問」という講演をおこなっている。「私の書いたものは直接戦争遂行に協力はしていないのですが、しかしあの時代に海戦を書いたということには私の責任がある」とし「この責任を果たすには私の今後の仕事及び、戦争を絶対にしちゃいけないという運動に努力する以外に戦争中に犯した罪が償えない」と語った(12)。ここには従軍作家として創作活動をおこなったことに対する反省が感じられるが、この発言に対してもまるで戦中と戦後で手のひらを返したような態度だとして批判が集まっていた。「紋多」はこのときの丹羽の心境を代弁してつぎのように釈明している。

主義主張があるわけではなかった。自分というものの実体や実感をとらえかねている。小説を書いているにしても、紋多の場合は、自分の字で書いているから自分の言葉に思えるにすぎなかった。正確に、これといったものをとらえてはいなかった。しかし、実体はあるにちがいないのだ。実感は、――彼にとっては刻々に変化していく印象にとどまるようである。彼は宗教というものは、日々の改宗にあると信じていた。それも、おのれという人間は、刻々に変化する印象にすぎないという事実を裏打ちしたいために、考えついたことかも知れなかった。

丹羽にとって自己は「刻々変化する印象」であるとし、自我には実体がなく、移ろいゆく影のようなものであるとする。いかにも無責任のようにも聞こえるが、ここには時代に翻弄された作家の感慨とともに、他力本願を信じた丹羽の本質が表現されていると考えられる。

「還らぬ中隊」の「酒井」が戦陣日記には書かれていない事実を伝えようとし、「海戦」の「私」が長官訓示の粗末さに海軍の伝説とは違う「何か割り切れないもの」を感じ、「篠竹」の「新門」が「過大評価」されていた特攻隊の本当の姿を明らかにしようとしたように、丹羽は従軍作家としてみずから体験した〈実感〉にもとづいて戦争の本質に触れるきっかけを摑んだ。しかし厳しい言論統制のなかで、つねに検閲の対象になっていたとはいえ、どの作品もゴシップに好奇心を抱く大衆の欲望を満たすレベルの描写にとどまってしまったのは、自我を移ろいゆく影のようなものと考える丹羽には、視点のあり方を自己言及的に問い直す発想がなかったからであろう。丹羽が文壇に認められたのは昭和九年七月、総合誌「中央公論」が組んだ特集「新人号」に島木健作の小説「盲目」とともに丹羽の「贅肉」が掲載され、〈新進作家〉として将来を嘱望されてのことだった。その前年の昭和八年二月には小林多喜二が築地警察署で拷問死し、六月には日本共産党中央委員の佐野学と鍋山貞親が獄中から転向声明を発表するという〈転向の季節〉に重なっていたことは、主体の根拠をあえて問わないという、その後の丹羽の作家的生涯を大きく方向づけていたのではないか――。

＊　＊　＊

丹羽は『告白』のなかで戦争中に発行禁止処分と執筆禁止処分を各々三回受けたことに触れている。丹羽によれば、執筆禁止を受けたのは「西門家の人々」（「大陸」昭和十四年六～十二月、第七回以下中絶）、「新しい声」（「日の出」昭和十六年一～八月、第八回以下中絶）、「晴一天」（「婦人倶楽部」昭和十八年九～十月、第二回以後休止、十月号末尾に「以下次号」とあるものの、翌十一月には「大陸旅行のため遺憾ながら休載」とある）の三編である。小田切秀雄・福岡井吉編『昭和書籍雑誌新聞発禁年表』（以下『年表』、昭和四十二年六月　明治文献）と『禁止単行本目録　昭和十六年～昭和十九年』（以下『目録』、昭和六十二年二月　湖北社）で調べてみると、これらの雑誌が発行禁止処分を受けた記録はない。

他方、発行禁止処分に関しては、丹羽は『中年』と『逢初めて』、『報道班員の手記』の三冊をあげている。

『中年』東京市日本橋区通三丁目一河出書房発行、昭和十六年七月三十一日発行、四六判、二三八頁、八月十二日発禁、風俗禁止
『年表』全般的に情痴場面に描きたるものに付
『目録』本書ハ中年ノ一人ノ男ト三人ノ女性トノ恋愛ヲ書イタ長編小説デアルガ、全篇ニ情痴ノ描写アリ現在ノ読物トシテハ不健全ニシテ有害ノモノナリヨツテ禁止。
『逢初めて』東京市麴町区丸之内三ノ八有光社発行、昭和十六年七月十五日発行、四六判、二九一頁、八月二十八日発禁、風俗禁止
『年表』男女関係を全般に亘り刺戟的に取扱ひ不健全なるに付
『目録』本書ハ「逢初めて」「若い季節」ノ二篇ノ小説ガ収メラレテヰルガ、共ニ逢引ノ男女学生、乱痴気ノ中年女、結婚前ノ火遊ヲ享楽スル娘、頽廃的ナサラリーマン等ノ姿ヲ刺戟的ニ描キ全般ニ渉ツテ風壊ノオソレアリ現在ノ読物トシテ甚ダ有害不健全ナルモノトシテ禁止。
『報道班員の手記』
『年表』『目録』ともに発禁の記録なし。
『告白』には、内閣情報局の鈴木庫三陸軍少佐が「恋愛ばかり書いてちゃ駄目だ。いま、朝日新聞に小説を書いているが、あれ以上芸者が活躍したら、発行停止にしてしまうぞ」と脅しをかける場面がある。佐藤卓己の『言論統制』（平成十六年八月　中公新書）によれば、鈴木が内閣情報局第二部第二課に着任したのが昭和十五年十二月で、輜重学校付に転出したのが昭和十七年四月である。鈴木の在任中に関わる作品は「新しい声」と『中年』、『逢初めて』であったことが分かる。

注

丹羽文雄の本文は『丹羽文雄文学全集』（講談社）から引用した。

（1）桜本富雄『日本文学報国会　大東亜戦争下の文学者たち』（平成七年六月　青木書店　五一頁）
（2）野口富士男『感触的昭和文壇史』（昭和六十一年七月　文藝春秋社　二三七頁）
（3）大井広介「新人から見た文壇新体制」（「日本学芸新聞」昭和十五年十二月十日）
（4）機関誌「文学報国」第三号（昭和十八年九月十日　六頁）
（5）丹羽文雄「ソロモン海戦従軍記」（「キング」第一八巻一〇号　昭和十七年十月　二八頁）
（6）「後援名義使用御願　陸軍省受領壱第四二六四号」（JACAR アジア歴史資料センター：C04014954000）
（7）丹羽文雄「発禁・削除の思い出」（「群像」昭和三十三年五

月）

（8）伊藤整「報道文の性格」（「文芸」昭和十七年十月　四二頁）

（9）町田敬二『戦う文化部隊』（昭和四十二年二月　原書房　一六頁）

（10）荒井とみよ『中国戦線はどう描かれたか』（平成十九年五月　岩波書店　八八頁）

（11）宮本百合子「一九四六年の文壇―新日本文学における一般報告―」（「日本評論」昭和二十一年五月）

（12）丹羽文雄「文学上の疑問」（「新日本文学」第二十六号　昭和二十四年四月　六頁）

『蓮如』無断引用問題について

岡本和宜

丹羽の無断引用問題とは、長編小説『蓮如』を中心とする著作権問題である。発端は、昭和四十七年六月二十日の「朝日新聞」朝刊に「丹羽氏の〝無断引用〟で論争」とする記事であった。記事は随筆「親鸞―親鸞の再発見」（「太陽」一〇九号　昭和四十七年六月）と、小説「蓮如」（「中央公論」八六巻一号〜九六巻七号　昭和四十六年一月〜五十六年六月）の二作を無断引用として大々的に報じた。前者は林田茂雄『たくましき親鸞　共産主義者による再発見』（昭和二十五年六月　大法輪）に文章が似ているとし、後者が重松明久『人物叢書覚如』（昭和三十九年十二月　吉川弘文館）を「文章の配列を変え、わずかに補筆しただけ」と報じた。同記事で、林田は「丹羽さんとは親交もあり、私の考えを取り入れて下さったことをむしろ感謝したいくらい」と引用には寛容であったが、重松は「史実はともかく論評まで無断引用するのはどんなものか」と疑問を呈したものの、引用に関する「モラルの確立が必要」として著作権問題にまで発展する考えはないと報じた。同記事で丹羽は以下のように弁明している。

重松氏の著書も立派な参考書で、重松氏の意見も、私自身、客観的な真実と認め、大いに引用させてもらってい る。事前にあいさつしておくべきだったが、『蓮如』の連載が終る時に、これまで引用させていただいたすべての参考書を記すつもりだ。

と、引用を認める一方で、「文学書など創作の世界から転載すれば盗作などの問題になろうが、小説の中に学術書を引用するのは文学者の間で慣習化している。」と、出典明記は小説と研究の慣習のちがいだとの見解を示した。この丹羽の見解に関して、重松は翌二十一日の「毎日新聞」で、「丹羽氏は学術書を小説に利用するのは、いちいち断らなくてもいいと思っているようだが、著作権法にも引っかかり許せないことだ」と告訴も辞さない構えを見せた。重松のコメントをうけて、丹羽は「文芸作品と著作権」(「朝日新聞」昭和四十七年六月二十六日)で、「今回の私の場合、無断引用と解されてもやむを得なかった」と、出典の明記がなかったことを認めたものの、「文学者の著作権法の扱い方は、学術研究書とはまったくちがう」と、自説を繰り返した。ところが、丹羽の見解は、著作権研究家の鈴木敏夫から「出所明示をしないなどという慣行のちがいは、ありえようはずもない(1)」と批判をまねいた。

これらの非難と社会的影響の大きさから、丹羽は十月十日に文芸家協会理事長・会長職を辞任し、「蓮如」は第二十四回(八七巻一二号　昭和四十七年十二月)で休載となった。この事件の反響が大きかったのは、丹羽が日本文芸家協会会長兼理事長の役職にあったことも関係していよう。この問題以前に山崎豊子の盗作疑惑があり(2)、丹羽は文芸家協会会長として事後処理にあたった。事件後に丹羽は「今度の事件は山崎氏が著作権ということを十分知らなかったから起ったと思う。協会としては、山崎氏が今後筆を断つことが望ましいが、それは本人次第だ。これで文壇的生命は一応終ったと考えられる。」(「朝日新聞」昭和四十三年三月二十八日)とコメントした。山崎を「筆を断つことが望ましい」と断罪したはずの丹羽の無断引用に、マスコミが注目したのも無理はない。そのうえ、丹羽は著作権改正(昭和四十五年四月成立)にあたり、文部省著作権改正審議委員会の委員を務めていた。本来著作権に詳しいはずの丹羽の無断引用に、世間の非難が集中したのである。

その後、丹羽は重松と十月二十五日に和解書を交わし、引用上のミスに遺憾の意を表明し、連載の毎回末尾に参考書、引用書を明記することで和解が成立した(3)。「蓮如」は毎号末尾に参考文献を明示することで第二十五回(八八巻五号　昭和四十八年五月)より連載再開、それまでの連載分は単行本収録のさいに大幅改稿された(4)。

このような対応から、丹羽が無断引用を認めたかの印象を受けるが、連載第七回（八六巻七号　昭和四十六年七月）の末尾に「付記」として、「参考書作品の作者に対しては事前に許諾を得ているが、慣例に従い、この小説の完結のときにその本の名と作者名を誌させてもらいたいと思っている」（三四三頁）と記していた。さらに「蓮如―閑話休題」（「中央公論」九〇巻一一号　昭和五十年十一月）で、丹羽は第七回の「付記」にふれ、問題の経緯を説明した。この随筆によって重松は「付記」の存在を知り、私信で引用を了承し、問題は円満解決したのである(5)。そのことを示すように、重松は『丹羽文雄文学全集』月報十八（昭和五十年十月　講談社）に「歴史小説と親鸞」を寄稿している。

この経緯を見ると、「無断引用」の言葉が先行した感がある(6)。しかしながら、丹羽の引用には問題がある。「蓮如」連載第十五回（八七巻三号　昭和四十七年三月　三七六～三九三頁）三八一～三八三頁の宿善論争は、漢文を書き下し文に直しているものの、ほぼ重松『覚如』一一四～一一七頁の文章をまとめたものである。宿善論争は『最須敬重絵』に伝えられる有名なエピソードである(7)。しかし、覚如の「宿善」観は重松の見解を引用したもので、表現にも問題がある。

〝宿善〟の考え方そのものは、平安時代の往生伝にも多くみえており（拙著『日本浄土教成立過程の研究』）、善根的仏教思想の間で、伝統的にとかれている。親鸞は宿縁の語は用いたが、〝宿善〟にはかつて言及していない。行的・善根的要素を否定したかれの思想的立からは当然のことである。

（重松明久『覚如』一一六～一一七頁）

かんじんの親鸞は、宿縁という語は用いたが、宿善にはかつて言及していないのだった。宿善の考え方は、平安時代の往生伝にも多くみられる。善根的仏教思想のあいだでは、宿善の考え方が伝統的にとかれて来た。が行的、善根的要素を否定した親鸞の思想的立場からすれば、宿善論を否定したのは当然のことである。過去に宿善あついものは、今生の善知識にあって、法を聞けば、信心がおこると覚如は説くが、親鸞は、

「信は願より生ずれば、念仏往生自然なり」

と、説いた。善知識の教えを随順することによって、信心がおこるのではなかった。法然は、とにかく念仏を唱えよ、唱えている内に信心がおこるといった。が、そのような行的な念仏を親鸞は否定した。

（「蓮如」第十五回　三八三頁　傍線は筆者）

傍線部のように、覚如と親鸞の差異を示す丹羽の独自解釈が続き、盗用とはいえまい。しかし、「　」がなく引用の形をとっていないので、地の文との区別できない。同様の引用表

現が、第十七回（八七巻五号　昭和四十七年五月　三四四～三六一頁）三六〇頁の「鏡御影」改作の記述（『覚如』八二～八三頁）、第十八回（八七巻六号　昭和四十七年六月　四〇八～四二五頁）四一六頁の『閑窓集』に関する記述（『覚如』の一二八～一三〇頁）などに見られる。これらは正しい引用とは言いがたい。入江隆則は「文章の配列をわずかに変えたり、助詞を言いかえただけの〝無断引用〟が延々と許されるような馬鹿な話がまかりとおっていいはずはないのである。(8)」と厳しく非難している。また永田真理は「引用を拡大解釈して無断で他人のものをとりこむのも身勝手な話だ。おまけに、表現まであちこち変えたとなると、ますます問題が大きくなる。ここまでいけば、もはや〝引用〟とはいえまい。(9)」と指摘している。

したがって、問題は出典明示ではなく、引用方法にあるのである。丹羽自身も「歴史書の引用の問題—文芸家協会役職の辞意を表明して」（「東京新聞」夕刊　昭和四十七年十月十一日）で、文学者の著作権が他と異なるとした自説を撤回し、「引用を拡大解釈」し、「引用と参考の意味を混同させていた」と、引用の不備を認めている。他の参考書に関しても、引用とするには問題の多い箇所もある。(10)小説「蓮如」の作品分析のために、初出と改稿の問題、参考書との比較など本文批判が必須であろう。

注

（1）「大作家N氏の著名な侵害」（『実学・著作権　下』昭和五十一年　サイマル出版会）。発行月日未掲載。初出（Foreign Publication News No.186・187. 未見）では実名表記だが、単行本収録のさいに匿名にされ増補改稿。他に美作太郎「引用と盗用のけじめ—丹羽文雄氏の〈無断引用〉」（『著作権［出版の立場から］』昭和五十九年十月　出版ニュース社）、栗原裕一郎『〈盗作〉の文学史—市場・メディア・著作権』（平成二十年六月　新曜社）などの批判がある。

（2）無記名「山崎氏の小説『花宴』の資料集めに手違い」（「朝日新聞」夕刊　昭和四十三年二月十九日）で、「花宴」（「婦人公論」昭和四十二年五月～四十三年四月）に、エーリヒ・レマルク『凱旋門』（山西英一訳、昭和三十年八月　上下巻　新潮文庫）からの盗用が指摘された。その後さらに芹沢光治良『巴里夫人』（昭和三十年十一月　光文社）、中河与一『天の夕顔』（昭和十三年九月　三和書房）の盗用が指摘された。山崎は文芸家協会を退会、掲載誌を発行する中央公論社は単行本出版を中止した。

（3）無記名「丹羽氏、重松氏と和解」（「朝日新聞」昭和四十七年十月二十七日　二二面）

（4）『蓮如』一・二巻（昭和五十七年九月～昭和五十八年十月　中央公論社）

（5）「ある顚末—創作ノート」（『丹羽文雄文学全集　第二十七

巻』昭和五十一年七月　講談社）。なお、丹羽は連載終了後に「『蓮如』余話」（「中央公論」九七巻一〇号　昭和五十七年十月）で、この経緯を文章化したが、重松は事実誤認があると激怒し、「『蓮如』無断引用事件の真相」（「潮」二八四号　昭和五十七年十二月）で反論。円満解決したはずの問題は丹羽と重松との感情的対立になった。その顚末は福島保夫『うゐのおくやま―続・私の中の丹羽文雄』（平成十一年八月　武蔵野書房）に詳しい。

（6）濱川勝彦は「丹羽文雄『蓮如』試論―作家の姿勢」（「皇学館論叢」四〇巻二号　平成十九年四月）の注2で「『事件』というにはあたらない」としている。

（7）田淵静縁『御文五重の義』（明治四十三年二月　法蔵館）、佐竹智応『本願寺第三世覚如上人略伝』（明治三十五年四月　顕道書院）などに同様の表現がある。

（8）「作家の〝無断引用〟」（「東京タイムズ」昭和四十七年七月七日）

（9）『大作家は盗作家（?）』（昭和五十六年二月　こう書房）一四一～一四二頁

（10）黒田俊雄『日本の歴史8　蒙古襲来』（昭和四十年九月　中央公論社）からの引用は、蒙古襲来に関する記述の大半であり、連載第一回一四頁掲載のうち八頁分にも及ぶ。引用は丹羽の見解も混じるものの、ほとんど引き写しといってよい。同様の引用が第二回の前半部、第三回の前半部、第四回の中盤、第五回、第十二回の前半、第十八回の前半などに見られる。また望月信成「一遍聖人絵伝について」（『日本絵巻物全集10　一遍聖絵』昭和三十五年七月　角川書店）からの引用は、連載第九回の「一遍聖絵」に関する四頁分、計十九箇所である。これらの引用は単行本収録のさいに大部分削除されている。

Ⅰ部

丹羽文雄研究略史

半田美永

寺院生まれゆえの苦悩、父の不義、生母の家出、二十八歳で故郷を脱出して以来、人間の煩悩や愛欲をテーマとした小説を書き続けた一代の文豪丹羽文雄は、平成十七年（二〇〇五）四月二十日、東京都武蔵野市の自宅で死去する。本田桂子『父・丹羽文雄介護の日々』（平成九年六月　中央公論社）によれば、丹羽文雄がアルツハイマーを発病したのは昭和六十一年（一九八六）、八十一歳の時だという。以来、長く長女の桂子が介護にあたったが、平成十三年（二〇〇一）四月に彼女は父に先立ち世を去る。妻の綾子は、平成十年（一九九八）九月に八十六歳で病没。丹羽文雄は『蓮如』と前後して、脳溢血で倒れた自身の妻を描いた短編「妻」（「群像」昭和五十七年六月）を発表していた。

ところで、丹羽文雄の基本的なテキストとして、講談社版『丹羽文雄文学全集』全二十八巻（昭和四十九年〜五十一年）、集英社文庫『丹羽文雄自選短編集』全六巻（昭和五十三年〜五十六年）などがある。また、没後に出版された講談社文芸文庫『丹羽文雄短編集　鮎／母の日／妻』（中島国彦解説　平成十八年一月　講談社）、『母、そしてふるさと　丹羽文雄短編集』（平成十八年四月　四日市市立博物館）は、丹羽文雄の人と文学の基本を知るには最適である。又、大河内昭爾『追悼丹羽文雄』（平成十八年四月　鳥影社）は、より近く、より深く丹羽文雄を描き出し、必読の文献である。

丹羽文雄研究が盛んになるのは、戦後になってからである。その内容は、概ね、丹羽文学における〈風俗〉〈宗教〉〈自己形成〉の三点に分類される。

第一に、丹羽との論争をきっかけとして生れた中村光夫の『風俗小説論』（昭和二十五年六月　河出書房）は丹羽作品が自然主義、私小説から続く伝統的なリアリズムの手法を踏襲し、風俗のみを描いた芸術性、社会性のない風俗小説と批判した。中村の論難以降、丹羽文学否定の傾向は強くなる。伊藤整も同様の批判的立場に立ち、「丹羽文雄への手紙」（「風雪」昭和二十三年五月）、「『小説作法』について」（「図書新聞」昭和二十九年五月）、「丹羽文雄氏の文体」（「文学界」昭和三十一年八月）等を発表し、それらは後に「丹羽文雄」（『作家論』昭和三十六年二月　筑摩書房）としてまとめられた。両氏の論文は、非情で即物的な描写力をもった丹羽文雄の作風が現代風俗にまみれ、俗化の一途をたどって、ついに芸術性のまったくない、ステロタイプの風俗小説に堕していく必然性を指摘している。これに対し、十返肇は積極的に風俗性を高く評価して、そこに展開される男女の愛欲や家庭問題等に焦点を当て、バルザック的な広い視野への可能性に着目している。そして、村松定孝は『丹羽文雄』（昭和三十一年七月　東京ライフ社）で、十返肇の論を肯定する。しかし、村松説は、丹羽の〈生母もの〉や〈マダムもの〉の虚構性を説き、丹羽と作中人物とを同一視する中村説を否定しながら、「遮断機」（昭和二十七年）の風俗小説としての弱点を認めつつ、丹羽のみに責務を負わせるべきではないと中村説を補修している。これら、所謂〈風俗小説論争〉に対する丹羽文雄自身の発言が、殆ど見られないのが特色である。

第二に、丹羽文雄の宗教的側面については、亀井勝一郎をはじめとして、様々な問題が提起されている。亀井「丹羽文雄」（『文学と信仰』昭和二十四年五月　文体社　所収）は、丹羽文学の原点と、丹羽における資質としての宗教問題を指摘する。亀井の指摘は丹羽に浄土真宗を自覚させ、「青麥」（昭和二十八年）「菩提樹」（昭和三十年）などへと向かうきっかけとなった重要な評論である。その評論以後、丹羽文雄における浄土真宗思想が注目されることとなる。さらには、松本鶴雄『丹羽文雄の世界』（昭和四十四年四月　講談社）は、風俗小説の傾向から少しずつ宗教的な作品に移行していく後期の丹羽作品を高く評価し、丹羽の初期作品からそこにたどり着くまでの作家の内面的必然性を剔抉している。他に、池田岬「俗聖の文学―丹羽文雄」（「早稲田文学」昭和四十六年六、七月）、大河内昭爾『小説家の中の宗教』（昭和四十六年九月　桜楓社）や中野恵海『近代文学と宗教―丹羽文雄と親鸞と』（昭和四十七年十二月　桜楓社）、武田友寿「宗教の救済と文学の救済―丹羽文雄の宗教小説をめぐって」（「解釈と鑑賞―宗教と文学特集―」昭和四十九年七月　至文堂）等がある。特に池田は丹羽の風俗小説に見られる情緒的調和の源泉に浄土真宗の思想が湧出し、その思想は古典から続く本居宣長の「もののあわれ」に通ずるものがあるとしている。

第三に、特異な生育環境から丹羽文雄の「自己形成史」を中心に論じる説も少なくない。奥野健男は『現代作家論』（昭和三十一年十月　近代生活社）で、丹羽文学を「自我不在の文学」と評したが、これに対し、瀬沼茂樹は『新潮日本文学二十八』（昭和四十六年二月　新潮社）の「解説」で、「自我不在とみえるまでに自己没却または自己放棄するところに現れてくる、いわば『自然智』または『自然法爾』の発揮する強靭さをこそ貴いもの、（略）自我を越えた内部の弥陀の絶対的な力の働きにこそ縋るべき」と評価した。また、浦松佐美太郎「丹羽文雄と合理主義精神」（『新選現代日本文学全集十三』昭和三十四年二月　筑摩書房）は、丹羽の生来的な合理主義と文学のもつ非合理との因果関係に言及している。

他に、福島保夫『柘榴の木の下で―私の中の丹羽文雄―』（昭和六十年十一月　栄光出版社）、また著者の没後に出版された『うゐのおくやま―続・私の中の丹羽文雄―』（平成十一年八月　武蔵野書房）は、丹羽文雄の近くにいた著者の証言記録として貴重である。

認知症以後、二十年近い無筆の時期があって、若い世代に忘却されたとはいえ、昭和の流行作家、第一線の作家として、また、その影響力の点からも、丹羽文雄の存在はやはり大きかった。近年、二つの大きな展覧会が開催された。つまり、東京都近代文学館の「丹羽文雄と『文学者』」（平成十一年九月十一日から十一月三十日まで）と、四日市市立博物館の「丹羽文雄―文豪丹羽文雄その人と文学―」（平成十三年二月二十二日から三月十三日まで）とである。それを契機に、丹羽文雄再評価の機運が醸成された感がある。

近年、〈母もの〉を中心する作家論や作品論が多数ある中で、雑誌「泗楽」掲載の須崎テル子、秦昌弘の報告などが注目される。須崎テル子「丹羽文雄の「椿の記憶」―富中時代の作文と」（平成八年十月）では、新資料の紹介と分析、また「作家丹羽文雄を育んだ土壌―父教開師とその周辺を探る」（平成十一年八月）では、父教開の調査など注目すべきものが多い。秦昌弘も同誌で「校訂『鮎』」（平成十五年八月）、「丹羽文雄「生母もの」その手法の成立―初出誌「鮎」を通して」（同上）など初期作品を詳細に分析している。更に、秦昌弘は「ＧＨＱによる掲載禁止作品―丹羽文雄『対人間』」（「四日市市立博物館研究紀要」平成十二年三月）で、「対人間」（「思潮」昭和二十三年二月）の削除を指摘するなど、新発見も多い。

また、永井博「丹羽文雄論覚え書き―『鮎』を中心に」（「リーラー「遊」」平成十三年十月）、「丹羽文雄『鮎』試論―和緒に寄り添って」（「四日市大学論集」平成十七年三月）などの論考がある。永井博の「丹羽文雄「贅肉」論―琴の入籍拒否が意味するもの―」（「四日市大学論集」平成二十二年三月）は注目すべき論だが、ここに詳述する余裕がない。永井は先に「贅肉」には女性蔑視のありさまが描写されているということを指摘したが、琴が徹底的に入籍を、つまり法制的な女の交換を拒否するという特異な一点で、男のホモソーシャルに反逆する女の姿を描いていると結論する。

一九九〇年代後半から戦時下の作家の動向についての研究が活発化する中で、丹羽文雄の戦時下での言動も研究の俎上に載せられるようになった。田中励儀「丹羽文雄の従軍―〈ペン部隊〉から『還らぬ中隊』へ」（「同志社国文」平成六年十一月）、「丹羽文雄の南方徴用―ツラギ海峡夜戦から『海戦』へ」（「昭和文学研究」平成九年七月）、「南方徴用後の丹羽文雄―『みぞれ宵』から『甘酒』まで」（「芸術至上主義文芸」平成十一年十一月）など、戦中から戦後にかけての詳細な研究がある。

丹羽文雄の故郷三重県、特に四日市市の文化状況に繫がりながら、地域的な面からの考察は丹羽文学の源泉を検討するうえで重要であり、有用でもある。藤田明『三重・文学を歩く』（昭和六十三年十二月　三重県良書出版会）に収めた「菜の花の時まで―家からの脱出」と「一路―円熟期の作風」の二編では、この二作品に共通する、伊勢平野を象徴する菜の花を借用し、平和状態の中での解放感に結びつく雰囲気を指摘する。

四日市市で発行されている文芸同人誌「海」も注目されよう。平成十七年（二〇〇五）十一月（七二号）から平成十九年（二〇〇七）五月（七五号）まで、四回にわたり連載された間瀬昇「丹羽文雄　その余栄を―各氏追悼文より―」は、大河内昭爾、青山光二、河野多恵子、津村節子などの友人、門下生の追悼文の紹介をはじめ、中野好夫編の『現代作家』（昭和三十年九月、岩波書店）に収録される丹羽の自己評価と、丹羽の告白書「ひと我を非情の作家と呼ぶ」など、実証的なデータに基いて、波乱の多い丹羽文雄の人生とその作品の文学的価値を改めて確かめている。

濱川勝彦・半田美永・秦昌弘・尾西康充編著『丹羽文雄と田村泰次郎』（平成十八年十月　学術出版会）は、八編の丹羽文雄論を収録し、丹羽文雄評価のための基本文献となっている。収録論文のうち、巻頭の高橋昌子「遡源の回避―丹羽文雄初期作品の構造」は、「鮎」「贅肉」「煩悩具足」などの初期作品を取り上げつつ、「根無し」「根本消去」的な人物、つまり「根本に立ち入る思索を回避して、表層にある感情や世間的人間観を取り合わせて生きつつ（略）その生き方も偽装である」がごとき存在が多く登場すると分析する。こういう人物は当然「迎合」「便宜」を多用するが、これら登場人物たちの人間根源究明の欠落は作者の「手記的手法」のゆえに現れるのではなく、その「思惟構造」自体にあるのだと結論づけている。

濱川勝彦「丹羽文雄『親鸞』における二つの問題」は、親鸞の事跡として語られる六角堂参籠時の夢告の部分をめぐって、なぜ丹羽『親鸞』がそれを否定しているのか、また「悪人正機の説」の部分では丹羽が正しくその条件を書き得ているか否かなどを説いている。その後発表された濱川「丹羽文雄『親鸞』における信心の形成―「越後時代」を中心に」（「神女大国文」平成二十一年三月）において、丹羽文雄の「合理主義」「現実主義」「人間性重視」の姿勢を通して、越後時代の親鸞の信心を説明した。特に流刑地・越後における親鸞の心象を、丹羽文雄は自在に描くことができたと指摘する。

水川布美子の「勤王届出試論」は新体制下におけるジャー

ナリズムの動揺期が生んだ産物であるとともにバルザックの影響を受けた創作方法転換期の作品と位置づけている。他に、半田美永「『青麥』私論」は、主人公「鈴鹿」の「人生のまん中にいる」感覚や、父の描かれ方を分析し、鈴鹿の生育過程を指摘する。そして、この作品が『親鸞』『蓮如』への萌芽となっていることを論じている。また、岡本和宜「「蛇と鳩」論―新興宗教と救済」、三品理絵「丹羽文雄のミニマリズム―戦後の丹羽作品とヘミングウェイ」、衣斐弘行「丹羽文雄試論―その寺族史と宗教観からの視点」、竹添敦子「『文学者』時代の瀬戸内晴美」がそれぞれの角度から丹羽作品の新しい読みの可能性を提示している。なほ、本書には岡本和宜による詳細な「丹羽文雄研究史」が収録されている。

平成十八年（二〇〇六）十二月に、四日市市立博物館内に「丹羽文雄記念室」が開設された。東京都武蔵野市の自宅応接室、玄関なども移築され復元されている。記念室には、自筆原稿や生涯に刊行された著作、創作に使った机や万年筆など約千点が展示される。丹羽文学の完成への道筋を知るうえに、興味をそそられる貴重な資料に出会うことができる。なお、同博物館では、平成十八年（二〇〇六）六月から十二月にかけて、ミュージアムセミナー「再発見・丹羽文学」と題する四回にわたる講座が開催されるなど、丹羽文雄再発見のための様々な試みがなされている。

数多くの話題作となった丹羽作品は、これまで何度か映画化、テレビドラマ化された。昭和十四年（一九三九）、最初の映画化「東京の女性」（伏水修監督、原節子主演）以来、翌年には、前・後編で構成された長編映画「家庭の秘密」が封切られた。昭和十六年（一九四一）には、「闘魚」（池部良出演）が話題となった。戦後は、「人間模様」「怒りの街」をはじめ、二十作以上の作品が映画化されている。特に昭和二十八年（一九五三）、進駐軍のアメリカ兵の恋人となった女性たちの「恋文代筆業」を題材にした「恋文」（田中絹代監督、森雅之主演）は、当時としてまだ珍しい女性監督が制作した文芸映画になっていた。しかし、名監督が手掛け、名女優が登場する丹羽文学の中で、映画史に残る作品は希少である。「毎日新聞」の「おはよう三重B」（平成十七年六月十七日付）に掲載された吉村英夫「映画ものがたり五七」によれば、「純文学を離れた丹羽作品は、女性をデンと中心に据えて男女が複雑に絡むストーリーテリングな読みやすい小説であるものの、そしてそうそうたる監督が手掛けているのに映画化は意外と成功していない」と評される。

一方、昭和三十五年（一九六〇）にフジ・テレビ系で放映された「日々の背信」は、〈昼メロ〉〈よろめきドラマ〉のはしりとして話題を呼んだ。その後も、宗教文学の大作「一路」が改編され、愛を知り、不倫に悩み、悲劇に直面していく女を描いた「加那子という女」（新珠三千代主演）をはじめ、「渇愛」「魂の試される時」等、十数編の作品がテレビドラマ化されて、人気を博した作品もある。

常に流行作家として活躍した丹羽文学の本格的な研究は、今始まったばかりである。研究には、顕彰とは別に、対象を厳しく相対化する姿勢が要求される。彼の自叙伝的小説の検討は、その伝記的研究とともに、なお重要であり、今後、海外作家との比較も、新鮮な課題が期待されよう。また、そのスケールの点において、丹羽文雄という稀代の作家が「敗戦後の日本」という時空の中で、成し遂げたものの実体を考えることも不可欠であろう。それは、現代文学のありようを、いっそう大きな振幅の中で考えることであり、避けて通れぬ作業なのではないかとも思う。同時に、文学の分野を超越する、丹羽文雄の作品における四日市方言の検証など、言語学的な研究課題もあろう。

しかし何より、膨大な作品を遺した丹羽文雄文学の書誌、それらを展望する仕事の集大成が待たれるのである。

Ⅱ部　作品事典

あ行

【あ】

愛人《あいじん》

〔初出〕「大阪毎日新聞」昭和二十四年四月十日～十月十二日　他紙にても連載

〔単行本初収〕『愛人』昭和二十四年十二月十五日　文藝春秋新社

〔梗概〕花吹町子は二十四歳。女学校の教師から転職して東京の現代小説社で働く新入り編集者である。同期入社は四人であるが、入社早々、町子は芸術家肌の可児志功に惹かれる。二箇月後の熱海への慰安旅行で、町子は可児に積極的に接近し、可児の接吻を受け入れる。両親は町子の早い結婚を望んでいるが、町子は恋愛には憧れても結婚には関心を示さない。諦め気味の両親は、先に妹の陽子を嫁がせることを考え始めた。両親が町子の心を量りかねる中、町子が家に可児を連れてきた。若い頃に過失で芸者に子どもを生ませた父親の真之助は、町子の交際に鷹揚な態度を見せたが、母親の光枝は心配だった。すると今度は、可児の家を訪ねてみたいという町子を、可児が箱根の温泉場に誘った。宿で初めて可児を受け入れた町子は、自分の判断で可児の愛人となることに満足した。縁談があって妹の陽子は山陰の米子へ嫁ぐことが決まり、結婚式に旅立った。町子と可児はたがいの家で何度も泊まるようになるが、町子が求めるのは精神的なもので、肉体的なものには大きな意味を認めていなかった。編集長の長久保に作家を紹介された日に、町子は長久保に待合へ連れていかれる。可児と自分との関係を知った上で口説こうとするのかと、町子は憤慨する。新年早々に可児を訪ねた町子は、妊娠したことを話した。しかしまだ子どもを望まない町子と可児は中絶の手術を選択した。町子は、この罪は自分で引き受けようと思った。中絶後のある日、会社を辞めて絵を描く大阪の友人の所で気分転換がしたいと、可児が急に言い出した。町子はスランプから抜けられるのならと思い切って送り出した。三週間後に帰ってきた可児は会社に辞表を出し、町子には御幸芙美子という女性の存在を打ち明けた。芙美子に拘泥する町子は、連絡もせずに可児の家を訪ねると、留守の部屋で芙美子の写真と手紙を発見する。嫉妬と怒りで身を灼くものの、芙美子との交際を洗いざらい報告されてみると、正直な可児の心情に町子は逆らえないのだった。町子は、可児のアトリエで素直にモデルをつとめた。母親が幼稚園を始めることになり、居場所をなくした町子は、叔母の家に居候することになった。芙美子のことで気まずい感情のまま、可児は局面打開に大阪へ旅立った。可児の留守中にアトリエで彼のノートを読んだ町子は、芙美子が可児との結婚を望んでいることを知る。町子は全身から火が出るほどの屈辱を感じるが、大阪で出版社の働き口を見つけた可児を手伝い、アトリエで引っ越し準備をする。可児は町子も大阪に来るといいと言う。一度可児を泊めてから、町子の居候を叔父は嫌っていた。会社に辞表を出すと、町子も大阪へと旅立った。仕事にありつくために二人が悪戦苦闘している最中、町子が再び妊娠していることがわかった。それから四箇月後、不況の中、可児の会社は何とか持ちこたえていた。町子は女子学校に仕事を見つけた。

〔鑑賞〕発表時に戦後の解放的な空気が横溢していたとはいえ、若い女性を主人公にして、奔放な恋愛や進歩的な価値観の主張、男女の自由な愛のための中絶など、充分に刺激的な題材を扱っている。二人の青年男女を自由に行動させながらも、作者は彼らの悲劇の側面を冷徹に突き放して描くことを忘れていない。町子に向かって語られる小説家折尾の良識的な意見は、作者自身の言葉に近いもののように感じられる。　（遠藤昭己）

藍染めて《あいそめて》

〔初出〕「新女苑」昭和十二年一月一日～七月一日

〔単行本初収〕『丹羽文雄選集』（六）昭和十四年九月二十日　竹村書房

〔丹羽全集四〕

〔梗概〕作者自身が「大学生時代の友人や私の身に起った事件を小説体に書きあげたもの」（『愛欲の位置』序）と語る「青春小説」。上京して学生生活を始めたばかりの土岐の下宿には、小説家志望の尚子がいた。妹分の滋子を紹介すると言われていた土岐は、尚子の失踪にかこつけて滋子に手紙を出し、二人は交際を開始した。部屋を移り、同級生が心中事件を起こし、土岐の周辺にもさまざまな変化が生じる。だが、下宿を頻繁に訪ねてくる滋子に対し、まっすぐな心持ちで接していた。故郷の父の命令で須永家を訪ねた土岐は、宮子という娘と自分との婚約が親同士で承知されていることを知る。宮子が下宿に来た日、不意に滋子が訪ねてくるということが起こる。土岐は滋子に向かって「君を失いたくないのは本心だが、今の内なら君を失っても、あとでそれほど悲しむこともない」「両親に対してこの際負けてしまうのも美しい行為のように思われる」と言う。滋子は思い詰めたような行動をとったあげく故郷に帰ってしまう。やがて滋子から花嫁姿の写真が送られてくる。土岐は滋子の決心を探ろうと、同封されていた「逢染める雪」という小説を読み、「滋子の思い出がすっかり消化できるまで、この生ま生ましいものを一筋に慕ってみせる」と思う。

〔鑑賞〕「門冶は果して本当の意味で滋子に恋をしたのだろうか」「土岐の冷静さは、つねに丹羽文雄自身の女にたいする感情をあらわしているように私には思われる」（『丹羽文雄作品集』別巻　解説）という十返肇の視点は的を射ていよう。　（竹添敦子）

愛欲《あいよく》

〔初出〕「芸術」昭和二十一年七月十日

〔単行本初収〕『愛欲』昭和二十二年五月十二日　朝明書院

〔丹羽全集二十〕

〔梗概〕隠居のお仙と省吉夫婦、村はずれに住む桃子、その隣家の澄江と無職の亭主永田、東京からの疎開者宮口男爵一家らが、戸数十五の虫賀村で細々と生活している。終戦の知らせが村にも届くが、「戦争に負けて、この村にいったいどういう変化があったろうかね」という省吉の言葉通り、敗戦のもたらす深刻さはこの村には希薄である。戦時下の配給すらままならなかった村では日々の仕事に明け暮れるのが精一杯で、様々な社会の変化も村人の心にじかには届かず、日本の運命など到底考えも及ばない。中でも澄江は、色事以外の何物もこの世に存在しないかの如く、四十六歳の今も異性関係にだらしない女であるが、無職の亭主と桃子との不貞を知ると亭主を激しく折檻する。永田は後日桃子と出奔し、二人連れだって歩いているところを省吉に目撃される。養子の苦労を味わった省吉は、澄江に押さえつけられてきた永田に共感するところがあり、二人を励まし、戦災者より淋しく見えるその後ろ姿を見送る。永田の家出の後、澄江はお仙の客である榊という妻帯者の五十男と関係を持つ。後日、意気消沈した永田が二人の前に現れ、金を恵んでもらいその場を辞す。作品末尾、省吉は村の常会で若者らが醸し出す活気を「若い者の世界だ」と感じ、村の変化を予感する。

〔**鑑賞**〕寒村における戦後の諸相を、様々な人物の立場で描いた作品。敗戦後の混乱と動揺から取り残された格好の村の様子は、「逆縁」同様自らの疎開体験に基づき描かれたものである。

（杲　由美）

愛欲の位置《あいよくのいち》

〔**初出**〕「改造」昭和十二年六月一日

〔**単行本初収**〕『愛欲の位置』昭和十二年六月二十日　竹村書房

〔**丹羽全集十六**〕

〔**梗概**〕米津は、顕子から長年にわたって生活の面倒をかけてきたにもかかわらず、三年前に公子という新しい女との間に子供が出来たのを機に、顕子を捨てたのであった。

しかし、ある深夜、泥酔した顕子は米津の家に「あたしを捨てて、こんな家を持っているなんて生意気だ。たたき壊してやるんだ」と押しかけ、狂態の限りを尽くした挙句、舌を嚙み切ろうとする。この修羅場を、米津は顕子が別れるのに仲介した重松一枝の手を借りて収めるのであった。

米津が顕子の父の入院費を工面したことで、かつてともに暮らした顕子の家を訪れることとなり、顕子が誘ってくるものの、多くの男が愛撫した顕子の肉体を憎んでいる米津は、顕子に触れることなく朝を迎える。

米津の新しくて若い愛人であるまさ江は、米津が顕子の家で一夜を過ごしている頃、米津が尋ねてくるのを待っていたが、米津が来ないことに口惜しくなり、ピクニックで出会った男に身をゆだねてしまう。

後日、後悔したまさ江から、その告白を聞かされた米津は、顕子との比較から、まさ江とは「まだ間に合う」と何故か慌てるのであった。

〔**鑑賞**〕「マダムもの」として最後に発表された作品。マダムを捨て別の女性と所帯を持った男のもとへ、マダムが再び関わってくるというもので、一連の「マダムもの」の結末を扱っている。顕子が米津の家で暴れる描写は凄惨であるが、『ひと我を非情の作家と呼ぶ』では、深夜に丹羽の新居を訪れたマダムは、新居祝いに贈られた飾り皿を所望しておとなしく帰る。暴力沙汰を覚悟していた丹羽は、「この十年間の内で、久松郁子（マダムのこと）が私に見せた、さまざまなふるまいの中で、今夜のがいちばん気の利いたさばきであった」と振り返っている。

（秦　昌弘）

碧い空《あおいそら》

〔**初出**〕「日の出」昭和十六年十月一日

〔**単行本初収**〕『碧い空』昭和十七年四月一日　宝文館

〔**梗概**〕北海道帝国大学医学部の若手の教授、小菅幸吉を辻恭子は上野駅で出迎えた。幸吉は、孤児となった恭子を引き取っていたが、一年前、恭子は幸吉の弟悌二と札幌を出奔していた。上京後に生活観の相違から二人は別居、恭子は出版社に勤務していた。上京の翌日、幸吉が女子高等師範学校に親戚の桑守嘉子を訪ねるというので、恭子は同行を申し入れる。そこは戦没軍人軍属の寡婦が教員となるために学ぶ学校で、学生の大半が子持ちであった。嘉子は、幸吉が持ってきた自分の娘、美也子の描いた絵を見て平然を装いながらも膝を震わせ、その様子に恭子は深く感動する。二人がホテルに戻ると、悌二が来ていた。恭子と結婚してもいいと語る悌二に、恭子は答えない。悌二の去った後、恭子は幸吉に、自分を札幌へ連れて帰るよう涙を流して頼む。「恩を知る魂」を感じた幸吉は了承、恭子は「心の重荷をやっとおろして、初めて碧い空を仰ぎみるように快活であった。」

〔**鑑賞**〕初出の「編輯便り」に「戦歿軍人の寡婦たちが起ち上らうとする様を描くと共に、その緊張した生活面に触れた一処女が深い感動を受けて、転落しつゝある自分をつよく反省するところは、都合があつて掲載を中絶した作者の「新しい声」の女主人公郁子は何処に行くか?を暗示した感じがするであらうと思ふ。」とある。この時期の作品に多く見られる、施設の視察内容を作品に盛り込む手法や、時局に鑑みた女性像の造形等に、丹羽の創作態度が窺われるであろう。

（水川布美子）

青麥《あおむぎ》

〔**単行本書下ろし**〕『青麥』昭和二十八年十二月十八日　文藝春秋新社

〔**丹羽全集三**〕

〔**梗概**〕壱から漆（一〜七）の章で構成される。仏法寺の僧職にある父如哉の言動を中心に、十歳の鈴鹿の見聞した世界が、その内面とともに描かれる。別居する祖母を介して生き別れた生母との再会も果すが、彼にはたえず「人生のまん中にいる」という意識が消えることはない。中学、大学と進むにしたがって、父から一定の距離を置いて観察することに興味を覚えた鈴鹿は、次第に父にまとわりついている悲しい業に気づくのであるが、彼はどうしても家業を継ぐ気にはなれなかった。大学を出て檀家廻りをしたもののふたたび出奔。終戦の翌年、戦災で消失した仏法寺の山門に立った鈴鹿の前で、義弟の泗朗はまず保育園を建てるという。無為徒食と形容してよい父の一生、末寺のおかれた境遇、そしてこれまでの因習に縛られた寺院の現実を顧みて、鈴鹿は寺の有効活用に賛成するのだった。

〔**鑑賞**〕全体が過去形で語られるこの作品の世界は、父をモデルとしながら人生の幽暗にいる鈴鹿自身の物語りである。それは同時に、五十歳を直前にひかえてなお揺曳する父の実存に触発された作家自身の成育の物語りでもある。宿業にさいなまれた父の生涯を追うという作家の宿命を「世俗的には、私は不幸なことをやってのけたかも知れない」と意識しながら、「現実的な解釈で、いかにも父が救はれない存在であつたと判れば判るだけ、私には希望がもてるのだ。」（「あとがき」）という。そして、そのような思想は、両親の生き方によって培われたともしるしている。それを「あくまで浄土真宗的である。」と認識する作家は、この後『菩提樹』『一路』などを経て『親鸞』『親鸞とその妻』『蓮如』の構築へと向かうのである。

（半田美永）

開かぬ門《あかぬもん》

〔**初出**〕「日の出」昭和十五年十一月一日

〔**単行本初収**〕『浅草寺付近』昭和十六年一月十日　青木書店

〔**梗概**〕瀬戸内海の島に生まれた会津牧子は、桑村と許嫁の仲であったが、桑村家は没落、牧子は会津家に嫁ぎ、幸彦を生む。幸彦が六歳の時、夫は病死、独身の桑村が上野桜木町に訪ねてくるようになる。牧子は幸彦に、桑村は「親戚」と答え、桑村は毎土曜夕食に招かれる。十六歳になった幸彦が就寝後、桑村と牧子は、青春の日の喜びを記した牧子の日記を読むが、二人が理性を失うことはなかった。幸彦が日記を読んで家出したことを知った牧子は、それ以降二十年間門を閉ざして外出せず、二度と桑村に会わず、「母としての心だけで」生きながらえていた。牧子から話を聞いた小説家の私は「私の母は私を愛する一念で生きてゐた女であつたが、この目の前の母も、母性愛を傾けつくして生きてゐる女性である」と思い、自分の履歴を書いてくれるようにという依頼を承諾する。

〔鑑賞〕『開かぬ門』を出すと二人のひとからモデルに心当りがあるから、老婦人の住所を教へてほしいと手紙がきた。架空の物語なので返答のしやうがなかった」「大陸の或る雑誌に作者に無断で翻訳されてゐた」(『三代名作全集　丹羽文雄集』あとがき)とある。母性に生きる母への願望が表れた作品といえよう。　(永渕朋枝)

秋《あき》

〔初出〕「街」大正十五年十月一日

〔単行本初収〕『鮎』昭和十年一月十日　文体社

〔丹羽全集二〕

〔梗概〕「街」は早稲田系の同人雑誌で、田畑修一郎、中山省三郎、火野葦平、そして丹羽をこの雑誌に紹介した尾崎一雄らがいた。大正十五年四月に創刊され、昭和二年七月まで発行された。この小説が丹羽の作品としては初めて活字になったもので、今日処女作と言われているものである。初出と『鮎』(文体社)に収録されたものは、全体のストーリーはほぼ同じだが、登場人物の名前、心理描写の疎密、全体の分量などの点で違いがある。今日流布しているのは後者の方なので、以下の記述はそちらによる。母は子どもの頃から三木と噂の仲だったが、十八で養子を迎えて敬七を生み、二十年後に寡婦になった。その後、名古屋で三木の世話を受けるようになる。中学と夜学の教師をしている敬七の東京郊外の家に、痴話喧嘩をして母が突然やって来る。堅実に生活している敬七夫婦は、贅沢で奔放な母に困惑して彼女を追い返す。妻の絢子は芸者上りの女だが、水揚げの相手は三木だった。母はそれを知っていた。絢子は敬七にはそれを黙っていてほしいと母に懇願したが、母は彼にそのことを暴露して帰って行く。敬七は衝撃を受け、三木や母を憎悪する。翌日、敬七が絢子にそのことを告げると彼女は泣き出した。敬七は後悔したが、自分が彼女のことを不憫に思っており、そんな記憶を取り除いてやりたいと思っているのだという気持ちを感じ取ってくれるだろうということを頼みの綱にするのだった。

〔鑑賞〕人の囲い物になっている実の母を登場させている点で、後の「鮎」や「贅肉」など、いわゆる〈生母もの〉と言われる作品の濫觴である。　(永井　博)

朝顔《あさがお》

〔初出〕「文藝」昭和三十九年八月一日

〔単行本初収〕『朝顔』昭和四十一年六月二十五日　河出書房新社

〔梗概〕故郷で三等郵便局の息子であった生田は、酒場女とのもつれを切るため東京に出て、蒲生木工所に住み込んだ。狭く地面に近い住居に五人が寝起きする様に、生田は大都会を構成する細胞のひとつだと思うが、蒲生一家との生活にすぐ慣れた。その後一旦故郷で女に迫られて結婚してから別れ、六年ぶりで蒲生木工所を訪ねた生田は、蒲生が昨年病没したことを知って、東京に戻っていながらすぐ酒に走る生活で便りもしなかったことを悔いた。蒲生に大切にされていた未亡人のみさは、二人の子を育て、三人目の子を肺炎で亡くしていた。蒲生一家をよく知る関酒店の主人にみさとの再婚を勧められ、そんな下心はないと一旦は打ち消した生田だったが、その夜雑魚寝の中でみさと自然と唇を合せたことで、互いの気持が寄り添っていることを知り、結婚を決意する。みさと子供達を養うため、慣れないリヤカー運搬を始めた生田は、必死で働き一番の稼ぎ頭となる。生田は二箇月間眼を患って焦るが、今度は事務所の筆耕の職を得る。題名の「朝顔」とは、再会時のみさの服と同じ色で関酒店前に咲く花である。事務所への初出勤の際、花は枯れたが実をつけた様に、生田がふとみさが妊っているのではないかと思うところで作品は終わる。

〔**鑑賞**〕給料を無計画にのんでしまうのも生活なら、妻子を守って生きるのも生活、という生田の自覚には、この世に守るべきものを見い出して誠実に懸命に生きる庶民の人生が希望とともに価値づけられている。（渡邊ルリ）

雨跡《あまあと》

〔**初出**〕「サンデー毎日」昭和二十五年三月十九日〜七月二日

〔**単行本初収**〕『雨跡』昭和二十五年八月十七日　河出書房

〔**丹羽全集八**〕

〔**梗概**〕展覧会に落選した画家の八鹿賀志子と、失恋して落胆している味間杖一とが出会い恋に落ちる。賀志子は妊娠するが、堕胎を決意し入院。その病院の近くで、味間はかつての恋人御所住子と再会を果たす。味間は二股をかけ、前夫と離婚した住子を選ぶ。賀志子は再び妊娠して味間の子供を生み、味間に復讐することを思いつく。だが、復讐は不首尾に終わり、賀志子と味間夫妻は仲直りの手打ちを行う。

〔**鑑賞**〕男女の愛欲の世界を描いた〈風俗小説〉。同時代評では、無署名「新刊」（「時事新報」昭和二十五年八月三十一日）が、初刊本について、「都会風俗を描いては第一人者といわれる著者が鮮烈なリアリズムの筆致で二人の女と一人の男との微妙な愛欲関係を浮彫りしており読後表題のごとき清新な感じを受けるのはさすが」だとする。また、無署名「本の中に生きる女たち　丹羽文雄『雨跡』のなかの賀志子」（「朝日新聞」昭和三十一年二月十九日）は、賀志子の「生活の目標」が、画家になること、金をためること、そしてかつての恋人味間への復讐することへと変わっていくとし、賀志子が「理性的」だと思っていることが実は「非理性的」でしかないという。本格的な研究はまだない。復讐が不首尾に終る第二十六章以降の展開は飛躍が多く、テクストには多くの「空所」が仕掛けられている。味間、賀志子、住子らの愛欲の三角関係をどう読み解くか、また彼ら三人のカタルシスに賀志子の画家の師匠美方丹波がどのような役割を果たすかが、「空所」を埋めていくことにも繋がっていく。なお、当該作品は、新東宝から映画化が予定されていた。だが、当時の「キネマ旬報」や『映画年鑑』の封切映画一覧表には、「雨跡」と題した映画は掲載されていない。改題して映画が公開されたのかどうかも調査が必要だろう。（原　卓史）

尼の像《あまのぞう》

〔**初出**〕「群像」昭和四十六年十月一日

〔**単行本初収**〕『尼の像』昭和四十八年七月十五日　新潮社

〔**丹羽全集二十四**〕

〔**梗概**〕作家である紋多のもとに尼の像の写真と冊子が届いた。それは津藩主藤堂高虎の長女いとの坐像であった。彼女は、紋多が得度をうけた、高田専修寺第十五世住職堯朝上人の内室であった。

〔**鑑賞**〕堯朝は、朝廷から大僧上の位を受け、将軍家光の怒りをかって、寺に伝わる親鸞の真筆を提出するよう命じられたとき、自死をもってそれを拒否した人物である。浄土真宗を保護する幕府への抵抗であったが、浄土真宗を守るため高田派専修寺の戦いの歴史を、真慧と連如の内部抗争など含めた、その宗教史を物語りながら、堯朝の自殺の真相を坐像にむかって問いかける。
（永栄啓伸）

鮎《あゆ》

〔初出〕「文藝春秋」昭和七年四月一日
〔単行本初収〕『鮎』昭和十年一月十日　文体社
〔丹羽全集二〕
〔梗概〕津田は母の和緒に呼び寄せられて岐阜へ来た。和緒は世話を受けている守山が妻を亡くしたのをきっかけに彼女を入籍させようとするのを嫌って、彼から逃げて隠れていたのだ。津田はそんな母と守山を別れさせようとして守山との談判に臨む。和緒は十七の時に津田を産んだが、彼が子どもの時に家出をしてあちこちを転々とし、今は守山の世話になっているのだ。和緒が守山の籍に入ろうとしないのは、もしそんなことになったら思うように息子に会えなくなるからだと言う。一方、あくまでも和緒に執着する守山は彼女のことを捜しまわるが、結局自殺してしまう。守山の葬列を眺めた和緒がその盛大さに感心するばかりで一向に気の毒そうな様子を見せないのを見て津田は内心憤る。もう少し情のあるところを見せてもいいではないかと思うのだ。彼は和緒が夕食の時に見せた健啖ぶりを見ても気を悪くし、そして五年前に母が守山の世話を受けるという話がきめられた思い出の料亭である魚鉄に行こうと誘われた時にも、母が思わず守山のことを思い出してそう言ったのか、あるいは単に鰻が食べたくなってそう言ったのか、どちらなのか見極めることが出来ずに当惑するのだった。
〔鑑賞〕杉山平助が「朝日新聞」の「豆戦艦」欄で「豊艶な四十女のつかみどころのない情痴と、勝手な感情の虚実を、渋い筆でしっかりは握してある」と評価し、それを永井龍男が四日市に帰っていた丹羽に送ったことがきっかけになって、丹羽は家出して上京し作家活動に入って行った。「秋」や「ある生活の人々」から続くいわゆる〈生母もの〉で、この後「贅肉」などにつながっていく。
（永井　博）

或る女の半生《あるおんなのはんせい》

〔初出〕「中央公論」昭和十五年八月一日
〔単行本初収〕『或る女の半生』　昭和十五年八月十九日　河出書房
〔梗概〕備後から出雲に通じる県道沿いの落合村で、郁子は梋の私生児として生まれた。郁子は、結婚しようとした佐藤巡査のスキャンダルを聞いて失望したり、玉井と子供まで持ちながら玉井が朝鮮人という理由で引き裂かれたり、小学校教師岡田と心を通わせながらその兄に絶縁を申し込まれたり、母梋のかつての旦那山田の息子政富との生活で苦しんだりする。政富と離婚した郁子は、働いていた上級料亭の客、北畠から申し込まれて、子連れ同士で結婚する。北畠に「運命にへこたれない強い女」と評価された郁子は、心の弱い女であれば堕落してても無理はなかった、父なし子のこれまでの自分の運命を思う。
〔鑑賞〕初出には、戦線にいると伝え聞いた佐藤、岡田たちの武運長久を郁子が祈る末尾がある。梋の一生を描く「上」、郁子の半生を描く「中」、郁子の述懐の「下」から成り、中心は「中」である。改造社版『丹羽文雄選集』（四）「あとがき」に、「これは冒険をした小説だつた。小説に必要なデテールを抹殺した。それでも小説として成立するといふことを試してみたかつた。これにはモデルがある。モデルに対しては、亡夫の墓を建てるといふ知らせに接して、稿料の半分を送つた」とある。
（永渕朋枝）

或る生活の人々《あるせいかつのひとびと》

〔**初出**〕「文芸城」（三号）昭和二年九月一日

〔**梗概**〕姉にしか見えない若々しい母は、父の生前から津守と関係があり、今はその世話を受けている。ある冬の日、長く風疾を患っていた津守の細君が死んだ。その二週間後、電報で呼び寄せられた章助が帰ると、母は籍を入れろと言う津守から逃げて隠れていた。章助がこの話を断るべく津守と談判するが、その津守は自殺してしまう。その葬列を見送った時の母の冷淡な様子を見て、章助は思わず「『莫迦』」と叫ぶ。一方、津守が嫌がる母に酒を無理強いして母を自分のものにしたという話を母から聞いていた章助は、その仕返しのつもりで、津守の娘で幼馴染でもある千杜世と関係する。千杜世は章助のことが好きなのだが、別の男との結婚を控えており、章助もそれは知っていた。何日か後、章助のことを詰る千杜世の手紙を妻の絢子が読んでしまう。そのことを絢子が告白すると、章助も絢子に謝るのだった。

〔**鑑賞**〕大筋では後の「鮎」と同じ話で、文章もほとんど同じところがたくさんある。ただし、「鮎」の先蹤に連なる作品である。主人公（章助）に妻（絢子）があり、彼が津守の娘（千杜世）と関係し、そのことで妻に謝るというところは「鮎」にはない。

（永井　博）

ある青年の死《あるせいねんのし》

〔**初出**〕「世界」昭和三十九年一月一日

〔**単行本初収**〕『浜娘』昭和三十九年九月二十日　講談社

〔**丹羽全集二十**〕

〔**梗概**〕昭治は高校卒業後二年勤めた銀行を神経衰弱で辞めた年の秋、東北地方の鉱山に、組頭であった叔父を頼って出稼ぎに出た。町のデパートに勤める恋人の俊子と話す暇もなかったのが心残りであったが、神経衰弱を忘れて慣れぬ人夫の仕事に充実を感じるほど没頭し、帳場係に抜擢されるようにもなる。五月に帰郷したら俊子と旅行をしようと心待ちにしていた昭治は、帰郷の途上で同僚の太田に酒をつきあわされ、太田を一人飲ませるために買った酒を渡そうとして、走っていたプラットホームから転落し轢死する。

〔**鑑賞**〕昭治の転落を眺めながら椿事とも思わず酔って眠りこける太田の描写に、ささやかな幸福を望んで誠実に懸命に生きた青年の運命の不幸な因果が照らし出される。また語り手は鉱山の現場作業を詳細に描写することによって、仕事の過酷さと共に、竣工中に昭治が得た充実感と、思いの外乏しい成果から生じる失望感を実感をもって描き出している。丹羽の社会小説が風俗小説に止まらず慎ましい庶民の生きる意欲と哀感をリアルに描出したものであることを示す作品である。丹羽が鉱山の作業工程をいかに取材したか、実際の作業と照合しての執筆過程の解明が今後の課題であろう。

（渡邊ルリ）

ある喪失《あるそうしつ》

〔**初出**〕「若草」昭和十年八月一日

〔**単行本初収**〕『閨秀作家』昭和十一年三月二十日　竹村書房

〔**梗概**〕早稲田大学に通う礼三たちは、夏休みを実家で過ごしていた。午起海岸で過ごすのが日課となっていた。満潮に近付く頃―これが、彼らのマドンナ、庫子の姿が海岸から見られる時間帯だった。最初に庫子に恋心を抱いたのは、今二郎だった。しかし、何気ないことがきっかけで、礼三と庫子は周囲には内緒の恋仲になっていった。

夏休みが終わり、礼三は上京した。礼三

は、遠縁にあたる未亡人の園枝の家に下宿していた。十月に入ると、何度送っても庫子から手紙の返事がこなくなった。園枝が庫子に、「自分と礼三は将来結婚する仲である」という手紙を送っていたのだ。園枝は悪戯だとごまかすが、礼三は何か肉親的なものを薄々と感じる。誤解を解くために庫子のもとへ駆けつけるが、うまくいかない。十二月に入り、庫子から自分の結婚を知らせる手紙が届く。庫子は、自分の日記帳を礼三に渡し、結婚式へと向かう。諏訪神社に祝詞の声と太鼓の音が響き渡る頃、庫子が自宅に一度だけ訪れた時に過ごした思い出の奥屋敷で、礼三は彼女の日記と向き合うのだった。

〔鑑賞〕「午起海岸」「諏訪神社」「三滝川」など、丹羽文雄の生まれ育った三重県四日市市の風景が舞台として描かれている。この四日市で、若き礼三が「喪失」したあるものとは何か―園枝の手紙が原因で、礼三と庫子の関係が崩れつつあったとき、園枝は、再び庫子に手紙を送ったようだ。「前回は嘘だったけれど、今回は本当の気持ちを伝える。自分は礼三を大切に思っている」と。礼三は、最初は園枝に怒りをぶつけるものの、自分の感情を抑えつける。

お互いの心と心はつながっているのに、結ばれない礼三と庫子。五年目と十年目に逢おうという約束は果たせるのだろうか―。

（稲垣香奈）

【い】

怒りの街《いかりのまち》

〔初出〕「北海道新聞」昭和二十四年四月六日～九月二十日　他紙にても連載

〔単行本初収〕『怒りの街』昭和二十四年十一月三十日　八雲書店

〔映画〕『怒りの街』昭和二十五年　東宝

〔梗概〕江藤茂隆と毛利宗久は昼間は真面目な学生で、共に眉目秀麗で貴公子然とした風貌を持つ。しかし授業を終えて背広に着替えると、没落貴族ふうな雰囲気と風貌を武器に、ダンスホールで女性を漁り、金品を巻き上げる。毛利が狙いをつけた女性に江藤が近づき、ダンスの相手をしながら虜にしていくのである。福田つね子からは高価な貴金属やハンドバッグを奪い、宮部紀美子にはダンスパーティーの開催資金と欺いて五万円を手中にする。紀美子の行動に不審を抱いた母親は、以前に紀美子に好意を寄せていた土居垣に交際相手の調査を依頼する。土居垣はホールで女性たちに近づく江藤に注目するが、彼自身も毛利から警戒される。そして江藤と紀美子の後を追っているとき、尾行する毛利に襲われて暴行を受ける。紀美子は親から禁足を命じられ、江藤はアルバイト代にしては潤沢な金を持つことを家族に怪しまれる。毛利は好意を抱く雅子から、人相が豹変したと指摘されて深く傷つくが、自分は破廉恥で冷酷な江藤に単に加勢していただけで、彼とは違う人間だと次第に気づき始める。福田つね子に江藤の正体を暴露し、雅子に江藤との関係を告白した毛利は、江藤との行動を断ち生活を改めることを決意する。江藤は妊娠した紀美子に堕胎を強いる一方で、マダムの田上と接触を重ねている。二人の尾行をした後、紀美子はついに投身自殺してしまう。江藤はマダムに誘われて出かけた箱根の旅館で、自身で最後の一線と考えていた肉体関係を結ぶが、それが終わるとマダムにあっさりと捨てられる。その挙げ句、ホールで与太者に顔を切られてしまう。毛利が見舞うと、ベッドの江藤は街の怒りを受けて倒れていたが、まだ自分たちとは違った世界にいて、へこたれていないように見えた。

〔**鑑賞**〕主人公の江藤隆、毛利宗久の二人は、価値体系が崩壊した戦後すぐの焦土に立ち現れた学生で、ドライで利己主義的な青年の典型である。彼等は倫理を嘲笑い、他者を虫けらのように眺める。作者は江藤に、昭和二十四年の「光クラブ事件」のことを語らせている。首謀者の東大生山崎晃嗣を社長として昭和二十三年に設立した大学生による闇金融会社が破綻に至る事件である。山崎は服毒自殺するが、アプレゲールによる犯罪として世間を騒がせた。この小説に描かれた主人公たちの姿には未だ社会的な挑戦はないが、欲望の実現のためには冷酷に徹底的に他者を踏み台にするという点では共通したものが感じられる。事件は作品の執筆時期とも重なり、作者がアプレゲールに対して強い印象を持っていたことが窺える。ドライで行動的に描かれているのは二人の主人公だけではない。若い女性やマダムたちも、自由な空気を吸ってどこか酔いしれたような雰囲気を感じさせる。（遠藤昭己）

鼬《いたち》

〔**初出**〕「文芸首都」昭和八年六月一日

〔**単行本初収**〕『鮎』昭和十年一月十日　文体社

〔**梗概**〕鮎川は利宇子のパトロン、物江は彼らのポストマンのような存在である。鮎川は細君の柚子とその間にできた子どもの籍をまだ入れていない。姑の八千代は、鮎川が利宇子と遊んで財産を無くした時に、柚子の家の財産を食いつぶす魂胆だと思って詰るのだが、彼は利宇子と別れても別の女ができるだけであり、籍のことも面倒だからしないだけだとそれを否定する。八千代はいつもそれとなく柚子を貰ってくれないかというような話を物江にして彼を当惑させる。鮎川は利宇子ができてからも柚子のことを愛しているが、彼女は鮎川に愛想を尽かしている。利宇子が鮎川に別れ話を持ち出したが、鮎川は肉体的な理由で彼女と別れるつもりはない。海岸で利宇子は物江に好きだと言って接吻する。鮎川はそれを物江から聞いて、それはいつもの利宇子の手だが、自分はそれに翻弄されるだろう、そしてますます彼女のことが好きになるだろうと言う。海岸からの帰り、三人は鮎川が借りた海沿いの別荘に寄った。そこには柚子もいる。むりやり利宇子に挨拶させられた柚子は発作的に子どもを連れて鉄道の方に駆け出していく。鮎川に頼まれて物江が彼女を連れ戻すが、鮎川は利宇子を送っていくから後を頼むと平然としている。物江は柚子と二人でいながら、強い誘惑を感じつつ、柚子の「あなたつて案外卑怯な方ね」ということばに狼狽するのだった。

〔**鑑賞**〕利宇子は、「朗かなある最初」の止紀子タイプの他人を弄ぶ女であるが、この作品は、そういう女に弄ばれる男の側に立って書かれている。（永井　博）

一路《いちろ》

〔**初出**〕「群像」昭和三十七年十月一日～四十一年六月一日

〔**単行本初収**〕『一路』昭和四十一年八月二十日　講談社

〔**丹羽全集十四**〕

〔**TV**〕『加那子という女』（原作『一路』）昭和四十八年　日本テレビ

〔**梗概**〕浄土真宗寺院の住職伏木好道は、一流料亭の女中頭としての加那子の才覚を寺院経営の上にいかそうとして坊守として迎える。彼女にとって真宗の教義は檀家掌握のために知るべきものであった。そんな観念上の理解のゆきつもどりつが、まるで『歎異抄』の手引きのかたちで展開してゆく。

加那子は好道が宗政への出世段階として北海道の別院の輪番となって本坊を留守にしたとき、戦争末期の空襲激化の闇の中で、若い院代とまちがいをおこした。妊娠した彼女は敗戦と共に帰郷した夫にすべてを告白する。多くの門徒を擁する住職として世間体を重んずる好道は、生まれた娘のぶ子を檀家総代の千家に養子としてひきとってもらう。だが加那子の次男聡は長じてのち、同じ郷里から上京した、お寺の子と総代の娘という自然な結びつき方で恋仲になり、のぶ子は妊娠する。二人は知らずして加那子という母をもつ近親相姦の罪を犯すのである。加那子は聡にすべてを知らせ、のぶ子には事実を知らせぬまま人工中絶を強要し、手術は成功する。しかしのぶ子は自殺した。

「のぶ子が自殺するなど、加那子の人生の処方箋の中にはないことであった」この言葉の世界をテコにして、それを破壊するところに処世の次元を超える「一路」の世界が展開される。加那子は自分の処方箋どおりに歩みつづけるように見えながら、最後は現実に見るも無残に裏切られる。

〔**鑑賞**〕ひたすらに人間が奈落に落ちてゆく一筋の路の果てに親鸞の「悪人正機」の思想に直面する。「絶対他力」の慈悲にすべてをまかせる極限の賭けが、長編「一路」に見事に造型されたのである。

（大河内昭爾）

一茎一花《いっけいいっか》

〔**初出**〕「福岡日日新聞」（夕刊）昭和十一年五月三十日～六月十六日

〔**単行本初収**〕『若い季節』昭和十一年九月十五日　竹村書房

〔**梗概**〕小説家を目指している唐糸恒夫は、ともに暮らしている銀座の酒場「淑子」のマダムである一色淑子の稼ぎで生計をたてている。

唐糸がまだ早稲田大学の学生の頃、造船所のタイピストであった淑子と鬼子母神の縁日で知り合い、大学卒業後も唐糸は田舎へ帰らずに淑子と同棲を始めたのであった。その頃、淑子は美容師になっていたが、帰宅は毎夜深夜で、給料以上の金遣いであり、唐糸の就職を頼んでいた新聞社の男との外泊など淑子の貞操が信じられなったことから、淑子と別れて帰郷したのであった。

捨てられた淑子ではあったが、至って行動が自由となり大阪で水商売に飛び込み、そこで成金の世話を受け、二年後には銀座で店を持つまでになったのであった。生活の面倒はみるとの淑子からの再三の手紙に、小説家の夢を捨て切れないでいた唐糸は、淑子の生活力と魅力にひかれ淑子の家に転がり込む。

淑子の奔放な男性関係はおさまることがないが、そのことには目を瞑り、淑子との暮らしは、独り立ちができる日までのこととして、唐糸は習作に取り組むのであった。

ある夜のこと、ふとした事から淑子の住所録に四十数人の男の名前を記したメモを見つけたものの、淑子にうまく言い逃れされる。その後、築地のアパートに転居し、淑子は相変わらず店の男客を連れて深夜に帰宅する。その際には、唐糸は向かい部屋の早川公子のもとへ移るのであった。公子は淑子の店で働いているのだが、唐糸と公子は互いに好意を寄せ合っている仲でもあった。

淑子がアパートを出て一軒家に住むこととなった際に、唐糸は仕事を口実にアパートに残る。淑子とは別居となったことで、公子と結婚して「健康な生活に戻りたい」と決意する唐糸であった。

〔**鑑賞**〕「マダムもの」といわれる一連の作

品で描かれてきた物語は、この作品のなかに全て織り込まれており、「マダムもの」の総集編ともいうべきもの。

　丹羽がマダムである片岡トミと別れるに際して、映画会社の宣伝部に勤めていた軽部清子が仲立ちをしており、この作品と「愛欲の位置」では重松一枝、「別離」では秦澄子として描かれる。仲立ちによって別れていく経緯は、「別離」でも扱われているが、この作品でより詳しく描かれている。


（秦　昌弘）

一向一揆の戦い《いっこういっきのたたかい》―日本最大の宗教戦争《にほんさいだいのしゅうきょうせんそう》

〔初出〕「中央公論文芸特集」（一）昭和六十年三月二十五日　（二）昭和六十年六月二十五日　（三）昭和六十年九月二十五日　（四）昭和六十一年三月二十五日　（五）昭和六十一年九月二十五日　（六）昭和六十二年六月二十五日　（七）昭和六十二年九月二十五日　七回で中絶。第五回より「本願寺遺文　一向一揆から東西分裂まで」に改題。昭和六十一年夏季号に「一向一揆の戦い」休載の知らせと同時に「次号から想を新たに連載を再開されます。内容の新たな展開に従って、「本願寺異聞―一向一揆から東西分立まで」と題を改めて、書き継がれる予定です。」という編集部かからのお知らせがある。

〔梗概〕天文十二年に鉄砲が渡来するや、武士の戦いに革命がもたらされた。鉄砲を最も熱心に利用し天下統一を狙う織田信長は、石山本願寺の土地明け渡しを要求するが、本願寺第十一世顕如は、これを拒否。その直後（元亀元年十一月）伊勢長島に一向一揆が蜂起。度重なる敗北の後、信長は、天正二年、海賊衆の九鬼嘉隆を味方に付け総勢七万の大軍で、一揆方を殲滅。一揆衆は、親鸞の教えを信じ、「倶会一処」の信念の元に死んだ。

　これより半世紀前の享禄四年、北陸で起こった事件（本願寺と加賀三箇寺の争い「本願寺のお家騒動」）が描かれる。十代目の証如が後を継ぐや、外祖父・蓮淳（蓮如の第十三子）が権力を振るい、蓮如の遺志に従い一揆に組しない三箇寺（松岡寺、光教、本泉寺）を、家宰・下間氏を使って滅ぼしていった。特に松岡寺は、蓮綱（蓮如の第五子）は撲殺され、家人は、ことごとく殺された。本願寺の権力強化のためであった。

　それより三十年ほど後、永禄六年、三河の岡崎で一向一揆が起こった。二十二歳の松平家康（後の徳川家康）は、一揆鎮圧に苦慮し、本願寺派を憎む「高田派」を味方に付けて、和解したが、家康の巧妙な罠によって一揆勢が壊滅する。大一揆（本願寺）と小一揆（加賀三箇寺）の争いは、既に見てきたが本願寺を牛耳る蓮淳の非情さを、本福寺住持餓死事件で、改めて述べている。蓮淳が無理難題を、裕福な本福寺に持ちかけ、破門にし、住持は、餓死した。

　親鸞の高弟、真仏や顕智から出発した「高田派」は、常に本願寺派と対立する関係にあった。一揆においても反対の立場に立ち、信長に味方した。そのような高田派の立場を描きながら、「筆者」が突然顔をだし、「一向一揆」に対し自分の構えが甘すぎた、私などが踏み込める世界でない、思い切って転換した、という。ただ「本願寺の歴史的な展開だけは」書き上げたいと述べ、准如（西本願寺）と教如（東本願寺）が、お家騒動と秀吉、家康の権力との結びつきで分離誕生したところでこの作品は終った。

〔鑑賞〕大作「蓮如」を執筆したころから、浄土真宗史を書きたい希望を持っていた丹羽文雄が、改めて一向一揆に挑んだ作品であるが未完に終わった。既にアルツハイマーの症状は現れ始めており、年代の誤りや、叙述の恣意が見られる。部分部分は確かに書かれているが、全体の構想は曖昧である。二回目の休載時、短いエッセイ「私の乱視」（昭和六十一年夏季号）を発表した。本人は得体の知れない「病気」を乱視であると思い込み「再生のよろこび」を書いているのが痛ましい。

（濱川勝彦）

命なりけり《いのちなりけり》

〔**初出**〕「朝日新聞」昭和三十八年十一月二十九日〜三十九年十二月八日

〔**単行本初収**〕『命なりけり』昭和四十年一月三十日　朝日新聞社

〔**丹羽全集七**〕

〔**ＴＶ**〕『命なりけり』昭和四十年　日本テレビ

〔**梗概**〕全集も初出と同じ章立てで、新聞掲載分ごとに段に分けられている。筒井産業重役長谷部良之の妹鈴鹿は社員の鳥居正直の熱心な求婚を受けて結婚するが、妻のある九鬼商事の社長九鬼信治と以前から惹かれ合いながら共に感情を抑えていた。鈴鹿の伯母魚住泰子は、九鬼の訪れる茶席雁亭に週三日通うことを命じ、二人を見守る。鳥居は恥の観念を知らぬエゴイストで、既に情人の昌代との間に三歳の子があった。この事実を知った鈴鹿は妊娠せぬように手術を受けるが、以後鳥居は若いさく子とも関係を持つようになる。九鬼商事が倒産に至る中、離婚を前提に妻と別居した九鬼は、鈴鹿と互いへの感情とそれぞれが被った心の傷について語り合い、抱擁する。夫に同化することを恐れながら離婚のきっかけを失い、女三人で鳥居を共有する鈴鹿のありようを、九鬼は「娼婦性」と呼び、鈴鹿の育ちからくる行儀のよい「習性」や「自分の在り方を直視することのできないあまさ」は、まっとうなものを願う悩みも気休めに終わらせる可能性があると厳しく指摘する。九鬼は倒産を経ても個人である自己は残ることを自覚し、鈴鹿にも他者の評価とは別に自分自身であることを伝えようとする。この言葉に支えられて、鈴鹿は、伯母と兄長谷部に離婚の意思を自ら伝える。自らを「秩序と倫理をきびしく要求する世間」と呼ぶ長谷部は、鳥居を左遷し離婚を進めるが、鳥居は離婚を承知しても長谷部家との親戚関係があるかのように振る舞うことを願い出る。

〔**鑑賞**〕主要人物たちは、それぞれ迷いの中にあり誘惑に弱いが、その中で鈴鹿と九鬼は自らの弱さを知り、道ならぬ恋情の中で相手を弱さと共に深く理解し、苦悩しつつ道を模索する存在であり、恥を知らぬ鳥居と対照的に描かれる。また、魚住泰子、俳人鶴岡礼子、江見延江の三老女は、当初から鈴鹿と九鬼の感情と結婚の陥穽を見抜き、深い人生経験をもってその模索の行方を見守る存在である。

（渡邊ルリ）

厭がらせの年齢《いやがらせのねんれい》

〔**初出**〕「改造」昭和二十二年二月一日

〔**単行本初収**〕『理想の良人』昭和二十二年五月十五日　風雪社

〔**丹羽全集三**〕

〔**梗概**〕八十六歳になるうめ女は、食欲は旺盛だが頭の方はすっかり呆けた状態にあり、三人の孫娘たちには厄介者扱いをされている。祖母を持て余した長女仙子とその夫伊丹は、その世話を茨城県に疎開中の次女幸子夫婦に押しつけることに決める。三女瑠璃子は思うところもあるが、青春を謳歌したいと考え、戦後の闇太りで派手に暮らす仙子の家に寄宿する方を選ぶ。うめ女の処遇をめぐって仙子と幸子姉妹は口論し、姉妹は絶縁状態となった。幸子はうめ女を気の毒にも思うが、「助けて下さい」「何か下さい」を一日中繰り返し、物を盗んでは隠し、手当たり次第に布を引き裂くといったうめ女の行動に手を焼き、「廃人」となった老女を前に生命讃美のお題目に疑問を感じるのである。作品末尾で亡くなった娘（幸子らの母親）の写真に頬ずりして涙を流すという「人間らしい一面」を見せるうめ女が、すぐさま元に戻り、納戸からくすねて来た曾孫のパンツを裂くためにせっせとゴム紐を引き抜く姿には、悲惨さというよりも滑稽味が感じられる。孫娘らに「永生きするから、いろんな罰が当る」「人間は、自分の生命で虐待されたり、呪われたりもしている」と言わしめ、「精神のない肉体だけ」の存在となったうめ女の老醜ぶりを冷徹に描くも、陰鬱な印象のみに終始しないのは、こうした描写にもよるものであろう。

〔鑑賞〕従来の秩序が崩壊した戦後の家族制度における老人の処遇、老女を取り巻く人物のエゴイズム、宗教や儒教道徳も及ばぬ地平での人間存在の意味など様々な問題をはらむ、丹羽の戦後の傑作のひとつとされる作品である。（杲　由美）

【う】

飢える魂《うえるたましい》

〔初出〕「日本経済新聞社」昭和三十年四月二十二日～三十一年三月九日

〔単行本初収〕『飢える魂』昭和三十一年五月五日　講談社

〔丹羽全集十〕

〔映画〕『飢える魂』昭和三十一年　日活

〔TV〕『飢える魂』昭和三十五年　フジテレビ『飢える魂』昭和四十七年　フジテレビ

〔梗概〕大学教授味岡礼司と妻道代、娘章子の家庭を軸に二人の女の人間模様が描かれる。道代の遠縁芝令子は材木商を営む夫直吉とは二十三歳年が違い幼い娘京子がいる。令子はやがて直吉の仕事の関係から若い立花烈を知り惹かれていく。章子の友人小河内伊勢子の父は病死していて母まゆみが支えている。そのまゆみの相談相手となってきた下津雅治は妻がある身だがまゆみに関係を迫る。物語は立花のガス事故死や伊勢子の下津への忌避からの自殺未遂など味岡一家を介してそれぞれの魂の飢えが展開していく。

〔鑑賞〕作者のエンターティンメント作品（中間小説）の一編として昭和三十一年川島雄三監督によって映画化もされる。作中、令子やまゆみの身上に親鸞の高僧和讃の一節「恩愛はなはだたちがたく生死はなはだつきがたし」の言葉や想いを重ねている点が注視される。（衣斐弘行）

有情《うじょう》

〔初出〕「新潮」昭和三十七年一月一日

〔単行本初収〕『有情』昭和三十七年二月十五日

〔丹羽全集三〕

〔梗概〕小説家の「私」は、アメリカ留学中の息子が国際結婚を望むことに激怒し、怒りを手紙に託す。その返信に「もの心がついてから父に愛されたおぼえはひとつもありません」との一文を見た「私」は打ちのめされ、自らの幼時からの記憶を、息子に語りかける形式で辿りだす。また「お父さんはひとのあやまちが許せない性格です。」と書かれたことを誤解だとし、過ちの連続のような生涯を送った生母を、今は心から抱いていると告白する。一方で、自分が欺いた父の心を捉えようとし、自分の中に父を発見する。息子に語りかける形式での思索は、親鸞の〈自然〉とバーナード・ショウの「ヴァイタル・フォース」とを重ねつつ、人間の力を絶したある偉大なものがあり、それは躓きながらも常に前進していると認識するに至った。息子の結婚問題には、「私は直の結婚をみとめたのではなかつた。ゆるしたのではない。私の力のおよばない世界の出来事と思つたのだ」と決着づけている。

〔鑑賞〕本作は「罪を犯す自分」をめぐる伝記的な出来事と、親鸞の思想とを、自覚的に関わらせ思考しようとする『青麦』や『菩提樹』に続く作品といえる。初収単行本「あとがきに代へて」では、「私の年来のプランは蓮如を書くことだが、そこへいきつくまでに書かねばならないものがいくつかある。結局「有情」もそのひとつといふことになる」と述べている。また「客観的態度といひ、一定の距離をまうけて書くことが、どういふことか。作家はそれだけでよいのか」と叙述形式への問題意識を高めた作品だと、丹羽自身は位置付けている。

（尾崎名津子）

嘘多い女《うそおおいおんな》

〔初出〕「日本評論」昭和十一年十月一日

〔単行本初収〕『女人禁制』昭和十一年十月二十日　双雅房

〔丹羽全集十六〕

〔梗概〕大学は出たものの定職を得ていない笠田は、共に暮らしている篤子の稼ぎで生活している。

美容院に勤めている篤子は、染め上げるという口実で縮緬を友人から借り受けていたものの、質入れしてしまっていたのであった。その縮緬の返却を友人から求められた笠田は何も知らずに、篤子が勤めているはずの美容院を訪ねるのであるが、美容院ではなく銀座の酒場に勤めていたことを初めて知る。

さらには、篤子が質屋に出入りしていたことに加え、ついには篤子が収入を得るためとはいえ不貞をはたらいたことが明らかとなっていく。

そのことを笠田は責めるものの、泣いたり暴れたりしつつも情欲で迫ってくる篤子に抗しきれず、爛れた生活から逃げ出せない笠田であった。

〔鑑賞〕「マダムもの」のモデルとなった女性との長い愛憎関係のなかで、丹羽が早稲田大学を卒業して数箇月後に帰郷するまでの間の、二人の生活を題材にしたものであろう。

不貞を働きながらも情欲で訴えてくる篤子の行為を、笠田は「畜生道だ」と叫んでいる。この作品が執筆された昭和十一年には、丹羽は綾子夫人と安定した生活に入っており、かつての愛憎生活を厳しく見つめなおすことが出来るようになっていたのであった。

（秦　昌弘）

うたがい《うたがい》

〔初出〕三重県立富田中学校回覧雑誌（雑誌名不明）大正十一年頃

〔収録〕『文豪　丹羽文雄展』図録　平成十三年二月二十二日　四日市市立博物館

〔梗概〕しきりに雪が降るある冬の夜、文夫は大きな期待と不安に駆られていた。過去のすべてを話すと言いながらなかなか本題を話さないF子（ふさ）の態度に焦りすら感じ出していた。ようやく聞き出したF子の過去―。求婚を断ったことから竹本を「可愛想な方」だと話すF子。「それ切り何も」と話してはいるが、未だにF子は竹本に恋しているのではないかという疑いから抜け出せない。彼女を許し、彼女の言葉を信じることができない文夫は葛藤と、さらには突然の高熱とにうなされる。病魔に苦しみながらも自分の苦しみを手紙に託す文夫。何を書いたのかさえ自分で分からない程弱る文夫だが、F子から届いた手紙を読み、一変、喜びの涙を流す。今のF子には、過去への未練はない。「永久に私を忘れないで捨てないで頂戴」と誓ったF子を信じてよいのだと。文夫は、自分の幸福を実感し、神に厚い感謝を捧げずにはいられないのであった。

〔鑑賞〕丹羽が県立富田中学五年生（十八歳）の時に書き上げ、現在残されている小説としては最も古い作品とされている。当時丹羽は、漢文科教師の近藤杢先生に作文の才能を評価されたことから文学への関心を高めていた。主人公を「文夫」としていることから、若き丹羽の甘く切ない恋愛がモデルになっていると考えられる。丹羽がまだ幼き頃、自分の前から突然姿を消した母。自分が心から納得するまで相手を信じ、受け入れられない「文夫」の姿からは、母との別れの経験から、心のどこか奥底に自分でも分からないような何か不安を丹羽が感じていたのではないかと窺える。

（稲垣香奈）

美しき嘘《うつくしきうそ》

〔初出〕「週刊読売」昭和三十四年十一月一日〜三十六年二月二十六日

〔単行本初収〕『美しき嘘』昭和三十六年十月三十日　中央公論社

〔丹羽全集六〕

〔TV〕『美しき嘘』昭和三十八年〜三十九年　日本テレビ

〔梗概〕屋代要は一人で松茸狩りに向かうバスに乗っていた。そこで幼なじみの分部守江と再会する。二人は一緒に松茸狩りをするが道に迷い家に帰ることができず、旅館に泊まるが何事もなかった。兄の晴久は屋代医院の院長であり、周囲からまるで神様のような善人だと言われている。嫂の徳子は美しいと評判の五辻家三人姉妹の末っ子で奔放な性格であり、品行方正な晴久に対し飽き足りないものを感じている。そんなある日、要は新聞で守江の交通事故を知り衝撃を受ける。五辻家の長女の芳乃は九州で義父と二人の子供を抱えた次女の桑子の危うい生活を案じ晴久に相談すると晴久は桑子の身を案じすぐに九州に向かう。桑子は生計を支えるため朝早くから働き、夜は自宅に多くの男がやって来るという生活をしていた。しかしその中でももっとも怪しい噂のある犬塚順平が桑子と関係をもつ。

一方、要は屋代医院のはなれに住む助手の日比野と嫂の関係を疑うが、その思いが嫉妬であることに気づく。ある日要はゴルフの運転手としてついてきた徳子と関係を持つ。

九州の桑子が義父が亡くなったのを期に家を売り払い丹阿弥市に帰ることを決意する。そんなある日徳子が自分の子供を身籠ったことを知り、要は自責の念に駆られ平和な屋代家を破滅にみちびく恐れを感じる。

〔鑑賞〕要は徳子に対する批判的な思いも募ってきたため徳子を拒絶し、アメリカ留学を計画する。そんな反抗的な要の態度に腹を立てた徳子は感情の高ぶったまま自動車を走らせ交通事故で亡くなってしまう。要は兄への告白を考えるがすべてを知っている女中に止められる。徳子の死で屋代家に開いた穴を桑子がふさいで行くことになる。丹阿弥市は丹羽の郷里・四日市を想起させる。

（岡本　亮）

移って来た街《うつってきたまち》

〔初出〕「早稲田文学」前編　昭和十年十月一日　後編「早稲田文学」昭和十一年一月一日

〔単行本初収〕『閨秀作家』昭和十一年三月二十日　竹村書房

〔丹羽全集二十一〕

〔梗概〕主人公である「彼」は、築地河岸のアパートから三番地というこの町に引越してきたのであった。「深い心の状態で仕事もできない」というアパート暮らしでは生活が行き詰ってしまうとの理由からであったが、今までの生活とは大きく異なり昼も夜も静かなこの町では、「まるで自分がいないように静かだ」と神経が順応してこないのであった。

その彼が二階の窓から眺めたこの町に住む人々の様子を、耳に入った噂と聞こえてくる物音などを織り込みながら綴った作品。

〔鑑賞〕丹羽は昭和九年に、築地の新富町から麹町区三年町へ移っていることから、この時期のことを題材にしたものといえる。この麹町区三年町でのことは、「古い恐怖」のなかで、「自分はよくもとも子の側で辛抱してきた自分を褒めるのだった。一年の間に彼はとも子の過去の秘密や、現在の醜聞に男泣きに泣いた夜もあった。（略）彼の自尊心は裁断しそこねた着物のようであった。」とあるが、この作品では「彼の履歴は小時措く」となっている。「世紀」（昭和九年七月一日）に発表した「麴町三年町」の改作。

（秦　昌弘）

うなずく《うなずく》

〔初出〕「新潮」昭和三十二年一月一日

〔単行本初収〕『悔いなき愉悦』昭和三十二年八月二十日　講談社

〔丹羽全集三〕

〔梗概〕紋多は、母の病室のベッドに腰をかけ、母に語りかけた。七十六歳の母は、万歳の形に両手を投げ出して寝ている。すでに理性も信念も感情すらも失われた母は、紋多の問いかけにうなずくだけである。まるで抵抗がなく、ただうなずいてみせるだけである。母は胆嚢炎で入院すると、すぐに老衰が始まった。母の老衰の原因は紋多にあった。妻や女中の悪口、人の噂話、情痴事件への興味といったことが、母に生きる原動力と情熱を与えていた。しかし、紋多は家庭の明るさを取り戻すために、母を隠居所にかえし、生きる原動力を取り上げたのだった。浄土真宗派の末寺の長女として生まれた母の口からは、「お寺のお幸さん」という言葉が毎日はっきりと繰り返されるだけだ。紋多の問いかけにうなずき、微笑する母の笑い方は、植物のものであった。

〔鑑賞〕病床の母は、自分の死の自覚すらなく、ただ紋多の問いかけにうなずくばかりである。死んだら仏さまが迎えにきて極楽へ行くこと、お寺の生まれであること、といった自分の言葉にうなずく母を、母の自主的な心だと紋多は思いたいのだが、確かめる方法はない。母がしっかりしていた間に話をすべきだったと後悔するが、もう遅いのだ。唯一はっきりしている「お寺のお幸さん」と呼びかけるように、女中に頼んでいる。この姿からは、死の前に生まれ育ったお寺に母の魂がかえってきたことに安堵し、母を老衰させた自分を慰めているように感じられる。

（稲垣香奈）

海の色《うみのいろ》

〔初出〕「文芸」昭和十二年十一月一日

〔単行本初収〕『海の色』昭和十二年十二月二十日　竹村書房

〔梗概〕銀座でカフェ勤めをしている友子は、下宿の改築中、故郷に戻ることにする。故郷には、父親に口説かれ、十七の時二十歳年上の小淵の世話になったという苦い思い出があった。故郷を出てからも友子は、月々家に送金することで自分の格が上がるような張り合いが持てた。父の死後も養母に送金を続けていたが、帰郷早々、家には池上という妻子持ちの男が居着いていることを知る。近所の人々に仕送りを褒められた友子は、それが手放しの孝行ではなく、世間の評価を前提とした濁ったものだったと思う。しかし、養母の包んでくれた土産物の風呂敷を海に放り投げながら、自分の甘さは根深く、生活のたった一つのよりどころを失ってしまうのは困るとも感じる。風呂敷を投げたあたりはびっくりするほど青い色だった。都会にはない悠久な青い色に目が醒めた友子は、自分にできる反抗はこれだけだったと、力がへし折れたように手摺にもたれかかる。

〔鑑賞〕田舎に象徴される旧弊から完全に脱しきれない友子の人物造型、彼女の心象風景には、単なる通俗小説にとどまらない魅力がある。（竹添敦子）

海の声《うみのこえ》

〔初出〕「新潮」昭和三十一年四月一日

〔単行本初収〕『崖下』昭和三十一年六月十五日　講談社

〔丹羽全集十八〕

〔梗概〕漁村で育った間部幸子が友人を頼って上京する。日暮里で電気器具工場を経営しているという金山という青年と出会い関係をもつ。しかし、金山の目的は金であり、知人の高山に幸子の体を売ることで幸子から金を得ていく。幸子はこうして騙されながらヒロポン中毒に落ちていく。療養先の病院で知りあった石崎という男が幸子のことを案じる。その石崎の耳に二ケ月程して届いた幸子の消息は内縁の男に撲殺されたという悲劇であった。

〔鑑賞〕作品中、表題「海の声」という言葉が四回出てくる。戦後混沌とした社会情勢の東京で懸命に生きようとする女性の最後の懺悔はやはり故郷に回帰することであった。しかし、結末に女性の業を悲劇的に描く点、作者の非情な作家魂が現われている。（衣斐弘行）

運河《うんが》

〔初出〕「サンデー毎日」昭和三十二年五月十九日～三十三年八月十七日

〔単行本初収〕『運河』上　昭和三十三年六月十五日　講談社　下　昭和三十三年九月三十日　講談社

〔丹羽全集十一〕

〔映画〕『運河』昭和三十三年　日活

〔ＴＶ〕『運河』昭和三十七年　日本テレビ

〔梗概〕青麦会の洋画家伊丹均三十五歳は、十代で特選に入るが、その後落選が続いている。再婚した妻（久志本）紀子二十五歳は、山手の洋裁学院の講師の他に、婦人雑誌洋装部の嘱託、銀座のデパートの洋装部の相談役を務め、ファッション界で名が売れている。均は、有名な細君を持てば不幸になるとかこつ。

均と紀子は東京都中野区宮園町二十番地で前妻生駒久子との娘眉子十六歳と同居している。前妻生駒久子三十五歳は、新橋駅近くで小料理屋を開いているが生活に困り、二万円を借りにくる。

均の父信泰六十五歳は丹阿弥市で伊丹旅館を経営している。妻忠子が嫁いできたときには、二人の女性が子供を連れて旅館に住み込んでいた。悪人正機説を唱えた親鸞への信仰が篤い信泰に対して、忠子は「あなたは、親鸞を逆用している」と批判する。信泰は女中頭の阿吉まさと関係を持ち、秀子が生まれる。「不倫であり、封建的であり、どろ沼のような世界」から飛び出そうとした秀子は、十歳のときに丹阿弥にある浄土宗の尼寺の慈心寺で出家し、京都の尼僧学院を卒業後、青村の仁峰院の住職を勤めている。

秀栄尼という尼僧になった秀子は、学資を補助していた一つ年下の若い僧小月阿仙と肉体関係を持ち、妊娠してしまう。中絶するかどうか迷っていたとき、「み仏が、私の行跡をひとつのこらずながめていられるのだ」と「大いなる目」の存在を感じた。上京して忠子と紀子に相談し、二人とも中絶の経験のあることから、秀子も中絶することを決める。小月は秀子と距離を置き、秀子は孤独を感じるが、寺を捨てて上京し洋裁の勉強をする。

伴やす子三十歳は、終戦後結婚したが夫が病死、京都の河原町の旅館に勤め、洋裁の学校に通っている。

眉子は友人と軽井沢旅行した際に、銀座で画商をしている米津典二四十五歳から声をかけられる。米津と均とはかつての恋敵で、米津は妻の旧姓郡を名乗って、眉子に近づく。眉子と逢引を重ね、湯河原へ旅行に出かける。

紀子は自分の仕事を発展させるために、自宅の移転を決め、均のアトリエも吉祥寺の新居に併設する。久志本紀子洋装部はMデパートからブラウス専売契約を結び、紀子は結婚記念日を忘れるほど仕事に追われる。青麦会から事務所を自宅に移転することだけでなく、審査員も依頼される。すると自分の画才ではなく妻の資金を当て込んでのことだと憤慨するが、均にとって紀子は「マダム」同然であった。

やがて均は銀座のクラブに勤める藤山涼子二十八歳を目当てに店に通いはじめる。涼子に熱を上げるが、名古屋から上京してくる東堂仙治から会うことにクギを刺される。眉子は米津に誘われて実母久子に会ったり、修学旅行の帰りに突然伊丹旅館を訪れたりした。久子が均に十五万円の工面を申し入れると、紀子と兄相良壮は均に無断で十五万円の小切手を渡す。

眉子は紀子に涼子の存在や米津との関係を話すが、二人はかえって打ち解け、紀子を「ママ」と呼ぶようになる。均も紀子も離婚を決意し、伊丹旅館で信泰に会って話し合う。涼子との手切金百万円を貸してほしいという均に対して、これから離婚しようとする妻にそのような高額の借金を申し込むことに呆れる。紀子は高田馬場に新しい仕事場と家を建て、離婚に踏み切ろうとするが、結婚記念日にいつものように伊東の旅館に出かけると、偶然均と再会するのだった。

〔**鑑賞**〕「淫蕩の血が流れている」とされる伊丹家の当主信泰が親鸞に帰依しているのに対して、忠子は「親鸞嫌い」を表明する。忠子によれば「親鸞がきらいなのではなく、親鸞のかげにかくれて、おのれの非業の責任からのがれようとしている」のだという。だが信泰は子供に背かれ、妻に恨み続けられた自分が「何ひとつとりえのない人間であった」ことを知ることによって「エゴイズムと、醜悪と、不安のかたまり」である自己を見つめ直す機会を得た。信泰によれば、「おのれの生涯の醜悪さともっともっとむきあっていたい」と感じる。それに対して均は「優柔不断の、弱虫だから」家出ができたのであり、自分が「良心的」で「誠実」であると思うのは「みんな自分の気にいる発見の仕方だ」と看破する。人間が自己の認識を深めてゆく親鸞の教えが効果的に作品に使われて描かれた長編小説。

（岡村洋子）

運命《うんめい》

〔**初出**〕「報知新聞」昭和四十三年九月二十八日～四十四年十月二十七日　初出時の「女の運命」を改題

〔**単行本初収**〕『運命』昭和四十五年二月二十日　講談社

〔**梗概**〕長女千晴は親の勧めに従って結婚するが、夫が倒産を苦に自殺してしまい実家に戻っていた。母親が株で大損し、家庭の借金を背負う形で一色宗有の後座妻になる。後座妻とは入籍はしないものの妻として身の回りの世話をする後妻のことである。四十三歳年齢の離れた一色と生活をともにするうちに、その深い愛情を知るようになり、年の差をこえて献身的に応えていく。平穏な日々が続くある日、一色は突然心筋梗塞で死んでしまう。やがてその息子直之と心を通わすようになり、屋久島で骨折した直之のもとへと飛び発っていく。

次女礼子は倒産した婚家を捨て、子どもにも未練を残さず離婚してしまう。新たにつきあった金沢に求婚されるが再婚には至らず、多くの恋人とアバンチュールを楽しみながらも真剣な恋愛や結婚に発展しない。最後には直之に思いを寄せるがその恋も実ることはない。

〔**鑑賞**〕千晴の後座妻という生き方は、世間的な常識からは非難されるものであるが、当事者にしか理解できない愛情の世界があることを示唆している。作者は「たとえ世間でみとめられず、正式でない結婚であったにしても、男と女がしんから愛しあっているのなら悔いのない人生である」と述べて、愛情に忠実な千晴の生き方を肯定的にとらえ、幸福な結末を用意している。運命に翻弄されながらも懸命に生きる千晴の姿には、数奇な運命をたどった丹羽の実母が投影されている。また高度経済成長期にあって旧来の価値観が変容し、急速に世相が変化していくとき、時流に流されず自身の人生を着実に歩んでいくようにとの作者のメッセージが込められた作品である。

（鈴木吉維）

【お】

おかめはちもく《おかめはちもく》

〔**初出**〕「早稲田文学」昭和十年一月一日

〔**梗概**〕奈良高畑に滞在する私は、画家真木信造から連日細君の相談を受ける。放埒な細君を東京に残して奈良へ来た真木は、細君の貞淑な手紙に不審を抱き懊悩する。男性の生活費を世話し一人前に仕立て上げる細君の性質を知る私にとって、狂気を含んだ真木の疑心は子供のわがままのように感じられるが、男女の深い関係を理解しえず、真木の話を聞くばかりである。後日奈良までやって来た真木の妻から、真木との別離の伝言を依頼される。両者を知るゆえにどちらにも共感できず岡目八目のように客観的に感じられる。妻との別れを予感しながら、誰もいない部屋で妻の浴衣と向かいあう真木の耽溺を垣間見た私は、真木に何も告げられない。八月に真木は上京し細君と和解する。後日上京した私は細君をたずね、真木との別離後も別の男性と交際する彼女の活動的な姿に感動を覚え、真木を訪ねなかった。

〔**鑑賞**〕「南颸《なんし》」（「文学党員」創刊号　昭和六年一月）の改作である。尾崎一雄の奈良滞在をモデルにした作品であり、尾崎の随想『あの日この日』、小説「霖雨《りんう》」（「群像」昭和二十五年十一月）に詳しい。丹羽と尾崎との交流、帰郷から上京の状況を考える上で重要な作品であろう。原型となった「南颸」では、丹羽をモデルにした「真木」の独白で展開されるが、「おかめはちもく」では親友「私」の視点で簡潔に描かれている。また「南颸」では馬酔木の描写から始まり、真木は妻の手紙に促されて上京するが、妻と蔦との関係を目の当たりにする。初期の文章修行を考える上で重要な示唆となる。先行研究としては逸見広「新春の文壇二」（「早稲田文学」昭和十年二月）、谷崎精二「新春の文壇一」（「早稲田文学」昭和十年二月）がある。

（岡本和宜）

お吟《おぎん》

〔初出〕「新潮」昭和三十二年五月一日

〔単行本初収〕『悔いなき愉悦』昭和三十二年八月二十日　講談社

〔丹羽全集二十二〕

〔梗概〕六十歳になるお吟は身長が百七十センチもある大柄な女性で、年に二回、菅夫婦の許を訪れる。夜の七時から九時に開かれる和裁教室には十名近い弟子がおり、週三日で五百円の月謝であった。「醜女」とみられる容姿を持つが、白髪が目立つようになってからは、かつて同棲していた伊東恆の姿を心のなかに留めながらも、「現実の伊東よりももっとたしかな在り方」で、さらに「伊東の代りに、あるひとが坐っている」ように感じられる。それは人間の愛慾を越えた悟りの境地ともいえる心境である。

お吟が三十五歳のとき、伊東は三十歳で伊東商事に勤めていた。伊東が学生時代に下宿していた伊知地家の娘であったお吟とは、学生時代からすでに、どちらからともなく自然に結ばれるようになった。伊東は「小さい時からひとと争うことを嫌った」し、お吟も自制心が強く他人の悪口や愚痴をいうことがなかった。三十歳をすぎて見合い結婚をした伊東は、新婚第一夜からお吟のもとへ行き、三時間経って新築の家に戻った。それから三箇月間、深夜二時の帰宅が続き、不審に思った妻新子の兄が尾行をすると伊東がお吟の家に通っていたことが露見する。

〔鑑賞〕結局、伊東と新子は離婚することになった。学生時代に記した誓約書に従って、伊東はお吟の生活を金銭的に保証することになるのだが、お吟は伊東の支えにとらわれることなく、悟りの境地のようなところに達するのである。愛慾を越えた心境に至った女性の姿を印象深く描きだした短編。

（岡村洋子）

幼い薔薇《おさないばら》

〔初出〕「サンデー毎日」（夏季特別号）昭和十二年七月一日

〔単行本初収〕『幼い薔薇』昭和十二年八月二十日　版画社

〔TV〕『幼い薔薇』昭和三十六年　東京放送

〔梗概〕銀座裏の酒場でバーテンをしている三十八歳の真宮に、小学校の同級生金森義雄から自殺をほのめかす手紙が届く。手紙には十八歳の妹桑子を頼むとあった。金森は桑子にも同様の遺書を残していた。真宮は桑子の未来を引きうけて、人生に一つの責任が持てるようになったと感じる。やがて桑子は真宮の世話で就職し、アパートにも出入りするようになる。しかし二人の距離は節度のあるものだった。桑子に求婚者片柳が現れ、二人を応援しようとしたとき、真宮は自分がはっきり不幸になったような気がする。桑子は真宮の長い過去を思い、どうしても真宮の愛情が摑みたいという衝動にかられる。堕落して真宮と五分五分になろうと考え、酒場勤めを始めた桑子を連れ帰った真宮は、初めて彼女を一人前の女として眺めやった。

〔鑑賞〕通俗的要素は強いものの、桑子の純粋さ、懸命さが引き立つ小品である。

（竹添敦子）

お膳を蹴飛ばした話《おぜんをけとばしたはなし》

〔初出〕「新正統派」（十号）昭和四年十月一日　初出時の「お膳を蹴りあげた話」を改題。

〔梗概〕鹿小木は、妻の直子を通して吉野にN新聞社への就職を依頼している。吉野はA新聞社の記者だが、刑事やスリのような眼付きをした男だった。ある夜、吉野はある保険会社の社長に対する尾行を、怪しまれない女の方がよいと言って直子に依頼してくる。夫の就職の事があるので彼女はそれに従う。一週間後、吉野から就職の件で直子に呼び出しがかかる。鹿小木ではなく、直子だけが呼び出された事に二人とも疑念を抱くが、果たして吉野の目的は別のところにあったらしい。直子はそれを察して帰って来るが、そのことで夫の就職が駄目になったと思い泣き崩れる。しかし、案に相違して鹿小木はN新聞に入社する。その三日目の夜、N新聞の社会部次長尾形に誘われて、吉野を交えた三人で入社祝いの酒宴に出た鹿小木は、直子とのことの意趣返しに絡んできた吉野と喧嘩になる。翌日鹿小木は尾形に辞表を、岐阜の母に詫び状を送った。

〔鑑賞〕「横顔」(「新潮」昭和七年九月)はこの作品の改作である。

(永井　博)

落鮎《おちあゆ》

〔初出〕「婦人公論」昭和二十三年十一月一日～二十四年六月一日

〔単行本初収〕『落鮎』昭和二十四年七月十五日　中央公論社

〔丹羽全集十八〕

〔梗概〕親から引き継いだ財産で生活している小峰烈は、五十歳のフランス文学古典の研究者であるが、実は何もしていない男である。彼は元芸者だった二十八歳の岸昌代と一緒に暮らしていて、二人の間には節という八歳の男の子がいる。中野には、離婚してはいないが、もう夫婦ではない妻のたき子、長男の章、伊豆子、丹の三人の子がいる。話は章の結婚相手杉杉子に、小峰と昌代が会いに行くことから始まる。中野の子供達には昌代の位置は説明しづらいものがあった。小峰が父親として章の結婚式に出たことで、昌代は己の立場に我慢できなくなる。昌代は虚しさを埋めるようにダンス教室を開く。そこに通う陰山というブローカーの男に、小峰は嫉妬を感じるようになる。ある時、小峰がダンスをやめろと女中に言わせたことから、昌代は毒舌を吐いた後、椅子で小峰を打ち続けた。別れることを考えて、小峰は中野に帰るが、昌代は家の廻りをうろついたり、温泉中を小峰を求めて探し回ったりした。妻のたき子ともう完全に夫婦ではないことを悟り、やはり昌代への愛を捨てられないと感じた小峰は昌代と正式の結婚式を挙げるのだった。

〔鑑賞〕小峰と昌代という男女の心理描写の細やかさは圧巻だ。丹羽作品には事実を踏まえたうえで描かれた作品が多いが、この作品も作者自身の心理経過の事実に基づいたものであろう。しかしいわゆる「私小説」ではない、心理リアリズムの世界である。常に冷めた客観的視点を持つ、丹羽文雄の原点を見るような小説だ。終幕、小峰のことを用のなくなった落鮎だと言う画家の今泉の言葉を回想する場面がある。いったん海に入るが、また色つやのよくなった旺盛な鮎であるという、その比喩による小説のタイトルの絶妙さは、丹羽文雄の得意とするところである。

(河原徳子)

鬼子《おにご》

〔初出〕「新潮」昭和十年一月一日

〔単行本初収〕『自分の鶏』昭和十年九月二十三日　双雅房

〔丹羽全集十八〕

〔梗概〕祖母が千世の家に嫁いで来たのはすでに四度目だった。千世の父が死ぬと、仙助を千世の婿養子に迎えた。千世が十四歳だったのと、祖母が美貌だったので悲劇が起きた。千世は息子の喜七を置いて、祖母と仙助に追い出されるようにして家出をした。二十年前の事である。後年岐阜で再縁した。喜七に継母が来ると祖母は仙助と喧嘩して隠居を建てた。隠居になってから祖母は過去の事を棚に上げて千世を呼び、千世も祖母を訪ねるようになった。金に汚く人情のかけらもない祖母だったが、ひどい仕打ちをされても千世は祖母を憎むことができない。七年前から祖母は中風で寝たきりになったが、いよいよ死期が近づいた時、隠居からおもやに移された。千世も喜七から知らされてそれに立ち会ったが、近親者から除け者にされて一人隠居に残る。彼女の家出の原因は祖母と仙助だったが、親戚たちは千世を責めてきたのだ。祖母が死んで伯父や伯母たちが弔いに来たが、彼らは祖母が産みの母親だということを忘れていて、喜七の目にはいずれも狡猾で吝嗇な人間と映る。それに比べると、祖母に一番残酷な目にあわされてきた千世だけがいつまでも祖母の娘であることをやめない。喜七は火葬場で焼かれる祖母の姿を見、骨を拾って千世が待つ隠居に行った。千世は親戚たちの目を避けて弔いにも顔を出さず、火葬場にも行かなかったが、祖母の骨を分けてもらおうと彼のことを待っていたのだ。

〔鑑賞〕「鮎」や「贅肉」などの〈生母もの〉の系列に連なる作品だが、母の千世が、彼女をひどい目に合わせる不人情な祖母や、白い目で見る伯父・伯母たちと対照されて気弱な孝行娘として描かれている。また、事情があって母と子が一緒に暮らせない行く末を息子が慮るさまが描かれている。

（永井　博）

温泉神《おんせんがみ》

〔初出〕「週刊朝日」（七月増大号）昭和十年七月七日

〔単行本初収〕『閨秀作家』昭和十一年三月二十日　竹村書房

〔梗概〕伊勢湯の山のK旅館に、「私」は仕事を持ち込んで滞在している。共同浴場から、山中の闇を通って部屋へ戻ると、従姉の義妹が訪ねてきていた。彼女は結婚後半年で良人に死別して出戻っており、まだ娘のような清純さを漂わせていた。従姉は病後保養のため山上の寺で自炊生活をしており、義妹は十日前からそこに滞在していたが、明日は山を下りるという。夜更けの部屋で義妹と過ごし、どこか誘うような彼女の姿態を見つめるうちに、「私」は、義妹に惹かれる気持ちを抑えきれないように感じるが、そこへ従姉がやって来る。翌朝「私」は、清らかなものを穢さずにすんだと安堵するが、義妹を麓まで送る途中で、義妹は「私」を、「神様みたいね」となじる。「私」は、本当に誘われていたことに気付いて後悔し、義妹への未練を感じる。そして、柄になく澄まして通した昨夜の自分が、温泉の神か誰かに笑われているように思うのであった。

〔鑑賞〕片岡トミに経済的に依存した生活から脱出したいと願っていた丹羽文雄は、この作品によって高額の原稿料を手に入れた。その原稿料を持って箱根底倉温泉に姿を隠し、軽部清子の仲介によって、トミとの関係を清算したのである。

　夜の山奥の「闇」のなかで、欲望に翻弄されそうになりながらも抑制し、朝になって安堵するという筋立ては、泉鏡花の「高野聖」を想起させる。清楚に見えながら実は誘っている義妹に、「業」のような、女の「性」を見ることも出来る。だが翌朝、そうと気付いて悔しがる「私」は、滑稽で人間的である。昨夜の禁欲の「神」が、より大きな、温泉の「神」に笑われるという

ところに、丹羽の宗教観を探ることも出来る。（塚本章子）

女靴《おんなぐつ》

〔初出〕「小説新潮」昭和二十七年一月一日
〔単行本初収〕『女靴』昭和二十七年八月二十五日　小説朝日社
〔丹羽全集二十〕
〔TV〕『女靴』昭和三十六年　朝日放送
〔梗概〕紫檀の机に転がっている「コティの口紅」と、机の脇に置かれた女物の靴。これらは司政官として南方に渡った夫海津のもとから妻弘子に届けられた贈り物であった。が、靴のサイズは弘子には小さすぎ、合わなかった。妻に送ったのと同様の化粧品と靴を、海津は愛人の寿々子にも送っており、サイズが取り違えられたのだった。終戦を迎えてもなかなか帰還しない夫を弘子は料亭で働きながら待ち、お客や同僚のからかいや誘惑にも負けず貞操を守っていた。一方寿々子は画家のモデルを務めつつ身体も売りながら、海津との子どもと母親との三人の生計を立てていた。海津の帰還後寿々子からすべてを知らされた弘子は、海津に決別の意志を告げ、かねてより好意を示されていた男との新しい人生に踏み出す。海津は寿々子に縋るが、以前から彼女に愛情を注ぎ経済的にも援助していた女と寿々子との逢い引きの場面を目撃し、激高。論破され自らの劣勢を認めざるを得なかった海津は、男女の愛情について考えながら暗い路を彷徨するしかなかった。
〔鑑賞〕寿々子は貞操を「砂上の楼閣」に喩え、「たよりないもの」を「宝石のように思いこんでいるのは、つまり女のあさはかさ」と批判する。自分の貞操を「十年も昔の流行の帯」のように感じつつも、その中で生きる以外に「女の生き方は考えられない」と思っていた弘子は、「男のつくった貞操」を喜び勇んで守ることの愚かしさに気づき、自らを揶揄するに至る。貞操の問題を提示するのが眼目だが、小道具の使い方も効果的な作品。また、丹羽の作品には若い女性を庇護する年上の女性が屢々登場するが、本作ではそれが同性愛として、男女の関係に拮抗するものとして描かれているのも注目される。（峯村至津子）

おんなの侮蔑《おんなのぶべつ》

〔初出〕「日本評論」昭和十二年七月一日
〔単行本初収〕『海の色』昭和十二年十二月二十日　竹村書房
〔梗概〕安子は十年来吉田夫妻の面倒をみていた。安子は吉田の子を産んだが、先日死んだばかりである。これを機に吉田と別れようと思う一方で、とたんに生活に窮する吉田夫婦のことを思い切れない。不自然な関係は身を亡ぼすと思いながら、安子も吉田の妻の春江も屈辱に慣れていた。ついに姿をかくし、母と暮らし始めた安子だったが、吉田が仕事を辞めて自分を探し回っていることを知る。再び吉田夫婦を受けいれた安子は、自分の愚かしい役割を愛慾ではなく、もっと汚いものだと思う。子どものような頑是なさで自分を独占しようとする吉田をどう扱ってよいか、安子はもう分からなくなっている。自分は十年の間に完全に自分自身でなく、吉田の都合のよい女になってしまったと安子は思う。
〔鑑賞〕いわゆるマダム物であるが、モデルはいたらしい。作者は和木清三郎の「こんな気持ちの悪い小説ははじめてだ」という評を引き、自ら「世間体も意地もすててしまった人間愛慾のおそろしさには、人間は永劫に救われないものであることを感じさせる」（改造社版『丹羽文雄選集』（三）あとがき）と述べている。（竹添敦子）

か行

女は怖い《おんなはこわい》

〔初出〕「文藝春秋」昭和二十九年四月一日
〔単行本初収〕『丹羽文雄文庫』（八）昭和二十九年六月十日　東方社
〔梗概〕作家の丹波紋多は、南河とし子という四十近い文学少女に悩まされている。とし子は同郷三重の出身で子供があり、小説を書く以外に生きる道はないと思い込んでいる。三年前、三鷹の自宅に持ち込んできた原稿は結婚生活の不幸を描いた凡作だったが、やがて紋多との恋愛妄想が主題になる。帰郷させても大量の恋文が舞い込み、時々上京しては玄関先で「捨てないで」とわめき散らす。紋多は愛人がいるように装ったり、地元の家族に知らせたりしたが、とし子自身がその愛人や母親に擬態するので効果がない。彼女のために家庭崩壊の危機に追い込まれた同業者が、紋多だけでなかったことも分かる。警察も手を焼いていた所、とし子は二度にわたりカルモチンを服毒。帰郷の費用などを用立てるうち、紋多は性懲りもなく舞い戻ってくるとし子のことが、他人とは思えないような頭の混乱を感じ始める。
〔鑑賞〕一見ユーモラスな結末だが、辻褄の合った立派な手紙を書く女が、実は精神的に重症であるということ、追い詰められた家族どうしの信頼が危うい基盤しか持たないことなど、紋多の目を通して、日常性のもろさが浮き彫りにされる。（河野龍也）

女ひとりの道《おんなひとりのみち》

〔初出〕「週刊朝日」昭和十二年一月一日
〔単行本初収〕『女人彩色』昭和十二年四月二十日　河出書房
〔梗概〕売れない洋画家の娘として生まれた美津は、小学校卒業後に父の知人と結婚する。夫の変態趣味によって衰弱し実家に戻るが、女学校を出た妹や父との関係は悪化し、美津は家出してサロン春秋の女給となる。しかし生活は立ちいかず、借金をしては実家に戻り、また家出を繰り返す。客藤田の世話によって生活は安定すると、美津は大学生浦川と同棲を始める。藤田との関係を知った浦川は憤慨し、困惑した美津は同僚の貞代に相談する。美津は貞代の家に転がり込み、藤田と浦川の間を行き来するが、いたたまれずに浦川との交際を条件に実家に戻る。しかし美津のための画業停止を拒む父に、再度家出を決心する。美津の母の訪問を受け、親子に同情した貞代だったが、店で懲りずに藤田と談笑する美津にあきれ、藤田に女給として敵意を抱く。再会した母と美津の姿に、貞代は親子の情愛を感じるが、すぐに険悪になる二人。険悪な二人とおだやかな小春日を眺め、貞代はちぐはぐさを感じる。
〔鑑賞〕古谷綱武は「この時代の落ち着きが反映し」た佳品（竹村書房版『丹羽文雄選集』（二）解説）と評している。樽尾好は「文芸時評」（「槐」昭和十三年七月）で「この絆」（「改造」昭和十一年二月）、「文鳥と鼠と」（「新潮」昭和十一年五月）との題材の一致を指摘している。丹羽が「小説に必要なデテールを抹殺した」作品（改造社版『丹羽文雄選集』（四）あとがき）とするように、初期にみられる風景描写が省略され、後年の文体への移行が見られる。（岡本和宜）

【か】

蛾《が》

〔初出〕「群像」昭和四十二年二月一日
〔単行本初収〕『丹羽文雄自選集』昭和四十二年十月十五日　集英社
〔丹羽全集二十四〕

〔梗概〕鶴田仙治は戦時中留置場に入っていたが、出所後戦争未亡人と結婚する。三人の継子に二人の実子をもうけるものの、しだいに闇屋が儲からなくなり、再起を図る気持ちで始めた総菜屋もうまくいかない。家族からは辛く当たられ、妻が自分を無視するときに見せる石のような表情を長女の顔に見出したとき、思わず継子を絞め殺してしまう。

〔鑑賞〕戦争を背景に個人が追いつめられ家族が崩壊していく様を描き、人間の悲哀をあぶり出す。戦争の傷跡が少しずつ薄らぎ、新しい時代に推移していくとき、時代に取り残され犠牲となった人間のもの悲しさを活写している。その男の独白を天井に止まる「蛾」が俯瞰している様が象徴的である。

（鈴木吉維）

海戦《かいせん》

〔初出〕「中央公論」昭和十七年十一月一日

〔単行本初収〕『海戦』昭和十七年十二月二十五日　中央公論社

〔丹羽全集二十五〕

〔梗概〕昭和十七年、海軍報道班員として赤道近い南洋の基地にいた「私」（丹羽文雄）は、米英の大艦隊、輸送船団がソロモン群島ツラギ海峡に集結したのを撃つべく、出撃する日本艦隊の旗艦鳥海に乗り込む。艦内で海軍士官の人柄や生死観に触れていく。八月八日、二十二時三十一分鳥海を先頭に八隻の軍艦が突入。「私」は、旗甲板に立ち、ノートと鉛筆を持って記録に掛かるが、轟音の氾濫、弾丸の光の中に、現実を越えた世界をみてしまう。一方的な奇襲の成功のあと鳥海も被弾し、「私」のすぐ近くに命中。「私」は右上膊部や顔面に「全治二ヶ月」の傷を負う。三十六分間の激闘が終わり、報道班員として内地と戦線を繋ぐ唯一の方法は、「素人らしい目、素人らしい感覚」しかないと確信する。戦死者を悼む「私」の心に、いつしか「海ゆかば」のメロディが流れていた。（梗概は、伏字復元版・中公文庫本によった。）

〔鑑賞〕海軍報道班員として従軍した体験を描いた作品。多くの伏字、削除を経て発表されたが、ベストセラーとなり第二回中央公論社文芸賞受賞。作家の戦争参加という問題で、「弾はこび」論争が巻き起こった。発表当初からその文体が問題視され、視点人物「私」に関して、伊藤整の肯定論や中谷孝雄の批判がある。丹羽自身は『海戦』にあるものは、私の散文精神であった」と回想している（『創作の秘密』）。先行研究に、佐々木充「昭和十七年　中島敦『光と風と夢』丹羽文雄『海戦』」（「解釈と鑑賞」昭和五十八年八月）、田中励儀「丹羽文雄の南方徴用―ツラギ海峡夜戦から『海戦』へ」（「昭和文学研究」平成九年七月）等があり、事実と作品の比較検討は田中論に詳しい。戦争文学としての位置付けの他、同じ素材を扱った二十を超える記事、随筆、後年の回想との表現の相違や温度差に留意しながら創作方法を考察する必要があろう。

（水川布美子）

解氷の音《かいひょうのおと》

〔初出〕「京都新聞」昭和四十四年十月三日〜四十五年十二月二十六日　他紙にても連載

〔単行本初収〕『解氷』昭和四十六年十一月二十五日　新潮社

※集英社文庫に収めた際に『解氷の音』（昭和五十八年四月二十五日）に改題。

〔梗概〕信用金庫重役瀬戸雅行の次女麻子が暴行され妊娠する。体面に固執する妻夏絵の反対を押し切り、婿養子の雅行は秘密裡に処理する。この妊娠事件をきっかけに瀬戸家は解体する。雅行は退職して京都に行き、娘よりも瀬戸家の名誉にこだわる妻を捨てて趣味の陶芸に打ち込む。心機一転をはかり渡米を決意する麻子。母を理想とした貞淑さ故に婚約を破棄される長女律子。倫理にこだわる夏絵は屈辱を感じる。傷心の律子は婚約者の友人梶要三の紹介で染色工房に勤め、梶との交際によって古い倫理から精神的、肉体的にも解放されて行く。雅行は陶芸家の窯で修業するなか、十五年前に手伝いをした雑貨屋の人妻和子と再会。逢瀬を重ねる。家庭から解放された父娘たちと対照に、夏絵は体面を守る生活を続け、麻子の渡米にも立ち会わない。一方、父娘も愛欲に苦しむ。律子は同僚の白井道夫に惹かれ結婚を意識するが、梶との交際を断ち切れない。父雅行は才能に限界を感じ、和子の関係も惰性に変わりつつあった。父娘はその関係を清算しようとする。そんな折夏絵が事故に遭う。雅行は上京し、それまでの強情さのなくなった妻の介護にあたる。白井と律子の結婚式を終えた後、雅行は京都生活の清算を決意する。

〔鑑賞〕妊娠中絶という当時としてはショッキングな話題から、氷が解けるように崩壊する家庭と再生が、各人の心理を中心に描かれる。上田三四二は書評（「東京新聞」夕刊　昭和四十七年一月十七日）で雅行の情事を「一路」同様に優れた描写として評価。古い因習から解放された愛欲が、古い京都の旅館で繰り広げられる点に暗示があるとする。八木毅「解説」（集英社文庫『解氷の音』）は不安定な人間関係における自己確認の欲求をモチーフとして現代風俗のなかに描き、「浄土真宗の寛大さからくる温か味のある作品」とした。結末の大団円を予定調和とみるか魂の救済とみるかで評価がわかれよう。

（岡本和宜）

海面《かいめん》

〔初出〕「世紀」（創刊号）昭和九年四月一日

〔単行本初収〕『鮎』昭和十年一月十日　文体社

〔丹羽全集十六〕

〔梗概〕銀座に店をもつマダム直江と脚本家周一との同棲生活にともなう愛憎生活を描く作品。直江が慌てて、シミーズの上にブラジャーを付けて出勤したにもかかわらず、帰宅したら付け換わっていたことに気づく周一であったが、問い質す訳ではない。直江は周一のそういう態度を見通した上で、知らぬ顔で強気を通すのであった。直江は周一と出かけた際に、街で店の客と出会うごとに、その関係を周一に話したがるのであった。その中には、直江が肥やしにしてきた男たちもいるのであるが、周一は平気な顔をして妻の不貞を聞くのである。妻に生活させてもらっている売れない脚本家という周一の気兼ねや負い目が、不健康な精神を常態化させていた。

ある夜、周一が直江の詠んだ和歌の書き入れ帖を開いたところ、直江から聞かされていた不貞の相手や贈り物をしてきた男たちの名前を含んだ四十七人の名簿を見つけたのであった。周一は、銀座で働くからには秘密もあるだろうと寛大に理解し、脚本作家であるという自惚れから、妻の不貞がもたらす苦痛を客観視出来ると思ってきたのであったが、四十七人という現実を知らされ、激しい動揺に襲われるのであった。しかし、そのなかで不貞の関係があったのは七、八人と直江から打ち明けられ、救われたと思った周一は直江の言葉を信じるのであった。

その事件から十日後、男と温泉旅行に行く直江を、少し蒼い顔をしながらも平常を装って見送る周一であった。直江の行状は「鎮まったかと思うとすぐまた荒れにかかる」海面のようなものと無理に悟ることで、生活力のない周一は心の安定をかろうじて保つのであった。しかし、この暮らしも生活力ができるまでのとの見当をつけているのであった。

〔鑑賞〕男の名を記した名簿は、他の「マダムもの」でも度々登場するが、記された人数については、『ひと我を非情の作家と呼ぶ』では、「海面」と同じ四十七人、「一茎一花」では四十余人、「岐路」では十六人、「古い恐怖」では二十三人となっている。

　この直江を、武田麟太郎は『銀座八丁』のなかであき子として描き、「あき子は不品行だとよくいわれた、しかし、彼女の意見によれば男に惚れっぽくていつも欺されている単純な感傷的な女にすぎないのであった」と記している。

（秦　昌弘）

還らぬ中隊《かえらぬちゅうたい》

〔初出〕「中央公論」昭和十三年十二月一日

続編「中央公論」十四年一月一日

〔単行本初収〕『還らぬ中隊』昭和十四年三月三日　中央公論社

〔丹羽全集二十五〕

〔梗概〕ＹＡ新聞九江支局の駐在員酒井庸三は、速報取材のため前線に赴き、記事を支局に持ち帰る生活を続けている。今回随行する鍵木部隊の三宅中隊は、国民の関心を集める武漢攻略ルートとは別に、辺境の掃討作戦に従事して苦戦を続ける一隊であった。華々しい戦果と無縁な消耗戦を続けるこの隊の結束は、ひとえに上官と部下との厚い信頼関係によって保たれている。三宅中隊は、同じ町内の出身者を多く含む隊であった。個人主義的な教養と都会的な神経組織、そしてジャーナリストらしい意地悪さに阻害されて、酒井はその同胞意識にはじめのうちこそ違和感を抱いていたが、肉体を敵弾にさらす機会が増すにつれ、兵士の心情に共感を寄せるようになる。大腸カタルを患い死の恐怖に直面したとき、酒井は非戦闘員としての引け目を忘れ、腹の底まで辛労の滲みこんでくる戦争の無慈悲な一線に、兵士と共に立ったような誇らしさを味わうのだった。駱駝山後方の黒火街攻略は酸鼻を極め、町内の兵士を荼毘に付してきた僧侶の小磯伍長も戦死する。三宅中隊はこの時点でほぼ全滅、文字通り還らぬ中隊となった。

〔鑑賞〕無機質な陣中日誌にしたためられる中隊の「戦績」と、酒井の目から見た現実の戦場における人間の生死とを対比させたこの作品は、無謀な作戦に命を落とす健気な兵士たちの表情や、同じアジア人が殺し合いを演じることのやり切れなさを強く印象づけ、戦意高揚の目的を逸脱し、ともすれば反戦文学に道を通じるような巧まぬ批判力を秘めている。なお、丹羽はペン部隊陸軍班の一員として昭和十三年九月から十月まで上海・杭州・蘇州・南京の戦跡を視察している。本作は下痢のため九江から南京に後退する途上、病院船に乗り合わせた二人の少尉の話をヒントに書かれた創作である。

（河野龍也）

顔《かお》

〔初出〕「毎日新聞」昭和三十四年一月一日〜三十五年二月二十三日

〔単行本初収〕『顔』昭和三十五年五月二十日　毎日新聞社

〔丹羽全集五〕

〔映画〕『顔』昭和三十五年　大映

〔ＴＶ〕『顔』昭和三十七年　フジテレビ

『顔』昭和四十三年　フジテレビ『美しき煩悩』（原作『顔』）昭和四十八年　朝日放送

〔梗概〕田野村耕はいま妻園子と娘千絵と

暮らしているが、宿命ともいうべき重荷を背負っている。父清州の妻衿子への愛である。義母との愛をどう貫き、どう解決するかの葛藤が全編を流れる主旋律になっている。かつて、耕と衿子はお互いに好意をもちながら告白できずにいるうち、耕はアメリカに留学し、その間に衿子はゴルフに同伴した川奈で清州から犯される形で関係をもってしまう。衿子二十一才。清州七十二才であった。耕を思いながら、自分の宿業として現実を受け入れてしまう衿子だが、耕は帰国後、なぜ父の後妻になったのか理解できずに暮らす。自分と結婚したかもしれない衿子が知らないうちに母の位置になっていた、この事実が秩序、道徳、人間関係を規定してしまう。衿子は二人の関係は平行線を歩く運命だと思う。衿子そっくりの酒場のマダム帖子や、衿子の親友の浦上世津子を配し、また、つねに耕の行動を制御する役として引地康太を設定して、男女間の細やかな心の動きが巧みに描写されるが、清州の突然の病死から物語は急転回する。避暑に出かけた軽井沢でのあらしの夜、二人は停電のなかで初めて抱き合う。衿子の肉体は若く息づいて、定められた人間関係からの解放を求める。続いて耕が虫垂炎で入院し、妻のように世話する衿子を園子が目撃して周囲に漏らす。退院後、湯河原で静養する耕を衿子は訪ね、しだいに距離が縮まっていく。最後に、清州の納骨のため京都にでかける。二人とも、これが運命の岐路となる旅行だと自覚している。岡崎に旅館をとり、岩船寺や浄瑠璃寺をめぐるうち、父が暴力で自分から衿子を奪ったことを知る。父に犯されたことで耕とは結婚できないと思ったことなど、すべてを告白して抱き合う。しかしその夜、肉体関係を持つ直前、耕は衿子のなかに「はかりしれない深さとくらさをもったおそろしさ」「まるで宗教心だけがとらえることのできるおそろしさ」を感じて急遽、帰京してしまう。お互いに七年間抱いてきた〈飛躍〉を成就できずに遁走した耕に、裏切られた思いで衿子は狂ったように泣く。

〔鑑賞〕長年育んだ清い愛であるが、義母と関係をもつという母子相姦の禁忌に作者は煩悩の深さを見た作品である。（永栄啓伸）

架橋《かきょう》

〔初出〕「群像」昭和三十四年十一月一日

〔単行本初収〕『架橋』昭和三十四年十一月二十八日　講談社

〔丹羽全集十七〕

〔梗概〕四人目の子どもとして生まれた儀十は生来、両親からの愛情に恵まれず、親戚の茶園で働くが十八歳で遊郭に通ったことが露見して大勢の家族の前で叱られる。儀十は逆上して「相当な金」を盗んで逃走し、二十八歳までヤクザ者として賭博、喧嘩、女で過ごした。二十九歳のとき、親分からある男のところに殴りこみをかける依頼を受け、五人の若衆と一緒に向かう。だがその男の家は葬式の最中であったために意気を阻喪させ、儀十の実家が近くであったので、借金をしようとして父親に会いに行くが、塩を投げられて追い返されたことを恨みに思って、親の家に殴りこみをかける。

　その後、探偵社で恐喝を働いたり、製麺業、豆腐屋、新聞の販売店、貸本屋に務めたりしたが、長続きはせず、槙茶園で働くようになった。経営者の後妻八千代三十五歳は、Sで料亭の仲居をしていた経歴を持ち、茶摘みの季節が終わって母屋で慰労会が開かれた後、儀十と結ばれる。二人は槙茶園を出て、「細長い漁場の町の山に近い一軒」を借りて住みはじめ、勘十という子どもができる。多額の借金をしている漁夫たちの代わりに信用組合に掛け合うという仕事を思いついた儀十は、探偵社に務めていた経験を活かして信用組合相手の裁判に勝訴する。この町で魚肥製造をはじめて業績を順調に伸ばし、工場の増築にも成功し十数名の使用人を抱えるようになる。

他方、勘十は高校を卒業するとD市の市役所に勤め始める。儀十の浮気が露呈し、八千代が逆上すると、勘十はかえって光子に興味を抱くようになる。父親の目を盗んで、煙草屋に住む光子に会いに行く。二人はやがて結ばれ、店の集金三十万円を持ち出して逃走する。儀十は槙茶園を逃げ出した自分たちと同じことを子どもがしたと苦笑する。家出の動機は異なるのだが、同じだと考える儀十は、父とも子とも結局「橋は架かつてゐなかつた」のだという。

〔**鑑賞**〕背丈五尺八寸、体重二十三貫の巨体を持つ六十五歳の高倉儀十は、駅前の煙草屋に、妾光子二十二歳を住まわせている。四人家族で漁師の娘の光子は、父が五十歳にもならないのに脳出血で廃人同様になり、「生きている担保」として儀十に囲われている。だが儀十は最近、光子の様子に不審な点があり、浮気をしているのではないかと思う。当時の作風の特色を示す作品。

（岡村洋子）

崖下《がけした》

〔**初出**〕「新潮」昭和三十年七月一日
〔**単行本初収**〕『支那服の女』昭和三十年十二月二十日　河出書房
〔**丹羽全集二十一**〕
〔**梗概**〕主人公種正は婿養子で妻練子の間には生後間もない照子という女の子がいる。その照子の出生に疑いを抱きながらも生真面目な種正はよき父親を演じようとする。練子には種正の会社の社長の息子基という幼馴染がいて、基と関係がある。物語は種正の義母の病死や義父の愛人との話が絡みながら展開する。ある日、練子が種正、照子を連れて温泉宿に行く。そこで種正が夜風呂場で目にした光景は練子と基の痴態であった。驚きのあまり思わず種正は抱いていた照子を崖下に落としてしまう。
〔**鑑賞**〕作者の文学に一貫して流れる人間が宿す業を主人公の姿に投影し、最後に妻の不倫の現場で我が子を崖下に落とす。愛欲、業、悪罪をその結末で象徴的に非情な筆致で描く。

（衣斐弘行）

かしまの情《かしまのじょう》

〔**初出**〕「十夜婆々」（「文藝春秋」昭和二十三年十二月一日）「弱肉―続・十夜婆々」（「文芸」昭和二十四年一月一日）「部屋」（「小説界」昭和二十四年二月一日）「金雀児」（「風雪」昭和二十四年二月一日）「貸間払底」（「人間」昭和二十四年三月一日）「歌を忘れる」（「新文学」昭和二十四年三月一日〜二十四年六月一日）「うちの猫」（「別冊文藝春秋」（十一号）昭和二十四年五月二十日）
〔**単行本初収**〕『かしまの情』昭和二十四年十一月三十日　新潮社
〔**丹羽全集十九**〕
〔**映画**〕『女の四季』（原作『かしまの情』）昭和二十五年　東宝
〔**梗概**〕朝鮮から引き揚げたばかりの境万亀は、二十一歳。東京に着くとすぐに住まいの問題に直面した。とりあえず旧知の画伯宅に荷物を置いた後、一週間目に朝鮮総督関係の寮に入り、校正と絵を描く仕事も見つけた。ところが十日もすると、寮の都合で追い立てられる。相談相手になったのは外務省事務官の大平正紀で、野宿を避けたい万亀に彼が紹介したのは待合の一室だった。翌日、大平から有閑マダムの会川夫人を紹介された万亀は、会川家の四畳半に転がり込む。四十三歳の夫人は主人と別居中で、会川家には夫人と親密な仲のいとこの大平が出入りしていた。会川夫人は高利貸しをする一方で、ダンスホールに通い、情欲に任せて男女の交際に耽溺していた。万亀は部屋代を払いながら女中代わりの役目も押しつけられる。ある日、知り合った半野という青年が田園調布の警官の家を紹介してくれた。万亀は会川の家から引っ越すが、部屋代の値上げを言い立て、傍若無人にふるまう警官のおかみに嫌気がさして、五箇月で万亀はこの家を飛び出してしまう。次に引っ越した家はもっとひどいものだった。老婆おそのは、平気で盗みをし、自分の都合で相部屋をさせたり部屋から追い出そうとした。それでも万亀は貸間払底の世情を考えて老女の強欲に耐えるが、我慢の限界が来て、ついに新しい貸間に移る決心をする。老婆の家を紹介した徳永という知り合いの男の家である。徳永の妻は実家に疎開したままで、家には徳永と二十三歳の息子の喬、徳永のいとこの四十二歳になる京子が住んでいた。喬は先妻の子で病的で孤独な生活を送り、京子は献身的に徳永に尽くしていた。万亀にはよく理解できない家庭であったが、ある夜、徳永に辱を奪われて、この家を諦める。雑誌の編集長風見が紹介してくれたのは陋屋の三畳の部屋だった。夫婦と四人の子どもが住み、主人の大麻はブローカーで総理大臣を夢見て演説の練習に余念がない。肺病の主人に代わって妻が出歩くのを万亀も手伝うと、この家は万亀の働きをあてにするようになった。泉山という夫人の勧めで、万亀は後ろ髪を引かれる思いで大麻の家を後にした。次の貸間は四畳半。万亀はもう二十三歳になっていた。その家のおかみは未亡人で、娘のよし子は結婚したばかり。しばらくするとよし子は、母親に勧められて、ダンスホールの客を隣室に連れてくるようになった。娘の肉体で食べていく生活である。暮らしの中から何を見、聞き、解っていくかはよし子の覚悟次第であるが、それは人生に向き合う万亀自身にも言えることだった。「いい人だけど、生まじめな交際は出来ないわ」万亀の前には、猫が肴をくわえて来るのを待つ、無頓着なおかみの姿があった。

〔鑑賞〕焼け跡の復興途上の東京が舞台である。貸間払底の世情を背景に、貸間探しに翻弄される若い女性と、貧しさから荒廃した行動に走る人々の姿を丹念に描いている。終始主人公の女性の立場から眺めているが、この時期の作者の冷徹な客観的リアリズムが存分に発揮されて、突き放された境万亀の孤独が読む者の胸に沁みてくる作品である。　（遠藤昭己）

型置更紗《かたおきさらさ》

〔初出〕「小説と読物」昭和二十二年十月一日

〔単行本初収〕『守礼の門』昭和二十三年三月二十五日　文藝春秋新社

〔丹羽全集三〕

〔梗概〕若松紋多は東京の大学に入っている二十一歳の学生である。休暇中、妓に接してみたいという誘惑から待合に行く。そこで十七歳の喜春と出逢った。夏の休暇を待ちかねて紋多は喜春と逢うが、彼女は周囲も気付くような振る舞いをして、紋多への愛を表わした。二人の関係は五年間続いたが、他の妓には見向きもしない紋多は妓達に好意を持たれる結果となった。父のいいつけで東京の女性と結婚した紋多だったが、一年で離婚した。喜春は滝三橋の向うの紙屋の息子との間に女の子が生れたが、叔父に反対されて子供を引き取った。その後、旦那を持って三人の子を育てたが、旦那の細君に邪魔されて苦しい生活をしていた。二度目の結婚をし、母校で国文学の助教授をして名も知られるようになった紋多に彼女は借金をする。郷里の学校から講演を頼まれて帰国した紋多は、旅館のおかみになった喜春と逢う。味もそっけもないような態度の喜春だったが、その夜眠れない紋多の部屋に彼女は再び入ってきた。

〔**鑑賞**〕「型置」というのを「かたち」と読ませているが、元は「かたおき」であろうか。〝型紙を置いて模様を染めた更紗綿布〟ということか。決して絹織物にはなれぬ、正に型紙が存在するかのような喜春の綿布の人生行路である。丹羽の自作品の表題への関心ぶりが、うかがえる命名だ。冒頭から私小説風に細密な描写が綴られていくのだが、途中から距離感のある客観的描写となっている。作者自ら「私は自分が書きたいようにしか書いていなかった」と述べているがままの自由な書きぶりである。

（河原徳子）

渇愛《かつあい》

〔**初出**〕「東京新聞」昭和四十七年十一月十三日～四十九年一月二十二日　掲載時の「渇き」を改題

〔**単行本初収**〕『渇愛』（上）（下）　昭和四十九年八月二十五日　新潮社

〔**TV**〕『渇愛』昭和五十一年　読売テレビ

〔**梗概**〕夫の蒸発以来、母として茶道の師匠として日々を送っていた三重は、妻子ある年下の男性と交際するようになる。一方娘の志紀子は、二度の結婚離婚と試験結婚を経つつ染色の仕事に邁進する。己の本性と向き合い、悩みながらも揺るぎない道を選択していく美貌の母娘の姿を描く。

〔**鑑賞**〕表題は三重に顕著だ。しかし彼女だけのものではない。志紀子は勿論のこと、「渇き」は二人を取り巻く人々の中にも存し、各々異なるアプローチで以てそれを満たそうとしている。そして、その一面的でない描かれ方が本作をより奥深いものに仕上げている。また連載当時、日本で正にその機運が高まりつつあった「ウーマン・リヴ」の精神を取り上げていることも、本作の〝現代性〟を感じさせる。さて、これら「渇き」と「ウーマン・リヴ」は一見、前者を三重に後者を志紀子に投影させているようにも見受けられる。しかし、両者は双方共に有するものであり、且つこれらを選択する関係ではなく、肯定し補完し合う関係として描いている点、注目に値しよう。更に、三重と志紀子の距離感も見逃せない。思慕、誇り、理解、遠慮、反発。二人は直接、或いは間接的な心の葛藤を繰り返す中で、母娘としての盲目的な心の通い合いから対女性、対人としてのそれへと互いを、己自身を見つめ直していくのである。本作は、仏教的要素を多く含む作品であり、それら一つ一つのキーワードからの分析も待たれるところである。この未だ研究途上にある題材に対し、今後多くの論者が現れんことを期待する。

（牛島理絵）

家庭の秘密《かていのひみつ》

〔**初出**〕「都新聞」昭和十四年六月十三日～十五年二月十一日　後に『白い南風』に改題、その後『家庭の秘密』に再び改題。

〔**単行本初収**〕『家庭の秘密』昭和十五年三月二十日　新潮社

〔**映画**〕『白い南風』昭和三十六年　松竹

〔**TV**〕『白い南風』昭和三十六年　日本テレビ

〔**梗概**〕「愛欲編」「運命編」の二編から成る。「愛欲編」では、首藤美仁子《みにこ》の三田村梧郎への思いとそれ故の行動がもたらした葛藤を中心に、複雑に絡み合う人間関係が描かれる。美仁子は三田村を初めて見たときから愛するが、彼は大月家の令嬢千賀子の許婚だった。だが千賀子は三田村を嫌い、その学友で長野の旧家の息子でもある美貌の秀才、小柴幹治に惹かれる。小柴は三田村と共に美仁子の父重興《しげおき》の弟子で気鋭の若い文学者だが、三田村とは対照的に利己的で、野心から恩師の娘美仁子に求愛する。美仁子は三田村のため千賀子に小柴を諦めさせようと求愛を受け入れるが、重興は許さない。小柴は美仁子と関係を持ちながら千賀子と近づく。やがて三田村は大月家を追われ、婚約も解消になる。三田村の心は美仁子にあったのだが、美仁子は既に小柴の子を身ごもっていた。三田村は小柴を説得するべく奔走する。「運命編」では、前編で敵役という印象の強い小柴がむしろ主人公となる。酷薄な小柴の意外なほど繊細な内面も描かれ、その振舞を憎みつつもその奔放さに惹かれるように手を差し伸べ続ける三田村の友情が、狷介な彼の心を解いていくまでの物語となる。その中で三田村も自らを見つめ直し、各々が生き方を見出す大団円となる。美貌で才能に恵まれた野心家だが悪に徹しきれず繊細な内面を持て余す小柴の造形は、同年の「人生案内」の秀雄少年とも相通じる。本作では彼と対照的な三田村の存在がその葛藤を際立たせている。

〔鑑賞〕映画化「白い南風」（松竹、生駒千里監督、池内淳子主演、一九六一年）。これに先立った同タイトルの連続テレビドラマ（一九六一年一月七日～四月二十九日、日本テレビ局系列で毎週土曜日夜九時十五分から三十分放映）が人気を得、同じ池内の主演で映画化したもの。（三品理絵）

壁の草《かべのくさ》

〔初出〕「世界」昭和二十六年五月一日

〔単行本初収〕『海は青いだけでない』昭和二十六年九月二十八日　新潮社

〔丹羽全集二十二〕

〔梗概〕事業家奈良《なら》匡《ただし》の家は丹阿弥（四日市市のこと）で噂にならないものはない。妻賢子との閨房のこと、賢子が匡の妾の家に押しかけたことなど。ある日、賢子は大学生の苗木と関係を結ぶ。匡は妻を許すかわりに入院させ子宮を焼いてしまう。賢子はふいに老けてしまう…。

〔鑑賞〕独立した研究論文はない。「佳作」だとする北原武夫「作家の気質とエネルギー」（「東京新聞」夕刊　昭和二十六年五月八日）、「力編」だとする山本健吉「創作月評五月号―古い民族意識の残滓」（「日本読書新聞」昭和二十六年五月九日）を除いて、同時代評は概して評判が悪い。阿部知二「文芸時評」（「読売新聞」昭和二十六年四月二十八日）は、「爬虫類」から「一歩踏出すには、またなか〳〵の苦労が要る」と記す。阿部知二「文芸時評」（「中部日本新聞」昭和二十六年五月四日）は「感銘を弱めている」とも記す。西村孝次・北原武夫・高橋義孝「小説月評」（「文学界」昭和二十六年六月）は、「人間の奇怪さなどにはこれつぽつちも触れてゐない」と酷評。三好十郎・中野重治・山室静「創作合評（五十）」（「群像」昭和二十六年七月）で、三好は「非常に無責任な薄い観念」、中野は「文学的にリアルな肉づけをする努力を初めから放棄」、山室も「ちゃんと書いてない」と批判。杉山平一「風俗作家の限界―今月の小説」（「新大阪」昭和二十六年五月五日）も、「何が面白くてこんな風俗を性的な関係までを克明に書かねばならないのか」と指摘した。賢子は奈良から「自分を主張する方法を知らない」ことを刷り込まれているのだが、無意識ながらも自己主張をし始めている。にもかかわらず、最後は奈良の言いなりになってしまう。かかる賢子の人物像が同時代評で批判の対象となってきた。賢子の変化を奈良との関係で捉えなおすことが必要だろう。（原　卓史）

かまきりの雌雄《かまきりのしゆう》

〔**初出**〕「鏡」昭和二十三年七月三十日、十月一日
〔**単行本初収**〕『かまきりの雌雄』昭和二十四年三月二十日　全国書房
〔**梗概**〕講演旅行のため琵琶湖畔の旅館に宿泊している一森は、九つ年上の女中おみねと関係を持つ。翌朝の彼女は心を乱すでもなく、不快な狎れ狎れしさもなく、彼には好印象を残した。一森は、おみねが出産という業苦を経験して、かまきりの雌が雄を食い殺す執念を持つがごときものを身につけたのだと解する。一森には、三十八歳の人妻で四人の子持ちの井沢久志子という女性がいる。二人は十七年ぶりに逢うが、彼女にも呵責の念は無く、家庭の人間としての安堵の中にいる女だと一森には思えた。これもかまきりの雌が、用がなくなった雄をかみ殺す凄さに通じるものだと考える。一森はプラトニックこそが、恋の至上の境地だと考えたりもする。大学を卒業した頃、一森は性を忘れたような未亡人直江と出逢った。三十八の一森は五十一歳になった直江と再び関係を持つが、自分という男は、相手に自分が女であることを時たま思い出させる手段に過ぎないのだと気付く。
〔**鑑賞**〕男と女の繋がりの意味を問うときに、一森の父親の存在が語られる。或る未亡人にお茶を教えている筈であるのが、実は男女の関係を結ぶために逢っていたのだという思い出が描かれるのだ。是は言うまでもなく、丹羽の実父のことが伏線になっている。自分が女であることを確かめるには性愛しかない。愛は露骨さを隠すための誤魔化しなのだという提言は、父の存在によって確実に肉体に刺し込まれた信念のごときものであるが、丹羽の乾いた本質の一面を吐露している。（河原徳子）

蜀葵の花《からあおいのはな》

〔**初出**〕「新潮」昭和十一年一月一日
〔**単行本初収**〕『この絆』昭和十一年二月十九日　改造社
〔**梗概**〕「主人」は、酒場の客を連れて深夜に帰宅にした「奥様」が、その客と応接間でふしだらな行為をしているのを覗き見してしまったのであった。そのことを知っている「女中」は、翌朝のいつも以上に朗らかな「主人」の様子に、理解出来ない。
その後、「主人」には他に女がいて子供までつくっていたことが分かり、「奥様」とその母親からなじられる。日頃の「奥様」の不貞を知っている女中は、「主人」が強く開きなおっている様子に、むしろ好感を抱くのであった。
その翌日、苦笑だけを残して家を出て行く「主人のあたらしい生活をおよろこび申し上げるこころ」で女中はその姿を見送るのであった。
〔**鑑賞**〕酒場に勤めるマダムと、「主人はうちにいて、しょちゅうかきもの」をしている「異様な家風」の女中の独白体の「マダムもの」作品。（秦　昌弘）

【き】

鬼子母神界隈《きしもじんかいわい》

〔**初出**〕「新生」臨時増刊　昭和二十一年十月一日
〔**単行本初収**〕『鬼子母神界隈』昭和二十二年七月十五日　風雪社
〔**丹羽全集二十二**〕
〔**梗概**〕七十歳になるお仙は、若い頃に台湾で始めた芸者屋の抱え・菊と秋を連れて内地へ戻り、鬼子母神の近くで粗末な下宿屋を営む。四十二歳の秋は男に金を貢ぎ、常に生活にくたびれた顔をしている。秋の

娘いさ子は懇ろになった学生杉谷との間に娘・桃子をもうけるが、姑との不仲で結婚生活は破綻する。一方、鷹揚な大家の奥様然とした菊は伯爵家の後妻に納まり下宿を出る。戦況が激しくなると、お仙は下宿を売り一家で山形へ疎開、終戦後東京へ戻る途中でいさ子は病死する。上京後お仙らは菊を頼るが、伯爵家の人間となった菊は冷淡な態度を取る。居心地の悪さに伯爵家を飛び出したお仙らは元の下宿屋の一室に落ち着く。そこへ復員してきた杉谷が食糧を運んでくるようになり、桃子を中心としてお仙と秋と杉谷が愛情を競う生活が始まる。

〔**鑑賞**〕菊との間にできた壁を単に「人間や階級」の違いと片付け、菊という人間の本質に考えの至らないお仙や、「自分の愛には一生けんめい」であるが故に桃子の愛情を競おうとする周囲の大人達の姿には、一つ屋根の下に暮らしながら相手の事を理解しようとしない人間のエゴイズムが看取される。鬼子母神の大樹に生命の根強さの象徴を感じていたいさ子が、誰に不憫がられることもなく「路傍の石同様に生命を消していった」点には、人生に対する筆者の冷徹な視線も感じられよう。　（呆　由美）

汽笛《きてき》

〔**初出**〕「新潮」昭和三十九年九月一日

〔**単行本初収**〕『再婚』昭和三十九年十二月二十日　新潮社

〔**梗概**〕元芸者のいく子は、マッサージ師の橋本と十年以上関係を続けていたが、終戦後七年目に「何か目にみえない大きなものの作用」のような幸運で大槻に落籍される。大槻が家と土地をいく子の名義に換えて後、急死したことも「何か大きなもののいたずら半分のからくり」のような幸運であった。いく子は家に商売女達を下宿させ、二階には大槻の遠縁で大学を中退した圭介と二十七歳の紀子夫婦が住んだ。失職した圭介は肋膜炎跡のため再就職できず、部屋代りにいく子を手伝う。紀子は下宿の商売女の影響を受け、勤め出してから圭介の甲斐性のなさに不満を抱くようになる。ある日賭場の常連相手への商売から逮捕された圭介は、「目に見えないものの手であやつられ」たように下降する自分の人生を、「洞窟をのぞいてゐる」ように感じるが、紀子が共にのぞいていることを気休めと思う。だが、圭介が出所すると、紀子はいく子の紹介で磯子の割烹旅館に住込んでいた。紀子は貧しい下宿の生活とともに圭介を嫌悪し、「おそろしさや、羞恥に対して」「麻痺してゐた」ように、大金をくれた客に身をまかせる。半年後、紀子に会った圭介はその成熟したいどむような美しさに気圧され、その可能性を隠していた妻を見直す。七年後、客引きとなった圭介は、任されたはずの店をいく子に売却され追い出された夜、顔に打擲跡を残し転落の様を隠しもしない紀子と偶然出会う。圭介は妻との再会をフランス映画に出てきそうな場面だと思い、腹の中にひびくハマの汽笛を二人で歩きつつ聴く。圭介は、こんな情景が現実でしばしば繰り返されるゆえに自分らの姿を映画が借りるのだと思い、「悲しくはなかったが、生きていることが、大義に」感じられる。三日後、圭介と紀子の心中のニュースを橋本と他人事のように噂したいく子が、「何かをのぞいたやうな」顔で何かを言いかけ、纏まらぬまま口ごもるのが作品最後の場面である。

〔**鑑賞**〕自分の強慾と嗜好から善良な夫婦の運命を暗転させながら自覚に至らない女と、善良な気質や情愛を持ちながら人間的弱さと生計のために大事なものを見失い転落していく夫婦を対照させることで、人の運命を動かす目に見えぬ力に個人が無自覚

のまま関わっていることを語り手は暗示している。（渡邊ルリ）

着ぼくろ《きぼくろ》

〔**初出**〕「新潮」昭和三十二年九月一日
〔**単行本初収**〕『娘』昭和三十三年二月二十五日　東方社
〔**丹羽全集十八**〕
〔**梗概**〕礼子は息子公生と一緒に映画館で、南極観測隊の記録映画を見ていると、右の耳の下にほくろのある少年を見つける。映画館を出た後、少年が妹らしい少女を連れて、大通りの大衆向きの喫茶店に入るのを追いかけて、礼子も同じ喫茶店に入る。礼子は少年に声をかけると、少年の名前は徳久登志朗で中学三年生、妹郁子は小学生で、片平町に住んでいることが分かった。着ぼくろのある登志朗は、礼子が十五年前、白山のK助産院で産み、院主の世話で「ある堅気の家」に「親知らずという絶対条件」を付けて実子として入籍させた男の子であった。

十五年前、タイピストの礼子は、晃夫婦と同居していた。晃の病妻と礼子とはいとこ同士であった。晃と礼子は病妻の眼をしのぶ関係に陥ったが発覚し、別居するようになった。しかし関係は続き、礼子は妊娠をする。尿毒症にかかった妻は、ちょうど脳溢血の人が倒れるように意識を失った。注射で意識は回復するが、妻は自分の指を使って晃の掌に「私が死んだら礼ちゃんあとをたのみます」と書いた。礼子はたまらずに部屋の外に出、ふすま越しに「わかった、わかった。そんなことは心配しないでいいよ」と話しかけている晃の声を聞いた。すでに身ごもっていた礼子は、晃に対して「何という挨拶をする人だろうかと、呆れた」のであった。
〔**鑑賞**〕礼子は、今の夫となった晃に、登志朗の身の上を案じ、自分が「エゴイスト」であることを後悔していることを話すと、晃は「わかったよ、もうわかったよ」と「扱いかねるように」答えた。礼子は男性とは曖昧な、いかにも無責任な言動をするものだと、あらためてあきれ果てるのだった。生命に対する男と女の意識の差が巧みに表現された小説。（岡村洋子）

気紛れの線《きまぐれのせん》

〔**初出**〕「世界」昭和三十年一月一日
〔**単行本初収**〕『丹羽文雄文庫』（十六）昭和三十年二月二十五日　東方社
〔**丹羽全集十九**〕
〔**梗概**〕十六歳でシンガポールに渡り、英語に堪能で女にもてる。キャデラックを乗り回し、戦時中は現地で最も顔の利く日本人として陸軍に重用された。この華やかな経歴のすべてを敗戦で失った日守は、東京の焼け跡で旧知の元外交官―今は襤褸買いの仕切り屋をやっている黒木と出会い、その居候になっている。さて、黒木の元に南田トシ子と名乗る女が現れた。彼女は洋裁店を開くつもりで上京したが、貧民救済に目覚めて金貸しを始めるも失敗。そこで金持ちの皇族T宮から寄付を受けることを思いつくが、この時偶然出会ったM宮の理解で、雑巾刺しの内職斡旋を始めた。彼女の即断実行の生き方に興味を覚えた日守は、気紛れな気持ちで協力することになる。二人はM宮の紹介状を持って京都の醸造会社を訪問、社長に寄付を求めに行くが、結局時間を空費してしまう。何百人という内職者の生活を親身に思って苛立つトシ子と、事態をどこか他人事と思っている自分とを比較したとき、日守は器用さだけを売りに世渡りして来た自分の心の貧しさを思う。
〔**鑑賞**〕一人京都に残って営業活動を続けるうち、日守の心には、羽振りの良かったシンガポール時代ではなく、貧しい子供時代の苦労が去来する。彼はいつしか気紛れの線を踏み外し、生活と真剣に向き合い始めていたようである。善意の事業は大赤字であったが、トシ子と共に笑う日守の顔には充実感があふれていた。世相・経済に目を向けた作品。（河野龍也）

逆縁《ぎゃくえん》

〔初出〕「新風」昭和二十一年二月一日

〔単行本初収〕『憎悪』昭和二十一年九月三十日　大野書店

〔梗概〕戸数十五戸の虫賀村に住むおとりさんは、一年のうちに病で夫と次男を、更に長男をも戦争で失ってしまう。長男が戦死の公報より一年も前に死んでいた事実を知り取り返しのつかない思いに苛まれるが、背負いきれない悲しみが逆におとりさんに投げ遣りな気持ちを生じさせたようでもある。未亡人となった長男の嫁とおとりさんの三男・定男の間に逆縁の話が起こる。定男はもとより親戚の意志に任せる所存であり、後家を通す覚悟であった嫁も、周囲の勧めで再婚を承知。だが仮祝言を済ませても、おとりさんの目には少しも改まったものが感じられない。「あたへられた現実以外に脇見をする」ことのない定男や、夫の生存の可能性を気に懸け、再婚が早すぎたのではと悩む嫁、未だに定男を「定やん」と呼ぶ長男そっくりの孫らが、今後どのような家族となってゆくかは分からない。

〔鑑賞〕描かれるのは戦争が家族にもたらす悲劇だが、その筆致は極めて淡々と進められている。昭和十九年から二十年にかけて、丹羽一家は栃木県那須郡烏山町、次いで近隣の小貝村大字竹内に疎開している。本作は小貝村の疎開先であった平野とり宅に起こった出来事に取材したもので、丹羽自身も作中祝言に参加する東京からの疎開者夫婦として登場している。文壇への復帰を目指して発表した終戦直後の作品の一つであり、烏山近辺に材を得た作品には「愛欲」「こおろぎ」などがある。（杲　由美）

魚紋《ぎょもん》

〔初出〕「時事新報」（夕刊）昭和二十九年六月八日～十二月五日

〔単行本初収〕『丹羽文雄文庫』（十七）昭和三十年三月二十五日　東方社

〔梗概〕喧嘩中に誤って人を殺した秋元由之が三鷹の自宅に戻ると、犬飼計子と名乗る見知らぬ女が玄関に出た。二年の服役中、父の直輔が勤めていた一柳工業は倒産。ところが、自殺した社長への恩返しを口実に、父は目白の豪邸に移り住み、会社を秋元工業に改名しただけでなく、社長の妾まで引き取っていた。地主と小作という代々の関係を厳格に守り、一柳通孝に絶対の信頼を得ていたはずの父は、虎視眈々と復讐の機会を窺っていたのだろうか。実際、直輔の次なる計画は、通孝の若い未亡人・育子を妻に迎え、由之に娘の品子と結婚させるべく動いていた。その頃由之は、計子を通じてファッション・モデルの宗アサ子を知った。得難い気品と完璧な肉体美を兼ね備えたアサ子は、なぜか由之を恋人のように扱う。結婚を意識した由之は、殺人を犯した自分の過去と、ある経済通から摑んだ父の正体とを告白する。父は一柳工業のために奔走すると見せかけて、故意に社長を見殺しにしたらしい。姉もまた身勝手な情熱から初恋相手の家庭を壊し、肺病病みの相手を死に追いやった。親子三人が殺人者だという呪われた血の因縁に悩む由之を、アサ子は冷たく見捨て、計子は優しく受け止める。実はこのアサ子こそ一柳品子であり、秋元家の内情を探るため由之に接近したに過ぎなかったのだ。

〔鑑賞〕陰謀や因縁への対決を主要なテーマとする一方、持ち前の純粋さで今の幸せを大切にする計子や育子の人柄に触れ、血族へのこだわりから解放されていく由之の救済過程が本作の主眼である。（河野龍也）

岐路《きろ》

〔初出〕「中央公論」昭和十年三月一日
〔単行本初収〕『自分の鶏』昭和十年九月二十三日　双雅房
〔梗概〕役所の税務課に勤めている糸見は、銀座にバーを持つ淑子と暮らしている。ある夜、糸見は十六人の男の名前が書き込まれている彼女の日記帳を盗み見したものの、度重なる淑子の不貞によってすでに神経は麻痺し、彼女への感情は持ち合わせてはいないと自分に言い聞かすのであった。
　淑子は伴という店の客から求婚されそのことを糸見に相談している最中にも、また別の男を自宅へ招き入れる淑子に、糸見は伴の立場に立つことで不快になろうとするのであった。
　糸見が仕事帰りに淑子の店に寄ったところ、伴から淑子を賭けにしたダイスの勝負を申し込まれる。これを機に淑子との関係に踏ん切りを付けようと、勝負に臨む糸見であった。
〔鑑賞〕この作品は、糸見が勤人として定職に就いていることで、「マダムもの」として扱われていない。しかし、「マダムもの」の集大成ともいえる「一茎一花」でのマダム名も淑子であり、「マダムもの」で度々扱われる男の名前が記された日記帳も取り上げられていることから、「マダムもの」として位置づけられる作品である。（秦　昌弘）

勤王届出《きんのうとどけで》

〔単行本初収〕『勤王届出』昭和十七年三月二十日　大観堂
〔丹羽全集二十五〕
〔梗概〕藩命で江戸に遊学していた下国東七郎は、松前に帰藩後、藩政について建言するも取り入れられず、藩金私用の上脱藩、六年間獄に下る。その間「幽草略記」を執筆、それにより再度下獄され、鈴木重載や三上超順と親交を結ぶ。禁錮が許された後、明治元年に三名で勤王の建白書を提出、「正義隊」を結成する。しかし、佐幕狩りで無意味な殺戮を行う鈴木と意見が対立する。秋、函館戦争により三上戦死。東七郎は江戸の藩邸でその報を受ける。鈴木は藩政を独占すべく、東七郎に刺客を差し向けるが、逆に穏健派に捕縛される。翌年四月、福山城を取り戻し、東七郎は執政となる。版籍奉還後の館藩の混乱を鎮静化し、海関税等の経済問題に着手、困窮する財政の立て直しを図る。しかし、先君の未亡人、清浄院と組んだ尾上徹三に暗殺されそうになったり、空債の詐造事件に巻き込まれたりする。十年後、下総で商人となっていた東七郎は、福山の暴動を治めるべく十等出仕の辞令を受け、これを解決、辞職した。ある日、堀井正則が下総の東七郎を訪ね、勤王論功行賞の話をし、履歴書を提出するよう促す。しかし、東七郎は「陛下の臣としての務めを果したまでで、あたりまへのこと」と取り合わず、堀井が執筆を申し出た。
〔鑑賞〕最初の歴史小説。典拠は原題と同じ、北大蔵本の「実歴史」と推察される。原典「実歴史」は、生活に困窮した東七郎が、論功行賞欲しさに自身で執筆した履歴書であるが、作品の東七郎は論功行賞に無頓着で、「野心や、名誉に属さない情熱」を有した人物として造形されている。「覚書」（「現代文学」昭和十七年二月）の「『勤王届出』の主人公の心理は、ロマネスクである。」他、『告白』等に作品言及が見られる。

（水川布美子）

金木犀と彼岸花《きんもくせいとひがんばな》

【初出】「新潮」昭和三十三年一月一日

【単行本初収】『娘』昭和三十三年二月二十五日　東方社

【梗概】語り手の紋多が心臓の鼓動を続けさせる注射を医師に止めさせると、七十六歳の母は「安楽死の内」ともいえる「おだやかな」死を迎えた。七年間の「中風」のあげく最後の半年間は寺の奥座敷で「呻きどほして」死んだ祖母とは対照的な姿であった。火葬場には彼岸花、東京での葬式では庭に彼岸花が咲いていた。文字通り「厭がらせの存在」になっていた母から「解放された安堵感」は「正直な感想」であった。紋多は母の死をめぐって「宗教とは何か。祈りとは何か」を考えさせられるようになった。

　葬式で読経をした弟は、生家の寺が本堂再建を終えた落慶法要で記念講演をしてほしい、と紋多に依頼する。長男として寺院を継ぐことを期待されながら上京して作家になった紋多には、檀家を裏切ったという後ろめたさがある。講演会では、母の生涯の秘密をさらけ出してしまうが、その母の生き方こそ「無慚無愧の極悪人であるという自覚に立つた時、はじめて救はれるの」という「親鸞の思想」を自分に示してくれたのだと感じる。

【鑑賞】丹羽が母の人生を非情なまでにリアルに暴露し、そこから親鸞の思想へと導かれるという代表作。

（岡村洋子）

禁猟区《きんりょうく》

【初出】「日本経済新聞」昭和三十二年八月十四日～三十三年十月五日

【単行本初収】『禁猟区』昭和三十三年十一月三十日　講談社

【丹羽全集十二】

【映画】『禁猟区』昭和三十六年　松竹

【梗概】沖一英は大学助教授で国文学を専攻している。妻誓子三十歳は胸を病んで八年間の療養所生活である。沖の父は三大銀行といわれた銀行の頭取、一人の姉は外交官に嫁いで欧州に滞在している。育ちの良さに対して「一種のコンプレックス」を抱いている。銀座のクラブで元学生の諸口実子に再会して親しくなる。諸口は九州の諸口建設の三女で、四畳半二間のアパートに住んでいる。

　沖とは中学校から大学まで同じ学校であった薬王寺は、製菓会社の宣伝部長をしている。前妻鶴子が心臓弁膜症で死亡し、久仁子と再婚する。しかし薬王寺には、前妻が生きているときから七年間付き合いがある空閑虹子二十八歳という花柳界出身の愛人がいた。虹子は久仁子に会い、薬王寺との関係を暴露すると、久仁子は実家に帰って病気になってしまう。さらに虹子は青山高樹町にアパートを買って、薬王寺と同棲するつもりでいる。

　だが虹子は、学者の父が創業期の協力者であった百武製薬会社の社長百武達郎五十九歳の十年来の愛人であった。百武は小日向の自宅洋館で三十年前から妻かな子との間で冷戦が続いている。虹子以外にもう一人愛人がいるが、他の女性は百武に仕えてくれるが、「虹子の場合は、百武が仕える形」で、「精神的な屈服」を強いられている。一人息子毅二十八歳は百武製薬の庶務課長で、こともあろうか薬王寺を新しい宣伝部長として引き抜こうとする。

　百武は虹子との密会の後に出席した重役会議の席上で倒れて、死去する。虹子は薬王寺と同居を始めて妊娠し、靖を産む。薬王寺は父が肝臓の病気で入院し、沖から三十万円を借りる。父の葬儀にも参列せず、自分のことしか興味がなく拝金主義に凝り固まった虹子に愛情が薄らいでしまう。反面、葬儀に参列してくれた宇田川かよ子二十一歳に「疑似恋愛」のようなものを感じる。重役の親戚で一年前から宣伝部に勤務している宇田川は、平凡なおとなしい性格であった。熱海への社員旅行では梅林を二人で散策する。

虹子は急性虫垂炎で緊急手術を受ける。その後、薬王寺の母に生活の世話を受けるが、西銀座二丁目のクラブ雪のマダムをしている小村雪三十五歳の誘いに乗って、酒場づとめをはじめる。証券会社の重役徳久千三の息子公生がこのクラブに出入りしているが、深入りしないように父から戒められている。他方、繊維会社の社長の息子拝藤晃はアメリカ帰り、虹子に接近して名古屋・桑名旅行をする。旅行中は虹子に「一指もふれなかった」。帰京後、自分の店を持つことを決めた虹子に百二十万円の小切手を贈る。西銀座のある路地の二階を見つけ、スナック「なないろ」を開店する。薬王寺の妹正子は会社勤めを辞めて会計係として協力する。開店のための書類づくりに戸籍を取り寄せた虹子は雪に対して、自分は本当の両親を知らず、下町のブリキ職人の一家にもらわれて、小学校を出るとすぐ、ある撞球場へ前借で住み込むようになったことを告白する。虹子にとって、雪はこの世でただ一人自分の心を打ち明けられる人間であった。

拝藤は虹子と、虹子の友人の滝沢とくるみと関西旅行に出かける。虹子の眼を盗んで、母が進めた見合いをして結婚を決める。雪に聞かされるまで、虹子に夫と息子がいることを知らなかった。拝藤に入れ込んだ虹子は、スナックの営業をおろそかにし、客足は遠のき経営も厳しくなる。「拝藤繊維の財力は、虹子が自己を主張するためには必要な舞台」であり、それは「生来のコンプレックスをなくする」唯一の方法であった。だが拝藤から見合い結婚を知らされると、虹子は逆上し、拝藤の車を車で追いかけて、路上で修羅場を演じる。そして薬王寺の家に帰った後、虹子は睡眠薬を飲んで自殺してしまう。

〔**鑑賞**〕遺書には雪に宛てて「ひとの情を教えてくれた人。ママのおかげで私には世の中がすこしずつ違ったように見えてくる」と記されていた。愛と憎悪、理性と愛欲、矛盾の塊である人間の存在を凝視した長編小説。（岡村洋子）

【く】

悔いなき煩悩《くいなきぼんのう》

〔**初出**〕「日本経済新聞」昭和三十七年六月十九日～三十八年九月五日

〔**単行本初収**〕『悔いなき煩悩』（上）昭和三十八年六月二十九日　新潮社　（下）昭和三十九年十月三十日　新潮社

〔**TV**〕『悔いなき煩悩』昭和三十七年～三十八年　日本テレビ

〔**梗概**〕秋元駒子は証券会社の外交員として働きながら、亡姉の娘と女中お由の三人で暮らしている。また居候していた医学生江馬常之の学費を出すと同時に、彼と夫婦同然の生活をしていた。だが、彼は郷里での結婚と開業に心を引かれ、駒子のもとを去る。その後彼女は、榛名湖で出会った日本画家伊賀信を一人前に育てることに執心し、彼とも内縁の状態になる。伊賀は初入選し、新進画家として認められるが、生活が派手になる。それを支えたのも半ばは駒子の経済力だった。そんな中、駒子は伊賀の師宇津木直晴の新作のモデルとなることを通して、宇津木を熱烈に思慕、内心で結婚を希望するようになり、伊賀との縁を断つに至った。しかし宇津木は、他の女性と突然結婚してしまった。期待をことごとく破られた駒子だが、終局では「でも、私はあやまりを犯したのではない」との結論を得たのだった。全体を通して、お由や幼な友達風早みどりの一般的な常識や倫理観に裏打ちされた言動が、男性間をうつろう駒子の心を相対化している。

〔**鑑賞**〕女世帯にあって家計を担う主人公は、丹羽作品に幾度か現れている（『この世の愁い』など）。その中で駒子は自分の経済力によって、有為な男性の能力を発揮させる「道楽」を行っている点で特異である。それは投資でも、犠牲という自己満足でもなく、「期待を持つという道楽」であるといえる。持つことが目的化された期待が裏切られるたび、彼女は打撃を受ける。しかし宇津木の場合は自らの経済力は関わりなく、駒子の邪気のない期待であったため、末部での絶望は深刻であった。終局で至った心境に、作品名の所以があるといえる。

（尾崎名津子）

悔いなき愉悦《くいなきゆえつ》

〔**初出**〕「群像」昭和三十二年六月一日

〔**単行本初収**〕『悔いなき愉悦』昭和三十二年八月二十日　講談社

〔**丹羽全集十六**〕

〔**梗概**〕××新聞に小説「闇への飛躍」を連載している作家紋多に対して、五十歳の未亡人で、信用組合事務員の琴が手紙を出す。三十八歳で死亡した夫のために、琴は千葉県内の山の墓地の太平洋が眺められる場所に墓を造った。夫に死別してからは「墓地を訪ね、墓の周囲を喋りながら歩きまわることが、何よりもたのしかった」。琴にとって「生活を、肉体的いのちを十分健康に、いきいきとさせておくためには愉悦が必要」であったが、当初は「若さ」こそ「愉悦」に代わるものであった。だがやがて老いを感じ始めると生活は荒廃し自殺を試みようとさえ思った。

琴の生活を心配した親族が達郎・高枝の養子夫婦の世話をし、琴は信用組合に勤めるようになった。勤務先で人見と知り合い、四十五歳の誕生日に肉体関係を持つ。琴は「自責も後悔の情もともなわない愉悦が、この世に生まれた意義を発見させてくれました」と思う。紋多は小説のなかで、ヒロイン秀子と工藤が真実に生きようとして不幸になるのに対して、死にゆく工藤の病妻だけが何も知らずに幸福であるというアイロニーから、人生は救いのないものばかりであると述べた。琴は自分の現在の境遇を顧みて、決して人生に救いがないわけではないと感じ、紋多に手紙を書いたのであった。紋多からは十日後に返信があった。それを読んで琴は「日々の愉悦で、結構満たされている」が「執するとこわい」、「私も時々、人生には救いはないと思うことがあります」と再び紋多に手紙を書くのであった。

〔**鑑賞**〕人間の愛欲と執着に関して、人間が活動的に生きるためには「愉悦」が必要であるが、やがてそれが執着に変わってしまう宿命的な事実が書簡体小説として描かれている。

（岡村洋子）

悔いの色《くいのいろ》

〔**初出**〕「新潮」昭和五十七年九月一日

〔**単行本初収**〕『妻』昭和五十七年十一月二十四日　講談社

〔**梗概**〕ある夜、姪の下へ通う男性を目撃した〈私〉は、そのことを考える内、突然「羞恥」に取り付かれる。しかし何に対してのものなのか分からない。やがて見出したのは、遠い昔の父と檀家女性、そして祖母との秘密の関係。一つの感情を機に、父と父に対する心の変化を改めて見つめ直す。

〔**鑑賞**〕当初、訳の分からなかった「羞恥」という感情は、やがて父の存在と直結する。しかし此処に帰着点は無い。衝撃は、初めて気付いた父の想いと共にやってくるのだ。秘密を息子に知られていたという衝撃。自らの所業が公けのものとなったという衝撃。そしてそれらを受け、己の行為と向き合わざるを得なくなったという衝撃。父を描き、向き合いつつも、父の側に立って物事を眺めたことのなかった〈私〉は、完全な片手落ちであったという自らの衝撃を以て、これを受け止めるのである。そして、常に「羞恥」と対であった父を、「羞恥」は「羞恥」として尚存在しつつも、その枠を取り払った一人の人間、一人の男性、そして何より〈私〉の親として見つめ直すことが出来たと回想する。本作は、亡父の年齢を越えた〈私〉の葛藤し尽くした末に辿り着いた境地を、圧倒的な描写力で表現している。肉親を題材とした作品の中に於ける一つの分岐点であることは勿論、一人の人間として相対する人を見つめる新たな視点を得たという点からも、丹羽作品全体を見る上で大きな局面に位置していると言えよう。極めて重要な作品として注目したい。

（牛島理絵）

郡上八幡《ぐじょうはちまん》

〔**初出**〕「海」昭和四十八年一月一日
〔**単行本初収**〕『尼の像』昭和四十八年七月十五日　新潮社
〔**梗概**〕岐阜時代の母を知るというN氏に講演依頼され、郡上八幡へ赴いた〈私〉は、全身全霊で母を語り、親鸞を語って帰宅の途に着いた。しかし其処で待っていたのは、母を作品俎上にのせ続けることを非難し、講演拒否する一通の手紙。〈私〉は、改めて自らの業と向き合うのだった。
〔**鑑賞**〕本作は母に溢れている。亡くなった当初を思うところに始まり、母の知人との出会いを機に展開し、母に導かれるような気持ちで郡上八幡へ向かう。母の知人という一点を以て彼に親しみを覚え、母が世話になった礼を言う。講演では母の生涯を取り上げ、また、かの地へ赴いたことを「母は喜んでいる」と話す。母、母、母である。だが母への思いは複雑だ。幼少期の無条件な息子の視線は、やがて世間の目を軸とした批判的なものへと変化した。悪人正機の教えは母を救ったと〈私〉は言う。それは同時に母を否定せざるを得なかった〈私〉を救ったことに他ならない。救いの主格は寧ろ自身ではないか。生涯を決定づけた母、その母を書き続けたこと、そしてその行為を業という言葉で片付けてきたことへの何処か後ろめたい気持ちと葛藤が、悪人正機を、親鸞を「一身上の問題解決のための媒介として」信じることで少なからず浄化され、漸く〈私〉は自身の中の世間の目を洗い流し、自己そして母と向き合える境地に至るのだ。丹羽は、この後も母を記す。しかし本作は母に対する思いの或る到達点を見せていると言え、八木毅が「〝母もの〟のしめくくり的な位置を占めるもの」（『母の晩年』集英社文庫）と解す点、首肯していいだろう。

（牛島理絵）

九年目の土《くねんめのつち》

〔**初出**〕「新潮」昭和十六年一月一日「知性」昭和十六年二月一日
〔**単行本初収**〕『怒濤』昭和十六年六月二十二日　改造社
〔**丹羽全集三**〕
〔**梗概**〕大阪から郷里Y市をめざす電車の座席で、紋多は様々な思いをめぐらせる。同じ料金を払いながら座席のない人に恐縮し、疲労を示す印があればと空想する。豊穣な田園から軍需工場に変貌した沿線の風景に、経済効率から父祖の田圃をつぶす農家の心情を思い、豊かな自作農の不幸を感じる。軍需景気にわく郷里では、名望家の多くが不正で検挙され、田舎での統制経済の有り方に疑問を抱く。ようやくたどり着いた生家の山門で、紋多は記憶のままの境内に感動する。僧職を嫌っての家出から九年目の訪問であった。僧職を継いだ弟と、古女房のような父の後妻の姿に、父の死後の混乱を想像する。紋多は家族に何の説明もせず、あれほど嫌っていた本堂に上り、厨子の弥陀に申し訳なさを詫びる。紋多は弥陀の前で、得度式の事、弟と自身の違い、善鸞の不信への共感、宗派対立や山門の政治性、親鸞の教義と無関係な世襲性など宗教のあり方を思い、時代にあわせて努力する弟を立派と感じる。本堂に参る紋多の姿に、父は涙を流して喜ぶ。新体制によって宗派統合が成ったのは間もなくであった。

〔鑑賞〕家出から九年目の帰郷を描いた作品。丹羽は「九年目にゆるされて、わが家にはいつた私は感慨無量であつた」（改造社版『丹羽文雄選集』（四）あとがき）と語るが、家族への思いや九年目の帰郷への感慨よりも、軍需景気による故郷の変化、宗教の在り方への関心が中心に描かれる。弟とは書簡のやり取りがあり、父とは前年に再会していることもあろうが、四十二年後の高田本山訪問を描いた「菜の花」（「群像」昭和二十八年六月）での「懐古の情と自責の念」という素直な感想と大きく異なる。丹羽はこの作品を「具体的描写以外に作者がお喋りをはじめ」た作品（前掲あとがき）として、「哭壁」の原型的作品としている。十返肇はその理由を、客観的リアリズムを重視し「処女作以来実に長い間ながきにわたって「私の言葉」を出来るだけ控えてきたから」とし、八木毅は「自己内面を、具体的描写のみによって、表現し尽くし得ないことに思い至った作者の、それは自らにきり拓いた新しい技法」（集英社文庫『書翰の人』解説）と評価するが、同時代評は厳しい。市川為雄「文芸時評」（「早稲田文学」昭和十六年二月）は「作者の神経の面白さも覗え」、「渋味がある」と好評だが、「器用と思い付きだけ」では作品として成立しないとする無記名「今月の雑誌―知性」（「三田文学」昭和十六年三月）や、「丹羽の凡俗性肉体性がぶっきらぼうに胡坐をかいている始末」（H・A「作品評」「文芸」昭和十六年二月）と批判を受けた。作品としてまとまりを欠いた感はあるものの、後半の宗派対立、親鸞の教義から乖離した寺院への言及は、後の宗教作品へむかう萌芽といえる。「哭壁」等の実験小説の原型的作品、自伝的私小説という評価だけでなく、親鸞の思想への関心を直接的に示した作品としても評価すべきである。

（岡本和宜）

熊狩り《くまがり》

〔初出〕「新潮」昭和四十六年十月一日

〔単行本初収〕『尼の像』昭和四十八年七月十五日　新潮社

〔丹羽全集三〕

〔梗概〕軽井沢近辺では今年は熊が多く出没していた。別荘に遊びにきた孫の健と康一は「熊狩り」に行くと言って出かけたまま、五時間たっても帰らない。小学校三年生と一年生である。子供の足では五時間も歩けるはずがなく、山で迷ったにちがいない。もうすぐ夜になる。事態の重大さに気づいて、祖父母、ドイツ系の康一の母、健の母らが狼狽して警察に捜索願いを出す。一方、二人はサイクリングやハイカーたちの通る山道を選んで、草むらや山を登り降りしながら進むうち疲れ、一時、熊に出会うが、さいわい無事に帰還する。

〔鑑賞〕「文章管見―創作ノート」（『丹羽文

雄文学全集』（三二）で「私小説ふうと客観描写の使い方が、自由奔放に使われているというので、私のところに来る若い小説家のあいだでは大へん問題になった」と記される短編。

（永栄啓伸）

久村清太《くむらせいた》

〔**単行本書下ろし**〕『久村清太』昭和三十年六月十七日　帝国人造絹絲（株）

〔**梗概**〕大屋雄三は荘内館（荘内藩の寄宿舎）で久村清太に出会う。久村は二高、東大に進学するも「サラリーマンになるために学校にいくのではない。科学的探究心を養うためにいくのだ」と公言して授業に出ず、テニスや義太夫、独自の科学実験に熱心であった。テニスを通じ秦逸三を知る。学費を得るため太陽レザーの研究員となり、ますます研究に没頭した久村は東大を中退。ビスコース（再生繊維の溶液）・レザーの独自研究で多大な利益を得、東レザーの技師長となった。日本初となる人造絹糸の研究に専念する。製造方法がわからず、費用もない中での研究は困難を極めたが、旧友の秦逸三を共同研究者に、鈴木商店の金子直吉をスポンサーに得、人造生糸製造に成功する。米沢に工場（後の帝人）を設立したが、効率はあがらない。洋行で日本の技術に自信をもった久村は、新工場を広島、鶴の瑞兆のあった岩国に立て、生産料を飛躍的に挙げた。鈴木商店の倒産、野口遵（旭化成創業者）との確執、ダイヤライザー事件などが起こるが、会社は躍進を続ける。帝人事件（帝人株による疑獄事件）後、社長に就任した久村は、潔癖な経営によって業績を伸ばした。台湾、中国にも進出するが、戦争で広島、岩国など工場の大半と財産を失った。社長職をゆずりながらも、戦争で停滞した人絹の研究に余念のない久村であったが、体力の衰えを感じていく。母校の講演で大屋雄三と再会した久村は死期を悟る。

〔**鑑賞**〕久村の死後に顕彰のため企画された。三次軍次帝人勤労部長が友人の池島信平文芸春秋編集長に相談し丹羽へ依頼したという。丹羽の独自性を知るためには福島克之『帝人のあゆみ』との比較も必要である。同時刊行の『秦逸三』にくらべ、野口（旭化成創業者）との確執、ダイヤライザー事件、帝人事件など帝人の歴史を通して戦中から戦後への激動の時代をうかがうことが出来る。その意味で『現代史』『日本敗れたり』との比較が重要であろう。また病床での新興宗教の祈禱の描写に、『蛇と鳩』との関係が指摘出来る。

（岡本和宜）

狂った花《くるったはな》

〔**初出**〕「文藝春秋」昭和十二年四月一日

〔**単行本初収**〕『女人彩色』昭和十二年四月二十日　河出書房

〔**梗概**〕二十貫の憲子は、兜町のいきつけのミルクホールで後場大引の株価を言い当てる禁止賭博をしている。禁止の闘犬に参加したり、債務整理に哀しむ女性の目の前で家具を競り落したりと、非常識で活動的な女性としての生活を謳歌している。元来農家出で地味だった憲子は、先夫と二人の子供を持つが、三十歳の時に青年と駆け落ちし離縁となる。先夫への面当てから、歳の離れた骨董修繕業の谷口と再婚した憲子は、花が咲いたように垢ぬけ、がむしゃらな強みが現れる。谷口と芸者を引き連れて、先夫の町で馬鹿騒ぎをし、生き別れた子供に連絡しないよう手紙を出すなど、最初の結婚への復讐のように無慈悲にふるまう憲子。鼠を焼き殺す憲子の太った肉体に、下宿人の教師守屋は感受性の喪失を感じる。

〔**鑑賞**〕「この女の烈しい生き方に私は共鳴を感じ」（改造社版『丹羽文雄選集』（一）

あとがき）、「この題材はこれからも手がけたいと思つてゐる。」（『或る女の半生』あとがき）と述べるように丹羽が愛着をもった悪女の系譜にあたる作品。古谷綱武は「風変りなある種の中年の女性を書い」た作品（竹村書房版『丹羽文雄選集』（二）解説）というだけで評価は低い。田畑修一郎はシュチュエーションが上手く、まとまっているが味気ないとしながらも、「煩悩具足」より優れている（「文芸時評」「早稲田文学」昭和十二年五月）と一定の評価をしている。社会的悪に反省することもない姿は『蛇と鳩』の古久根にも通じる。のちの社会小説へと通ずる作品といえる。

（岡本和宜）

【け】

継子と顕良《けいことあきよし》

〔初出〕「文藝春秋」昭和十四年六月一日

〔単行本初収〕『南国抄』昭和十四年八月四日　新潮社

〔丹羽全集三〕

〔梗概〕結婚したばかりの夫顕良と大陸に渡った継子。だが、虚栄心が強く何かと話を大きくする夫への不信は募る一方だ。繊細で小心であるにもかかわらず、次第に「大陸的」性質、野卑で高圧的な態度とぞんざいな口調があらわになる顕良との、右も左もわからない大陸での生活。継子は不安を募らせ、いったん一人で帰国する。だが、実はそんな継子も母親譲りの「男まさり」の血を自覚しており、気弱で無気力な男よりもむしろ「いつでも自分の頭を抑えつける、所謂やり手の型」の男との結婚を望んで、顕良を夫に選んだのだった。それだけに、男の器の小ささを示すように思える「虚栄」や「虚言」に軽蔑を禁じ得なかった継子だが、別れの時の真摯な言葉と「綺麗な涙」、帰国後の神妙な手紙に心を解いて、再び大陸へと戻る。だが、そこで彼女の見たものは、大陸での怪しげな人脈と事業によって金回りが良くなり、不相応とも思える豪邸をかまえてますますぞんざいにふるまう顕良の姿だった。繊細な心を維持しつつも怪しげな人間関係の中にどっぷり浸っていく顕良に困惑しながら、しかし継子は、自身もその怪しい人間関係に次第に取り込まれようとしていることに、まだ気づかずにいるのだった。

〔鑑賞〕大陸浪人の夫に振り回される若妻。だが、自身も実は奔放な気質をひそかに内に封じ込めていることを自覚している。物語は、継子がその気質をやがて開眼させていくことを示唆するような形で幕を閉じる。倫理的な人生の枠組みから逸脱する因子を持つ女が、その因子を封じ込めようとして決意した結婚によって、却ってそれを開眼させてしまうという皮肉を描いている。

（三品理絵）

劇場の廊下にて《げきじょうのろうかにて》

〔初出〕「別冊文藝春秋」（二十二）昭和二十六年七月三日

〔単行本初収〕『海は青いだけでない』昭和二十六年九月二十八日　新潮社

〔丹羽全集二十二〕

〔梗概〕甥の誠市がたみ子を頼って家出をしてきた。二人で見た映画館の廊下で、四十五歳のたみ子はこれまでの男性遍歴の追憶にふける。松本、瀬沼、伊吹、そして荒…。生活力の無かったたみ子は、誠市に元気を出しなさいと励ます。

〔鑑賞〕劇場の廊下は、女性一人で歩み始めようとするたみ子の道を暗示したもの。無署名「丹羽文雄著　出発点を示すもの「海は青いだけでない」」（「文学界」昭和二十六年十二月）は、「ここから問題の追求に移らなければならない」のに、「なぜ問題の入口に立つときになつて、それをくぐることを放棄してしまつたのか、残念だ」と指摘。一方、柴田練三郎「文芸時評」（「三田文学」昭和二十六年九月）は、「独特の文章には、私は、とてもついていけない」と指摘。たみ子の道程と文体の問題を接続させて考察することが課題。

（原　卓史）

結婚式《けっこんしき》

〔初出〕「小説新潮」昭和二十六年五月一日

〔単行本初収〕『結婚式』昭和二十六年九月十五日　北辰堂

〔梗概〕雅澄園で栃木県の山村出身の北條堅士と、千葉県鴨川町の島崎美子との結婚式が行われた。両家とも都会風の式場に慣れなかった。この結婚式にはどちらの家の人も知らぬ都会風の六十年配の紳士が二人（牧野仙之輔と江木勝紀）出席した。二紳士が日陰の女に産ませた「日陰の子供」同士の結婚だった。二紳士は祝杯を挙げるが、妻には結婚式のことを語れずにいた…。

〔鑑賞〕中村八郎「解説　丹羽文学の発展」（初刊本所収）は、「ヒューマニスティックな色の割合に暖かく出た作品」という。「小説新潮」広告（「毎日新聞」昭和二十六年三月二十七日）は、「二人の老紳士の裏側の人生に拾つた誠実と幸福を描いた問題作！」とし、同時代評はおおむね好意的である。独立した研究論文はない。山／海、都会／田舎、日向／日陰、妻／愛人などが、結婚式を通して結びつくヒューマン・ドラマ。

（原　卓史）

結婚生理《けっこんせいり》

〔初出〕「婦人画報」昭和二十七年一月一日～十二月一日

〔単行本初収〕『結婚生理』昭和二十八年一月十日　東方社

〔梗概〕兄が開いている速記事務所に勤務する二十三歳のひろ子は、熟練の技術を身につけながらも、「個性を失つている顔」「組織の細胞の一つになり切つている顔」をしているのではないかという焦燥に駆られつつ、母や兄からの結婚の勧めは受け流していた。二年前に彼女を捨てて「出世のために部長の娘と結婚」した和田啓吉と再会したひろ子は、自らの肉体の中に「一匹の獣」＝性欲を見いだす。しかし、「結婚とは、妥協生活の別の名称にすぎない」と言う和田の誘いにひろ子はのらず、一旦は共に入った待合から一人密かに姿を消す。その後、ひろ子の勤務先に和田から中傷の葉書が届いたり、帰り道で和田が仕向けたと見られる三人の男から襲われ、暴力を受けたりなどの被害に遭う。「私たちのからだの中には、立派なものと、烈しいものと、清らかなものと、そして極くつまらないものが同居している。それがいちばん極端な組合わせで在るいまの私たちの季節！」とひろ子が述懐するように、彼女を中心に、その友人の二十代の若き女性たちの結婚・男女関係をめぐる様々な生きる道の模索とそれぞれの問題点が提示されている。

〔鑑賞〕型通りの見合い結婚をしようとする鶴代。夫に交際している女性がいたことを知った母親が激怒し、両親が離婚に至った後、旅館に住み込んで売店で働くうちに、若主人から思いを寄せられて結婚に至る道子。妻子ある男性と「妾」としてではなく「一対一」の関係を持っていると主張し、次々に恋愛を続ける員子。画家と恋に落ち結婚するが、同居を否定し、いつまでも恋人同士の関係を続けようとする久美子。常識的な結婚の否定、別居結婚の試みとその挫折、男性による暴力的なストーカー行為等、現代にも通じる要素がリアルに描かれている点が注目され、執筆当時の世相とも照らし合わせて考察されるべき作品である。

（峯村至津子）

献身《けんしん》

〔初出〕「読売新聞」昭和三十五年四月二十六日～三十六年五月十四日

〔単行本初収〕『献身』昭和三十六年八月三十日　新潮社

〔丹羽全集十三〕

〔映画〕『献身』昭和三十六年　大映

〔ＴＶ〕『献身』昭和三十七年　日本テレビ

〔梗概〕柏木啓は特急の中で一人旅の少年と知り合い、東京駅でその少年を出迎えた瀬川朝子に心を奪われる。朝子は母が経営する銀座の酒場、朝明でマダムをつとめていた。朝子は一条英信との間に子供がいるが、一条には正式な妻も子もあった。また朝子が東京駅で出迎え引き取った少年は一条と料理屋、しのぶのおかみ房子との子供であった。一条の中ではこの三人の女性が矛盾もなく存在している。一条は戦争で没落したが泗水市でも指折りの素封家の長男であった。朝子が一条と知り合ったのは朝子がまだ会社勤めをしていた時であった。夜須商会につとめていた一条はある日、麻薬取締法違反の容疑者として検挙される。一条は朝子に検事である柏木と連絡をとるように命じる。柏木の父は高検の検事長までつとめた人であるが、その学資を出したのが一条家であった。また柏木は一条と同級であり、一条に対して極めて複雑な感情を抱えている。

検挙されてから朝子は献身的に一条につくすことによって自己の野心である「妻以上のもの」の実現を夢見ているが、裁判で判決がくだされた直後一条は妻のもとに行ってしまう。

泗水では野々口重頼が一条を訪ね、「野々口ブロック」の社長取締役として一条を迎えたいと願い出ていた。一条はその申し出を受け、東京で妻子と家を持つことを決める。

朝子は柏木の誠実な人柄にふれ、また一条の東京における「妻」という役割もなくなり、柏木との関係を持つ。そんな時、ブロック工場の所有者から背任横領の罪で一条は訴えられ、その事件を柏木が担当することとなる。柏木は物的証拠に乏しいなかで一条の人間性を問う裁判と位置づけ、職を賭す覚悟で裁判に臨む意気込みを示す。

〔鑑賞〕朝子は考えなければならないことが多く、また複雑で途方に暮れる。他力的な世界への傾向が見られる。

（岡本　亮）

現代史《げんだいし》

〔初出〕「改造」昭和十七年四月一日、六月一日、八月一日、九月一日、十月一日

〔単行本初収〕『現代史　第一篇　運命の配役』昭和十九年一月三十日　改造社

〔梗概〕大正九年、小山宗作は喜田川毅に帰国を要請すべく、上海に赴く。そこに居合わせた入江逸平は諜報員のような男であり、三井物産天津支店長時代の毛利恪を知っていた。三井退職後、毛利は衆議院議員に当選、政友会幹事となる。満鉄事件の頃から入江と頻繁に会うようになり、様々な情報を得る。入江の紹介で毛利は喜田川とも面会する。「支那を生命とした二人の人間」だが、その考えは正反対であった。清甫内閣の時、護憲と貴族院改革を訴えたが毛利は落選する。（第一篇）

〔鑑賞〕発表が複雑である。前記初出、初刊の後、「政治の雰囲気」（新小説）「力の信者」（時局情報）「巻紙と暗殺」（文明）「対人間」（「思潮」掲載予定、全文削除）がいずれも昭和二十一年二月号に発表され、

改造社版を改稿した「まへがき」「前編」、後の三作品を収録した「後編」三章を収め、実名表記に改めた『現代史』（昭和二十一年五月二十五日、創生社）が刊行された。さらに、「最初の頁―現代史抄―（第一回）」（「大和」昭和二十二年十一月）が発表されるが、一回のみで終わり、その後、「序章―改稿現代史―」が「歴史小説」の昭和二十四年六～八月号に掲載され、これも廃刊により中絶した。森恪をモデルとした「毛利恪」を中心に、大正期の政治社会、思想の動向を描いた物語で、毛利の逸話は山浦貫一編『森恪』に拠る所が多い。「新しい世界を切り開きたい」（「一問一答 丹羽文雄は何を考へてゐるか」「現代文学」昭和十七年六月）との意気込みにも関わらず、いずれも中途で断絶している。「先日書いた『現代史』は改作しなければならず、材料は蒐集しなければならず、とても私ひとりでは手がまはりかねる。（略）先日『現代史』を書いて失敗した私は（略）」（「作者の詞」「サロン」昭和二十四年八月）と作者自身、失敗を認めている。「題して「人間壁画」現代史の壁画を考へてゐる」（「一つの夢」「歴史小説」昭和二十四年五月）という「人間壁画」の一編としての位置付け、中村光夫、坂口安吾の批判を含めた文壇への影響、その後の展開等を追う必要がある。

（水川布美子）

【こ】

恋文《こいぶみ》

〔初出〕「朝日新聞」（夕刊）昭和二十八年二月一日～四月三十日
〔単行本初収〕『恋文』昭和二十八年五月三十日　朝日新聞社
〔丹羽全集八〕
〔映画〕『恋文』昭和二十八年　新東宝
〔梗概〕真弓礼吉は、古本のセドリ（転売）で抜け目なく稼ぐ弟の洋の世話になりながら、大久保のアパートで暮らしている。三十二歳独身、時々雑踏の中に出かけて行くのは、死んだ戦友の妻染川道子との再会を願ってのことだった。そんな礼吉に、海軍兵学校の同期生山路直人が仕事を持ちかける。場所は渋谷マーケット裏すずらん通り。人目を忍ぶその店は、朝鮮戦争に従軍する米兵相手の女たちが、戦地や本国に送る恋文の代筆を依頼しにくる店だった。ある日、店の奥で寝ていた礼吉は、聞き覚えのある女の声に目を覚ます。このミッチイという女こそ、礼吉が戦後八年も探し求めた相手であった。戦争未亡人になった道子は、疎開先の継母の実家にいたたまれず、横須賀の進駐軍事務所で米兵のクラウンと出会い、一度は子まで儲けていた。失望した礼吉は、明治神宮の参道で、染川の名を口にしながら道子を罵倒する。道子はわが身を悔い、洋の励ましと山路の手引きで再び礼吉の前に現れるが、甘美な時間も束の間、街の女の気安い呼びかけに再び礼吉の不信を買い、絶望して夜の街を走り去る。自己の狭量を反省した礼吉は、すぐに彼女の下宿を訪ねるが、そこへ道子が瀕死の重傷を負ったという連絡が入る。
〔鑑賞〕「現実主義」一辺倒の狂乱の中で過去を忘れようとする戦後人情への違和感と、取り返しのつかない過去にこだわることの不毛さ、そして男女における赦しの可能性を追究したこの作品は、田中絹代初監督の映画でも話題を呼び、舞台になった渋谷の路地は、「恋文横丁」と改名されて名所になった。

（河野龍也）

業苦《ごうく》

〔初出〕「新潮」昭和三十年十月一日

〔**単行本初収**〕『崖下』昭和三十一年六月十五日　講談社

〔**梗概**〕事故で左足を失い義足を余儀なくされた夫泰とその夫をささえる妻壽子。泰の療養費や義足代、生活費を捻出するために壽子は会社勤めを終えると夜は水商売に出る。そこで客へ体を売ることで夫を扶けようとする。泰はそのことを知り苦悩するが壽子は過労から倒れる。壽子の入院によって二人の間に真の愛が生れていく。

〔**鑑賞**〕表題の「業苦」は仏教でいう前世の悪業によって現世で受ける苦しみをいう。ここでは事故という不慮の偶発的出来事を機に生じていく夫婦間の齟齬。しかも、献身的に夫を支える陰で妻は性をも犠牲にしていく。ここでは夫の苦悩がそれほど過酷には描かれず、苦悩から生れた夫婦愛を探る。

（衣斐弘行）

好色の戒め《こうしょくのいましめ》

〔**初出**〕「群像」昭和二十五年九月一日

〔**単行本初収**〕『好色の戒め』昭和二十五年十二月十五日　創元社

〔**梗概**〕芸者置屋のおかみ信子は、十八の妹ひめ子は置屋の世界に馴染ませたくないと思っていた。たとえ人生に失敗しても、堅気の世界の娘のように自分と違った道を歩かせたかった。そこへひめ子に執心する六十歳の男、自動車会社の社長三浦が現れた。ひめ子を自分が預かるという話になれば、大きな待合を建ててもよいという。夫の眞介は乗り気だったが、信子は断った。しかしひめ子が申し出を受け入れた。信子は本人の意志を尊重することにした。三浦はホテルでの食事や芝居に連れ回し習い事もさせたが、信子は三浦にとってひめ子が一匹の若くて美しい牝にすぎないことを見透していた。三浦がひめ子を手中の牝として扱い始めたのは、それから間もなくだった。信子たちが庭の広い待合を買った頃、三浦はひめ子に没頭していた。東京近郊のほとんどの温泉場に出歩き、ひめ子は三浦が作った会心の作品、注文どおりの人形になった。ところが戦争が激しくなると待合や料亭は閉鎖され、三浦の工場や本宅も灰燼に帰した。三浦は四万円を付けてひめ子を返しにきてから、行方がわからなくなった。三浦に捨てられてみると、ひめ子は世間に通用する作品ではなかった。出来ることは料亭や待合で働くことしかない。それでも同じ客は三度目には断った。いつの間にか、わが身を小出しにして売り捌くやり方を身につけていた。やがて、会社の会計課長をしている野邊地という男がひめ子に惚れ込んだ。飲み屋をやってもいいというひめ子に、二階建ての物件を探してきて、二十五万円の内、二十万を会社の金をごまかして都合した。後の五万はひめ子が他の客からの工面で間に合わせた。その五万の内の二万を出したという色の黒い男、電機会社社長の萩由胤が入り浸るようになった。野邊地は会社の金を使いこんでいることも気になり、手を切るならこの機会だと考えはするものの、萩という男に譲るにはひめ子が惜しかった。そんなとき、ひめ子が、会社の金回りが悪くなった萩とは、後三箇月付き合ったら別れると言い出した。野邊地は自分の後釜になる男を捜し始めた。一番の候補は店の常連で信頼できそうな医師の大宇陀である。三箇月が経った頃、密輸に手を染めたらしい萩が警察から追われて逃げていると言って、彼の妻がやってきた。ひめ子は、舞台が回って幕が下りたように感じた。店に常連が集まった夜、野邊地は、相手が彼なら自分の敗北を認めても構わないと考えて、大宇陀に近づいた。大宇陀は「ひめ子さんは、一種の精神病ですね」と言った。性欲でしか男を見ることができず、三浦によって磨かれた性の技巧によってしか男に反応できない病のことである。大宇陀は「あんたが、そんな病気にしたんでしよう」「あんたの責任ですよ」とも言った。野邊地は大宇陀がひめ子の病を癒してくれることに期待をかけた。

〔鑑賞〕終戦前後の東京の待合と飲み屋が舞台で、性の技巧を武器に生きるひめ子という若い娘と、彼女の魔性に溺れる男たちが登場する。無垢なひめ子が、男の慰みものの人形として飼育され、性の営みを通してしか男に反応できなくなる悲劇が、徹底した心理描写と巧みなストーリーによって展開する。屈折し、軋み合う男女の感情が、性をめぐる複雑な人間心理を浮き彫りにしている。（遠藤昭己）

幸福《こうふく》

〔初出〕「改造」昭和二十三年一月一日

〔単行本初収〕『幸福』昭和二十三年十月十五日　世界文学社

〔丹羽全集三〕

〔梗概〕今年六十三歳のそま女は、息子の家内の遠縁の伯母にあたる八十三歳のまん女と暮らしている。そま女は、よその家に居ることが好きで、毎日弁当を持って出かけていく。二人の白髪の老女は、お互いに「おばあさん」と呼んでいる。そま女は名古屋に近い都市の素封家の出だが、二十四で実家を飛び出し後妻や二号になって生きてきた。息子が二つの時、役者にのぼせて家を飛び出した過去があった。ある男を死なせたこともあった。息子は石川島造船の技師で東京に居て、月々の小遣いを送ってくれる。空襲を受けても二人の老女は逃げ切り、息子達の疎開先にやってきて同居する。終戦二年目、一家は東京に戻る。そま女は六十五歳になっていた。かつて盲愛した孫は、そま女のいうことをきかなくなった。二人の老女との生活に、息子夫婦は当惑したり怒ったりしながら暮らしている。

〔鑑賞〕時代の流行語ともなった『厭がらせの年齢』の主題が底を流れている。息子を捨て役者を追って家出した奔放な母。つれ合いの死後、後妻に来てほしいと言った男から姿をかくし、その挙句に男が猫いらずを飲んで死んだという筋書きは、文壇処女作『鮎』の津田の母和緒の姿を髣髴させる。そま女の行動や姿を称し、「異様な眺め」と書く。その日常的異常の連続こそが、「厭がらせ」世代の真の姿である。「事実を材料として、その中の真実を描く」のが小説だ、と述べる丹羽の独自の創作方法である。作中、小説を書く側の意図と読者の興味のズレを作者の視点で述べているのが興味深い。息子が幼い頃に自分を捨てた母であるにも拘らず、客観分析的に「母親とはこんなものだったかしらと、時々疑うよ。母の偉大な愛情なんて、そま女さんには似つかわしくないのだよ。わがまま勝手におばあさんになった人だ」と妻に語る部分、丹羽の心理の断片が垣間見える。（河原徳子）

幸福への距離《こうふくへのきょり》

〔初出〕「群像」昭和二十六年十月一日

〔単行本初収〕『幸福への距離』昭和二十六年十一月二十五日　新潮社

〔丹羽全集二十二〕

〔梗概〕田染一富は父直三から、お前は春日井暁生の子供だと告げられる。自分は一体誰の子供なのだろうか？　一週間後、母の桑子は唯一愛したのは春日井だけで、一富はその子供だという。母は一富が愛した人の子供であることに「幸福」を見出していく…。

〔鑑賞〕丹羽文雄「芸術の可能性」（「文学界」昭和二十七年一月）は、「子供っぽいところがあると思えば同時に大人つぽくもある」という「アンバランス」を描いたという。同時代評・研究史はいくつかの論点に分かれる。まず、「実験小説」という指摘。臼井吉見「今年度の文学界に期待するもの―批評と創作の提携」（「東京タイムズ」昭和二十七年一月八日）、浅見淵「文芸時評（中）―血の通わぬ浮いた深刻感」（「東京新聞」夕刊　昭和二十六年十月五日）などを挙げられよう。次に、表現技法について。豊島与志雄「十月号の雑誌から―「異邦人」論争など」（「朝日新聞」昭和二十六年十月三日）は、「心理告白の二重写し形式を織りまぜ、新たな表現方法を探究」とし、村松定孝「風俗小説論争」（「国文学」昭和四十五年六月一日）は、「少年の想いは普通の会話の一重括弧と区別した二重括弧でくくられていて、これはサルトルが「自由への道」で作中人物の内的独白に用いた手法の摂取」だと指摘する。そして、当該作品が「柔媚の人」（「新潮」昭和二十九年四月）と同系列の作品だとするもの。平野謙「文芸時評（上）―真船、丹羽の力作」（「朝日新聞」昭和二十九年三月三十日）、十返肇「四月号の創作批評」（「中国新聞」夕刊　昭和二十九年三月三十一日）などが指摘をしている。〈実験小説〉の意味、心理描写の技法、他の丹羽作品との関連など、多くの課題が残されている。当該作品には紹介しきれないほどの同時代評があるが、なぜ読まれなくなったかについても検討すべきである。

（原　卓史）

甲羅類《こうらるい》

〔初出〕「早稲田文学」昭和九年七月一日
〔単行本初収〕『鮎』昭和十年一月十日　文体社
〔丹羽全集十六〕
〔梗概〕銀座の酒場での勤めを終え、夜明け前に店の客を連れて帰宅する昇子であった。店では独身を通しているだけに、昇子と暮らす麟は、アパートで同じ階のてい子の部屋に移らざるを得ないのであった。

　麟がまだ学生であった頃にタイピストであった昇子と出会い、卒業すると結婚式をあげ、手に職を得たいという昇子は銀座の美容院に勤めたのであった。しかし、毎夜帰宅が深夜になるなど昇子の貞操を信じられなくなった麟は、田舎の実家へ引き上げたのであった。

　一人となった昇子であったが、パトロンを得て銀座で店を開き、生活は昇子が支えることで、麟を再び東京へ呼び寄せたのであった。実業家を肥やしにして酒場を繁盛させていく昇子の「付録」だと観念し、昇子に世間並みの貞操を求めなくなった麟は、「女に飼われて自分は自分の甲羅に隠れて」、脚本作家という自分の仕事だけに顔を向けていくのだと悟ろうとする。

　相変わらず昇子は男との外泊を重ね、伊豆の旅館から届いた昇子の手紙を受け取った麟は、アパートの屋上で昇子が男といる伊豆を遠望し、狂暴に掻き立てられた感情にまかせて歩き廻るのであった。

〔鑑賞〕丹羽が「マダム」を頼って転がり込んだのは、小石川の小日向台町の借家であった。その後、二人で新富町の築地河岸のアパートに転居しており、このアパートでの愛憎生活を題材とした作品。

　「マダムもの」である「海面」もマダムの不貞から始まるが、この作品でも昇子というマダムの放埒ともいえる男性関係が冒頭から描かれる。

（秦　昌弘）

声《こえ》

〔初出〕「オール読物」昭和四十六年八月一日
〔単行本初収〕『燕楽閣』昭和四十六年九月十八日　講談社

〔**丹羽全集二十四**〕

〔**梗概**〕祖父は遺産と家屋を残した。達子と両親は下宿人を置いて生計をたてた。下宿人だった悟が達子の婿養子となった。達子は化粧と食べること以外は家のことは何もしない女性であった。やがて悟の弟が療養に、また兄夫婦も姉夫婦もやってきて住んだ。生活費はすべて悟の給料でまかなわれた。そして今度は叔父夫婦がやってきた。早朝から彼らの信仰の太鼓の音がひびいた。不思議なことに、ある日から、弟も兄夫婦も姉夫婦も叔父も家を去っていった。いさかいは何も起こらなかった。達子が五十才を越えたころ、悟が離婚を切り出した。女ができていた。電話の声だけでは納得がいかなかった。

〔**鑑賞**〕若いころ、詩人で変人である父親も女性関係で野獣じみた夫婦喧嘩をした。夫婦にはそういう修羅場があると思っていた。愛情のかけらも感じなかった達子は〈何のための結婚だったのか〉理解できなかった。奇妙な結婚の形態を描いたもの。

（永栄啓伸）

こおろぎ《こおろぎ》

〔**初出**〕「中央公論文芸特集」（四号）昭和二十五年九月二十日

〔**単行本初収**〕『好色の戒め』昭和二十五年十二月十五日　創元社

〔**丹羽全集十九**〕

〔**梗概**〕筧の一家は戦争で田舎に疎開したが、良人と死別した女は東京に戻るきっかけをなくして、元堆肥小屋の一隅に小さな娘の京子と住んでいる。上の娘の清子は、口減らしに嫁いで東京で暮らしている。息子の正一も東京へ働きに出ている。四十に近い女は隣村の役場で掃除などの雑役の仕事に就いているが、いつも帰りが遅い。働き口を世話した助役が、仕事が終わった後も女を帰さず自分の自由にしたがるからだ。ある夜、若い男が忍び込んできた。東京で食い詰めて村に戻った青年だが、女と助役の関係を知っていた。夜更けになって正一が突然に帰ってきた。翌日、また遅く帰った母親に正一が話しかけた。「僕くびになったんだ」「僕、お店の金をごまかしたんだ」母親は正一を倒し、打ち続けた。息子は五日目になると、謝って東京に帰って行った。小屋に忍んで来る若者はその後も増えて、その話が村に知れ渡ってしまった。村人は面白がったが、女を村から放逐することはなかった。そんなとき、正一がまた帰ってきた。「駄目なんだ、母さん、僕って人間は、どうしてこうだらしがないんだろう」また悪事に手を出していた。母親はもう一度東京へ追い返すしかなかった。正一は母親の顔色の悪いことを心配した。「なんだか、段々とすさんでいくみたいだ」「昔の母さんの面影とまるでちがってしまった」正一が悲しい思いで見た、その母親が死んだ。村の墓地に無縁仏として葬られた。姉は母親の秘密を知っていたが、正一も妹も気づいてはいなかった。男に抱かれていたという話が耳に入っても信じることはできなかった。村を離れる前日、二度と来ることのない墓地の母親を埋めた土を、足裏がその感触を忘れないように踏みしめた。

〔**鑑賞**〕疎開先での貧しく不幸な境遇に耐える家族の物語である。少年の正一が母親を埋葬した墓地に別れを告げる結末の数行が心に沁みる。作者は、この作品を収めた『好色の戒め』の「あとがき」に「たくさん私は小説を書く。が読み返してみて素直に気に入ったという作品は極く稀である。この一編だけは是非読んで下さいと誰にも言いたい」と書いている。ここまで思い入れをする理由は一つではないだろうが、息子を裏切ってまで生きようとする母親の姿と、母親の昔の面影をなくした少年の孤独に、作者自身、強く感じるものがあったことは確かである。

（遠藤昭己）

故郷の山河《こきょうのさんが》

〔初出〕「小説公園」昭和二十六年二月一日

〔単行本初収〕『結婚式』昭和二十六年九月十五日　北辰堂

〔丹羽全集四〕

〔梗概〕「私（＝紋多）」は、音楽会が縁で礼子と知り合い好きになる。二人の交際が深まり、「私」の欲望は手を握り合うだけでは満足できなくなっていく。S市にいる礼子と東京の私との交際は数年続いたが、礼子から他の男と結婚式をあげるという手紙が届く。二十年後、礼子は二男二女の母になっていた…。

〔鑑賞〕初刊本の帯には「風俗小説から実験小説への移りゆきを一望に集めて丹羽文雄文学の新しい展開を示す珠玉の小説集」とある。中村八郎「解説　丹羽文学の発展」（初刊本所収）の、「冒険的なテクニックが問題であらう」という指摘は帯文を踏まえたもの。これまでの私小説的な「風俗小説」を排し、丹羽家と関係のない人々を描いた「実験小説」の一つ。愛し合いながらも離れ離れにならざるを得なかった紋多と礼子の関係をいかに読むかが課題である。

（原　卓史）

告白《こくはく》

〔初出〕「発禁」（「世界文化」昭和二十三年七月一日）「盛粧」（「別冊文藝春秋」（七）昭和二十三年七月一日）「マロニエの並木」（「改造文芸」昭和二十三年七月二十五日）「雨の多い時」（「社会」昭和二十三年九月一日）「めぐりあい」（「日本小説」昭和二十三年九月一日）「四十五才の紋多」（「風雪」昭和二十三年九月一日）「喜憂」（「文学界」昭和二十三年九月一日）「挿話」（「文学会議」昭和二十三年十月二十五日）

〔単行本初収〕『告白』昭和二十四年三月十五日　六興出版社

〔丹羽全集十八〕

〔梗概〕第一章「盛粧」から八章「雨の多い日」までで構成される。作者自身を思わせる「紋多もの」作品。妻子ある小説家の紋多は、新橋一流の名妓三津子や、精神的には未熟だが肉体的に成熟している瑛子との愛欲の生活を続けていたが、常に耽溺出来ぬ己、盲いる力の欠けている己を感じていた。愛欲の作家、エロチックな作家、情痴の作家と目される紋多の書く作品は、戦争中は発禁や執筆禁止という憂き目に遭い、戦後は公職追放令に抵触の疑いをもたれてしまう。紋多はその都度、殺気立った憤怒の塊となり、また同業者からの敵意や冷酷を悲しんだ。非情の精神にすがりつく作家であるが、本当はあたたかい心が欲しいと思っているのである。異議申立がパスして作家を続けられるようになった紋多のもとに、沢山の祝電や電話が届いた。

〔鑑賞〕丹羽文雄三十七歳から四十五歳までを描いた作品である。八章からなる個々の作品は、それぞれ異なった雑誌に発表された短編として書かれたものだ。それをまとめて『告白』という題で刊行された。戦時中の作家がどれだけ深刻に表現の自由を阻まれたのかが大きな主題であろうが、第一章「盛粧」においては、女との愛欲における自己を見つめることから始めている。身辺描写の裏側に、その時代の激流に呑まれていく紋多の生身を投射させながら、八年間の心理的推移を自己解剖することで、丹羽自身の全貌を自ら告白する形をとった小説となっている。

（河原徳子）

哭壁《こくへき》

〔**初出**〕「群像」昭和二十二年十月一日～二十三年十二月一日
〔**単行本初収**〕『哭壁』（上）昭和二十三年十二月五日　講談社　（下）昭和二十四年三月五日　講談社
〔**丹羽全集十五**〕
〔**梗概**〕南条良平と管達治は戦争の生き残りとして帰ってきた。良平の母邦子は美しく瑞々しい女性だったが、夫の死後二十六歳で、八歳の良平と五歳の妹のとわ子を連れ子にして、東京の大旅館である南条旅館の主人、五十四歳の晴一郎と再婚した。七年して晴一郎にも死なれ、九歳年下の番頭の朱川完治と結婚する。母の中に女を見た良平は不信と反逆心で精神的に歪められていた。朱川や母から精神的痛手を受けている良平は、闇ブローカーの苦米地によって全ての資産を空にして母を捨て女中と蒸発してしまう。一方、農民出身の管達治は探し訪ねていった妻の民子が、自分の出征中に電気器具商の伊上朔太郎と暮らし、彼の子を宿していると知るや、二児を預けている栃木の実家に帰り、物置に二児と住むことになる。彼を嫌っていた嫂のお清が子宮癌になり入院すると、その看護を献身的に奉仕する。彼は『基督のまねび』を毎日一頁読むことで精神的糧を得、納屋の生活に落ち着いていているのである。
〔**鑑賞**〕作者の得意とする客観的リアリズムのみならず、いわゆる饒舌法を駆使して登場人物が己の思いを語り尽くすという文体である。海軍報道班員として宮崎に居た時知り合った二人の士官をモデルにしている、と作者自ら語っているが、「作者自身」を描き切るための創作手段となっている。作者が戦後社会と如何に取り組んでいくのか、良平と達治という対照的な人物を追求する上で有効的な手法である。都会生活者と田園生活者の比に、唯物論と実存主義の比を読み取る論もある。良平の母からの痛手は、作者丹羽の少年時代から真っ直ぐに続いている痛手であるのが読者には読み取れて心痛い。戦後日本の精神状況を苦悩することで、作者自身の目指すところを描いている作品である。（河原徳子）

この絆《このきずな》

〔**初出**〕「改造」昭和十一年二月一日
〔**単行本初収**〕『この絆』昭和十一年二月十九日　改造社
〔**丹羽全集十八**〕
〔**梗概**〕両親から箱入り娘として育てられた那木子は、父の株での失敗をきっかけに運命が激変する。父は失踪し、母の愛人明石に利用され、二十歳年上の実業家富士野の妾となる。アパートで妻子ある富士野を待つ生活に、那木子の不安は尽きない。富士野に横着と罵倒をうけ、家庭的な妻となるよう努力する那木子だったが、所帯じみた愛人は不要と富士野から非難される。那木子は愛人としての散財を決意し、銀座通いを始める。那木子の大阪弁と上品な身振りは衆目を集め、婦人雑誌にも紹介される。雑誌取材で知り合った編集者二見と那木子は交際を始めるが、結婚の意思がない二見との交際は望みのないものであった。そんな折、父の訃報を受け、那木子は母を訪れるが、葬儀中も愛人明石との関係を隠そうとしない母に女の醜さを感じる。帰宅後、那木子は母への不満を語りながら、二見の前で「藤娘」を踊る。二見は鬼気迫る那木子の踊りに感動するが、母にも踊りを見せたいと言う那木子の矛盾に驚き、那木子を見つめていた。
〔**鑑賞**〕貞淑な女性が愛人へと身を落とす過程を描いた作品。夫を捨てて長唄師匠に走り、亡夫の葬儀でも愛人と関係する利己的な母の姿は、生母ものに通じる。丹羽が「自分の今後の進路が示され」た作品（『この絆』余語）とするように、同時代の評価も高い。菊池克己「文芸時評下」（「国民新聞」昭和十一年一月三十日）は室生犀星ふうの格調高い文体と賞賛し、小山東一「文芸時評三」（「中外商業新報」昭和十一年二月四日）は環境によって変化する女性の思想を評価する。一方、河上徹太郎「文芸時評」（「新潮」昭和十一年三月）は「通り一遍の作品」とし、永井龍男「文芸時評三」（「報知新聞」昭和十一年二月九日）、渋川驍「文芸時評」（「文藝首都」昭和十一年三月）は作品の完成度を認めながら、女性描写が曖昧とする。中野重治「分担時評五」（「読売新聞」昭和十一年一月三十一日）、杉山平助「文芸時評五」（「東京朝日新聞」昭和十一年二月二日）は二見の分析を薄弱として批判する。しかし十返肇は私小説形式から純粋客観小説に移行した作品と評価（『丹羽文雄文庫』（九）解説）するように、心理変化を丹念に描く後年の特徴が表れている。また女流作家をモデルにした作品（改造社版『丹羽文雄選集』（二）あとがきにモデルへの言及がある）であり、同じモデルで戦中に『中年』、戦後には『陶画夫人』が描かれている。

（岡本和宜）

この世の愁い《このよのうれい》

〔初出〕「高知新聞」（夕刊）昭和三十五年八月二十八日〜三十六年八月二十五日　他紙にても連載

〔単行本初収〕『この世の愁い』昭和三十七年三月五日　講談社

〔梗概〕門脇家は電鉄の重役だった父を失って以来、次女の和子が家計を支えている。母は生活無能力者、長女周子は消費することのみを考え、三女千佳子は小学生である。和子はSK映画商事に勤務する泉武彦の秘書だが、泉は和子を人形のように扱い、高額の小遣いを渡していた。その泉が早逝すると、和子は彼に言われた通り、泉の旧友で銀行家の名倉に職を求めた。そして銀行に勤務しつつ、名倉に望まれて愛人となる。一方周子は足立製作所に勤務するも、社長の愛人となることで門脇家を出ていく。和子は仕事で出会った足立製作所の社員・白瀬と恋に落ちるが、名倉や姉のことを隠しながら交際していた。しかしそれも婚約前に行われた興信所の調査で明らかになってしまい、和子は白瀬を諦める。同時期に周子は足立と別れ、銀座でクラブホステスとなっていた。三女も就労できる年齢になり、「犠牲になる理由がない」という理由で、ついに和子も名倉へ別れを告げるのだった。

〔鑑賞〕我欲が全て消費に向かう姉と、進んで家族の「犠牲」となった妹という、対照的な姉妹が焦点になっている。その中でも和子の自覚的な犠牲は物語全体を通しての主題であるだろう。「日本の家族制度は崩壊した」と書かれる中で、家族のために進んで払われる和子の労力（肉体、精神共に供される）は、家族に感謝されない「中途半端な犠牲」とされてしまうのだった。また和子は父の納骨をした際「私には、宗教心はない。それがないことを寂しいとも何とも思わなかった。いずれ年齢をとればわかるだろうという気持ちだった」と述べている。

（尾崎名津子）

小鳩《こばと》

〔初出〕「オール讀物」昭和十一年九月一日

〔単行本初収〕『小鳩』昭和十一年十二月八日　信正社

〔丹羽全集四〕

〔梗概〕十七歳の女中の章子は、旅慣れた客の新納を就寝前の伊達巻姿で出迎えたことから、新納から受持を指名される。指名を素直に喜ぶ章子の姿に、新納は幼さと大人の艶を感じる。翌朝、新納は一人娯楽室で泣く章子を見つける。子供のように泣く章子の白い肌は一層彼を惹きつける。新納に身の上話をしながらも、頑なに誘いを断る章子。それでも章子を待つ新納だったが、わざわざ断りの手紙を持ってくる章子に新納は腹を立てる。翌日、章子は番頭から襲われそうになったことを新納に告白し、結婚するまで新納一人にささげると誓う。腕にローマ字で新納の名を書き、新納が帰るまで消さないという純情さを見せながら、将来芸者となる身の上を語る章子に、新納はゆきずりの恋でなくなったと感じる。

〔**鑑賞**〕娯楽雑誌に発表した最初の小説である。娯楽雑誌の作品を集めた「読物集」の表題作であり、娯楽作品の代表ともいえよう。十返肇は「残された青春の余香」をもつ「非情に素朴」で「初々しい筆致」の作品（『丹羽文雄文庫』（四）解説）であり、娯楽雑誌のため読者サービスがおこなわれているとしている。八木毅（集英社文庫『再会』解説）は川端康成「雪国」に似た作品とし、「章子がやがて新納との心の隔てを外すに至るその心の曲折がこの作品の見どころ」であり、昼夜に窓辺近くにいる鳩が「章子の可憐」の象徴としている。丹羽自身も川端がこの小説を読み、後日モデルとなった信州湯田中温泉を訪ねて「初雪」を書いた（『町内の風紀』あとがき）と紹介している。川端の「初雪」は「雪国」成立にかかわる作品ともされ、「雪国」「初雪」との比較検討の必要もあろう。（岡本和宜）

婚外結婚《こんがいけっこん》

〔**初出**〕「読売新聞」昭和四十二年九月二十四日〜四十三年十月十四日

〔**単行本初収**〕『婚外結婚』昭和四十四年二月二十日　新潮社

〔**梗概**〕桑子は自宅に集まる若者の一人、大友の求めに応じて四日市へ赴く。体を許して妊娠するが、大友はすでに結婚していて妻との間に子どもまであった。桑子は目白の自宅に戻り、生まれた男の子を姉夫婦の子として入籍する。

　桑子は年の離れた姉たか子にいじめられ、その反発から便利屋の三崎と結婚してしまう。その三崎は下宿の主婦と関係を持ち、結婚後も同じ屋根の下で情交を重ねていた。耐え切れなくなった桑子は三崎の家を出て、仕事場の二階で暮らすことになる。

　女学生の頃から思いを寄せていた仲代は桑子に深く同情するものの、病妻の他にも身の回りの世話をする路子がいて、桑子の恋は実ることがない。

〔**鑑賞**〕たか子と桑子は両親のないただ二人の姉妹でありながら、姉は美人の妹に強烈な嫉妬心を抱く。桑子は身長が高く笑顔の優しい人であり、多くの男性から求婚される。しかし他者に対して自己を主張することができず、成り行きに流されてしまう危ういところのある女性である。この桑子には作者の実母こうが投影されている。作中「桑子は、ひとを根気よくうらみつづけることが出来ない性格であった」「他人を犠牲にしてまで、自分の仕合せをねがわないのである」と描写され、祖母にいじめられた母親に対する追慕の情が重ねられていることがわかる。

　また女性が仕事に精進することで、自立することの大切さを訴えている。旧来の価値に立脚した女性たちに対し、生活力を身につけた桑子の生き方には、作者の温かな眼差しが注がれているのである。（鈴木吉維）

【さ】

再会《さいかい》

〔**初出**〕「改造」昭和十五年三月一日
〔**単行本初収**〕『太宗寺付近』昭和十五年四月二十八日　新潮社
〔**丹羽全集一**〕
〔**梗概**〕かつて出奔した母を引き取って暮らす自分（紋多）達夫婦の所へ、父が上京して来る。自分には八年前に実家を飛び出して以来の再会であり、自分がまだ八つの時に家を出た母にとっては、約三十年ぶりの元夫婦の再会で、色々な意味で複雑な来訪であった。母は既に六十近くで、今年になってから東京の自分のもとに身を寄せていた。母の出奔の痛手から渡米した姉は、今も父とだけ連絡を取り合っているが、母の出奔の原因が祖母と父とにあると思う自分は、ずっと母寄りで、幾度となく小説の中で母を描いてきたのだった。しかし同居以来、それは自分の思い込みによって母を理想化してきた姿ではなかったのかと、自問自答する日々だ。…父との再会は、至極あっさりとすんだ。既に祖母は亡く、父も後妻を迎え四人の子を設けている。父には憎々しい表情はなく、自分は初めて反抗や憎悪の感情を切り離した素の父と子の気持ちになって向き合った。父母の語らいも穏やかで、最初母をわからなかった父が、その耳の形の特徴だけは覚えていると語るのを聞いて、自分は「何か言い訳のできない負け」を父に対して感じる。父の帰郷後、妻が「あなたに聞いていたお父さんとは、ちっとも似ていなかったわ、どんなに悪いお父さんかと思ってましたの」「お母さんとは逆ね。貴方に聞いていたお母さんは、とてもいい人だと思っていたのに、だんだんそうでなくなってきて…」と述懐する。同居生活の中で母とのトラブルは延々と続いているのであり、そう思われても仕方ないのだ、だが…と思いつつも黙るしかない自分だった。
〔**鑑賞**〕初期の「鮎」からの「母もの」の系譜の私小説のひとつ。母との同居を始めた頃の丹羽自身の心理が切々と描かれている。

（三品理絵）

罪戻《ざいれい》

〔**初出**〕「世界」昭和二十五年八月一日
〔**単行本初収**〕『好色の戒め』昭和二十五年十二月十五日　創元社
〔**丹羽全集二十四**〕
〔**梗概**〕召集三箇月目で終戦となり四十歳で復員した成瀬玄馬は、すぐに成瀬商事の社長の椅子に戻った。しかし、戦災で家を焼かれ早産で胎児を失い、神経衰弱の果てに発狂した妻の利恵は、脳病院で敗戦を迎えていた。成瀬は病院に急行するが、彼を待っていたのは夫の顔を忘れた妻の姿と、妻に潜伏中の梅毒が発現したという医師の言葉だった。病は若い日に彼が発症したものである。カトリック信者の成瀬は自分の罪を悔いた後、利恵を退院させて自宅に連れ帰る。利恵は健康を取り戻したように見えた。だがそれは見かけだけで、彼が肌に触れようとすると、突然、非人間的な悲鳴をあげ狂人の形相になった。築地の料亭でたよりという名の芸者と知り合ったとき、成瀬は「再び、罪を犯す」という声を心の内部で聞いた。たよりとの情事に溺れる成瀬は、懺悔し神を求めるが、妻への裏切りを止めることができない。そんな彼の前に狂人の利恵が不意に姿を現した。狂気の妻になぜ女の家がわかったのか。彼は不思議なものの作用を感じ身を震わせた。再びたよりを訪ねた成瀬は、気の狂った妻のところ以外に自分の帰る場所はないと言って別れ話を持ち出す。たよりは、自分の罪に恐れおののく成瀬を前に、「旦那さまは、誰か以前にひとがやった苦しみ方を真似して、苦しんでいられるとしか思えないのです」と言う。彼女は神の束縛から自由な女だった。成瀬は彼女の将来に充分な小切手を与えて、愛着の絆を断ち切った。成瀬の事業は敗戦直後のようなぼろ儲けはもはや期待できなかったが、軌道には乗っていた。ある日、社に戻った成瀬は、専務から会計係の京紺織江の不正を疑う話を聞かされた。中華料理店に連れ出して未亡人の織江から事情を聞いた成瀬は、別の日にも彼女のアパートを訪ねて金を置いて帰った。たびたび訪れるようになった成瀬は、二度と女とのあやまちを犯さないと自分に誓っていたが、ついにその禁を破ってしまう。暴れるようになった利恵を再び入院させた成瀬には、妻は織江のことを知っていたのではないかと疑う気持ちがあった。妻の悲惨に向き合うたびに、懺悔し改宗するような衝動に駆られる彼は、それでも織江に対する欲望を抑えることができない。織江と子どもを連れて観劇に行った日の夜、帰りの車に人影がぶつかってきて倒れた。出刃を持ったその女は利恵だった。二度までも隠し女のありかを嗅ぎつけられ恐怖する成瀬は、自宅に座敷牢を作って妻を入れることにした。そんな折、織江が手紙で子どもを身籠もったと言ってきた。一方、妻の方は顔が白蠟のように冴えて鬼気が迫ってきた。別人のように変貌している。成瀬は希望もなく、ただ現在の中に腰を据えていたが、大晦日の前日の夜、彼の足は織江の家に向かった。「人間くさくふるまうことを、そんなにきまり悪がらなくともようございますわ」たよりのその言葉を思い出す成瀬は、自分はこれから姦淫に行くのだと言い聞かせる。

〔**鑑賞**〕カトリックの信者でありながら肉の欲望に打ち勝てない弱い人間の姿を、徹底的に抉り出している。作者は「こういうカトリック信者を意外な社会的地位をもつ人に発見して、書いてみたくなった」と、『好色の戒め』のあとがきに記している。「こういう苦しみ方をする人間を私は描いてみたかった」と、あくまで人間への興味にこだわっている。この小説は、愛欲と罪悪感の葛藤を、救われ難い人間の切実な問題として正面から取り上げたもので、重厚な内容を持つ注目すべき作品である。

（遠藤昭己）

魚と女房達《さかなとにょうぼうたち》

〔**初出**〕「人間」（別冊）昭和二十二年十二月一日

〔**単行本初収**〕『魚と女房達』昭和二十三年三月十五日　かに書房

〔**梗概**〕武蔵野の面影が残る土地の、住宅の一群に住んでいる村井仙子は三十六歳で、十三を頭に六人の子供がいる。薬専卒業で薬剤師の免状を持つ女である。良人の良一は三十八、法学博士であるが、現在は或る官庁に勤め、出世の見当の止まった男である。語学に達者でも何の役にも立たず、うだつの上がらない現実に仙子からは夫の所為であると言われている。隣組制度が無くなった終戦後も、まだその現実は残っていて、仙子たち女房は如何に食糧を手に入れるかを常に画策する日々である。ある日、仙子は以前の魚屋で知った顔がいないことをいいことに、組の配給のかつおの切り身を取ってしまう。すぐに隣組のおしげに会い、誰かが取ったと嘘の発言をした。仙子が風呂に行き、良一が魚を焼いていると次々に隣組の女房達が非難追及しに来た。良一は今更妻に失望するでもなく、嘆くに足るものも残っていない気持でいる。様々な女房達が仙子のこれまでの悪事を喚き続け、仙子も女房達の悪事を主張する。誰だって叩けば埃が出るのだ、罪のない人間など居ない—仙子はこんな苦労の原因は無能者の良人にあるのだと思いつつ、寝ている良人を憎々しげに眺めやった。

〔**鑑賞**〕隣組女房達の、近隣の悪人への怒り興奮のエネルギーが凄まじい。まさに「隣組の風俗点描」である。或る官庁勤めの良一を、ゴーゴリの描いた小官吏と称しているが、ゴーゴリが文書係のアカーキイ・アカーキエウィッチの近接描写に終始したに比して、丹羽は小官吏の良人のみならず、終戦後の麦畑の中の住宅地風俗を女房達を配しつつ、徹底的客観視点で描き切っている。（河原徳子）

さまざまの嘘《さまざまのうそ》

〔**初出**〕「新潮」昭和三十一年十一月一日
〔**単行本初収**〕『さまざまの嘘』昭和三十一年十二月二十五日　弥生書房
〔**丹羽全集十九**〕
〔**梗概**〕復員後、楽器店を営む小野史朗と妻暁子。暁子の父は村長で小野は義父から毎月援助を受けてきた。暁子は婚約中爆撃に遭い腰の骨を折る。小野の母は暁子の怪我を小野の所為だと嘘をつき暁子を庇う。小野はそんな暁子との犠牲的結婚に対して情熱が冷めていく。そうしたなか小野と愛人疋田とも子との関係や、かつての戦友仲間田上省三の暁子への不貞、小野の弟とも子の関係などが「嘘」を潜ませながら展開していく。

〔**鑑賞**〕戦後、戦争文学が多く書かれるがこの作品はその意味で戦争が残した爪痕を夫婦関係を軸にして描いた小説といえる。ここでは小野も暁子も戦争の犠牲者たちで、それをさまざまな角度から人間のもつ偽善的嘘を通して描く。（衣斐弘行）

百日紅《さるすべり》

〔**初出**〕「文藝」昭和九年十二月一日
〔**単行本初収**〕『自分の鶏』昭和十年九月二十三日　双雅房
〔**梗概**〕浜田と結婚するというので京枝は人が変ったようにそれまでの放縦な生活を改める。しかし、浜田が彼女の妹の房と関係したと告白したので別れた。房とのことは浜田が京枝と別れるための嘘だったが、彼女はそれを知らない。京枝は再び生活が乱れ、房に暴力を振るうようになる。房は住まいの二階を間貸ししている商大生の西野と関係して大人の目を持つようになると、姉の憎悪の深さが分かるようになった。京枝のいじめ方も次第に念が入るようになり、房を欲しがっていた昔の客の後藤に彼女を差し出したりした。そのうちに房は妊娠した。相手は西野である。その事を京枝に話すと、京枝は一瞬うれしそうな顔をするが、すぐまたもとに戻って、房とその子どもの将来の見通しなど立ちそうもないこと、房が浜田と関係のあったことを西野に話したこと、さらに自分も西野と関係があったこと、しかも別の学生が好きになったので最近西野が怒っていることなどを房に話す。

〔**鑑賞**〕肉体的、精神的に執拗に妹を虐める女性とその妹を描いた作品である。（永井　博）

山麓《さんろく》

〔**初出**〕「サンデー毎日」昭和三十六年四月二日～三十七年三月十一日
〔**単行本初収**〕『山麓』昭和三十七年十二月二十日　角川書店
〔**映画**〕『山麓』昭和三十七年　東映
〔**梗概**〕片桐家には、リタイアした父と若々しく美貌の母親滝子がいる。そこには四姉妹がいたのだが、現在では四女の雅子が同居するのみである。その雅子の結婚のため、他の姉妹も寄り集まって母に対抗するということが物語の主軸である。なぜなら、滝子は徹底した物質主義者であり、娘たちも自分を豊かにするための調度品で投資の意味で育ててきたに過ぎず、その意味で雅子の交際相手（薬問屋の外回りの社員）を認めなかったからである。これを契機に、他の姉妹それぞれの結婚譚が書かれるが、長女は母の言いつけ通り財閥に嫁ぐも離婚、次女は地方に嫁いで実家にお金を入れず、三女は喧嘩の末、駆け落ちしたのだった。反省をせず「ゆるすということを知らない」母はエゴイストとして一族間で憎悪や侮蔑の的とされていたが、その無知の強さを娘たちは終末において認めることになる。しかし一家の父良道には、部屋に一人でいる滝子が「次第に、絵に描いただけの女のように思われた」のだった。

〔**鑑賞**〕本作は片桐滝子という怪人物をめぐる物語だが、結婚へ異議を呈する物語といえるかもしれない。滝子は家族制度を武器に娘たちを操縦するが、雅子は自身が翻弄されてみて、「片桐というのは、一片の符牒にすぎない」点に気付くことになる。そしてむしろ女から結婚問題を切り離したら、「ずっと生きやすくなる」とさえ考える。両親と長きを共にし、三人の姉の結婚や離婚を目の当たりにしていた雅子が、家族の形態の維持に最も敏感、かつ疑問を抱いたのだといえる。

（尾崎名津子）

【し】

紫雲現世会《しうんげんせいかい》

〔**初出**〕「別冊文藝春秋」（三十一）昭和二十七年十二月二十五日

〔**単行本初収**〕『藤代大佐』昭和二十八年八月十日　東方社

〔**丹羽全集二十四**〕

〔**梗概**〕四畳半の貸間に女性と暮らす木田は、二年間離れて暮らす妻達子の訪問に当惑する。達子は子と弟、仲人をつれ、居座ろうとする。失職しながらも二年間生活費を送った木田に対し、達子は離婚することも、子をひきとることも、木田の異動証明書や通帳を渡すことさえ拒み続けた。離縁を求める木田に達子は耳を貸さず出て行こうともしない。紫雲現世会の信者となった達子は木田のそばにいることが神のお告げとして南無妙法蓮華経を唱え続ける。家主から追い出された木田は、再度離縁を求めるが達子は南無妙法蓮華経を唱えたまま答えずに生活費を求めるばかりである。何が起ころうとも表情を変えず、木田を憐れむような達子の眼と声に、木田は妻子を捨てた罪のおそろしさを感じる。

〔**鑑賞**〕『蛇と鳩』と同じ教団名を用いながら、新興宗教によって救い難い状況に追い込まれる人々をユーモラスに描いた短編。『蛇と鳩』にくらべ軽妙だが、新興宗教を題材にする際は『紫雲現世会』で統一しようとする腹案があったためであろう。妻達子の救いが木田にとっては苦しみに過ぎず、新興宗教の救いが本当の救いではないことを示す。木田の感じる罪の意識が以後の宗教小説との関わりを感じさせる。

（岡本和宜）

四季の演技《しきのえんぎ》

〔**初出**〕「北国新聞」昭和三十一年十一月十七日～三十二年九月十四日　他紙にても連載

〔**単行本初収**〕『四季の演技』昭和三十二年十月五日　角川書店

〔**映画**〕『四季の愛欲』（原作『四季の演技』）昭和三十三年　日活

〔**梗概**〕小説家清水谷暁の許へ母浦子が熱

海に行くため小遣いの無心にやってきた。妻の吟子はそれが気に入らない。ファッションモデルである吟子は自分の肉体の美しさを誇っている。貞操が肉体の美に換算されないことを知っていた吟子は、年不相応の浦子の美しさに自分と同様の不貞の空気を感じていた。浦子と熱海に来ていたのは十年来愛人関係にあった平川忠良だった。

吟子が出かけると桃子がやってきた。桃子には夫建部志郎と息子の澄がいる。桃子は暁に不倫の相談にやってきた。相手は志郎のいとこ、赤星修造であった。桃子は現在の結婚生活に不満を感じていたため、青春を取り戻すかのように赤星に惹かれていく。

桃子は赤星と交際するために建部との離婚を決意する。そして肉体目当ての赤星に対して結婚を迫る。赤星は桃子の肉体の興味が薄れるにつれて次第に疎ましさを感ずる。

吟子は平川を受け入れる代わりに浦子との清算を迫り、浦子は平川に捨てられる。また吟子は清水谷との事実上の結婚を解消。清水谷は家を出て、アパートに住む。浦子は心の張りを失うが、中華料理店に勤め始める。

桃子に対する肉体的興味を失った赤星は、ある画策をして桃子と別れる。桃子は精神的ショックを受ける。事情を知った兄の清水谷は桃子の心を癒すために那須の温泉に連れて行く。婚家に帰り桃子はこれから夫や子供のために生きる決意をし、夫は事情をうすうす察しながらも桃子を許す。

清水谷は那須の定宿にしているホテルに勤めている百合子と知り合い、惹かれていく。清水谷は百合子にプロポーズする。

〔鑑賞〕作家清水谷暁を取り巻く女性の恋愛模様を描いた全三十一章からなる長編小説。それぞれの恋愛が四季を通じて描かれていると同時に恋愛の四季（恋の始まりから決着まで）が描かれている。

またこの小説には当時のマスコミジャーナリズムの中で生きる作家がリアルに描かれている。特に二十九章の国際ペン大会は実際に昭和三十二年九月二日から八日まで東京と京都で開催された（大会テーマは「東西文学の相互影響」）。また第二十三章で三島由紀夫の「潮騒」が原作と思われる映画（「潮騒」東宝映画、久保明・青山京子主演）に対する清水谷の感想も当時の出版状況や文壇人のメディアミックスに対する考えを知る上でも興味深い。（稲垣広和）

四季の旋律《しきのせんりつ》

〔初出〕「東京タイムズ」昭和五十五年四月十二日～五十六年二月十七日　他紙にても連載

〔単行本初収〕『四季の旋律』（上）（下）昭和五十六年十一月十五日　新潮社

〔梗概〕突然夫に先立たれた菊子は、義父草之助の存在を頼みに再び働き始め、新たな男性と惹かれ合う。二度の見合い破談を乗り越え仕事に邁進する長女洋子、転職を繰り返し漸く天職と巡り会った次女瑠美、夢を実現させ幼稚園の保母として勤める三女千代子。愛とは、自由な生き方とは。個性的な四人が、悩みつつも颯爽と自らの道を切り拓いていく姿を描く。

〔鑑賞〕表題中の「四季」は、四人の母娘と時の流れを共に指し、作品世界の大局を捉えたものだろう。本作は、現代の女性にも少なからず共通する問題を、それぞれの人物に見事に振り分けられているだけに、その切り口は時を経てなお瑞々しく、「作者は、女性の幸福や自由というものを、決して観念的には考えていない」という林真理子（新潮文庫解説）の指摘も肯ける。さて、登場人物の中で最も印象的なのは草之助だ。他者と一定の距離を保ちつつ、しかし親鸞の言葉と共に何時も家族に寄り添っている草之助。彼は、一方では「常識」に反発しながらも、同時にそれを疑い無く受け入れている四人の女性たちに対し、その相反する考えの矛盾を自らの存在で以て気付かせる役割を担っている。また作品内部にありながら、作品世界全体を見守る存在としての位置付けも窺え、林が「作者の分身のような」と見るのも解せよう。個々の人物に特化して、或いは全体像を俯瞰して論じてみるのも面白いかもしれない。

（牛島理絵）

篠竹《しのだけ》

〔初出〕「新生」昭和二十一年一月一日

〔単行本初収〕『憎悪』昭和二十一年九月三十日　大野書店

〔梗概〕海軍飛行基地にある防空壕の入口に、毎日腰掛けている兵が居た。見るからに精神的な栄養失調であるが、その根気よさに新門姫介は心を動かされていた。新門は小説家の報道班員。篠竹のステッキを振り振り歩き回る。新門が××水交社に戻ると、報道班員たちは「良心的なニュースを造ったところで、大本営が全部ボツにする」等と話していた。「大本営製造」の報道では、特攻隊機が案内機について戻ってきたり、露骨に飛び立つのを嫌ったりする事実は報道されない。整備員は飛行機に何の愛情も持っておらず、特攻隊出発の司令の挨拶は熱が冷め、辞世の文句は種切れであった。特攻隊の過大評価は、国民の感傷である。しかし、新門は予備学生の遺書に、思いがけない美しい恋物語を見る。また、「ぱんぱん屋」と呼ばれる慰安所では、そこに入り四日目の女の身の上話を聞き、場所違いな清らかさを発見するが、その女が客に身を寄せる術を覚えこむのも、そう遠いことではあるまいと思う。

〔鑑賞〕「地に落ちてゐる」「日本空軍の技術」や、「思考が伴はない」「軍人の行為」「ヒステリックな兇暴性の上に立つてゐる軍規」「一人でも多く殴れることをたのしみに」市中を見回る巡邏等が描かれる。『告白』に、「紋多が、鹿屋の町で拾つたものもあるが、J・Nを主人公にして、鹿屋の特攻隊を描いた。J・Nが散歩の時に、篠竹をステツキの代りにもつてゐたのを記憶してゐ、それを小説の題名にした。」とあり、執筆背景やこの作品が「袋叩きに遭つた」経緯も記されている。なお、「〈作家に聴く〉第十一回丹羽文雄」（「文学」昭和二十七年十一月）に、「僕が戦後、「篠竹」を書いた時、彼（注—武田麟太郎）は、「丹羽の奴、とうとう俺の五六歩先に出た」と云ったそうである。」とある。

（水川布美子）

自分の鶏《じぶんのにわとり》

〔初出〕「改造」昭和十年六月一日

〔単行本初収〕『自分の鶏』昭和十年九月二十三日　双雅房

〔丹羽全集十八〕

〔梗概〕伊八は百姓をやめて貸家を持ち、金貸しをしている。息子の信吉は銀行に勤めていたが、売勲事件に際して銀行側と対立し、世間から「共産主義」と陰口を言われて東京へ出奔していた。伊八が代々仕えてきた陣田が、水道疑獄で拘引され破産する。陣田に高額の貸付をしていた伊八は、その金を取り返せない。伊八は、その腹いせに、陣田の娘たか子を陵辱する。だが長年の主家との関係は切れず、何も知らない妻のおりんはたか子の世話をし続け、たか子は伊八の家へ引き取られる。伊八が取り立てから戻ると、たか子は鶏の餌に混ぜる蠣殻を叩き割っており、信吉からの手紙が届いていた。手紙には、旧盆までに帰るとあり、自分の鶏が飼いたいとあった。たか子にいい話し相手が出来ると言うおりんの言葉を聞き、伊八はたか子と信吉が同じ歳であることに気付き、うろたえる。

〔**鑑賞**〕この作品で丹羽文雄は、主家と下男という階層の残存を捉えている。伊八は、金銭面では陣田よりも優位に立っているが、血統の問題は超えられないものと感じている。この階層や血統を融合させる存在として、息子の信吉が描かれている。すなわち、「自分の鶏」を飼いたいという信吉の言葉は、信吉の経済的独立、若い世代の成長を予感させ、鶏の餌に混ぜる蠣殻を割っているたか子は、その伴侶となることが予想される。次世代における階層・血統の融合への期待が込められている。信吉が「共産主義」と噂されている点にも留意して、この時期の丹羽の思想を探りたい。また、信吉とたか子が結婚するならば、たか子を陵辱した伊八と信吉との間に葛藤が生まれる。ここに丹羽の「父」と「母」と「祖母」の縺れた「性」の問題が、男女が逆になって表れてくる。

（塚本章子）

霜の声《しものこえ》

〔**初出**〕「中央公論」昭和十二年一月一日

〔**単行本初収**〕『女人彩色』昭和十二年四月二十日　河出書房

〔**丹羽全集二十一**〕

〔**梗概**〕世話焼きの未亡人小兼は、自宅に放送局のコーラスガール（唄屋）をタダ同然に住まわせる。新たに若い俳優を下宿させ、奔放な若者二人との生活に満足する小兼だが、隣人今村の細君から二人の関係を聞かされ動揺する。数日後二人の痴話げんかを聞いた小兼は、二人の和解ために家を空けるが、今村から二人が駆け落ちしたことを聞かされる。二人が町中に残した借金を返して回る小兼は、憎しみ以上に一人になった虚しさを感じる。落ち込む小兼に今村夫婦が同居を申し出る。怪しげな雑誌社に勤務する今村に生活力はなく、二箇月で家賃は滞る。それでも小兼は洋裁で家計を支える細君に同情し、夫婦の秘密を眺める生活に満足する。細君は次第に小兼の着物や道具を使い出し、内弟子を取って女中のようにこき使うなど、小兼の気苦労は絶えない。一年後、今村の妹が赤子を置いて行く。赤子に高価なラクトーゲンを与えながら、子育てという女としての無償の行為に感激し、赤子のために生きようと決意する。

〔**鑑賞**〕締切り直前に埋め合わせ原稿編集者から懇願され、三日間で書き上げた（改造社版『丹羽文雄選集』（二）あとがき）という作品。以前から温めていた題材のようである。古谷綱武はチェーホフ「谷間」の影響を受け、「心の美しい女をたくましく描い」た作品（竹村書房版『丹羽文雄選集』（二）解説）としている。十返肇は『この絆』同様に「心の美しい女を描い」た作品であり、「男から独立した生活力の持主である点に、新しい時代性が感じられる」（『丹羽文雄文庫』（九）解説）と評価し、戦前の全作品中の佳品と絶賛している。また古谷も十返もこの作品の成功が、当時の家庭生活の安定にあると指摘している。八木毅は季語の「霜の声」を説明し「小兼の家に次々と転がり込んでくる寄宿人たちのずうずうしさを其角の句をからめ」た（集英社文庫『再会』解説）とする。『霜の声』が小兼と赤子の純粋さを象徴している点が特徴的。また小兼の善良さは、『天の樹』『理想の良人』『人間模様』などの作品にも通じ、丹羽作品の一典とも言えよう。なお同時代評として田畑修一郎の「文学について」（「文学生活」昭和十二年二月）がある。

（岡本和宜）

遮断機《しゃだんき》

〔**初出**〕「新潮」昭和二十七年十一月一日
〔**単行本初収**〕『遮断機』昭和二十八年七月十五日　東西文明社
〔**丹羽全集二十二**〕
〔**梗概**〕官吏で古美術研究家でもある九三は、父の妾の子で、三歳の時に家に引き取られた同い年の調治にすべてに於いて先んじられ、屈辱を覚えつつ成長した。婿養子としての生活を「サラリーを運ぶ一匹の虫」、婚家の「犠牲」と感じていた調治は、妻子を放擲し、風早仁子という、夫が服役中の女性と交渉を持つ。九三はそれを知らずに、歌塾で同門だった仁子が京都に来た折に関係を持った。年四回京都から上京する九三は、調治不在の家でその妻英子と応対し、一方で仁子と交渉を続ける中、生活力・独身という自身の属性が女性を誘惑すると自覚しつつも、「家庭という機械」に捉えられることを拒絶していた。自分とも調治とも関係を持つ仁子への憎しみと快感の間で混乱する九三だったが、幼年期からの調治への「敗北感」を払拭したい思いもあり、仁子との交渉を断てない。調治の「情熱も悪徳も、一しょくたにのみこんだすさまじさ」に気押されていた九三は、調治から仁子と切れるよう頼まれた際、常に傷つかないよう安全な場に身を置く自身の生き方を意識する。酔って帰宅し、仁子とその母に冷淡に扱われ逆上した調治は、その後、家庭に憧れる自分、九三に裏切られてもなお彼を信じていたい自分を告白するが、仁子には届かず、嘲笑された彼は自ら命を絶つ。一方九三は、自らの醜さと直面しきれず、自らを否定しきれない自分を自覚する。我が身可愛さの気持ちを捨てる、その方法がわからないながらにそこに到達する努力が必要であること、自分の理性や良心を疑うこと、その一筋の道を見つめる九三を提示して終わる。
〔**鑑賞**〕初版本解説で亀井勝一郎は、救いを求めるあがきの後に到来する〈救われざる存在としての自己〉への開眼を初めて自覚的に描いたと評価。時系列が崩され、随所に回想・空想が入り込むことで、九三の逡巡が示されている。

（峯村至津子）

秋花《しゅうか》

〔**初出**〕「改造」昭和十一年十二月一日
〔**単行本初収**〕『女人彩色』昭和十二年四月二十日　河出書房
〔**梗概**〕十七歳の省二は、名古屋の株屋小沢の使用人であったが、身の回りをすべて小沢がするという奇妙な関係であった。小沢が背信行為で追われる身となると、省二は兄京吉の妻の名前を使って放蕩していた。警察で事情を聞かれた省二は、迎えにきた京吉の心配をよそに行方をくらませる。後日、京吉は小沢の訪問を受け、省二が女装の芸人牧千代に囲われていることを知る。小沢は父の委任状を取り付け、省二を取り戻そうと画策していた。牧千代に罵られながらも小沢は省二を奪い返すが、省二は名古屋へ逃亡し、無銭飲食で捕まる。妻の冷たい視線を感じながら、京吉は省二を迎えにいく。洋服店で働きはじめた省二は、信用を得て集金を任されるが、自転車での集金に持病の痔を悪化させる。転職を懇願する省二に京吉はそっと薬を渡す。痔に効きそうもない薬を渡す兄の愛情に感謝し涙する。草むらに寝そべり、自身の身をはかなむ省二の目には白い花がしみるのだった。
〔**鑑賞**〕古谷綱武「男の特異な世界を扱った」作品（竹村書房版『丹羽文雄選集』（三）解説）であり、同様の題材を扱った作品に「豹と薔薇」（「若草」昭和十二年一～六月）、「男爵」（「読売評論」昭和二十五年十月）、「青い街」（「文藝春秋」昭和二十八年一月）などがある。また小沢の事件と類似の内容が「荊棘萌え初め」（「文藝」昭和十一年五月）にも描かれ、他作品との比較が必要である。十返肇は男性に愛される青年が、「自主性に乏しい、消極的な性格」である点を指摘し、男女の恋愛を描く作品に比べ、印象が希薄としている（『丹羽文雄文庫』（二十三）解説）。しかし丹羽は、女装の芸人が登場する武田麟太郎の「釜ヶ峠」と比較し、「たのしい小説ではないが、かうした現実にもつと目を注いで貰いたい」（『町内の風紀』あとがき）と述べている。作品の主題は、同性愛ではなく、はからずも男性からの求愛を受けて翻弄される青年の現実にあると考えるべきであろう。なお同時代評としては窪川鶴次郎「文芸時評」（「都新聞」昭和十一年十二月九日）、阿部知二「創作月評」（「新愛知」昭和十一年十二月四日）、樽尾好「文芸時評」（「槐」昭和十三年七月）がある。

（岡本和宜）

柔媚の人《じゅうびのひと》

〔初出〕「新潮」昭和二十九年四月一日

〔単行本初収〕『欲の果て（昭和名作選一）』昭和二十九年七月八日　新潮社

〔丹羽全集九〕

〔梗概〕万里子は四年前、昌が六歳のときに父・内藤英作のもとに嫁いで来た継母である。封建的な家庭で育ち、横暴な夫の仕打ちにもじっと耐えている。しかし、その控えめな性格とは裏腹に、憂愁を帯びた肉体が放つ無自覚な魅力は、奥深い所で昌の官能を捕らえていた。加木工務店を取り仕切る豊子（英作の妹）はそれを察知し、昌を手元に引き取る。隙を見ては舞い戻る昌に、万里子も困り果てていた。ある日、昌の出迎え役の従業員小田倉の様子がいつもと違っていた。彼は豊子の戦争中の罪状を暴き、この女社長がいかに無慈悲で強欲であるかを憎々しげに語ったのである。その晩、小田倉は豊子を縛り上げ、金品を強奪して逃げた。昌も誘拐されそうになるが、思い直した彼にトラックを降ろされた場所は、万里子の家の近所であった。昌の錯乱に感染した万里子は、厳格だった父の薫陶のもとに身につけた三十八年の殻を今はじめて破ったように、昌を強く抱きしめ、その唇を激しく求めるのだった。

〔鑑賞〕意識と無意識の間を際どく往来する情欲のうずきを、子供の視点を借りることで巧みにえぐり出して見せた異色作である。

（河野龍也）

朱乙家の人々《しゅおつけのひとびと》

〔初出〕「婦人倶楽部」昭和二十六年一月一日～二十八年四月一日

〔単行本初収〕『朱乙家の人々』昭和二十八年五月十五日　講談社

〔梗概〕節子は富川福司と関係を持つが、富川にはすでに妻があった。身籠った節子は富川に捨てられてしまう。節子の貞操のなさを姉夏子は批判するのだが、夏子もまた愛人本桐と夫朱乙豊治とともに暮らしていたのだった。わがままな夏子や女中同様に虐げられながらもたくましくなっていく節子を、コキュの朱乙豊治は大きな慈愛で二人を包み込んでいくばかりではなく、節子が平賀と結婚できるよう手助けをするのだった…。

〔鑑賞〕当該作品への言及はほとんどない。初刊本の作者「あとがき」によれば、「婦人雑誌にふさわしくない材料」で「刺激が強すぎた」といい、続けて夏子を「わがままで、一家の暴君」、豊治を「神の如き存在」として造型したとした上で、「日本の家庭生活というものを、あらためて考えるようになった」と記す。石坂洋次郎・丹羽文雄・石川達三「〈鼎談〉現代の貞操・恋愛・結婚について」（「婦人倶楽部」昭和二十八年四月）の中で、丹羽は「これまでの婦人雑誌の小説に描かれた女性に一つの反逆」を企てるとともに、「女性の自覚ということを追求した」という。夏子・節子の姉妹を中心に、夏子といつも対立する笙子（夏子の妹、節子の姉）、以前夏子と関係のあった奥尻、朱乙豊治を一方的に慕っている芸妓の京糸、父のない子を出産したことを知った上で節子にプロポーズする平賀などの人物を配し、朱乙家に関わる人間模様を描く。かかる人間関係を押さえつつ、わがままな夏子と成長する節子の関係が反転していく様を読み取ることが課題。さらに当該作品は、「理想の良人」（「人間」昭和二十二年二月）の後継作品である。「理想の良人」では館鍬次郎（福司に該当）に焦点化したのに対して、当該作品では夏子と節子を中心に描いた。どのような問題意識を引き継いだのかその比較も重要だ。

（原　卓史）

樹海《じゅかい》

〔**初出**〕「読売新聞」昭和五十五年九月二十五日〜五十六年十一月六日

〔**単行本初収**〕『樹海』（上）（下）昭和五十七年五月三十日　新潮社

〔**梗概**〕結婚して七年。夫の海外単身赴任を機に、染子の自問自答は始まる。このままでいいのか、私の存在意義は何処にあるのか。夫の裏切りを知り、その思いは益々強くなっていく。自立への欲求に駆り立てられ、忘れかけていた音楽の才能と本気で向き合う染子。物語は、一人の女性が自己に目覚め、苦しくも自由に生きる道を選んだ姿を描く。

〔**鑑賞**〕染子の現状に対する疑問や不満は、長きに渡り少しずつ蓄積されてきたものに相違ない。そして深く静かに形成されたそれは、数々の経験と出会いを経ることで、遂に表へ現れた。夫の行動は「離婚を考えさせた理由の一部」であって「原因となったとは言いがたい」という河野多恵子（新潮文庫「解説」）の指摘がある。さて、本作には幾人もの女性たちが登場するが、中でも印象的なのは春秋荘の面々だろう。様々な過去を乗り越え、悲喜交々に暮らす彼女たちの姿は、今後の染子を占う上でも注目に値する。染子を待ち受ける未来は、輝かしくもあり厳しくもある。仕事も順調で、惹かれ合う相手もいる一方、子供たちとの関係は物語の最後まで修復されておらず、拠り所であった実家は次第に遠くなっていく。自由と孤独。染子は、これら二つを同時に内包した現実と向き合わねばならない。抜け出したかに見えた迷路の先には、また新たなそれが待ち受けているのである。表題は、出口を探して彷徨う染子自身の心を、そして染子を取り巻く社会そのものを象徴しているのだろう。本作は、先行の『四季の旋律』と新聞連載上重複している時期がある。どちらも女性を中心とした作品であり、双方への作者の取り組み方に対する研究にも期待したい。

（牛島理絵）

首相官邸《しゅしょうかんてい》

〔**初出**〕「オール読物」昭和二十八年十二月一日

〔**単行本初収**〕『丹羽文雄文庫』（八）昭和二十九年六月十日　東方社

〔**梗概**〕昭和二年、下元連の設計で首相官邸が完成した。官邸詰新聞記者の藤原有三に、守衛の白河は過去の官邸の様子を語る（一）。五月十五日、犬養首相は軍人に暗殺された。藤原の兄源一郎もその時に命を落とす。書記官長森恪の大芝居で、総理の死は二日間伏せられた（二）。外相官邸警備の邦は早朝、銃声を聞いた。栗原中尉は邦に昭和維新を告げる。岡田首相は村上巡査の計らいで女中部屋に隠れ、首相と間違えられた松尾大佐が暗殺された（三）。白河は藤原に、大臣の気質の変化や自由競争時代の記者の昔話をする（四）。昭和十九年にはB29が空中写真を撮りに来るようになる。八月十五日、所属不明の兵一箇小隊が乗り込み、絨毯三坪を焼いた。二・二六事件、五・一五事件で首相官邸にも度胸が出来ているようであった。挂冠する内閣、新内閣を守衛たちは入船出船と呼ぶ。東条英機は逸話の多い首相であった（五）。首相官邸に赤旗のデモ隊が迫り、吉田首相は装甲車を官邸内に持ち込む。徳田球一は度々、陳情書を幣原首相に突きつけた（六）。片山哲の時、すべてのルールがぶち壊された。芦田内閣は汚職の嫌疑で屋台骨がぐらついた（七）。第二次吉田内閣は国会の中で生まれ、解散したので首相官邸とは関係がなかった（八）。記者の気質が変わり、大臣の格は下落した。吉田首相は一度も官邸に泊ったことがない（九）。「このところ首相官邸は、無事平凡にすぎてゐる。」（十）

【鑑賞】「現代史」が森恪という人物を中心に歴史を描いたのに対し、ここでは首相官邸という「場」を中心に、そこで起こった事件や繰り広げられる人間模様を描き出している。政変を側面から描いている点で、『人間壁画』現代史」（「一つの夢」「歴史小説」昭和二十四年五月）の一部と捉えられよう。

（水川布美子）

守礼の門《しゅれいのもん》

【初出】「文藝春秋」昭和二十三年二月一日

【単行本初収】『守礼の門』昭和二十三年三月二十五日　文藝春秋新社

【丹羽全集二十四】

【梗概】東京地方検事局検事の古谷史郎は、人間は時として獣以下になり下る可能性を有するものである、との思いから、「美しい国民性をたたえる刺激」としての「守礼の門」の必要性を確信していた。彼が現在取り扱っている事件は、産婆の谷志津と娘の京子が、息子であり兄である博彦を出刃包丁で殺す—という事件だった。志津はヒステリー性で三十そこそこで月経閉止という異様体質。医者である夫の佳良はそんな妻と夫婦生活をせず、女性問題で志津を苦しめてきた。京子も兄や父の行状から男性不信になっている。殺人への道筋は、病院に放火して保険金詐欺を計画する薬剤師の音羽や事務の本郷も巻き込みながら進んでいく。博彦にかけられた生命保険から、最初は未解決犯罪として闇に葬られそうな事件が、犯人家族説に傾いた。検事の古谷は、志津の罪を犯さずにいられなかった心理の屈折に関心を寄せ、踊らされた人形であったと考える。京子の、男には判らない部分を見つつもその若さに希望を抱く。佳良の己の不利になることは承認しない口のきき方に新しい事実を拾う。

【鑑賞】小説の中で狂言回しの役目をしている古谷史郎の位置は重い。一つの殺人事件に迫っていくのに、表面に出た事実経過のみならず、論告をまとめあげる折の「所属不明のもやもやの感情」を肝心なものとする古谷の習慣こそ、「守礼の門」の美徳の意味を底流に持つ行為であろう。事件を手がける人間の良心の極みを見るようである。

（河原徳子）

純情《じゅんじょう》

【初出】「夕刊新大阪」昭和二十三年七月一日〜十二月十二日

【単行本初収】『純情』昭和二十四年五月二十日　講談社

【梗概】四十歳まで独身を通してきた矢野目康は、二十一歳の岸本栄子に求婚する。栄子は一度断るが、家族の意向もあり、財産家の康の申し出を承諾する。情熱的な言葉をかけても栄子の反応は薄く、康は絶望的な気分を味わうが、「時が経てば家族愛とやらで満足するのではないか」と自分をなぐさめていた。しかし、十年来の友人で独身主義者である宗秀子から、栄子のことを「お金で買ったにすぎない」と言われ、「彼の胸の隅にある言葉を引き出」された気がするのであった。栄子は女中のいるような家で、何をすればいいのかわからず、贅沢で物質的な生活を送り、二人の距離は一向に縮まる気配がなかった。

矢野目家に長与達也という二十九歳の康の従兄弟が居候することになる。達也は才能のある画家だが、女性関係が華やかで、年上の人妻と情死事件を起こして生き残り、療養先でも問題を起こしていた。達也の父親の自殺等のという複雑な生い立ちへの同情もあり、栄子は達也に心を惹かれていく。康はそれに気づいていながら、自棄的な感情が湧いていた。ある日、達也から楽しそうにダンスを習う栄子に苛立った康は、達也と言い争い、栄子を詰ってしまう。翌日、栄子を慰める達也だが、栄子を抱き寄せてしまう。

その直後家を飛び出した達也は、カストリ屋のマダムお郁と駆け落ちをしていた。お郁は夫に追われ、死を意識する。もともと死を思う気持ちのある達也も同調する。栄子は達也から、近いうちに死ぬつもりだという手紙を受け取り、小さな旅館で達也と会った。栄子は汚れきった自分の上に咲いた白い花のようだったという達也。「あなたを愛するということは、僕の生命を絶つことになるのです」と栄子にうったえかける。しかし栄子は一線を超えられずに旅館を飛び出す。その後達也はお郁と箱根でシアン化合物を口にする。

〔鑑賞〕 纏れあう男女関係の果てに浮かび上がった「純情」を描く作品。（太田　紫）

象形文字《しょうけいもじ》

〔初出〕「改造」昭和九年四月一日

〔単行本初収〕『鮎』昭和十年一月十日　文体社

〔丹羽全集十六〕

〔梗概〕 美乃の父は美乃が四歳の時に病死し、その後母は世話を受けていた弁護士の資金によって銀座に店を開いたのであった。今では母は店の客であり出版会社の社長の牧に好意を寄せ、美乃に「パパ」と呼ぶよう強いるだけではなく、牧との情事を喜んで美乃に聞かすのであった。美乃は、そういう母とは距離を置きたい気持ちでいる。

ある日、美乃の属している劇団の仲間である加納から、プロポーズされた美乃は、そのことを母に話した数日後の朝、母の部屋から出てくる加納と出くわしたのであった。それは、母が牧には別の女性がいることを知らされたからであった。加納はそのまま美乃の家に居つくこととなったものの、しばらくして肺炎の疑いで、日本橋の実家へ引き上げたのであった。その後、朝になると母の部屋からは美乃には見知らぬ男が、逃げ出していくのを目撃することとなるのであった。

母は美乃を自分の娘としてではなく、一人の女として対峙してくる時があり、そのような母にいつも翻弄される美乃であったが、加納の病気が癒ったら、加納を迎えに行こうと思うのであった。それは、母の部屋から出て来る見知らぬ男を見るよりは、加納の方のが気が楽だと思う美乃の大人としての想いと、少女としての想いが重なった言葉にならない感情なのであった。

〔鑑賞〕 銀座で酒場を開いている母の情事を、娘である十四歳の美乃が、冷静に見つめているもので、「マダムもの」の変形ともいえる作品。

（秦　昌弘）

書翰の人《しょかんのひと》

〔初出〕「文芸」昭十六年二月一日

〔単行本初収〕『怒濤』昭和十六年六月二十二日　改造社

〔丹羽全集十六〕

〔梗概〕華道を教える木内は、関秀胤と二十歳年下の愛人里子との別れ話を頼まれる。里子の妻宛の手紙は条理をつくしたものであったが、里子は二十一歳から七年間の愛人生活の惰性で、月に数百円使う暮らしを変えず、甘えわがままをつのらせるばかりで、勤めに出る気力もない。里子は、木内に勧められた生活設計を立てようとせず、狂言自殺を図る。入院先からアパートに帰った里子からの手紙に木内は一段落ついたと思い、里子との接触によって、関と里子に対して公平な立場に立つようになった自分に気づく。

〔鑑賞〕初出には「まだ十分な信頼をよせているわけではない」という作品の末尾部分はない。『書翰の人　現代文学選十八』「あとがき」には、モデル小説であるが、自分の好きな作品である、「この前後の私の作風が変つて来てゐるといふ意味でも忘れられない」とあり、改造社版『丹羽文雄選集』（四）「あとがき」には、先輩の恋愛事件にまきこまれ、女には憎まれ、先輩からも誤解された、自分のおめでたさが現れているとある。十返肇「解説」（『丹羽文雄文庫』（九））は、柔軟さを捨てて無愛想な乾いた文体になった最初の作品と位置づけ、八木毅「解説」（集英社文庫）は、広津和郎『続　年月のあしおと』にモデル広津とその愛人や丹羽のことが書かれている、と指摘する。

（永渕朋枝）

贖罪《しょくざい》

〔初出〕「海」昭和五十一年一月一日

〔単行本初収〕『蕩児帰郷』昭和五十四年十二月十日　中央公論社

〔梗概〕幼い姉弟を捨て旅役者の下へ走った母を恨み、渡米して移民と結婚する苦難の道を選んだ紋多の姉。以来その人生は、父への愛と母への憎しみに支えられてきた。しかし紋多の小説を読み、全ての原因が祖母と父の秘密の関係にあったことを察する。帰国した姉に「本当ですか」と問われ、頷く紋多。そして姉の死。紋多は、姉の生涯を揺るがせてしまったことに、そして小説家としての業に葛藤する。

〔鑑賞〕所謂〝紋多もの〟の一つ。丹羽は『蕩児帰郷』に於ける連作を「鎮魂歌にひとしいもの」（同集あとがき）だと言及している。主題は、大河内昭爾が「断ち切りようのない肉親の絆を切実に受けとめる」（「産経新聞」平成十七年四月二十八日）と解されたことも含め、何より表題に凝縮されていよう。本作には複数の贖罪が示されている。小説家の業から姉に真実を知らせてしまったことへの贖罪、それによって、長年誤解から母を恨み続けていた姉が慟哭に駆り立てられたことへの贖罪、そして姉の母に対する贖罪。しかし最後、つまり紋多が真実を知った姉の慟哭を、母に向けられたものであると捉えている点には疑問が残る。姉の慟哭は、そう単純に片付けられるものだとは考え難いのだ。真実を知った姉の心情は想像を絶する。しかしその「とりかえしのつかない思い」（『蕩児帰郷』中公文庫磯田光一解説）とは、母に悔いる気持ちを痛いほど自覚したにも拘わらず、例え事実に反したものであったとはいえ長きに渡り蓄積された感情の前には、もはやそれを受け入れることが出来ないという、己の中での悲しすぎる相剋ではなかったか。

（牛島理絵）

植物《しょくぶつ》

〔初出〕「女性」増刊　昭和二十二年三月二十日

〔単行本初収〕『再婚』昭和二十二年三月二十日　日東出版社

〔梗概〕柏木と加代の結婚生活は十五年に及び夫婦仲も良い。柏木と芸者千代菊との関係は加代も認めている。夫妻には子供がなく、柏木は千代菊に子供を生んで欲しいと持ちかける。子供は妻が養育する事で了解済みというが、千代菊は加代の心理が理解できず、自分は子を生む器械ではないと立腹する。身請けを求める千代菊を柏木は受け入れ、妻もそれを美挙と讃える。盛装で柏木家を訪れた千代菊は、加代の持つ生来の鷹揚さに敗北感を味わい、泥酔して「あんた達の血が赤い筈はない、あんた方は植物だ」と絡む。夫妻は怒りもせず、加代は千代菊を介抱し「お気の毒な方」と涙ぐむ。枕元に鎮座する夫婦の様子を異様と感じた千代菊は柏木家を飛び出し、その後再び芸者に出た。柏木家には依然何の変化もなく、柏木と花柳界の関わりも絶える。時折何もかもがつまらなく思える時があるが、柏木にその理由は分からない。時代のせいかと漠然と考えるのみである。

〔鑑賞〕一見非の打ち所のない柏木夫妻の人間性に比し、千代菊を聡明な女性とは言い難いが、彼女の見せる嫉妬や憎悪、羨望は人間の持つ自然で生々しい感情である。そうした感情に突き動かされる事が皆無である故に、却って柏木らの生き方はどこか空虚にも感じられ、それを千代菊は〈植物〉と称したのである。感情の発露のままに生きようとする人物と、およそ感情に左右されることのない理性的人物の対比は、「夢想家」などにも同様の構造が看取される。

（杲　由美）

世帯合壁《しょたいがっぺい》

〔初出〕「文明」昭和二十一年十月一日

〔単行本初収〕『鬼子母神界隈』昭和二十二年七月十五日　風雪社

〔丹羽全集二十一〕

〔梗概〕女漫才師梅吉は、終戦後まもない隣組長屋で母親とその情人北原、女中や内弟子と同居しており、梅吉の稼ぎで一家は食糧危機とは無縁の暮らしぶりである。だが壁一重隣の志田家は「起きていても、死んでいる」ような貧乏世帯であり、板塀一枚隔てた味岡家でも、未亡人里子が生活のやりくりや憂鬱症の長女の世話に追われやつれ果てている。梅吉はそのような隣家の様子を気の毒に思うが、同時に他人の不幸を憐れむ我が心の広さに、精神の自瀆のようなひそかな悦びを感じるのである。

〔鑑賞〕長屋という独自の生活形態に生きる人々の諸相を描いた作品だが、その生活は一方向からだけでは善し悪しを判断することはできない。経済的には隣組で一番優勢な梅吉一家だが、家庭とは戸外で遭遇する嘲笑やこわい宿命を忘れられる場所だと考える梅吉の理想は北原の存在によって阻まれており、母親はそんな北原の肩を持つ。姐御肌で陽気な気性も、チンドン屋で女としての羞恥心を棄てる事によって鍛え上げられたものであり、長屋の細君連は陰では梅吉を見下している。一方、里子の生活は悲惨ではあるが、神の存在を信じ悲しみや不安に耐えようとする里子の寛容や品格に対し細君連は一目置いている。長屋の壁や塀といったささやかな境界が人々の生活を決定的に隔ててはいるが、人々の生き方は一様に幸・不幸とは断じ切れぬ多面的な価値観をはらんだものとも言えよう。

（杲　由美）

白い椅子《しろいいす》

〔**初出**〕「日本経済新聞」昭和四十五年八月十六日～四十六年八月十五日

〔**単行本初収**〕『白い椅子』昭和四十七年五月十五日　講談社

〔**梗概**〕鈴鹿山脈を西に、伊勢湾を東にもつ三重県の公害の都市、丹阿弥市に心泉寺がある。千草曜は妻と死別した二十九才の住職である。曜をめぐる女性関係や檀家の事件を中心に描いた十五章からなる長編小説。学生時代に下宿先の大内矢那子から官能の喜びを教えられた曜は、なお愛欲にとらわれる自分の姿を、妻帯した親鸞の〈罪悪である愛欲〉を〈放心と絶望〉のはてにつかんだ体験とくらべて恥じる。しかし現実は、未亡人細川つね子と関係を持ち、人間の欲望と闘うことで生きていく曜を、煩悩と信仰の視点で描いている。かつて親交を結んだある宗派の門跡となる学生は、めぐまれた境遇に見えたが、封建的な寺の組織に動かされていることを聞き、心泉寺が末寺でよかったと思う。やがて花を活けにきた結城糸子に出会う。矢那子やつね子と違い、曜の誘いを静かに拒否する能面のイメージを漂わせている。能面の背後に潜む〈なまぐさい秘密〉を想像しつつ、親鸞や蓮如を説きながら、糸子を思い、肉体はつね子を求める煩悩を知る。ある朝つね子は倒れて死に、強い罪悪感を覚える。矢那子という未亡人との性愛から入った女性遍歴だが、死なれてつね子への愛を知った。それでも糸子に求婚するが、女衒のような母親から経歴を聞き、白紙に戻す。貧弱な肉体に劣等感を抱き、夫や雇い主の花長に捨てられたことを自虐的に告白する糸子のため、心泉寺の幼稚園建設の折りには、糸子の生花教室を作ろうと考える。また、檀家の板東家で、妻満江の下宿人との過ちに復讐をはかる夫を通して人間関係の脆さ、人間不信を覚えるが、人は人を裁けるのかという問題に突き当たる。

〔**鑑賞**〕曜は調停役を演じながら、学生時代から続く矢那子に〈肉体の妥協〉を思い、一方では糸子に執着する心を〈罪〉と考える。親鸞の生き方を思い浮かべ、見合いをして再婚する。矢那子と続けられるあくなき欲望の宿業と、糸子のけなげさへの思いが対照的に語られ、人生の一部である情事に血道をあげる虚しさを思う。（永栄啓伸）

新家族《しんかぞく》

〔**初出**〕「婦人倶楽部」昭和二十四年一月一日～十二月一日

〔**単行本初収**〕『新家族』昭和二十五年三月三日　講談社

〔**梗概**〕戦災で家を失い、二十年前に夫の治康が消息を絶った伊知地家の徳代と娘の美子の前に、終戦後四年を経て治康が姿を現す。再婚相手の亘理三喜と新婚旅行を終えたばかりの徳代に、美子と甥の信一は亘理との新しい生活に踏み出すよう勧め、治康は徳代に未練を残して立ち去る。美子と金持ちの息子古賀淳との縁談は、母親の再婚話を醜聞と考える仲人によって破談となる。美子の幸せを願う徳代は結婚の解消を申し出るが亘理は諦めない。信一の父の外科医境市太郎は医師を継ぐ気のない信一に業を煮やし、弟子の外科医石尾房人と娘のやす子の結婚にも反対していた。境家に仮住まいする徳代を訪ねた亘理に出入りを禁じ、徳代に会わせてほしいという治康からの申し出も断る。それでも徳代は亘理と密会して互いの愛情を確かめていた。信一を魅了した女性東山伊久子は医院を手に入れるのが狙いで、姉のやす子の前にも現れて石尾との結婚を諦めるように迫る。信一は姉がピアノを教える駒木由紀子に親近感を抱き始め、やす子は父に背いて石尾と夫婦の契りを結ぶ。市太郎はやす子の反逆は徳代のせいだと憤慨する。徳代は、寝室に侵入した市太郎から逃れて境医院を出ると、亘理の定宿に向かう。市太郎は美子の策略で京都に連れ出される。市太郎一人を犠牲にして丸く収めるという美子の判断だった。その間に亘理と徳代は亘理の田舎に出発し、信一と由紀子、石尾とやす子のそれぞれの結婚式が行われた。

〔鑑賞〕戦災で焼かれた地方の町と東京を背景に、終戦直後の混乱した家族模様が時代色豊かに浮かび上がる。生き残った旧弊な思想と、解放された若者の考え方の衝突を、再婚に踏み切る女性や家や家族から自由になろうとする人物を通して躍動感をもって描いている。（遠藤昭己）

真珠《しんじゅ》

〔初出〕「早稲田文学」（特大号）昭和十年六月一日

〔単行本初収〕『自分の鶏』昭和十年九月二十三日　双雅房

〔梗概〕「私」は、母からの手紙を引き出して読む。その手紙に触発されるように、「私」は、心中で、母に「あんた」と呼びかけながら、母への想いを綴っていく。小説に「あんた」をモデルに描く時は、いつも美貌にしてしまうこと。「あんた」が「私」に手紙を書く時は、いつも他人行儀であり、もっと遠慮せずに書いてもらいたいこと。「あんた」が、実母と夫の不倫が原因で、「私」たち子供をおいて家出したこと。その後、戸合という男性の後妻になれば幸せになれたのに、「私」への愛情にひかれて断り、戸合が自殺したこと。また、「私」が家出する時の事情などが、綴られていく。

〔鑑賞〕丹羽の、生母こうへの呼びかけが、ほぼそのまま書き表されたような作品である。家出後、数人の男性に身を任せた母を、「弱いもの」の清さ、「真珠」の「純粋さ」としてとらえるなど、母への深い愛情を感じさせる箇所が随所に見られる。丹羽の生母への愛憎を辿るうえで見逃せない作品である。（塚本章子）

人生案内《じんせいあんない》

〔初出〕「改造」昭和十四年二月一日

〔単行本初収〕『南国抄』昭和十四年八月四日　新潮社

〔丹羽全集二十一〕

〔梗概〕小学校を卒業して十一日目に大阪の村田写真機商店に奉公することになった秀雄少年は「いつか女たちに寒気を覚えさせるような美男子になる素質」をもつ容貌の持ち主で、成績も小学校では級で五人に入る秀才だった。進学したかったが、父がおらず兄弟の多い中で学費に回す余裕はなく、自分の食い扶持は自分で稼がねばならなかった。秀雄は「秀吉」という名前を与えられ、黙々と働く。機転がきいて応用力があり、主人の同郷ということもあって番頭達の覚えは良かったが、負けず嫌いで人に命令されるのが大嫌いな性格の持ち主でもあった。だが、店になじむうち、秀吉は、店の品物を持ち出してはこっそりと放蕩する不良奉公人達の悪習に染まり、やがてその中の誰よりも巧みに、狡猾なまでの立ち回りを演じてみせるようになる。また、天性の美貌は早くから女達を惹きつけ、商売女だけでなく、主人の妻や女中達からも執着されるのだった。様々な女達と関わり合う中で、主人の姪である三つ年上の茂子には「精神的な思慕」を抱くが、最も強く秀吉に執着していた店の女中の菊との関係が発覚し、その妊娠も明らかになって、秀吉は店での信用を失う。菊と子どものことは兄が金で片を付けることになり、厳しい叱責を受けた秀吉は、それでも放蕩をやめなかったが、ある日「びしびしと自分の行跡が非難される鞭の音を聞くよう」な「いてもたってもいられない峭峻な気持ちに追い落とされ」て出奔し高野山へと向かう。丸二日修行めいた時間を過ごした後で「勉強がしたい」と思う秀吉は東京へ行くと決心する。そのとき彼は十八歳になっていた。

〔鑑賞〕美貌と才覚に恵まれながら不本意な奉公生活を送る、片意地な少年の成長物語。

（三品理絵）

親鸞《しんらん》

〔初出〕「産経新聞」昭和四十年九月十四日〜四十四年三月三十一日
〔単行本初収〕『親鸞』（一）昭和四十四年五月二十五日　（二）昭和四十四年六月二十五日　（三）昭和四十四年七月二十五日　（四）昭和四十四年八月二十五日　（五）昭和四十四年九月二十五日　各巻新潮社
〔丹羽全集二十六・二十七・二十八〕
〔梗概〕王朝末期、日野有範の子として生まれ、伯父範綱に養われていた松若麿（後の親鸞）は、天変地異や源平動乱の中に成長し、九歳で比叡山に登った。堂衆という低い身分であった。懸命に修行に励んだが、心の迷いは消えず、二十九歳のとき、六角堂に参籠し、聖徳太子の示現により、法然上人の下に参じ、念仏に救いを求めた。しかし、承元の法難にあい越後に流される。この地で、大地に生きる農民に出会うことによって、法然の教えを更に深め、信・不信の対立を「仏教的弁証法」（南無阿弥陀仏の六字で止揚する）によって乗り越えようとした。疑謗を縁として信仰を深めたのである。流罪赦免の後、東国で布教する間に師法然より一歩進んだ信仰に至る。臨終、来迎を頼むことなく「信心のさだまるとき」人間の救いは定まるという確信であった。「三願転入」の信念もこの頃完成した。罪深い人間をそのまま肯定し、奇跡や夢を否定した。しかし、東国においても弾圧は厳しくなり、親鸞は帰洛する。その後、東国の信者の間に、信心や教義の乱れがあり、長男の善鸞を派遣するが、善鸞の裏切りにあい、彼を義絶する。晩年の親鸞は、『教行信証』の完成と和讃の作成、弟子たちへの書簡に力を注ぎ九十歳の生涯を終えた。
〔鑑賞〕〈テクストのこと〉少なくとも五種類のテクストがあり、特に①初出の新聞本文から五巻本（新潮社）へ、そして②五巻本から新版親鸞・三巻本への過程で大きな改変がみられる。小さな異動は枚挙に遑がないが、一番大きな変化は、①では、親鸞二十九歳のとき、洛中六角堂に百日参籠し、聖徳太子に示現を得て法然上人の下へ赴く箇所であろう。新聞では、夢に救世観音があらわれて有名な「行者宿報設女犯、我成玉女被犯、一生之間能荘厳、臨終引導生極楽」の偈を範宴（親鸞）に与えた。大意は、「仏道修行しているお前が、前世の宿因の報いとして女を犯すことがあれば、私が玉女の身となってお前に犯されよう。そして、一生お前の身を飾り、臨終には導いて極楽に生まれさせよう。」となる。五巻本では、これがカットされている。新聞・四十一年九月十三日「親鸞（三六二）第二部　六角堂参籠（七四）」の途中から、九月十四日、九月十五日、九月十六日の途中までがカットされた。大きな変化の②は、五巻本の四冊目に削除が多く、特に「東国の信者」の章が題名まで「三願転入」と変えられている。作者・丹羽文雄自身が、手書きで添削した本が近年発見され、それを参考にすれば、略作者の意図通り訂正されていることが判明する。文庫本に至るまで、文章の添削が多く、注意が必要である。
〈作者の方法〉五巻の単行本を出版した

後に、丹羽文雄は「人間としての親鸞を知」るため「かんじんの親鸞を見失うほどに歴史的背景に力を注いだ。一切の感傷を排し、奇蹟を否定した親鸞」を描いたと述べている。(「朝日新聞」夕刊　昭和四十四年十一月二十二日)このように親鸞の「人間性を追求すること」を主眼とした。王朝末期から鎌倉期への歴史の激動の中に「親鸞」という一人の人間が、どのように信仰を深めていったかを追求している。現実主義、合理性は、曖昧な夢告を否定していくが、信仰の世界を合理主義で把握できない。そこで丹羽は、親鸞の「横超」の論とともに、鈴木大拙や西田幾多郎の説(「般若即非の論理」や「絶対矛盾的自己同一」)で説明し、親鸞の捨身の信心に肉薄している。現代に通じる親鸞を見出そうとする丹羽文雄の懸命な努力が滲みでている。(濱川勝彦)

親鸞とその妻《しんらんとそのつま》

〔初出〕「主婦の友」昭和三十年十一月一日～三十四年五月一日
〔単行本初収〕『親鸞とその妻』(一)叡山　昭和三十二年七月三十日　(二)吉水　昭和三十三年七月五日　(三)越後　昭和三十四年六月十五日　各巻新潮社

〔梗概〕親鸞がまだ綽空を名乗る二十二歳の叡山での修行時代から京吉水の源空(法然)の元での修行時代、更に親鸞を名乗り越後流罪後四十二歳で関東に赴くまでを描く。そして、吉水時代の福子、越後時代の住女とのそれぞれの出会いとその死を描く。そして、終生の妻となる恵信尼との出会いを歴史的背景を追いながら宗教家としてまた一人の男として愛欲に苦悩する親鸞の姿が展開される。

〔鑑賞〕親鸞に妻が幾人いたかは諸説ある。ここでは福子、住女、恵信尼の三人の妻を描き作者自身がこれまでに取組んできた愛欲の広海を親鸞とその妻を通し答応した。作品の〈あとがき〉で「親鸞への傾倒は、私自身の投射の姿勢であった。三人の妻への愛欲によって、親鸞はみごとに自己昇華をなしとげた。」とある。この作品を書くことで後の『親鸞』や『蓮如』が生れるがこの作品と『親鸞』の妻などの描き方に些かの齟齬がある。(衣斐弘行)

【す】

水焔《すいえん》

〔初出〕「毎日新聞」昭和十八年四月十九日～八月二十八日
〔単行本初収〕『水焔』昭和十九年三月一日　新潮社

〔梗概〕坂井造船所は街から船で三十分の千島にある。造船所に旋盤工として勤めるリヱは二十歳、弟の洋は中学生、父の藤木郷は前の造船所が潰れた後も、十七年間毎日留守番として通い続けた経歴を持つ。ある日、洋はリヱに付き纏っていた不良少年の河村末松に絡まれ逃走、追ってきた河村の子分、いぼ松に投げた石が彼の頭に命中し、留置所に入れられる。停学処分の後、転落を始めた洋は河村と親交を結び、彼に連れて行かれた店で刑事に連行される。父に引き渡され、その帰宅途中、造船所の労務部長、木堂満司に出会う。父は息子を木堂に託し、洋は造船所で働くこととなる。造船所には「奇想天外居士」の愛称を持つ坂井祐輔社長始め、多くの少年工、帰還兵、徴用工等が働いていた。就労から生活全般まで軍隊調であり、社会保障手当は充実している。ある日、洋は同級生の田町京子から、リヱが千島内にある臨界実験所勤務の森駿太郎と交際していた事実を聞く。森はリヱに婚約を申し込みながら一方的に破棄、その原因が自分の傷害事件にあると知り、洋は森と面会、彼を海に突き落とす。木堂に呼び出された洋は、森の無事と共に、父が脳溢血で倒れ危篤だと知らされる。

〔鑑賞〕藤木家隣家の少年工、大嶽正二や、肺壊疽で倒れた小川珠吉等、多くの人間を配しつつ「戦ひには是が非でも勝たねばならない」「激越な意志」で統一された造船所の様子が詳しく描かれる。丹羽の発言に、「小説家が工場をモデルに小説を書く場合にも、よほど慎重にかからねばならない。或る作家が工場内の恋愛をあつかつた。肝腎の工場の工員たちは、その小説を嗤つてゐた。恋愛を嗤ふのではない。扱ひ方を嗤つてゐた。」（「私の国民文学」「文学界」昭和十九年二月）がある。　（水川布美子）

砂地《すなじ》

〔初出〕「文学界」昭和二十五年四月一日

〔単行本初収〕『落穂拾い』昭和二十五年九月一日　京橋書院

〔丹羽全集二十〕

〔梗概〕漁師の龍どんの家は夫婦と老婆の三人暮らしである。「おっかあ」と呼ばれる妻は四十三歳。石女と噂され何度も離縁話が起きたが、裕福な実家が金を持参して収まった。龍どんの仕事は漁の網揚げで、おっかあは、女房であるというそのことだけで満足している。龍どんには他所に二十六歳の情婦がいるが、その女が子どもを二人連れて突然にやってきた。おっかあは、人の目も気にせずに妾の小さな子を背負ってぶらぶらし、嫌がった様子を見せない。屈折した思いがあっても表現の仕方を知らなかったし、とにかく生き続けられたらよいのだ。ある日、今度は捨どんの二十四、五歳の情婦がやってきた。先に来た龍どんの妾の友だちであるが、口の利けない唖である。おっかあは、捨どんの妻がこの情婦を見たらただでは済まないと思う。妻の胸中に渦巻く激しい感情が手に取るように分かる。そんなところへ興奮した顔付きの捨どんの妻が入ってきたかと思うと、薄暗い土間にいた龍どんの妾をいきなり殴りつけた。妾たちとは初めての顔合わせだったので、自分の亭主の妾と間違えたのだ。さらに暴れ回ったが、相手が口を利いたことで唖の妾ではなかったと間違いに気づくと、脱兎のように逃走した。「おめえの仇をとってやるだよ」おっかあは、殴られた龍どんの妾の手を取り、子どもを背負って捨どんの家に向かった。生き生きとして、まるで生涯に一度だけ人間らしくふるまうことを許された人のように。

〔鑑賞〕貧しい漁師たちの生活の場を舞台に、泥の匂いのする男と女の人間関係を描いている。主人公は「おっかあ」と呼ばれる無抵抗でおとなしい女であるが、いざというときには逞しい女へと変身する、したたかで力強い生命力が、土俗的な世界の中に捉えられている。　（遠藤昭己）

【せ】

青春の書《せいしゅんのしょ》

〔初出〕「新女苑」昭和十三年一月一日～十二月一日

〔単行本初収〕『青春の書』昭和十五年八月二十五日　今日の問題社

〔丹羽全集四〕

〔梗概〕新劇座作家の三浦亨介は妹ふたりと暮らしている。内気な朝子と「精悍な子馬のように」活発な千鶴子。ふたりの妹は対照的だが、兄妹は三人とも仲が良い。あるとき、亨介の友人望月に対する姉朝子の恋を知った千鶴子は、兄の恋愛も気になって訊ねてみた。亨介は語る代わりに私小説風の自分の原稿を妹達に読ませる。そこには、以前新劇座にいたみち子という女性と、惹かれあいつつも別れてしまったことが書かれていた。その後の消息は不明だと聞かされ、妹達は同情するが、やがて病に伏して孤独な一人住まいをしていることがわかり、享介は彼女を妻として自宅に引き取る。朝子は望月と結婚し、千鶴子は就職して女性上司の秘書的な役目を任されるが、代筆をさせられている手紙の相手青梅が気になっていた。ある日、みち子のもとへかつて関係があった山中が現れる。千鶴子は山中と対決し、義姉につきまとわないように強く言うが、山中は青梅と知り合いで、それを引き合いに千鶴子をも脅しにかかる。青梅の経歴詐称や詐欺紛いの小細工を知った千鶴子は衝撃を受けるが、脅しには屈せず、青梅にもきっぱりと別れを告げた。その帰途、千鶴子は朝子から望月の浮気を知らされる。享介の忠告で望月は土壇場で踏みとどまり、朝子の悩みは解決したが、享介は、千鶴子の、世間にとって未知数である「新しい女性」としての生き方を、頼もしく思いつつも心配せずにはいられないのだった。

〔鑑賞〕新旧の価値観の間で、それぞれの個性に従って誠実に生きようとする妹ふたりと、それを見守る兄。互いの思いやりが爽やかな読後感を残す、タイトル通りの青春小説。享介の小説がそっくり挿入されるメタ小説的な側面も持つ。

（三品理絵）

贅肉《ぜいにく》

〔初出〕「中央公論」（新人号）昭和九年七月十五日

〔単行本初収〕『鮎』昭和十年一月十日　文体社

〔丹羽全集二〕

〔梗概〕紋七は母の琴に呼び寄せられて岐阜へ来た。琴は永田東作の世話を受けていたが、最近好条件の縁談が起った。琴は相手にせず、永田にも話さなかったが、彼はかえって琴を疑い、好条件に気後れもして縁談を受けるように勧めたりした。琴は逆にそれを冷淡と見なして喧嘩になった。本心は和解したいが、琴は強情を張って一箇月も永田に会わないでいる。紋七を呼び寄せたのは仲介させるためだった。紋七もこの機会に琴を永田に入籍させようと考える。琴は早くから片親だったので、十三で養子を迎え、十七で紋七を産んだ。だが仮祝言の時から実の母に夫を奪われていた。実の母は不品行のために三度も婚家先を出された人だった。琴は仕返しのために役者買いをし家出した。連れ戻された後、今度は実の母に言われてまた家を出、籍を抜かれた。間もなく永田と知り合い、その細君の死後、後妻として入籍すべきところ、永田の弟夫婦との同居は嫌だと言いながら彼の世話を受けている。その間琴は些細なことで永田と喧嘩したり和解したりということを繰り返してきた。

〔鑑賞〕紋七が来て七日目、琴が彼に永田を迎えに行くようにと言い出した。彼は永田を連れて来、琴も彼に感謝した。だが、永田が入籍の話を持ち出したとたん、琴は死んでやるんだと言って出て行く。永田と一緒に紋七も琴を追いかけて夜の街に飛び出すのであった。いわゆる〈生母もの〉の一つである。

（永井　博）

世間知らず《せけんしらず》

〔初出〕「時事新報」昭和二十七年一月十二日〜六月二十二日

〔単行本初収〕『世間知らず』昭和二十七年十一月二十日　文藝春秋新社

〔梗概〕ミシン会社社長夫人で二十七歳の邦子は、女学校時代、母親が営む小料理屋を援助していた十八歳年上の男に凌辱され、妊娠の発覚によりその男と結婚するに至った過去を持つ。以来約十年間、夫の暴力的な言動に晒されながら一切反抗せず日を送っていた邦子が「永い間の世間知らずから、やつと自分を発見」するに至る過程を描く。邦子に「反抗」を唆す女学生時代の友人あぐりが紹介したダンス教室で知り合った橘との交渉を経て、夫との夫婦の営みに積極的に冷淡になる邦子だったが、橘との関係が発覚し、それまで恐れていた夫に胸中を吐き出す次第となって、彼女は十年間連れ添いながら夫の心がわからない自分を意識する。胸中に「未解決があふれ」二晩家を空け橘と旅に出るが、結局家に戻る。橘の影を身体に留めつつ夫に抱かれることに激しく抵抗する邦子に夫はサディスティックな本能を刺激され、蹂躙することでかつてない満足を覚える。共に暮らすことを望む橘に、邦子は家を出るつもりはないと告げる。新調した着物を着て会いに来た邦子を見送る橘の心には、自分とのことが「道草」に過ぎなかったのかという思いがよぎった。

〔鑑賞〕妻の心に興味を持てない夫の横暴を語り手が説明する叙述がある一方で、妻の髪型への執着や、邦子の言動に逐一目を光らせ、ダンス教室に初めて行った日の変化も見逃さないなどの夫の言動は、注意すべき点である。十年一日の如き邦子の生活が、結婚前の少女の頃から変化せず、周囲に目を向け〈考える〉ことができなかった彼女自身の内面に半ば起因することを示唆する叙述などにも着目し、丁寧に読み解く必要がある。邦子に対して、離婚後銀座で酒場を営み一見自由闊達だが、胸中には女学生時代から慕い続けている男性への一途な思いを秘め、「鏡花好みの女」と評されるあぐりを配した効果にも注目すべきである。初刊本「あとがき」に、「希望をもたせて」終わるのが慣例の「新聞小説としては型破り」との作者の言があるが、同様の題材を扱った当時の新聞小説の中に位置づけることも有効な方法であろう。「解決は読者がよむ時の心がまへに任せたい」と「あとがき」にあるように読者に考えさせようとする作者の意図が窺える作品である。

（峯村至津子）

戦陣訓の歌《せんじんくんのうた》

〔初出〕「放送」昭和十六年十月一日
〔単行本初収〕『碧い空』昭和十七年四月一日　宝文館

〔梗概〕桑名の船山信吉が、中国・南昌の激戦で失明し帰還した弟、恭二に宛てた手紙という書簡体の作品。――お前の負傷を知ってから、兄さんの家庭は文字通り戦時体制になった。お前の再生に努力する戦いだ。兄さんは上京し、失明傷痍軍人教育所と寮を訪ねた。その日は軍部の高官が視察に来る日で、所長の挨拶の後、失明傷痍軍人たちは戦陣訓の歌を唄った。恭二、「兄さんは、歌といふものがこれほどのおそろしい感動を与へるものだとは、今の今まで知らなかつた」。「唄ひ方の巧拙を超越して、聞く者の肺腑をつらぬく唄ひ方の出来るのは、お前たちだけに許されてゐるのだ」。しかもお前には音楽の才能がある。兄さんは一番の古参者で同窓生の松山と話をした。妻子連れでの上京を勧めてくれたので、お前のことをよろしく頼んだ。この独断を責めないでほしい。「兄さんはお前といふ弟をもつたばかりに、戦陣訓の歌を心して聞くことも出来たのだ。」――という兄の感謝の言葉で終わっている。

〔鑑賞〕初出目次には「傑作放送文芸」とある。書簡の中で、失明傷痍軍人寮の様子や盲学校の授業風景が詳細に語られている。黒田大河氏は「重層化する〈声〉の記憶――

時局雑誌『放送』と戦時放送―」（「文学」平成十六年三月）で「〈声〉に集中する聴取者の想像力に働きかけるために、盲目という設定が取り入れられたのではないだろうか」とし、さらに恭二の内面が描かれていないことに着目、「兄や妻のみが一方的に彼の心の闇に（略）語りかけようとする構図そのものが聴取者に語りかける〈声〉の狡知でもある」と指摘した。執筆の意図と書簡体という形式、発表誌の関係にさらなる研究が期待される。

（水川布美子）

浅草寺付近《せんそうじふきん》

〔初出〕「改造」昭和十五年十月一日

〔単行本初収〕『浅草寺付近』昭和十六年一月十日　青木書店

〔丹羽全集二十一〕

〔梗概〕父がマニラに渡航した後、留女をかかえて生活に窮した母は別の男の世話になる。六年後に戻った父に、母は留女を渡し、その男と東京へ出て、貧窮生活を送っている。三十七歳になった留女は、銀座の料理店で女中頭をつとめ、老父と浅草に住み、結婚話のあった銀行員の木村と切れたわけではない。浅草の露店を父に手伝わせていた赤沢は、父の死後ずうずうしく振舞う。たまたま赤沢と留女二人の時に木村が現れて、誤解から木村と別れる。孤独な留女は、父の死の前にはじめて尋ねた母のところにいる小学生の甥を引き取って商船学校に入れようかと思う。

〔鑑賞〕『三代名作全集』「あとがき」に「大して思ひ出もない作品だが、時代の空気に作家はひと一倍敏感であることの証明になる一編だ。この小説はかういふ生活をする人間として精いつぱいのまつたうな生き方を現してゐる」、改造社版『丹羽文雄選集』（四）「あとがき」に「私はまるで手品師のやうに、検閲の網にひつかからない範囲で、己を生かすにはどうしたらよいかと苦心した」とある。集英社文庫『書幹の人』（八木毅「解説」）に浅草寺付近の図がある。浅草の当時の風俗、人情が描かれた作品である。

（永渕朋枝）

洗濯屋《せんたくや》

〔初出〕「早稲田文学」昭和二十三年七月一日

〔単行本初収〕『かまきりの雌雄』昭和二十四年三月二十日　全国書房

〔丹羽全集二十一〕

〔梗概〕男はリズミカルにアイロンを滑らせている。板の間には先ほどから、高級品で身を包んだ男客が腰かけているのだが、男は仕事に没頭していて相手にしない。そこへ、男の妻のかず子が帰ってくるが、やはり男客を無視している。かず子は戦争中、男客の李の妻であったが、許嫁である男が戻ってきたので、李を捨てて男と結婚したのだ。李にはそれが納得出来ない。自分は商売に当って金儲けをしたから、戻ってきてくれたら苦労はさせないと言うのだが、男とかず子は無視し続ける。ある日、李が訪ねてきて、男の妹と結婚することになったと報告する。男は妹のことを知らなかった自分に気付く。李の妻となった妹は豪華な衣装で訪ねてくるのであるが、妻の母親は「まあ、奥様」と呼び、慇懃に対応する。男は仕事をやめないで、それを聞いている。

〔鑑賞〕幕開から、放出されるように洗濯屋の描写が続く。人間関係を知らせず、どんどん読者の想像を掻き立てる手法である。愚直な生活者と称された洗濯屋の男は、自分が戦後の世間に踏み出した感動を覚えている。その後、「家の中にしばられた動物」のごとき己も意識し、終幕には妹の訪問と義母の応対を見つつ、アイロンの重さを感じるに至る。それによって男の精神彷徨の

さ行

過程が浮かび上がるのだ。「背嚢、銃をかついで何日も歩きつづけた根気のよさ」や「先夫は先夫、自分は自分」だが「その間に戦争がはいる」という登場人物の歴史認識。戦争経験者と戦争を知らない世代の間に横たわる深い淵をどこまで埋めるかという点で、丹羽文学の今日的存在意義を問うものであろうか。（河原徳子）

【そ】

憎悪《ぞうお》

〔**初出**〕「評論」昭和二十一年三月一日
〔**単行本初収**〕『憎悪』昭和二十一年九月三十日　大野書店
〔**丹羽全集十九**〕
〔**梗概**〕環は闇ブローカーの夫と六人の子供と共に、疎開先で勝田家と一軒家の上下に暮らす。学者志望の勝田は財閥の四男なので暮らしに不自由はなく、妻の秀子は掃除洗濯や共同便所の汚れを全く意に介さない女である。見かねた環はいつも世話を焼くが、感謝どころか自分を無視するような秀子の態度に腹を立てている。秀子にしてみれば、そうした態度は低い地位の人々の中に下ろされた事への自己憐憫の表れであり、目につくものを何でも欲しがる環は秀子の目には「図迂々々しい」人間としか見えない。勝田家の引越しでも破れたもんぺ姿で立ち回る環は如何にも雇われ者であり、働いただけ腹の底に憤怒がたまるのだが、そんな格好では逆に働き続けていなければ我慢ができなかった。勝田夫妻の金持ち特有の鷹揚さや浮世離れした振る舞いは事ある毎に環を苛立たせるが、二家族の差異は超えようもない。ある日環は夫の不正売買の件で警察に呼び出しを受ける。警察の一室で、夫は飢えた妻子の為に一大決心をして頭を使ったのだ、不平憤怒の鬼となって身近な金持ちに憎悪を叩きつけることが自分の生きる支柱なのだと、堰を切ったようにまくし立てる環。警官らは口も挟めずその様子をただ黙って見物するだけであった。
〔**鑑賞**〕生の原動力となるものを憎悪にしか見いだせず、厳然たる身分や境遇の格差の前になすすべもない環だが、警察での活き活きとした弁舌ぶりや、帰りのバスに乗り合わせた男から蜜柑をもらい「人情いまだ地に堕ちず」とつぶやく姿は、がむしゃらに生き抜こうとする人間の逞しさの表象であり、独特のユーモアも感じさせる。（杲　由美）

蘇生の朝《そせいのあさ》

〔**初出**〕「中央公論文芸特集」昭和六十三年三月二十五日
〔**梗概**〕前立腺を病む私は、永年秘書の役割を務めてくれるS君に案内されていった金子相談室へ、二回目にひとりで行ったが、上手くたどり着けない。四畳半くらいの部屋に男ばかり十二、三人静かに腰掛けている不気味な部屋に迷い込んだりするが、兎に角たどり着き薬を貰って帰る。病気や主治医の連想から、「痔」「盲腸炎」「甲状腺炎」の手術を思い出す。昭和六十二年九月九日、妻、娘に付き添われ、金子相談室を経て聖路加病院へ赴く。翌日の入院に備えて、膀胱にカテーテル（ゴム管）を入れられ尿瓶を腰にぶら下げて帰宅した私は、ゴム管を鋏で切りたい欲望に駆られ、遂に切ってしまう。直ちに後悔の念に責められ、苦しむ自分を冷静に眺めるもう一人の私がいた。手術は、十四日に行われた。フルートで鍛えた柔軟な指先で執刀する岡本先生によって無事終了する。手術後、次第に回復し、ある時勢いよく放尿が出来、「陶然たる気分」が完全に戻った。
〔**鑑賞**〕丹羽文雄最後の作品である。S君（清水邦行）のほか河野多恵子、吉村昭、津村節子などが実名で登場する。入院や手術日など、娘の本田佳子の記録と微妙にずれているが、手術後の病室での夜の「騒動」（付き添いの女性を「夜の女」と間違えたり、膀胱に入れられたゴム管をきったり、病院中を徘徊して家に帰るといったり）を自宅でのゴム管切りに集約したのであろう。この作品は、初めと終わりが書けていて、途中から大分乱れていたのを清水邦行がまとめたものであると本田桂子は述べている。二年前に書かれた「私の乱視」（「中央公論文芸特集」昭和六十一年七月）では、頭を中心に病気に蝕まれていると自覚しながら、病気の正体が分からず、不審に思っている私は、病気の原因を「乱視」であると思いこみ、よく視える眼鏡をかけ「再生の喜び」を満喫している。作家とアルツハイマーとの関係を識るためには、この二つの作品をあわせ考察することが必要であろう。

（濱川勝彦）

尊顔《そんがん》

〔初出〕「オール読物」昭和十五年十二月一日

〔単行本初収〕『浅草寺付近』昭和十六年一月十日　青木書店

〔梗概〕故郷の仏法寺に立ち寄った私は、天井裏から出てきた、紅女が万延庚申の幼時の記憶を書き記した和綴冊子を読む。安政の大獄の処刑の余燼のいぶっていた頃、伊勢の豪農の長男が、辛辣な筆で徳川将軍伝を書いた。書物に問題とするような価値はなかったが、著者の一族、板彫りの子供にいたるまで厳罰に遭い、名前を盗用されただけの紅女の父のような人々にまで災難が及んだ。紅女の父は江戸送りになり、寺は取潰し、家族も獄に入れられる。「たつた一冊の不信の書にうろたへるといふことは、もともとうろたへねばならない性格の上に立つてゐるからではなかつたかと、父の思索は翼をつけたやうに飛躍を始めたやうすであつた」。事前に自首した父は特別に無罪釈放され、寺に戻ったが、四国遍路の旅に出たまま帰ってこなかった。紅女の手記は、父の家出の七年後、明治維新の動乱頃で切れている。私は弥陀の尊顔を仰ぎながら慄然とする。

〔鑑賞〕初出には「陸麗京の『老父雲游始末』より」という副題はない。「『老父雲游始末』からヒントを得たものであるが、歴史ものの手はじめにものした短いものである。これを書いてから『暁闇』を書き、『現代史』と『勤王届出』を書いた」（『三代名作全集　丹羽文雄集』あとがき）。「老父雲游始末」は、清朝の筆禍事件を書いた『陸麗京雪罪雲游記』の中にある。著者は麗京の娘莘行。名前の盗用による筆禍事件、自首、父が釈放後旅に出て戻らないこと等が共通し、翻案小説といえる。戦時下の執筆束縛に対する抗議を盛り込んだ歴史小説ともいえる。

（永渕朋枝）

【た】

対世間《たいせけん》

〔初出〕「新潮」昭和十年六月一日

〔単行本初収〕『自分の鶏』昭和十年九月二十三日　双雅房

〔梗概〕加久子は娘を連れて画家の服部と再婚したが、服部は生活力が無く、加久子は財産を貢いでいた。服部の個展で、加久子は絵の売れ行きの不振を見て、夫の嘘を直感する。服部には、加久子との結婚前から援助を受けている女がいたのである。加久子は幼馴染みの男性、谷を頼るようになる。ある日、谷が歌舞伎座の切符を送り、加久子は娘を預けて出かける。舞台の途中で加久子は気分が悪くなり、二人は外に出て料理屋に入る。帰宅すると、服部が待っていて、二人の行動を知っており、加久子の不貞を疑う。服部は家を出、弁護士がやって来るが、加久子は離婚を拒む。或る朝、新聞に、妻を姦通罪で訴えようかという服部の談話筆記が掲載される。加久子は谷に救いを求める。服部の差し金で電線も切られ、新聞は、電気を止められても夫のアトリエに居座る妻として書きたてる。服部を芸術家として受け入れ、新聞を信じる世間に対抗するすべもなく、加久子は服部を憎み、谷への愛に気付く。

〔鑑賞〕貢ぐ女と貢がせる男の関係には、丹羽の、片岡トミに経済的に依存した結婚の反映が見られる。また、新聞を利用した服部の計略によって、加久子は「世間」から排除され、悪妻に仕立て上げられる。新聞というマスメディアの恐ろしさ、「芸術家」である「男性」の言葉だけを認め、地位も権力も持たぬ「女性」を押し潰す「世間」の冷酷さがとらえられている。不貞を疑われた加久子が、最後に谷への愛を自覚することは、結果的に疑惑を認めることになる。ここに、加久子の男性依存的な体質とともに、「対世間」、すなわち、世間に対峙する姿勢の芽生えを見ることもできる。

（塚本章子）

太宗寺付近《たいそうじふきん》

〔初出〕「文藝」昭和十四年十二月一日
〔単行本初収〕『太宗寺付近』昭和十五年四月二十八日　新潮社
〔丹羽全集二十一〕

〔梗概〕同棲相手の杉田に去られ、律子が身を寄せた太宗寺近くの居酒屋。そこには代々木という五十近い男も間借りしていた。住み込みの女中千代は代々木の子を産むが、その子はすぐ里子に出される。店の喧噪と住人達への気兼ねで落ち着かない日を送る律子は、杉田の新しい恋人まり子が近くの喫茶店で働いていると知り、挑発を仕掛けるべく乗り込むが、八つ年下の二十歳の魅力を却って見せつけられ惨めな気分になる。まもなく店のもう一人の女中お清も子を産んだ。相手は小田原の床屋で妻がある。代々木にも妻子がいた。代々木は律子に「この世の中はうすぎたないことばっかり」だが「汚いなりにも、せめて表面だけでも綺麗に見せていこうとするのが世渡りというもんじゃないか」と語る。律子には杉田の前に一緒に暮らした男があった。疚しいことはなかったのに、「二度目」であることに不満を抱いた杉田は「処女」まり子に心を移したのだ。「一度汚れた女は、二度と幸せになれないというのか」。「まるで自分が純潔な人間のように」非難した杉田を思い出して憤りつつ、本当はただ「飽かれてしまったにすぎない」のかもとも思う律子。「あたしだけは失敗をするまいと気を張っているそばから、あたし達はしょっちゅう失敗をくりかえしていくのではないか」。床屋といずれ一緒になれると信じるお清は子と共に小田原へ発つ。代々木も帰省し、律子はしばらくはゆっくり眠れると思うのだった。

〔鑑賞〕聖と俗とが混淆した場末の空間「太宗寺付近」を舞台に、「純潔」の行路を踏み外して流れてきた人々の、なおあがき続けるしたたかな生の交錯を描く。

（三品理絵）

太陽蝶《たいようちょう》

〔初出〕「家の光」昭和四十五年一月一日～四十六年十二月一日
〔単行本初収〕『太陽蝶』昭和四十七年七月十五日　新潮社
〔丹羽全集二〕

〔TV〕『菜の花の女』〈原作『太陽蝶』〉昭和五十二年　関西テレビ

〔梗概〕丹阿弥市の梅林寺では、一人娘の朝子は養子光雅を迎えた。ほどなく実母の浜女と光雅の肉体関係を知ると、二人への反逆として、息子の秋鹿をつれて芝居見物に行き、尾上松鶴と一夜を過ごす。数箇月続けるうちに檀家の噂となり、寺を守るため、朝子はひとり寺を追放される。浜女は三度目の結婚で良照に嫁いだが、彼の死後も性愛の欲望は衰えず、光雅との交渉を続ける。親鸞のいう「人間の弱点を、人間のどうにもならない煩悩」を体現した女性だった。母と子の間に宿命的な憎悪がうまれた。母の産んだ二人の異父兄を頼るが取りつくしまもなく、ついには欺されて酌婦として釜山に売られ、逃げ帰る。秋鹿が梅林寺の住職になることを夢見て、名古屋の柏木田鶴子をたずね、そこで村田由蔵と見合いして再婚する。乳飲み子がいて、献身的に仕えるうちに秋鹿を思い出す。光雅が後妻をもらい、母浜女が追い出されたことを知り、〈罰〉があたったと思い、あさましさと哀れを感じる。しかしその母は朝子から金をせびる。かつて肉欲で夫を奪い、娘を追い出し、子を奪った母が、なお娘を己の欲望のために食い物にする。生まれながらにして仇敵にならざるをえない関係があると思う。村田家から財産と持ち出しを指摘され、朝子は家出する。追ってきた村田に対して朝子の心は冷淡である。この男性への冷酷さは、自己中心的に見える。母や姑を憎みながら、役者に狂い、同種の情熱と激しさと頑固さをもつ点は浜女と共有する血縁であろう。今度は味噌つくり屋である宇津木稔が面倒を見たいと申し出て、妾としての三度目の人生が始まる。六年後、関東大震災が起こる。秋鹿は早稲田第一高等学院に入っていた。隠居場に移された浜女は中風で死んでいた。本妻が死に、入籍をのぞむ宇津木に朝子は拒否して、行方不明になる。だれにも拘束されずに自由に生きることを願った。それが原因で彼は多量の睡眠薬を飲んで死亡する。その死を「人間なら当然感じてよい悲しみとおそれ」を感じない母に対して秋鹿は慄然とする。

〔鑑賞〕母浜女と朝子の自在な生き方は煩悩から逃れられない宿命をもつ点で、また既成の道徳に逆らい自由奔放に生きようとする点でも、ちょうど二重写しのように描かれている。

（永栄啓伸）

台湾の息吹《たいわんのいぶき》

〔初出〕「台湾公論」昭和十九年一月一日〜九月一日

〔単行本初収〕『日本統治期台湾文学　日本人作家作品集』平成十年七月二十日

〔梗概〕ある年の二月、紋多は「連れ」と共に台湾総督府情報課の招聘で台湾に講演旅行に行く。船の中では魚雷攻撃を想定した避難訓練中、米英に対する憤怒を新たにする。上陸後は、ほぼ全島を巡りながら講演を続ける。現地の作家周の会合に招かれた時は、兵となりながら文学の泉を絶やすまいとする、内地の文学者を不幸に思う。勤行報国青年隊を見学した時には、高砂族の青年たちが受けた厳しい訓練の結果に「人間は改め変へることが出来る」と深く感動する。彼らは個人主義的な習性を壊すことにより、同一の精神状態になり、「民族同化、共鳴共感の境地」に辿り着いていた。紋多は彼らを「新しい日本人」だと思う一方、周と再会し「知識人の悲しみ」を思う。「連れ」は「高砂族には、いま点火が行はれてゐるんだ。僕にはそれが、台湾の息吹をもつともよく捉へてゐると思ふ」と語る。その他、霧峰の林氏、高尾の桔梗倶楽部の女性たちとの会見、各所の訪問を経て、紋多が船の中で抱いていた台湾に対する底意は、意外にも好印象に変わっていた。

〔**鑑賞**〕「連載小説」として七回に亘り掲載された。「今年の記憶」（「文芸」昭和十八年十二月）の中で、丹羽は「文芸台湾」掲載の三作品を取り上げた上で「内地の文壇が萎靡沈沈してゐるのにひきかへて、台湾に文運盛なのは皮肉なやうである。台湾の文学は今こそ台湾といふ特殊な立場に自信をもち出してきた。」と評している。台湾の講演旅行については、先に発表された「台湾の戦時色―講演旅行より帰りて―」（「週刊朝日」昭和十八年四月十八日号）が参考になる。

（水川布美子）

誰がために柳は緑なる《たがためにやなぎはみどりなる》

〔**初出**〕「女性改造」昭和二十二年五月一日

〔**単行本初収**〕『誰がために柳は緑なる』昭和二十三年七月二十日　文学界社

〔**梗概**〕森本一子は女学校を卒業するまで伯父の中井の家で育てられる。一子の父は借財を残して没し、母は保険の外交員をして生活していた。卒業後も実家の貧しい環境になじめず、一子は再び中井家から錬成局へ勤めに出るが、もはや居心地は良くなかった。いとこの隆志、とし子とは兄妹のように育ったが、大学卒業直後に届いた赤紙に荒れた隆志は、一子に当然のように夜伽をさせ、目もあわさずに出征していく。さらに、とし子の結婚話の相手、有共三郎が錬成局にいることを知った伯母が邪推の目を向け、一子は中井家を出る。隆志の戦死の報が届き、東京の空襲が激しくなったある日、一子は防空壕の中で有共に求婚されるが頷くことができない。有共ととし子の縁談は正式に決まり、全てが灰燼になればいいと空襲の度に一子は思う。やがて空襲で家は焼け、母も亡くなる。一子は収容所での顔も洗わない毎日の中で、ふと父の妾だったお葉のことを思い出す。焼跡で出会った六つくらいの男の子の虚脱したような表情に自分を重ねた一子は、その子を連れて収容所を出、聞き覚えを頼りにお葉を訪う。お葉は被服の下請け仕事で働く男勝りの気性の女で、一子を見た途端「お父さんと瓜二つですよ」と破顔一笑するのだった。終戦後も一子はお葉の店で働き、子供は近くの小学校に通っている。

〔**鑑賞**〕タイトルは当時丹羽が関心を持っていたヘミングウェイの「誰がために鐘が鳴る」を捩ったものとも推測できるが、内容的な関連はない。「柳は緑」は蘇軾の詩句「柳緑花紅」からか。「お葉」の名とも呼応する。一子にとってお葉との出会いは、父の別の顔を知り、自分自身を改めて知る時間の始まりともいえる。戦時下の若い女性の生を描く物語であると同時に、或る〈父と子〉の出会い直しへの道筋を描く物語でもある。

（三品理絵）

爛れた月《ただれたつき》

〔**初出**〕「中央公論」昭和二十六年四月一日

〔**単行本初収**〕『海は青いだけでない』昭和二十六年九月二十八日　新潮社

〔**丹羽全集二十二**〕

〔**梗概**〕「私（＝成木真吉）」は、妻子五人と愛人伊上郁との六人暮らし。郁は「私」の子供を身籠っていた。しかし、「私」は郁の首を絞めて殺してしまう。空には大きく赤くただれた月が見えた。事件は新聞で大きく報じられた。「私」は二、三年の刑で済むらしい…。

〔**鑑賞**〕丹羽文雄は「実験小説是非」（「文学界」昭和二十六年七月）の中で、「新しいリアリズムを設定」し、「義理人情、社会の秩序、モラル」に縛られないものを狙ったと記す。初刊本「あとがき」で丹羽は、

「犯罪」が「偶然」におこるというカミユ「異邦人」と試みが「一致」しているという。当該作品が単独で論じられたことはない。同時代評では、「現実の次元とは異なる文学的次元を作品に構築しようとする」ことを見失っていない「努力作」とした平野謙「文芸時評」（「読売新聞」昭和二十六年三月十九日）や、「今後を期待させる」という高山毅「文芸時評―作家の感動」（「都新聞」昭和二十六年十二月十八日）などが高評価。否定的なのは、臼井吉見「実験小説」（「群像」昭和二十七年一月）で、マルロー「人間の条件」や、カミユ「異邦人」などと比べれば、「この作を実験小説の概念で律することのできない」という。中村光夫「小手先の自由―文芸時評」（「朝日新聞」昭和二十六年三月二十四日）は、「空虚な印象をうける」と指摘。梅崎春生「文芸時評一―訴え方の弱さ」（「東京新聞」夕刊　昭和二十六年三月三十一日）も、「やはりこの作者はつかみかねている」と批判。「爛れた月」と「異邦人」との関係や〈実験小説〉についての検討はもちろん、「私」が「父といふ社会秩序から閉め出し」をくらったことで感じ取った「深淵」を解明することが読解の鍵。そのことが不倫や殺人といった罪を犯してなお「笑ひ」続けていられる「私」の人物像を浮き彫りにすることになる。

（原　卓史）

立松懐之の行為《たてまつかねゆきのこうい》

〔初出〕「群像」昭和四十八年五月一日

〔単行本初収〕『丹羽文雄文学全集』（二十五）昭和五十年八月八日　講談社

〔丹羽全集二十五〕

〔梗概〕冒頭で一人の人物が創設した秘密結社と「かくし念仏」の広まる過程を、以後それに対する懐之の行為を描いている。本願寺教の忠実な門徒懐之は、彼らの教義や有り様を知るにつれ、かくれキリシタンではとの疑念を抱くようになる。そして数年に及ぶ内定調査の末、遂に彼らを追い詰める。糾弾し、報奨されたことを生涯の誉れとする懐之。丹羽は、自らの言葉で以てこの行為を否定し物語を締める。

〔鑑賞〕副題は「庫裡法門記より」。立松懐之の著作である同記には「庫裏法門記拾遺」と息子の「別記」が付されており、本作は、これらを共に含める形で成されている。表題の如く、最も注視されるのは懐之の「行為」である。懐之は国家安泰という大義名分の下、結社の実態曝露へ向けて動く。しかし結社の本質は、その見通しとは理念も動機も大きく相違していた。懐之は自己の欲する「現実」を追い、結果ささやかな救いを求めた人々を罪という縛りで括り付けたのである。丹羽はこの原典に「これではあまりに真宗の信者が可哀そうだ、こんな扱いはするものではない、声なき声を聞かねばならないという思い」（「歴史小説」、「別冊文藝春秋」（百三十一）昭和五十年三月）を持ち、作品化して最後に自ら一筆入れた。この小説家としての「歴史」に対するアプローチは、後の『蓮如』へと繋がる一線となっている（濱川勝彦「丹羽文雄『蓮如』試論―作家の姿勢」「皇学館論叢」平成十九年四月）。本作自体の検証と、丹羽文学に於ける位置付けへの更なる考察が待たれる。

（牛島理絵）

魂の試される時《たましいのためされるとき》

〔初出〕「読売新聞」昭和五十一年九月十三日～五十二年十月二十七日

〔単行本初収〕『魂の試される時』（上）昭和五十三年一月二十五日　新潮社　（下）昭和五十三年二月二十五日　新潮社

〔ＴＶ〕『魂の試される時』昭和五十三年　フジテレビ

〔梗概〕高校時代から十歳年上の書道家萩に秘かな想いを寄せていた庸は、次第にその距離を近付けていく。しかし片想いの間に父と萩との嘗ての関係を知り、なかなか本名を明かせない。物語は、二人が知り合い、恋愛成就し別居結婚という名の事実婚を経て別れるに至るまでの十年を描く。

〔鑑賞〕複雑な人間関係と社会の中で、二人は共に悩みぬく。しかしその姿は対照的だ。常に当事者であり続けることを意識しながら人生を模索する萩と、どこか主体と乖離しているかのような「贖罪」を主軸とする庸。二人の心向きは十年に及び試されていくことになるが、中でも彼の贖罪に対する認識の甘さは深く静かに問われ続け、物語の終盤、父の行為に対するそれが自らの裏切りに対するものへと変った時、一気に暴かれる。二人の別離に至る要因は「別居のもたらす不自然さと倦怠と孤独感に負けた」（新潮文庫中村八朗「解説」）ことにあると同時に、この点に大きく依拠していよう。巣立っていった庸と送り出した萩。庸にとって、萩との別れは青年期との最終的な決別を象徴しているとも言える。本作は、親子で「相ついで同一の女と交渉をもつことの倫理性の追求」を〝最大テーマ〟として捉えられるむきもあるが（『新潮現代文学』（十）八木毅「解説」）、やはり主題は「己」というものに対する自覚にあるように思われる。そして二人が真に試されるのは、この経験を心の糧として歩き続ける今後の人生なのだろう。

（牛島理絵）

【ち】

父の記憶《ちちのきおく》

〔初出〕「社会」昭和二十二年十二月一日
〔単行本初収〕『魚と女房達』昭和二十三年三月十五日　かに書房
〔丹羽全集一〕
〔梗概〕紋多は弟の教祐からの電報と手紙で、Y市の寺院の人である父の死を知る。東京が灰燼に帰すのが遠い話ではない時で、紋多は疎開先の烏山にいた。葬式には間に合わず、やっと切符を手に入れてY市に着いた。久しぶりに我が家の山門をくぐりながら、紋多は少年の頃を思い出す。釣鐘の中に入って鐘の音を聴いた思い出や、瓦屋の仕事を見物していた父が屋根から落ちたこと。紋多の寺に養子に来た若い頃、父が女郎屋の二階で人質になったことなど。久しぶりに揃った兄弟の顔を見つつ、話は弟の礼経の結婚話となる。父は、紋多が八つの時に役者を追って家出した生母の他に三人の妻を持った。線香の白い烟を眺めていた紋多は、自分が坊主を嫌い家出した後、どれほど父が檀徒に対して辛い思いをしたか……今の文筆家としての自分があるのは、父のたくさんの泪が土台となっていると気付き、生前から孤独に甘んじていた父を思い起こす。

〔鑑賞〕「母もの」に続いて、思想的展開を有しながら移っていく、丹羽文学「父もの」の出発点に位置する作品である。父の泪を想い、父の死を「僕らの中に溶け込んでしまう」と認識する紋多には、まだ後年の作品『青麦』や『菩提樹』における宗教認識は見られない。だが、父を書き始めた丹羽文雄は、この後どんどん「化けて」いくのである。

（河原徳子）

茶の間《ちゃのま》

〔初出〕「新潮」昭和四十一年五月一日
〔単行本初収〕『母の始末書』昭和四十一年八月三十日　新潮社
〔梗概〕かつて繁盛していた結城紬の呉服屋仙喜も戦後は没落してしまい、父親の死後東京で苦労しながら生活をしている。兄の紹介で末娘の紀子に縁談話が持ち上がるが、母織江が興信所に調査を依頼すると、家格が合わないことが判明し難色を示す。織江は隆盛だった昔を忘れられずに生きている。

〔**鑑賞**〕古いものに価値を見出す母親と、都会生活に馴染んでいる子ども世代のジェネレーションギャップがテーマである。しかし子どもたちは口ではあれこれ母親に文句を言いながら、内心は同情的であり理解もしている。そうした意見のぶつかり合う場所が「茶の間」であり、そこには大家族の絆が生きているのである。（鈴木吉維）

中華料理店《ちゅうかりょうりてん》

〔**初出**〕「新潮」昭和五十二年一月一日

〔**単行本初収**〕『彼岸前』昭和五十五年九月二十日　新潮社

〔**梗概**〕中華料理店で、二人の息子と腹違いの娘を引き合わせる〈かれ〉。奥には紳士の後ろ姿。当初、時は〈かれ〉の予想とは裏腹に別段の衝突無く流れていくものの、やはりぎこちない。しかしその空気は、先の中国人紳士の異形の姿を目にすることで一変する。共通の衝撃が、それを糸口として兄妹たちの心を打ち解けさせたのである。そして帰り道、〈かれ〉は初めてこの会見に対する娘の本心に触れることが出来たのだった。

〔**鑑賞**〕愁嘆場を恐れつつ、何処かでそれを期待する。予想が杞憂に終われば拍子抜けし、ならば早く会わせておけばよかったと悔やむ。かと思うと、兄妹の距離が近付くや、今少ししんみりしていたかったと落胆する。〈かれ〉の心中描写はユーモアすら漂っていて面白い。それ故、異形の紳士と「油じみた」舞台で以て作品を「陰翳にとんだ人生のドラマ」と捉える評価（大河内昭爾「忘れがたい家庭劇—丹羽文雄「中華料理店」」、「月刊食料」昭和五十三年十一月）には些か躊躇せざるを得ない。大河内の指摘する如く、紳士の存在は確かに「不気味な印象」と「衝撃的な緊張」を与えている。しかしそれは寧ろ、家族にとってプラスの作用をもたらした。また舞台設定という点についても、別な見方が必要だろう。それは、中華料理を家族に見立てているということだ。豊富な食材（家族）は一つところに放り込まれ、強い火力と油（異母兄妹という事実、初対面であること）で炒められ、料理されるわけである。そしてそこに、料理（作品）を完成させるスパイス（異形の中国人紳士）が投入される。本作は、確かに「異色作」（大河内昭爾「丹羽文学のすがた」、「季刊文科」平成十五年六月）であり「リアリズムと全然違うもの」（河野多恵子「季刊文科」同上）であるが、こういった視点にも着目すべきだろう。（牛島理絵）

中年《ちゅうねん》

〔**単行本書下ろし**〕『中年』昭和十六年七月三十一日　河出書房

〔**梗概**〕陶画家百瀬は、生活費の半分を分担して銀座の酒場のマダム淳子と暮らす。酔って客を連れ帰り、享楽生活を続ける淳子を、百瀬は批判しながら別れようとはしない。乾の妾である弟子の朋子は百瀬と交渉をもったが、淳子のためにと別れを持ち出す。心を通わせた居候留女も同じ論法で百瀬から離れる。女の観念からはみ出した淳子にも、犠牲を銜って自分は疵つかずに幸せをつかもうとする朋子や留女にも百瀬は幻滅する。支那事変が勃発して銀座うらに自粛の空気が浸透する年、淳子は酒場を売り、百瀬の次の夫と朝鮮にわたる。百瀬は名作展で惹かれたあざみの画が、別れて六年後の朋子の才能の開花であることを知る。妾のままであることを朋子から聞いた百瀬は、朋子の個展の準備をすすめ、朋子からは、百瀬との恋に生きぬきたい、乾には九番目の妻がいるという手紙がくる。境遇を嘆くばかりの朋子を、百瀬は批判しながら、わがものにしようとする。個展の直前、時価五万円の妾宅を自分の名義にされた朋子は、乾との交渉を解消するという電報を書くように百瀬に言われるが、書かなかった。

〔鑑賞〕マダムと妾生活者に気になるほど批判を加えておいたが、酒場のマダムや妾を登場させた作者の精神が非協力的、不心得で時局の認識に欠けるという理由で、一万部売って増刷したところを発禁になった、という『中年』発禁の打撃が自伝的長編『告白』に描かれている。小田切秀雄編『続発禁作品集』「解説」に「作家的出発当時のかれの文学的精彩が時代の強圧によってしだいにおさえられ、風俗小説や半通俗小説へ傾斜してゆく経過のなかでは芸術的に注目にあたいする作品」とある。（永渕朋枝）

中年女《ちゅうねんおんな》

〔初出〕「小説新潮」昭和三十六年一月一日～六月一日

〔単行本初収〕『中年女』昭和三十六年七月十日　講談社

〔梗概〕藤木謙は村の農業指導員として派遣され、農協組合の理事である笹谷の紹介でトキの家で下宿することとなる。トキは未亡人であり、裕一と良子という二人の子供を電気料金の集金と保険の代理人の仕事をして女手一つで育てている。藤木とトキは十四、五歳も年が離れていたがある時突然男女の関係になる。トキは月一回都会の事務所に報告にいくがそこで営業部次長の梶と関係を結ぶ。その後次々と仕事先で多くの男性と関係を持ちながら、家では藤木との関係も続けていた。

〔鑑賞〕ある日、藤木が実家に一晩戻る時、良子も一緒に遊びにいくことになる。その後、藤木はトキとの関係を避けるようになり、トキは不審に思う。するとトキが知らない間に藤木の子供を良子は宿していたことを知らされる。愛欲煩悩を執拗に描く。（岡本　亮）

町内の風紀《ちょうないのふうき》

〔初出〕「中央公論」昭和十二年十一月一日

〔単行本初収〕『海の色』昭和十二年十二月二十日　竹村書房

〔丹羽全集二十一〕

〔梗概〕古くからの商店街に開店した酒場「白百合」の主人は、客のふところを痛めるようなことはするなと女給に教える。土地の顔役との付き合い方も心得、何としても町内に「白百合」を繁盛させてみせると決意している。半年前に開店した喫茶店の女主人は近所付き合いをしないためにさまざまに噂され、いつまでもこの町になじまなかった。一方、おみよ父娘が営むおでん屋はにぎわっていた。おみよは客あしらいが巧い。客から何度も聞かされる自慢話でさえ、いつも新鮮な顔で聞くように努めている。客が心地良くなる受け答えをする機転もある。気炎を上げる客たちには、それぞれ隠している悩みや事情があった。安酒をのんで一時のうさを晴らそうとして夜の虫のように集まっているのだった。そうして夜が明け、今朝も牛乳屋が配達を始める。通りを掃除していたおみよに近づいてきた老人は淫売屋を探していた。おみよは思わず、そんな家はこの町には一軒もない、これでも町内の風紀はちゃんとしていると怒鳴ってしまう。

〔鑑賞〕町内の三軒の店を軸に、小さな町で暮らしを成り立たせてゆこうとする人々の風景を描いた作品。通俗小説としては初期のものである。おみよが老人の行動を不審に思う最後の一文は、単行本収録時に削除された。（竹添敦子）

鎮花祭《ちんかさい》

〔初出〕「週刊朝日」昭和三十四年二月八日〜昭和三十五年三月二十七日

〔単行本初収〕『鎮花祭』昭和三十五年七月十日　文藝春秋新社

〔映画〕『鎮花祭』昭和三十五年　大映

〔TV〕『鎮花祭』昭和三十七年　日本テレビ

〔梗概〕戸狩陽子は地元の旧家との縁談を断り家出をして東京へ向かう。かつての会社の同僚、朝比奈公仁子の所に陽子は一時厄介になる。公仁子の家は町工場を経営している父と母が暮らしていたが、そこに戦争へ行き、帰ってこないとあきらめていた兄の正方が十四年ぶりに帰ってきていた。

公仁子はテレビのお見合い番組出演をきっかけにXYKテレビのディレクター古田明の目に留まり、コマーシャルタレントへの道が開ける。

ある日、公仁子は陽子に兄である正方との結婚をすすめるが、正方は戦争体験により凶暴な面を隠し持っていたが誰もそのことは知らない。結婚後正方は陽子にその凶暴な面をみせたため陽子は実家に戻る。しかし陽子もいつまでも実家にいることができず、弟の友人の鯉淵一重の実家の六興パンで住みこみで会計の仕事を始める。

一方、公仁子は好意をいだいていた古田が独身だと思っていたが、絹子という妻がいた。絹子は古田の遠縁にあたるが、古田の母の命が危ない時、わが身を売ってお金を工面したことから古田の妻となり、今も新宿の料亭で働いている。

正方は妻がありながら妹に近づく古田に敵意を燃やし、調べ上げた。公仁子も初めは妹思いの行動と思っていたが、兄の後ろ暗い行動と病的なまでの執念深さに恐怖すら覚える。また正方は陽子不在の間に工場長の娘の晴江に手を出し妊娠させた。公仁子は朝比奈家に戻って来た陽子に離婚を勧め、陽子と入れ替わりに晴江が朝比奈家にやってくる。

〔鑑賞〕陽子は六興パンにもどるが正方の子供を身籠っていることがわかり、子供は手術で下ろすもののそのまま偽り続けることができず、六興パンを離れる。その後、山家旅館、目男女神社と渡り歩くが、どこにも自分の居場所が見いだせないまま物語は閉じられる。（岡本　亮）

【つ】

椿の記憶《つばきのきおく》

〔初出〕「世紀」昭和十年四月一日

〔単行本初収〕『自分の鶏』昭和十年九月二十三日　双雅房

〔梗概〕婚礼の式場から、綿帽子のまま実家に逃げ帰ったという叔母と日頃から折り合いの悪い母は、喜七が小学校から帰宅すると、家の奥の部屋で泣いていることが度々あった。そのような時、母はしばらく家を空けるのであったが、その時は決まって学校に喜七を尋ねて来るのであった。

しかし、今回の母の家出は、喜七にはこれまでになかった悲しみ故に、二度と母は戻ってこないと感じ、母がいない悲しみを我儘や悪戯で晴らすのであった。叔母が母に当り散らす分も含めて叱ってくる腹いせに、中の間の天井に「フジノ山」と落書きしたことを、母に話せる日が母との再会になると信じる喜七であった。

十数年後、偶然に母と再会したものの、母の他人行儀な態度に、今まで想い描いてきた母に裏切られたと思い、「フジノ山」を消そうと決める喜七であった。

〔鑑賞〕丹羽の生母は四歳の時に家出しており、丹羽自身が淋しい幼少期を過ごしたことをモチーフにした作品。「生母もの」は、家出した母を扱った一連の物語であるが、この作品は母の家出前後を、母を慕う少年の心情によって描いたもの。

後年の作品である『菩提樹』のなかで、乙女椿のはかない甘さを味わいながら家出した母を思い出す少年が登場する。本作品でも、母の家出後の喜七の心情を椿の花に絡ませながら描いている。丹羽にとって故郷を連想させるものは「菜の花」であるが、その故郷には母がいないという淋しさの象徴が椿の花であった。（秦　昌弘）

妻《つま》

〔初出〕「群像」昭和五十七年六月一日

〔単行本初収〕『妻』昭和五十七年十一月二十四日　講談社

〔梗概〕健康そのものだと信じて疑わなかった妻が、突然の高熱や度重なる失神状態に陥る。思いもしなかった妻の死という考えが脳裏を掠めた〈私〉は、うろたえ呆然とする。

〔鑑賞〕短編集の表題ともなった本作は、「本格私小説」「作者の新しい頂点」（河野多惠子「朝日新聞」昭和五十七年五月二十四日）、優れた長編作家であると同時に、「卓抜した短篇作家である」（集英社文庫『干潟』山田智彦「解説」）ことを認識させる丹羽作品の「一つの到達点である」（講談社文芸文庫『鮎―母の日―妻』中島国彦「解説」）と評されている。妻の異様な表情や症状に怪訝な目を向ける〈私〉の様子や心情描写は、非情と称される所以でもある。しかしその一方で、妻を想う〈私〉の祈るような気持ちも表されており、自らの半身とも言える相手を失うかもしれないという〈私〉の言いしれぬ恐怖は、妻の友人や〈私〉の先輩夫人の死というエピソードにより更に増し、真に迫る。同集中の「沈黙」（「群像」昭和五十六年十月）で、死は寺院生まれ故腑に落ちているとしていたに対し、この動揺はどうだ。慣れていたはずの死は、最も近しい愛する者に襲いかかっているやもしれぬ時、想像以上の感情と衝撃を与えるのである。そしてその思いは、非情云々を越えたところで断然際立っている。いや、寧ろ従来の〝非情〟を再定義すべきか。妻への「愛」と「負い目」の「拮抗の威力を知らされた〈私〉の衝撃」がモチーフであり（河野既出新聞）、その衝撃は妻が回復したとしても納まらないのではないかという「〈私〉の恐れ」を思わせる（河野『文学1983』）との指摘や、己にとっての妻とは何であったかという「仏教的罪障のようなものが漂って」いる（奥野健男「サンケイ新聞」昭和五十七年五月二十九日）との指摘もあり、この点更に掘り下げるべきだろう。（牛島理絵）

妻の作品《つまのさくひん》

〔初出〕「改造」昭和十三年三月一日

〔単行本初収〕『花戦』昭和十三年九月二十日　竹村書房

〔丹羽全集十八〕

〔梗概〕六歳の恭一は父の留守に母路子と湖畔の宿に来ていたが、その間も母の心が父にあるのを不満に思う。帰宅しても父は母を独占してしまう。二人は夫婦というよりは気のあった協力者のように生活していた。恭一を理性で育てようとし、手の先に触れる範囲で可愛がるというふうだった。

考えた末に路子は恭一を幼稚園に入れるが、園から大人のような子だと指摘される。また、主治医は、恭一の神経衰弱は父と張り合う三角関係から来ていると診断する。大人と子どもが同居する恭一の表情を見つめながら、路子は「へそくりの情熱で十分間に合う」と思っていた自分の愚かしさ、診察室から持ち帰った恐怖の正体に気づく。

〔**鑑賞**〕理想的な生活を送っていると自認する夫婦の関係に、子どもを介在させることによってその実体を照射したところは、これまで描いてきた女性像、夫婦像と一線を画している。初出では、路子が夫婦の姿を断定的に分析する結末であったが、単行本では改められている。作者の、「古谷（綱武）君と話をしている間に、いつとなくまとまり上った」（改造社版『丹羽文雄選集』（三）あとがき）という言は注目すべきであろう。（竹添敦子）

妻の死と踊子《つまのしとおどりこ》

〔**初出**〕「中央公論」昭和十年十月一日

〔**単行本初収**〕『この絆』昭和十一年二月十九日　改造社

〔**梗概**〕「彼」は出版事業に失敗し、債権者に追われて憔悴している。妻は、病院で死の床についている。「彼」の気持ちを紛らわし、生気を与えてくれるのは、同じアパートに住む踊子達であった。右隣の踊子は、脚に根太を作り寝込んでいたが、「彼」が介抱し回復すると、英国汽船の情人を迎えに行く。隣室から男とその女の声が聞こえ、「彼」は女の逞しさに気押される。階段に近い部屋の女は、新しい職場を探し、「彼」が紹介した銀座の酒場を訪ねるが、留守のマダムを待つ間に男と知り合い、客となって泥酔し、帰って来ない。「彼」は、その女を訪ねて来た洋服屋や靴屋の取り立てに脅かされる。女は帰る途中で洋服屋に摑まえられかけ、来合わせた車で逃げてKホテルへ行き、そこの女になる。「彼」は、女のそんな器用さを羨ましく感じる。或る夜、「彼」が小料理屋で踊子達と飲み、酔った踊子を家まで送ると、そこは「彼」のアパートの前室であった。「彼」が自分の部屋に寝転がると、その女が勝手に入ってきて横になる。以来、女は「彼」の部屋へ帰ってくる。「彼」の妻が死ぬ。女は「彼」の部屋に帰ってきては、「彼」のそばで眠る。男を相手に稼ぐその女を前にして、「彼」は女が自分を中性扱いしていると感じ惨めになる。女との同棲を妻の親が知って叱責してくるが、「彼」はそれを嗤ってやり過ごすのであった。

〔**鑑賞**〕事業に失敗し、どん底の状態で、死にゆく妻を抱える「彼」に、生きる気力を与える存在として、男性相手に自分の身体一つで稼ぐ底辺の女たちが描かれている。女たちは、「世間」「家庭」といった制度からこぼれ落ち、恥も外聞も捨てた生き方をしているが、それがたくましい生のエネルギーとして聖化されている。（塚本章子）

鶴《つる》

〔**初出**〕「三田文学」昭和八年三月一日

〔**単行本初収**〕『鮎』昭和十年一月十日　文体社

〔**梗概**〕ひろ子は十八歳の娼婦である。中風で寝たきりの姉には銀座の酒場に出ていると言っている。昼間は自分の境遇を呪わしいものに思っているが、夜になると客の前に出るのが不思議と快い。彼女はもともと綿布工場の女工だったが、いろんな男と付き合ううちにいつしか自分の女としての値打ちに気付き、今は表向き裏千家の師匠の看板を出している本郷のおばさんの所で仕事をしている。姉が死に、ひろ子はおばさんに葬儀の費用を借りに行くが、逆に丁度来た客の相手をさせられて、不人情への怒りと客への恋とで複雑な気持ちになる。おばさんは今日までたくさんの娘たちを食べてきているが、そんな彼女に対してもひろ子は憎みきる気持ちにはなれない。トリッペル（淋病）になってだんだん重くなり、自殺した女工時代の朋輩のことを思い浮かべたりしたが、なんとか全快したひろ子は「自分には柱がある。それは身寄りも才能も素養もない若い女が生きていこうとするには一番手ごろな気のきいた方法で、世間は悪しざまに言うが自分たちにはこれがいいことに違いはないのだ」と考える。しかし、これからはあやしいと思う客は嘘をついて追い返そうと思う。だが、その一方で自分がどんなに情にもろいか、自分でもわからないような気がするのだった。

〔**鑑賞**〕姉の死、金銭的な窮乏、因業な老婆の酷使、病気と、次々に不幸な目に遭っても不思議と楽天的な性格を失わない一人の娼婦を描いた作品で、それまでの丹羽作品にはなかったタイプの女の造形に成功している。（永井　博）

【て】

貞操切符《ていそうきっぷ》

〔**初出**〕「主婦と生活」昭和二十七年六月一日～二十八年十一月一日

〔**単行本初収**〕『丹羽文雄文庫』（三）昭和二十九年一月十五日　東方社

〔**梗概**〕某新聞社が主催する「ミス純潔」コンクール。審査員を務めるマンガーノ洋裁店の女店主の付き添いで会場を訪れた晶子は、一位に選ばれるはずだった娘が、母親が妾をしていることを理由にその栄冠を逃すのを目の当たりにする。娘の母親は、夫の死後、莫大な借財と五人の子どもを抱え、妾として生きざるを得なかったのだった。

マンガーノ洋裁店の顧客の一人で、貿易商事に勤める岡野彩子は、能力もあり職場で重んじられていたが、扶養すべき親族が多いために、一方で妾としての生活を送ることを余儀なくされていた。妾生活とは別に、水江という妻子持ちの男とも関係を続けている彩子は、彼に対してサディスティックに振る舞うことで、「われとわが身に、永久に消えない傷をつけようと」していた。「貞操切符を渡して、その代金をうけとっている」と表現される妾生活に甘んじる女性たちが描かれる一方で、「貞操切符」によって自らを売買することに於いて、妻も妾と大差ないのではないかという疑問を持つ妻が描かれ、女性の生きる道や結婚生活の諸問題が提示されている。

〔**鑑賞**〕その他、経済力の無さからなかなか結婚に踏み切れない男女、夫から「妻は台所の道具の一つにすぎない」という「軽蔑」を受けている妻、妾と妻の地位が逆転し、妻の方が妾に気を遣う生活の中で倒錯的な喜びを見出だしている奇妙な夫婦関係など、様々な男女関係の諸相が描き出されている。（峯村至津子）

貞操模様《ていそうもよう》

〔**初出**〕「河北新報」昭和四十年六月五日～四十一年八月十六日　他紙にても連載

〔**単行本初収**〕『貞操模様』昭和四十二年四月五日　新潮社

〔**梗概**〕鴨下家の母娘三代を描く。孤児として複数の親戚の世話を受けてきた竜子（初出・龍子）は自分独りを守る処世法を身につけ、画家鴨下光晴の妻となっても、娘のあぐりと弥生に母親らしい感情を抱くことなく、画商の木下と逢瀬を重ねる。大柄で美しいあぐりは十六歳の時、交通事故死した恋人の富永一政の子、美子を産み、二十一で九州の炭鉱主有沢の世話で酒場「魚紋」のマダムとなる。一方見合で野上周作と結婚した弥生は、野上のエゴイズムから三年で離婚し、酒場「キューリー」のレジ係となって娘の千鶴を育てる。姉妹は母性を欠いた母竜子とは異なり、娘への愛情に支えられて仕事を続ける。竜子が弥生の求婚者梅田とのドライブ中に事故死し、あぐりと弥生は、弥生の身代りとなったような竜子の死を最後の親らしいふるまいと考え、また光晴は妻を夫として葬ることができた運命に安堵する。語り手は、竜子が母として人妻として「ありえない生き方」を続けたことを厳しく指摘し、反省を促すものがいないことが心の安定を失わせたのであり、「竜子の意識の外で」じっと見ている者がいるかもしれなかったと語る。三十二歳のあぐりは、有沢と別れていた間に一歳上の建設業者高川徹と惹かれ合うが、上京した有沢に呼ばれて自然に有沢の女として振舞ってしまい、有沢には受身で愛される喜びを、一方高川には対等な立場で愛する喜びを覚えるようになる。騙そうという意識なく、現実に緻密な計算で運ばれたように二人を騙している己れに愛想を尽かしながらも、「罪の魅力」のためか「良心は麻痺」していく様が、「女の生理とはよくよく娼婦的に出来ているようであった」と語られる。深夜軽井沢の別荘で、十七歳の美子と高川の親密な場面を目にしたあぐりは、美子に十六歳当時の自分を見い出して現実を受容れ、有沢との結婚を決意する。

〔**鑑賞**〕女性それぞれの愛情における模索と混迷を、経済的自立の困難を根底に描き出し、打算も真情も取り混ぜた姿を見つめる超越者の眼を作品中に暗示している。初出「河北新聞」では「薄氷」の章後半に、弥生と評論家上原栄三との関係が描かれるが、この部分が『貞操模様』（新潮社）では削除されており、構想の変化の解明とは『命なりけり』に通ずる女性性の分析が作品論の課題であろう。

（渡邊ルリ）

天衣無縫《てんいむほう》

〔**初出**〕「群像」昭和三十三年十月一日～十二月一日

〔**単行本初収**〕『天衣無縫』昭和三十四年三月二十日　講談社

〔**丹羽全集十五**〕

〔**梗概**〕熱海の温泉旅館沢桔梗の女将ふき子三十九歳は、海軍士官工藤省司と密会を続けている。夫の順造五十五歳とは結婚してから二十年になるが二人とも再婚で、姉お常が急性肺炎で死亡した直後に、家業の温泉旅館を守るために姉の夫であった順造と結婚させられた。ふき子は名古屋の綿糸問屋の息子花房美樹と離婚し、肺浸潤を病んでいた。妻と男の子を持つ工藤と密会を重ねるのは、愛欲の高じた順造の束縛から逃れようとする「スリル」のためであったが、「男の烈しい情熱にくたくたにされる瞬間、この人には私の肉体だけが大切だ、その割に私はこの人の肉体だけに夢中になっていない」という「精神分裂症的」になると感じている。

　ふき子は夫の眼から逃れるために、東京の音楽学校のピアノ科に在籍する娘田鶴二十三歳の下宿に忍び込んだり、下落合の門馬吾郎が主宰する随筆「葦」に参加することを口実に使ったりする。工藤が佐世保に派遣されると、彼に会いに行くが番頭白洲が迎えに来る。戦後M市で、肺を病んで肋骨を四本切除して入院している工藤と二年ぶりの再会を果たす。再び密会をはじめたふき子は、順造と姉の息子啓一から世間体を重んじて旅館蔦家に別居してほしいといわれる。このときすでに順造は中風になっていた。ふき子は資金を集めて新橋の近くの路地の奥に小さな居酒屋「ははきぎ」を開店すると、工藤も上京し同棲するようになる。それまで順造に対する「レジスタンスの必要」から工藤を必要としていたが、夫と別れて住むようになると工藤の存在も軽くなってしまう。田鶴はふき子に新しい恋愛を勧め、ふき子は「いまにお母さん、よろめきそうだわ」と応える。

〔鑑賞〕この小説は表題通り、男性の愛欲に逆らいつつ、自然のままに生きようとする女性の姿が巧みに描かれている。

（岡村洋子）

天童《てんどう》

〔初出〕「新潮」昭和二十三年五月一日

〔単行本初収〕『かまきりの雌雄』昭和二十四年三月二十日　全国書房

〔梗概〕花守は借金の取り立てに行っても、相手の窮状をひとごととは思えず、悲しくなり身につまされる男である。一緒に行った峯は二十一の高等師範の学生であるが、三人の子持ちの花守よりも強引な取り立てをする。花守の家には家族の他に、父である大学教授の玉井泰造の家族まで入り込んできていて、日々緊張関係が続いていた。花守は女中の清と玉井の間に生まれた子で、世間には公表出来ない生まれ方をした子だ。「旦那さま」「奥さま」と父夫婦を呼んでいる。玉井は、花守に部屋を借りているから一万円の権利金を入れろと言ってくる。声だけ同じで、その他はまるで似ていず、情愛もない玉井の父子関係に苛立ちを感じる花守の妻とり子は、花守とは対照的にはっきりと己を主張する性格だ。終戦後、花守は闇屋になったが仲間から騙されたり、警察につかまったりする。留置場の檻の中に居ても、花守は外の子供たちの人気者になる男である。わが家に帰った花守の、夫とそっくりな「おうい」の声に、とり子ではなく奥さんの返事が聞こえた。

〔鑑賞〕花守という悪人に成り切れぬ男を描きながら、作品の底を流れるものは親子の絆への「原始的な恐怖」であろう。声の類似ゆえ、ほのかな父子の繋がりを信じようとする花守は、とり子の言うように「底なしのお人好し」で「善良すぎる、感じやすい魂」の持ち主なのである。いかに父の前で己の存在価値を喪失しても、父の冷淡を憎み切ることが出来ないでいる。「天童」とは、天が下の童―生活無能者、怠惰癖、韜晦ゆえのやさしさを有するお人好し。親子の絆へ恐怖を抱きつつも、また闇屋の日常が続いていく。

（河原徳子）

天の樹《てんのき》

〔初出〕「東京新聞」（夕刊）昭和二十六年二月二十二日～八月十五日

〔単行本初収〕『天の樹』昭和二十六年十月三十一日　創元社

〔梗概〕国際電話局に勤務する田茂井要は妻赫子に突如家出される。雑誌社から化粧品店へと職を転々とする彼女は、数々の男を手玉にとり関係を重ねていた。要の学生時代の友人、彫刻家有坂は、若き頃三影伊都子と思いを寄せ合ったが、伊都子は父親の意思で別の男知文を婿とし娘を儲けた。知文は上流階級の出と出自を偽る狡猾な男であり、夫の不実な行動に接し、伊都子は結婚後十年を経て、病床に伏す有坂を見舞う決心をした日に夫に家庭内別居を申し出る。大蔵省を辞めた知文の事業失敗の穴埋めのために三影家の財産が失われていたことを知り、伊都子は夫と協議離婚し、幼稚園を開くことを計画する。有坂の死後、妻とも子は伊都子からの援助の申し出を拒否し、幼児を抱えて生活保護を受けながら靴磨きの仕事を始めるが病に伏す。伊都子の妹紀子は、同じ職場に勤務する要とお互いに惹かれながらも歩み寄れずにいた。三影家を出た知文はキャバレーの経営再建のため、婚期を逃した娘への結婚の世話を条件に地方の財産家から融資の約束を取り付け、その娘と要を結婚させようと策略を巡らす。窮状を知った紀子の機転で要は救われ、二人はお互いの思いを確認し合う。伊都子、とも子、紀子と田茂井が新たな一歩を踏み出すところで幕切れとなる。

〔鑑賞〕伊都子の起業の成否は不明、末尾で暗示される三影家の援助によるとも子の救済も、子どもを抱えて自活しなければならない貧しい女性をめぐる問題を宙づりのまま残すことになる。要と赫子の夫婦関係に於ける、妻の許可なく夜の交渉を持たない・子どもを作らないなどの協定、赫子の男性遍歴の背後に仄めかされる「不感症」など、充分な問題追究が回避されているのが憾まれる点が多い。

（峯村至津子）

【と】

陶画夫人《とうがふじん》

〔初出〕「サンデー毎日」昭和二十一年一月五日〜四月七日

〔単行本初収〕『陶画夫人』昭和二十一年八月十五日　六興出版部

〔梗概〕宮田雄吉は新進の陶画作家、妻になる女性は妊娠中である。友人に紹介された筧千枝はパトロン持ちだが、その可憐な容貌に惹かれた雄吉は彼女と関係を結ぶ。陶画家を目指す千枝は一人前になりたいとせがむが、雄吉はその才能を余技の範疇と断じた。結婚を迫り出した千枝は、妻の存在を知り雄吉を問い詰める。妻は妻、君は君だと告げられ、千枝は身を引かざるを得ない。未練を感じていた雄吉は入院したという千枝を見舞うが、それはパトロンの子供を孕む為の施療と知り、雄吉は自分の間抜けさを悔いる。陶画の筆も折り千枝は故郷の関西へ戻った。数年後、家庭を持ち陶画界の権威となった雄吉は、千枝とは対照的な魅力を持つ黒田あさ子を愛人とするが、関係は長く続かなかった。スランプに悩む雄吉の元に思いがけず千枝の描いた陶画が届く。いずれも見事な作品であった。パトロンと若い愛人の関係に苦しむ千枝は、再会を機に雄吉への思いを再燃させるが、雄吉は千枝の苦悩が陶画に滲み出て立派な作品となる事を期待するのみである。以後は肉親や友人の如き仲になろうと提案し、千枝の個展開催を約束して二人は別れるが、個展を目前に千枝が腹膜炎で死んだとの知らせが届く。

〔鑑賞〕男女の恋愛の経緯とその折々の心理描写に重点が置かれた本作は、丹羽の風俗小説の一つと捉えるのが妥当と思われるが、千枝を〈己のキャンバスに描きあげてゐた格好の人〉とする如く、芸術家としての雄吉の造型を深化させ、芸術と恋愛の相克といったテーマに結びつくような描写も随所に見られる。菊池寛『真珠夫人』のように「〜夫人」といった題名を持つ小説群の一つとして通時的な考察を試みる事も可能だろう。

（杲　由美）

闘魚《とうぎょ》

〔初出〕「朝日新聞」昭和十五年七月十三日〜十二月五日

〔単行本初収〕『闘魚』昭和十六年二月二十日　新潮社

〔**丹羽全集二十**〕
〔**映画**〕『鬪魚』昭和十六年　東宝
〔**梗概**〕二十二歳の笙子は、親戚で許嫁の小城の妻になることを支えに、タイプと速記で百円以上の月給を得て自活している。母親は早くに死去、父親は若い後妻と家庭を持って厚木にひきこもり、笙子が不良生活を送る弟の清の面倒を見ている。小城は出征間際に、笙子の学校時代の友人の新橋芸妓、染葉と誤ちを犯す。小城とのことを染葉から聞かされた笙子はこだわりを持ち、小城の家に相談しないまま、清の結核入院費用捻出のために外人相手の美術工芸店、加賀谷商店に転職する。小城の父母と笙子との関係はこじれ、小城が帰国した日、両親は小城に見合いを勧める。笙子に責められて、小城は結納までとりかわした見合いを破談にするが、男まさりな性格の笙子と母が合わない以上、笙子と結婚できても幸せになれないと父に説得され、仏印駐在員赴任を決意する。昔気質の小城の家は笙子の父への非難を笙子に寄せて、小城と笙子は結婚できなくなる、という笙子の「宿命」の予言が繰り返し出てくる。
〔**鑑賞**〕『告白』に、紋多が『鬪魚』を書いていた時のこととして、軍部に注意されて以後「小説の上から芸者を抹殺した」、「作品は不自由に手足を縮め、荒れた。それでもなお、書かずにはいられなかつた」とある。八木毅「鬪魚の頃」(『丹羽全集第二十巻』月報)に、目白下落合の丹羽家に隣接した自分の下宿、四恩学寮が笙子が住む温古寮のモデルだったとある。なお、戦後の『鬪魚　映画化文芸名作選』では、出征は仏印の支店勤務、仏印駐在員は上海の支店勤務、である。

（永渕朋枝）

東京どろんこオペラ《とうきょうどろんこおぺら》

〔**初出**〕「小説新潮」昭和二十五年四月一日
〔**単行本初収**〕『東京どろんこオペラ』昭和二十五年五月十日　六興出版社
〔**梗概**〕都心から離れた川の堤防下の一画、いわゆるデルタ地帯に、「ばたや」で生きる人たちのバラック長屋が何棟もひしめいている。この群落の長屋は約百軒の仕切屋が所有し、三千のばたやを抱えている。食べることだけが生きている証拠の彼ら。若者の中にはこの世界に見切りをつけ、飛び出していく者もいる。富雄もその一人であるが、屑集めに行ったホラ信が銀座裏で彼を見かけたと、富雄の親の直助夫婦の家に知らせた。隣家の定やんの娘のお君がその話を耳にして家出したのは二日後だった。お君は富雄に惚れていた。漆山茂市の家には、突然、小学校の教師が訪ねてきた。娘のルミは長期欠席をしているが成績がよいので、教師は不登校を残念がった。それでも母親のお繁は、貧しさを理由にして教師を帰した。平吉爺の家は長屋の端にある。留守の家に浮浪者の泥棒が入った。泥棒とそれを見つけた狡猾な仕切屋の由造によって、有り金全部を失ってしまった。その夜、平吉爺は首を吊って死んだ。寺へ土葬の穴を掘りに行った神山重隆が、若い研一と定やんに、アルゼンチンにいる弟のことを語った。父娘暮らしの重隆は自分の死後に弟が娘の道子を引き取ってくれることに望みをつないでいるのだった。岡春こと岡田春吉が、ラジオののど自慢で鐘を三つ鳴らした。そのニュースが長屋の路地を駆けめぐった日、定やんの娘お君が戻ってきた。しかし、頭が狂っている。どうやら急性の梅毒に罹っているようだった。その後へ、今度は富雄も姿を現した。人を殺して追われる身だった。研一がお君に会わせるが、お君にはもう富雄を思い出すことができない。刑事の手に落ちた富雄は引き立てられてゆくだけだった。数日後、長屋の入口に一台の立派な車が停まった。降り立った二人は笹山銀行の笹山老夫婦で、彼らの亡き息子道久は茂市の妻お繁の元の夫、ルミは道久の子だった。お繁は笹山家で女中をしていたが、道久の子を身籠もったお繁は追い出された。そのお繁の行方を老夫婦は探し続けていたのだ。血のつながるルミを引き取り、お繁には家と金を与え、商売も出来るように十二分のことをしたいと言う。ルリは、結局、老夫婦に引き取られることになった。それを見る重隆の胸中は苦しかった。娘の道子と暮らす自分には、アルゼンチンの弟からの連絡がまだ来ないのだ。茂一とお繁の夫婦は長屋を出て御徒町に荒物屋を開くが、安気な生活が懐かしくなり、店を畳んで元の長屋のばたや生活に戻ってしまう。ルミからの誕生会の招待も断るのだった。そんな折、重隆のところへ、やっと弟からの手紙が届いた。手紙と同封された大金は届いたが、お繁たちと同じように、道子はアルゼンチンへ渡ることになり、重隆は一人取り残されることになった。そしていまは、長屋の空気を吸ってお繁たちと同じばたや暮らしをするのが一番合っていると考えるのである。

〔**鑑賞**〕戦後すぐの「ばたや」の街を舞台に、貧しくもしたたかに生きる人間たちを描いている。『東京どろんこオペラ』のあとがきに、作者は「多分にシナリオ化に便なように書いたので、シナリオにするには大変都合がよいということであった。従来の主役二枚目が一人も出ない映画というので、私も興味を覚えて書く気になった」「歌をつくったのも、この小説ではじめてのことである」と記している。『東京の薔薇』と同様に最初から映画化のために書かれているが、特に主人公を設定しない作品ということもあり、『東京の薔薇』とは違ってストーリー性は弱い。（遠藤昭己）

東京の女性《とうきょうのじょせい》

〔**初出**〕「報知新聞」昭和十四年一月二十二日～六月十六日

〔**単行本初収**〕『東京の女性』昭和十四年六月十七日　改造社

〔**映画**〕『東京の女性』昭和十四年　東宝

『東京の女性』昭和三十五年　大映

〔**TV**〕『東京の女性』昭和三十八年　NHK

〔**梗概**〕モータースに勤めるタイピスト君塚節子は、ふとしたきっかけからセールスの仕事に転向し、彼女が好意を寄せる木幡の指導を受けて、女性故の蔑視や冷笑を注ぐ男達と戦いつつ仕事に邁進する。だが当初こそ頼もしく見守り、相談にもよく応じていた木幡は、同業者として急速に成長していく節子への違和感と嫉妬を次第につのらせ、やがて節子の妹水代の、ちゃっかりしているがどこか危なっかしい娘らしさに心を移してしまう。木幡と水代との接近に悩む節子に、友人たき子は「職業婦人の自覚を本当に理解してくれる男はないんぢゃない」と言う。木幡のために取った仕事も仇となり、心身とも傷ついた節子は、ふと、かつて彼女に下心を持っていた一森の誘いを受けていたら、と想像し彼と結婚した夢を見てしまう。現実の一森は前非を悔いて節子に謝罪し、妻とも離婚していたが、節子に求婚する気はないという。もどかしい思いで帰宅すると父の訃報が届いていた。

〔**鑑賞**〕自堕落で横暴な父だったが、喪失感に打ちのめされる節子。一方、父への思い入れもなく木幡との結婚を告げる水代。節子は激昂し一森を誘い出すが、真摯に話を聞いてくれたのみで、共に一夜を過ごすこともなく帰っていく。節子は継母と父の墓へ行く。水代の結婚式の後、仕度い放題して死んでも後始末もして貰えて「よくよく得な人」の父に似た水代に対し「節子はもともと損な性分だからね」という継母の言葉に、節子は頷きつつも「これがあたしの運命」で、これからだって「ぢゃんぢゃん働いてみせる」と力強く言うのだった。

（三品理絵）

東京の薔薇《とうきょうのばら》

〔**初出**〕「小説公園」昭和二十五年一月一日

〔**単行本初収**〕『東京どろんこオペラ』昭和二十五年五月十日　六興出版社

〔**映画**〕『孔雀の園』（原作『東京の薔薇』）昭和二十六年　新東宝

〔**梗概**〕東京の五味證券社長の五味亮造は、借金のために自殺をした。現在の社長はその未亡人の幾子で、専務には、大阪北浜の山崎剛治の片腕、澁川誠介が就いている。五味の借金は山崎によって清算されたが、山崎からの借金という形で残り、山崎は澁川を五味證券に送り込んだ。五味證券に新設された婦人投資相談部の部長は浅沼紀代である。彼女の父親はかつて五味證券の番頭だった。瓜生敬司は東都新聞の社会部記者、副島ルミは写真部のカメラマンである。大阪にいたことのあるルミは澁川とは顔見知りである。五味證券で紀代に取材した瓜生は、紀代に好意を抱くとともに、大阪から澁川が送られてきた背景には五味證券を乗っ取る計画があるのではないかという疑問を持つ。一方、社長の幾子と紀代も、澁川の動きには警戒を怠らなかった。澁川が紀代に孤児として育った自分の身の上話を語ったときも、紀代は境遇に同情するが、同情を誘うのも深遠な計画のための罠ではないかと疑った。紀代は墓参と偽って五日間の休暇を取ると、社長からの重大使命を担って関西に出向く。五味證券を取り戻す金策が目的である。同じ時に、瓜生とルミも新党樹立を図る政治的な動きを探るために関西に向かった。その二人は、偶然に京都で岡島という男と行動を共にする紀代を見つける。後をつけたルミは、紀代たちが祇園の待合に入るところを写真に収める。関西から戻った瓜生は澁川に会うが、彼の正体を探ろうとする自分の動きを摑んでいたこと、彼もまた紀代に好意を抱いていることを澁川から聞かされ、たがいの意中の人紀代をめぐって宣戦布告を突きつけられる。ルミから京都での紀代の写真を受け取った瓜生は、紀代に写真を見せて、紀代が貞操を代償に五味證券を守ったのは美談ではあるが、紀代のために惜しむと、想像される紀代の行動について自分の解釈を話す。しかし紀代は、表面上の行動だけを見て判断することの不当を訴え、ルミは瓜生を紀代から取り戻すために、この写真を撮ったのだと言う。東京を引き上げる日に、澁川は、五味證券を乗っ取ろうとしたものの敵として真剣に立ち向かう紀代に気後れして敗北したことを打ち明け、実際には貞操を代償にすることなく岡島から支援金を手に入れた紀代を褒め称えた。そして最後に澁川からのプロポーズの言葉を、紀代は体を抱きしめられたように聞き、夢心地で頷いた。

〔**鑑賞**〕新東宝の市川崑の申し出に応えて映画化のために書いた作品で、小説としては後に『襟巻』というタイトルでまとめ直している。当時の若い女性の新職業であった證券会社の婦人部長とカメラマンを登場させて、風俗の最先端の作品化を狙っている。ストーリー中心の荒っぽい展開が目立つが、登場する女性の大胆な行動と複雑な心理は印象に残る。

（遠藤昭己）

童女二題《どうじょにだい》

〔**初出**〕「小説」（創刊号）昭和八年三月一日

〔**梗概**〕「小説」は、尾崎一雄、浅見淵、杉本捷雄、光田文雄、崎山正毅、加賀光、酒井松男、高橋丈雄、丹羽が同人の雑誌で、同年の九月まで発行された。「童女二題」とあるように、「母」と「金魚」という二つの話がある。「母」は幼い姉と赤ちゃんの妹と二十二、三歳の母の三人が登場人物。運動会の時に母と妹にはぐれて泣いている姉を妹がヨチヨチ歩いて母のところまで連れて行くという話。「金魚」は、七歳、五歳の姉妹と金魚屋が登場人物。二人は金魚掬いをしているが、姉は一度も妹に網を貸してやらない。いったん帰ろうとしたが、戻って来た妹は鬱憤晴らしに乱暴に金魚の桶を掻き回したという話。

〔**鑑賞**〕二話ともに三ページほどの掌編である。川端康成の『掌の小説』にヒントを得たものか。

（永井　博）

当世胸算用《とうせいむなざんよう》

〔**初出**〕「中央公論」昭和二十四年九月一日～十二月一日

〔**単行本初収**〕『当世胸算用』昭和二十五年四月二十五日　中央公論社

〔**丹羽全集二十一**〕

〔**梗概**〕終戦直後の東京。空き地に出来た「生生マーケット」には、百四十の商店がひしめく。ここは、したたかに生きる人間の集積地でもある。マーケットを管理し商店の世話を焼くのは、てきやの事務所で働く青年由良善賢である。ここでは、試食と称して食い物を狙う男も、店先で悪態を吐く売春婦の娘も、妾から本妻におさまった美貌の女も、由良の弟分の「山手の龍」も、花柳界の宴席で芸妓にはめを外す肉店の主人も、それに暇な古本店で火鉢にもたれて店番をする老婆や、物乞いの乞食に毒づかれる乾物屋も、みんな生きているだけで精一杯なのである。マーケットには次のような話題が絶えない。相馬屋肉店の売上げ金が消えたが犯人は息子で、女と箱根の温泉場にいた。二人はすぐに親に連れ戻された。妾の女のボタン屋は休業が多く評判が悪い。客は閉めた店の前を素通りするので、両隣は迷惑なのである。新婚の老夫婦の洋裁店は生地の闇商売で食べていると税務署も警察も睨んでいる。それでも、手入れをすれば路頭に迷うことがわかっているので、見逃されている。喧嘩が多くてもこの老夫婦は、最後にはちゃんと仲直りする。由良は事務所の二階からかつぎ屋たちが警察に引かれていくのを見た。すぐ大福屋に行き主人が捕まったことを伝える。その後、頼まれて警察へ貰い下げにいくのも由良の仕事である。大福屋の大食会のたびに、古本屋の主人は憂鬱になる。人波で前の路がふさがるからだ。その主人の阿部真助は屋台店のおときに恋心を抱く。妻とは違うやさしさと美貌の虜になっている。乾物屋の春見屋隣りの同業者盛屋が夜逃げすると、その後へ福屋乾物店が入った。福屋の安売りは人気で忽ち春見屋を廃業に追い込んだ。内田古着店の主人は盗品の捜査に協力して警察の評判がよかった。しかし肺病で倒れ、おかみは男を作った。目撃した由良も混じって警察で話をしているとき、衝立の向こうに項垂れたおかみの姿があった。警察が呼んでそれとなく聞かせていたのである。ある日、由良が古本屋でこの先マーケットがなくなるという話をした。阿部はここを出て、本格的な店を持つ胸算用をしていた。因習と金と喧嘩のマーケットを離れて夢を追い求めたかった。由良も同感だった。足寄武吉は一つの商売に見切りをつけるとすぐ新しいことを始める。そのふるまいは見事だった。当世商人気質とも言うべき手際にマーケットの人間は憧れた。今度は、ふかしまんじゅうの店を始めた。その大成功に人々は安堵し、彼らしいと納得した。屋台店で由良の結婚話を聞いたとき、阿部は由良は彼の道を歩けばよいと思った。そして自分は屋台店で相変わらず切ない視線でおときを眺めた。同じ飲み屋でも掘立て小屋同然の店では、おかみのおしんと亭主の佐市が売春婦たちを相手に本能と食欲だけのいかがわしい商売を続けている。事務所をやめた由良は牛乳配達を始めた。まだやさしさは残していたが、頑固になっていた。

〔**鑑賞**〕終戦直後の空き地に出来たマーケットを舞台に、そこに蠢く商人たちの姿を、作者特有の客観的リアリズムで描写している。ストーリー性は希薄で、むしろ鳥瞰的な視点から人物の動きを捉え、短い話を積み重ねていく。方向の定まらない混沌とした時代の空気を背景に、猥雑でどこか切ないエネルギーの奔出が迫ってくる。人それぞれの胸算用もまた、マーケットという集団生活の中で強く、あるいは密やかに蠢いている。（遠藤昭己）

怒濤《どとう》

〔**初出**〕「改造」昭和十六年六月一日
〔**単行本初収**〕『怒濤』昭和十六年六月二十二日　改造社
〔**丹羽全集十九**〕

〔**梗概**〕六十一歳の陶工曾根は、名人でありながら、工芸品の代作や修理をして、鳴海屋旅館で暮らしている。鳴海屋の養子、東は女癖が悪く、妻の園子は曾根を信頼している。曾根が卒倒後温泉養生している宿に見舞いにきた園子は、曾根が名人らしい仕事をする手伝いをさせてくれと頼むが、曾根は誰よりも園子を思いながら、「わたしはいつ死ぬか判らないのだ」と園子の思いを振切る。園子につきまとう園子のいとこ橘に煽られて再度卒倒した曾根は、大商人が三人の妾に生ませた最後の子供という生い立ちを気にする園子に、自分の「無気力」と「血には勝てないといふ思想に負けてゐるのだ」と言う。曾根に止めてもらえなかった園子は、温泉宿から嫌々橘に連れ出される。曾根は三階からそれを見送り、荒れた海を見る。

〔**鑑賞**〕『昭和名作選集』「序」に「かねて私の考へてゐる小説らしい小説のつもりである。この小説あたりから作者が喋り出して来てゐる。小説家は作品の中で大いに評論をなすべきだといふのが、かねてからの私の願ひである」とある。十返肇「解説」（『丹羽文雄文庫』（六））には、チェホフの「退屈な話」が意識され、作品の思想性が戦後の観念性を示す諸編と通ずる、とある。曾根の言葉を通した作者の評論の要は、生い立ちに縛られることの否定であろう。（永渕朋枝）

【な】

菜の花《なのはな》

〔**初出**〕「群像」（臨時増刊号）昭和二十八年六月十五日
〔**単行本初収**〕『藤代大佐』昭和二十八年八月十日　東方社
〔**丹羽全集四**〕

〔**梗概**〕八歳の時に得度式を受けた真宗高田本山の、「伝燈祝いの催し」で講演をせざるを得なくなった紋多は、一身田の駅に降り立ち、たんぼ道を歩きながら「懐古の情と自責の念にかられ」る。紋多は幼年時代を思い起こさせる菜の花を眺め、都会の生活の中で、本山のことも己の「出生の歴史」も忘れ果て、「ながいあいだ、大切なこころの一部分を見おとしていた」自らを振り返る。彼は檀徒が出した金で大学を出たが、「坊主をきらい、檀徒の期待をうらぎって」かつて「菜の花のさいている夜」に家出をしたのだった。その後の二十年来の執筆活動の中で「なにも発見していない」と自省する紋多は、聴衆を前に「正直に」過去を語りだす。創作に於いて「作中人物の苦悩のありかた」に疑念が生じるという「壁」にぶつかり、「人間のくるしむ方法」を模索した紋多は、己の「良心のこえ、理性のこえ」がはたらかないほどの究極の「自己否定」ということに思い至る。

しかし模索の果てに行き着いたその「発見」は、既に鎌倉時代の親鸞の教えの中にあるものだった。親鸞の教えを伝える寺に生まれながら気付かなかったことに、家を飛び出して何十年も経た今となって気付いたという経験を「懺悔のつもり」で語った紋多は、門徒につまらない話を聞かせたという忸怩たる思いを残しつつも「いくらかこころがかるくなっていた」。

〔鑑賞〕故郷のことを題材とした自伝的作品の中での位置づけ、他作品との照合などが必要である。

（峯村至津子）

菜の花時まで《なのはなどきまで》

〔初出〕「日本評論」昭和十一年四月一日

〔単行本初収〕『女人禁制』昭和十一年十月二十日　双雅房

〔丹羽全集四〕

〔梗概〕主人公博丸は大学を卒業して、故郷の楽法寺に帰っている。僧侶として父を助ける日々を送っているが、寺院の生活には馴染めない。小説は義母の死から開幕する。幼い時生母が家出した原因で、博丸は父を嫌い、恐怖するうえに、義母と互いに嫌悪しあっている。葬式で彼は義母の死と腹違いの弟妹たちの行く末を非情な冷徹さで眺めている。葬式の後に、嫁をもらおうとせず、見合い写真を突き返してばかりいる博丸に業を煮やした檀徒たちは、寺の本堂に集まり、寺を継ぐかどうかと問い詰めた。僧侶という職業を嫌いぬいて、寺を継ぐ気が全くない博丸は父の後妻を迎えないように、簡単な誓約で檀徒たちをごまかした。冬になり、博丸が水沢村の法事に出向くが、道に迷い、また身の入らぬ読経の場面も面白く描かれている。しかし、やがて檀家は父の意向さえ無視して博丸の生母を再び寺に迎え入れることを切り出した。この生母が戻ってくる話は、要は博丸の足に枷をはめることが目的である。圧巻は、家出の場面。「四月九日は海山道の稲荷祭に当っていた。（略）海山道参りの人々は菜の花の中に埋まって歩いていた。」前夜、東京の女を頼って電報を打っていたのである。博丸は家出の腹を固める。「彼の足はやがて菜の花で化粧した田圃道にはいっていった。」とある。

〔鑑賞〕伊勢平野を象徴する菜の花に助けられての脱出というよりは、青春の飛翔への高揚、見事な閉幕。この短編は昭和初年代の四日市市を背景に、家出青年の内面を通して、封建的な村社会の崩壊と新たな都社会の成立に象徴される、近代日本社会の変化のありさまを語っているともいえよう。

（半田美永）

南国抄《なんごくしょう》

〔初出〕「日本評論」昭和十四年四月一日

〔単行本初収〕『南国抄』昭和十四年八月四日　新潮社

〔丹羽全集二十一〕

〔梗概〕四国遍路の城下町淀橋町を舞台に滝田剛平・卯之助兄弟とその家族を描く。滝田家は士族で、長兄の死後、次男の剛平が家督と兄の妻を譲り受けたが、美しい妻に愛情を注ぐも亡き兄の残影から逃れられず、金に飽かせて四人もの妾を持ち、町での評判は芳しくない。一方、弟の卯之助は端整な美貌の持ち主で、既婚にも拘わらず息子を連れて裕福な未亡人の処へ婿入りしようとした過去があり、兄以上に評判が悪い。婿入りは破綻し、妻のもとへ頭を下げて戻った卯之助は、現在は俳句や絵画に凝りつつ税務署に勤めている。だが贔屓にしてくれた町長の退職後は助役への道も絶たれ、自分の行いの報いをつくづくと痛感する日々である。妻は老いても壮健で、子ども達もそれぞれ成長するが、息子の茂は父の生き方をなぞるように逸脱を繰り返し、やがて外国で得た病がもとで死亡する。剛平もまた嫡男を十歳で早逝させていた。四人の妾達は互いに反目し合い、その争いがもとで一人が流産し死亡、加害者の妾も長患い後に死亡する。卯之助は、己の境遇を託ちつつ兄の孤独について初めて思いやり、妻に述懐するのだった。

〔鑑賞〕淀橋町という地名は四国には実在せず、地理的なモデルとして想定されるのは愛媛県吉田町（現宇和島市）。丹羽は本作執筆前年に東京都淀橋区へ転居し母との同居を始めており、本作の登場人物には丹羽家の投影も見られる。つまり「希望を握り潰された思いや、恩給生活者の控えめな呼吸」が「幽鬼のように漂」う本作の「淀橋」は、四国遍路の旧陣屋町に、煩悶しつつ母と共棲していた東京の「淀橋」を重ねて生み出された場所であり、本作はその架空の「淀橋」に浮かぶ「泡沫」のような物語であったのではないだろうか。（三品理絵）

【に】

肉親賦《にくしんふ》

〔初出〕「群像」昭和四十四年一月一日

〔単行本初収〕『肉親賦』昭和四十四年十月二十八日　講談社

〔丹羽全集三〕

〔梗概〕アメリカに渡っていた紋多の姉が三十九年ぶりに帰ってきた。寺を出たのが十八才だから五十年が経過している。単身アメリカに渡った経緯は、当時あった「写真結婚」で、相手はロスアンゼルスでホテルを経営し、従業員もいる男だと聞いていたが、仲人にだまされたのだった。家族みんなが働かねばならない下宿屋のような家であった。姉は母を恨んだ。姉を決意させたのは、生母が歌舞伎役者のあとを追って寺を飛び出したふしだらな女だという、いまわしい評判だった。しかし帰国して知った真実は、母を追い出したのは父と祖母の性の欲望の結果であった。

〔鑑賞〕姉は父を愛していた。母を誤解して憎悪していた。この思いを逆転させる残酷な真実は、姉の心を動転させ、いよいよ複雑な気持ちにさせた。紋多はすでに母を許しており、この姉を「いたわらなければならない」と思う。自伝的事実を自分の姉の視点から描いたもの。（永栄啓伸）

虹の約束《にじのやくそく》

〔初出〕「山陽新聞」（夕刊）昭和二十六年十一月六日〜二十七年五月十九日　他紙にても連載

〔単行本初収〕『虹の約束』昭和二十七年八月二十九日　新潮社

〔梗概〕県会議員楠山巳代治に望まれて後妻に入った保子は先妻の妹で、巳代治の子、田鶴子と基の姉弟にとっては実の叔母に当たる。夫に、肉体的な満足だけでなく自分の「心の生活」の理解を求めていた保子は、彼女に思いを寄せる、県庁勤務の妻子ある青年高坂に惹かれていく。高坂は、田鶴子が「男らしい圧迫感を少しも感じさせない」と評するように、保子の亡夫の面影を宿す、巳代治とは正反対の男だった。高坂との関係を、夫への「反抗」「道草」と意識する保子は、高坂に身を任せることもできず、夫を嫌悪しながらも夫婦関係を続けるうちに夫の子を妊娠する。堕胎手術後、夫が「脳軟化症」で倒れ半身不随となり、看病に徹する日々の中で、保子は今までの自分の「仕合せ」を思い、〈犠牲〉に意義を見出だす。一方、女の自由を「抹殺する」結婚に疑問を持ったことなどから離婚して実家の旅館に戻り、保子を手伝っていた田鶴子は、画家、萩原と関係を持つ。次第に露わになる男の欲望に接し、これが本当に恋と言えるのか疑問を持つようになる田鶴子だったが、同時に己の中にいる「一匹の獣」＝「肉欲」の存在を意識せざるを得なかった。旅館に屢々出入りしていた男、別所から、双方仕事を続けながら「協同の、相手を尊敬の出来る生活」をつくるという提案を受け、田鶴子は別所の求婚に応じる。

〔**鑑賞**〕保子と田鶴子を中心に、田鶴子の弟基の妻で、世間知らずで他者を一切慮ることができず、正直に行動するあまり周囲から孤立してしまうのり子を配し、三者三様の恋愛と生きる道の模索、自分を「発見」する過程が描かれる。胎児を「おできぐらゐのもの」と表現する保子を通して、妊娠・出産を神聖化する通念と、その下に女性（母親）の意思が圧迫されることへの疑問の提示なども注目される。また、保子が身体が不自由になった夫と接する箇所で、作者名・作品名等は明記されていないが、乱歩の「芋虫」が引用されている。

（峯村至津子）

似た女《にたおんな》

〔**初出**〕「スタア」昭和十二年五月（掲載誌未確認）

〔**単行本初収**〕『海の色』昭和十二年十二月二十日　竹村書房

〔**梗概**〕彼は園子の下宿へ行き、帰宅を待った。下宿には雑誌があり、彼の友人の小説家が「私の推奨する美人」という一文で園子を紹介していた。その雑誌には園子の写真も掲載されていた。園子は典型的な美人ではなく、個性的で「奥深い官能的な」魅力、謎めいた秘密を持つ女性である。彼には妻がいたが、十年の結婚生活で秘密のなくなった妻よりも園子に惹かれていた。

　結局園子は帰ってこず、彼は手紙を書いて帰った。翌日園子から速達が来て、彼は園子の下宿へ向かう。園子が帰ってこなかったのは、泥酔し警察の「トラ箱」に入れられていたからだった。このエピソードは彼に微笑を誘うものであった。

　また園子は下宿で会う約束を彼にすっぽかされて泣き崩れたり、彼が果たされない旅行の約束を口にする度に着物を新調する女性であった。

〔**鑑賞**〕『丹羽文雄選集』（一）の解説で古谷綱武は所収作品を「明らかに自伝的な意味をもつてゐると考へられる作品」としており、この作品に関しては「とにかくここには可憐な一女性の片鱗が浮かんでゐる」と解説している。

　また作中に登場するシモーヌ・シモンはフランス出身の映画女優、マーナ・ロイはアメリカの人気女優である。

（稲垣広和）

日日の背信《にちにちのはいしん》

〔**初出**〕「毎日新聞」昭和三十一年五月十四日～三十二年三月十二日

〔**単行本初収**〕『日日の背信』昭和三十二年四月五日　毎日新聞

〔**丹羽全集十七**〕

〔**映画**〕『日日の背信』昭和三十三年　松竹

〔**TV**〕『日日の背信』昭和三十五年　フジテレビ　『日日の背信』昭和三十七年　フジテレビ　『日日の背信』昭和四十二年

東海テレビ

〔**梗概**〕「経済と事業」社社長、土居広之は湯河原の旅館で六角庫吉（宝石商春日堂主人）とその愛人の幾子を知る。土居は六角の下品さに比べ不釣り合いなほど魅力的な幾子が気にかかる。土居の妻の知子は三年越しに肝臓を病んでいる。

その後土居は幾子を三度（羽田空港、阿久津画伯の個展、有楽町のあるビルのタバコ屋）見かけ、次第に惹かれていく。土居の度重なるアプローチに幾子も次第に心を通じる。

土居と幾子の交際が始まり、そして妻の知子の病状が次第に悪化し亡くなる。妻の死により土居の心境に変化が起こり、幾子に別れを切り出す。

〔**鑑賞**〕タイトルの「日日の背信」は、主人公の土居の二つの背信を意味する。一つは幾子と不倫による妻知子に対する背信。もう一つは妻の死後、幾子と交際し続けることによる幾子に対する背信である。また六角の息子（信一）の物語はメインストーリーとは直接関係ないが、母に捨てられた物語として丹羽文学を考える上で興味深い。（稲垣広和）

日紀《にっき》

〔**初出**〕「文芸」昭和十二年一月一日

〔**単行本初収**〕『女人彩色』昭和十二年四月二十日　河出書房

〔**梗概**〕家族と借家で暮らす十九歳の伸子は、隣家の新婚夫婦が気にかかる。太っていた新妻は別人のようにやせていき、新婚のういういしさを失っている。同じ間取りに住む自分も、同じように人生を送ることに伸子は恐れを抱く。父の病弱な後妻が一年で死んだことを思い、父の三度目の結婚話がすすむ中、伸子は再婚相手の勤める小間物店を訪れ、健康的な姿に安堵する。義母を受け入れながらも反抗心を抱く伸子は、義母が生母の時計をしていることに父の狡猾さを感じる。隣家の洗濯物に細君のものでないような赤い着物を見つけ、結婚はやせることだと思い、自身の幸福な結婚を決心する。

〔**鑑賞**〕枯れた糸瓜のつるを、やつれた隣家の若妻に重ねるなど、情景描写を上手く用い、瀧井耕作から賞賛されたという。古谷綱武は「なごやかな雰囲気をもつた作品」（竹村書房版『丹羽文雄選集』（二）解説）とし、この作品の成功が、当時の家庭生活の安定にあると指摘している。「中野文園町に最初に家を持つた経験が、この中に大いに利用されてゐる。勿論出来事は違ふが、類似の借家が二軒並んでゐて、どちらの出来事も互によく判るので、気持の上でかなり困つた。」（『或る女の半生』あとがき）とあるように、身辺から題材を得た小品。（岡本和宜）

日本敗れたり《にほんやぶれたり》

〔**初出**〕「サロン」昭和二十四年八月一日〜十月一日

〔**単行本初収**〕『日本敗れたり』昭和二十四年十月十五日　銀座出版社

〔**梗概**〕昭和二十年八月七日から八月十六日までの政府首脳や天皇の動静を、迫水久常内閣書記官長中心に描いている。六日の広島原爆投下による衝撃に追撃ちをかけるように九日ソ連の参戦が報じられ、閣議でポツダム宣言受諾を審議している間に長崎へ第二の原爆が投下される。最高戦争指導会議、閣議で東郷茂徳外相、米内光政海相ら受諾派と阿南惟幾陸相、梅津美治郎参謀総長ら反対派とが拮抗したままの状態で、茫洋とした鈴木貫太郎首相は、二度の御前会議において昭和天皇の聖断を仰ぐ。神として遠ざけられていた天皇が、人間としての肉声で終戦を宣し、国民に放送を通じて語ることを決断する。近衛師団での反乱を経ながら、十五日、玉音放送が流される。その間、主要な人物の性格などが描写され、鈴木首相や東郷外相、阿南陸相、大西瀧治郎海軍軍令部次長らが、詳しく描写される。中でも、昭和天皇の、長い伝統の殻を破り、懸命に所信を述べる姿が印象的に描かれている。かくして日本は敗れたのである。

〔**鑑賞**〕連載最初の「作者の詞」で、「人間壁画」という題名のもとに、厖大な小説を念願しており、この『日本敗れたり』も『現代史』もその一節であり、現代の歴史を「小説家の目でもって描きたい」と述べている。しかし、小田切秀雄は「あやしげな資料によつて書きとばし」たとし、以下のように批判する。「戦争中から「社会小説」を試みようとして『現代史』（十七年）を書き、戦後もその改稿・続編や『日本敗れたり』『有天無天』等を書いたがいずれも成功していない。」（「丹羽文雄の問題」「中央公論」昭和二十五年四月）

（水川布美子）

女商《にょしょう》

〔**初出**〕「新人」昭和二十一年十月一日

〔**単行本初収**〕『女商』昭和二十二年六月二十五日　斎藤書店

〔**丹羽全集二十**〕

〔**梗概**〕笠松多佳子は一時期結婚して北海道に暮らしていたが、放蕩者の夫と別れ子連れで実家の蛍文具店に出戻る。意気阻喪するどころか多佳子は却って生き生きと活動を始め、疎開を余儀なくされるまで、悪辣とも言える思い切りの良さで実家の商売を大胆に切り盛りしていた。戦後疎開先の静岡から戻ってみると文具店は焼失しており、地所も折あしく他人に借りられた後だった。だが石に噛りついてでも生きなければならないと考える多佳子は新しい商売の対象として蜜柑に目を付ける。蜜柑で儲けた五万円を資金として文具店があった地所近くに喫茶店を開くが、なかなか利益は上がらず赤字続きである。文具店時代の常連であった洋画家の阿久津は今も多佳子の相談相手であり、経営に苦しむ多佳子の愚痴を時折聞いてやっている。阿久津が店の行く末を案じていると、店に農村から出てきた若い男女がなだれ込み、男は女装を、女は男装を施して表の広場へ踊りに出て行った。

〔**鑑賞**〕多佳子との会話の中で阿久津が見せる価値観は、多佳子の商売のあくどい一面を炙り出すものでもあるが、手段を選ばず生き抜く事が先決である戦後の混迷にあっては多佳子の生き方は一概に批判されるものではなく、逆に阿久津の言い分が綺麗事に過ぎるという見方も可能であろう。自分の蜜柑を積んだ船を見て涙を流す多佳子や、作品末尾の若い男女の狂態など、女商人の逞しさを描くのみならず多角的な作品の読みを促す印象的な場面も見受けられる。

（杲　由美）

女人禁制《にょにんきんせい》

〔**初出**〕「中央公論」昭和十一年六月一日

〔**単行本初収**〕『女人禁制』昭和十一年十月二十日　双雅房

〔**丹羽全集十五**〕

〔**梗概**〕院主弁海、狩猟好きの兄貞信、叔父仙岩が暮らす女人禁制の隆法寺。買収と移転によって寺格を上げた弁海は、日本料理相模屋の女中お染お光姉妹に馴染む。正妻を追い出し、お光を後妻に迎えた弁海だが、お染への執着も増す一方である。兄貞信は、寺の女中おせんに子を産ませながらも結婚せず、相模屋の松江とも交際する。貞信の妻として寺に乗り込んだ松江は、おせんを追い出し、寺経営を取り仕切るお光と張り合う。女人禁制に程遠い寺の様子を、ただ眺めるばかりの仙岩だが、虐げられても従順なおせんの素直さに、仙岩はある種の救いを感じる。家出していた弁海の妹藤乃が戻ると、女たちの軋轢は激しさを増す。多額の借金を残して松江が姿を消し、貞信の許に行くおせんに、仙岩は怒りと無力さを感じる。檀徒の前で、お光が藤乃への不満を爆発させ、弁海と大喧嘩を繰り広げ、隆法寺の内情は白日にさらされた。後日藤乃は寺を去るが、入れ替わるように何食わぬ顔で松江が寺に戻る。松江から再び追い出され、居場所を失ったおせんも寺を去った。おせんに同情の涙を流す仙岩だが、仙岩の隆法寺での日常は変わる事がなかった。

〔鑑賞〕「煩悩具足」同様、寺院の内幕を描いた初期作品であり、当時の居候先に隣接する寺院をモデル（『新日本文学全集（十八）』あとがき）に、「今後の歩き方を暗示」（『女人禁制』あとがき）した自信作。十返肇（『丹羽文雄文庫』（二十四）解説）は愛欲によって僧侶の生活を懐疑し、「非情の目をもってあくまで客観的に描いた」社会小説的な作品と評価する。また小山東一「文芸時評四」（「中外商業新報」昭和十一年五月二十九日）は、悪男悪女の現実と純粋なおせんとの対照を指摘する。矢崎弾「文芸時評四」（「報知新聞」昭和十一年五月二十六日）は、仙岩のニヒリズムによって暴かれる寺の内情を評価し、他の追随を許さぬ優れた描写による傑作とする。一方、村山知義「文芸時評一」（「国民新聞」昭和十一年六月十五日）、平林彪吾「文芸時評」（「文芸首都」昭和十一年七月）は「煩悩具足」に比べ人物描写が弱いとする。しかし、八木毅（集英社文庫『鮎』解説）は仙岩の存在を評価し、「煩悩具足」の障害を持つ子供同様「仏の悲しみの切実な示現」ととらえる。おせんを同情的にみる仙岩の視線は、『贅肉』の描写をめざした（改造社版『丹羽文雄選集』（二）あとがき）ものであり、単なる批判者ではなく慈愛をもった存在といえる。また純粋なおせんは、『菩提樹』の松寿に通じる妙好人的存在である。後の『青麦』『菩提樹』に通じる宗教性を内包する作品である。

（岡本和宜）

人間・舟橋聖一《にんげん・ふなはしせいいち》

〔初出〕「新潮」昭和五十九年十二月一日～六十一年十二月一日の間に七回連載

〔単行本初収〕『人間・舟橋聖一』昭和六十二年四月二十五日　新潮社

〔梗概〕熱海の宴会場で秋山庄太郎に紹介された舟橋の女梅吉から彼の吝嗇さや奇妙な性癖を聴き、私（丹羽）を生涯のライバルとして憎んでいることを知る。戦後の文芸家協会復興に際し、菊池寛から後を任されたと自認した舟橋は、会長になることを石川達三や私に反対されて異様な形相で泣き喚く。そのような舟橋に、小児ヒステリーの潜在を認める。文士の税金に関して必要経費の陳情に池田大蔵大臣を着流し雪駄の服装で国会に尋ねたり、料亭の料金を使用人に値切らせたりする舟橋の「謎」が私には分からない。しかし、「けちこそ私は人生の至楽に近いと思う」という舟橋の文に接し、舟橋解剖の手がかりを得たように思う。吉行淳之介が、舟橋の「華燭」（「新潮」昭和二十六年一月）を「傑作ではないか」と評したので、この作品を細かに検討し、舟橋でなくては書けない作品と認めた。一人娘の結婚と交換条件に「妾」の存在を妻に認めさせた舟橋は、妻妾同居を実行し、遂には夜の三人「同室」まで推し進めた。私は、彼の「謎」解明のためには「履歴」から始めなければならないと考え、両親（父了助と母さわ）の生い立ち、性格、経歴から舟橋の見えざる姿を見出していく。父の没落により嵩む借財を一身に背負った舟橋が「心を鬼にして」難局に立ち向かい、両親やその先祖が引きずっていた「足尾銅山事件」に触れ「真実を語った」ことに私は感激する。そして、自らの内なる耽美主義やデカダンを抹殺しようとしながら、出来なかった舟橋を観て、妻妾同居も総て理解でき、彼の正体に接することが出来たと思う。いり卵と衛生ボーロが好きだという舟橋の中には「少年」が住んでいたのである。舟橋の葬儀で、私は「生涯のライバル」として弔辞を読んだ。

〔鑑賞〕丹羽自身が言うように舟橋が「生涯にわたり抱えこんでいた謎」を究明したいために「小説・舟橋聖一」に取り組んだのである。何かにつけて「ライバル」視されている丹羽が、冷静にそして鋭く舟橋に迫り、彼の「謎」に触れ得たと確信した段階で作品名を「人間・舟橋聖一」と変えたのであろう。それは、同時に見つめた丹羽文雄自身をも反照射するものであり、人間・丹羽文雄が浮上している。（濱川勝彦）

人間図《にんげんず》

〔初出〕「日本小説」昭和二十二年五月一日

初出時の「人間模様」を改題

〔単行本初収〕『未亡人』昭和二十二年十二月十五日　九州書院

〔丹羽全集十九〕

〔梗概〕学問の家から養子に来たという一事から、村の人々に「学問のある人」と言われる吹上弁太郎は、分教場の門に大石を据えたり、公園の設計をすることに喜びを感じていた。村の人々は、「きれいな心」と「美しい奉仕」の精神で、弁太郎を手伝った。しかし、弁太郎は百姓としては一文の値打もなく、幕内の力士のような肥大漢の肉体に怠惰を充満させていた。子供らには、その大人と子供の見境い無き気迫によって、人気者であった。駅前の銘酒屋に通い詰めて、女のために金を使い切る。突然、準禁治産者になってしまった弁太郎に、本家の岩雄から大きな金額の借用書を渡される。その書類は、全く覚えのないものだが、正真正銘、弁太郎自身の字だった。裁判所の判事は、同じ言を繰り返す彼に、誰の眼にも偽筆であることから同情した。しかし、彼は自説をまげず訴訟に負けた。乞食と見紛うような生活をする中でも、彼は心を痛めてはいない。次から次へとやってくる貧しき客にも親切にする。そんな中、細君が死ぬが、その後お花という子連れ乞食の狂女が居つく。弁太郎は、垂見明神への毎夕の遥拝をすることで、村人にある種の感動をあたえた。弁太郎の葬儀には、村人全てが仕事をやめて集まった。

〔鑑賞〕「厭がらせの年齢」が流行語となっていた頃の作品であるが、それをはみ出す作家の余裕と実力を窺える作品である。徹底した客観的リアリズムの手法で描かれる弁太郎の一生と精神の在り様。世間一般の打算感覚からいえば、愚直ともいえる弁太郎の姿を、周囲の人々の精神描写も絡ませながら、淡々と描く。転落後、次々と訪れる貧しい客の群れは、まるで神仏か賢者の姿を変えた逸話を読むようで、死後の弁太郎への村人の奉仕に「信頼を寄せること」の意味を考えさせられる。最後にお花の腹から生まれ出ずる、弁太郎の血まで予感させて、この小説は幕を閉じるのである。（河原徳子）

人間模様《にんげんもよう》

〔初出〕「毎日新聞」昭和二十二年十一月二十五日～二十三年四月十四日

〔単行本初収〕『人間模様』昭和二十三年六月十五日　講談社

〔映画〕『人間模様』昭和二十四年　新東宝

〔梗概〕大輪高等女学校長の息子で三十二歳の大輪絹彦は学生時代の同級生、小松原厚と再会する。彼は小松原興業の社長であり、傘下の七曜デパートのレジスター二十三歳の吉野吟子を伴っていた。大輪高等女学校の理事の娘で二十二歳の新井沙丘子は、誰もが大輪家と新井家が縁組することを自然だと思っていることに憤りを感じていた。小松原の秘書をしている友人から、小松原が絹彦のことを「好人物の典型」と軽蔑しているのを耳にして、自分の傷のように感じる反面、活動力のある人物として、小松原に興味を持っていた。

小松原は、吟子が上海にいたとき交際していた男から吟子の上海時代の悪行を聞かされ、吟子を食事に誘う。話をするうちに吟子を信じた小松原は吟子を守るためにも求婚する。

吟子は盲腸炎を患う。しかし金銭的な問題で手術は受けられない。心配した絹彦は泊まり込みで看病をする。回復した吟子は絹彦に感謝するが、絹彦の気持ちが友情なのか、愛情なのかわからなかった。看病のお礼にダンスホールへ行った絹彦と吟子は小松原と、彼の秘書をするようになった沙丘子と会う。吟子が絹彦に気持ちを向けているのに気づいて小松原は動揺し、絹彦を褒める吟子に沙丘子は反発する。

絹彦は吟子に金銭的な援助をして盲腸の手術を受けさせた。退院後、小松原の計らいで伊豆で療養していた吟子は沙丘子に会う。沙丘子は吟子の悪い噂を耳にしていて、吟子に執心している小松原を中傷し、小松原の世話になっている吟子を詰る。旅館から微笑みあう若い恋人同士を見て、吟子は小松原の求婚を受ける決意をする。

結婚式に招かれた絹彦はおだやかな微笑で二人を祝福する。「仕合せになって下さい」と言う絹彦に吟子は「最後の仕上げをして下すって、ありがとう」「絹彦さんに一番大切なことを、とうとう言わずに終ったような気持ちです」と応えた。

沙丘子は、小松原と吟子の結婚から自己放棄をして、木下という男と堕落した生活を送っていた。木下も若手社長だったが、福岡で警察に連行される。彼には詐欺の前科があった。帰京した沙丘子は東京駅で絹彦に声をかけられ、傷ついた自分は「この人を無意識の裡に当てにしていたのではないか」と思う。家に帰るに帰れない沙丘子は絹彦の家に招かれるが、そのまま倒れ、流産してしまう。絹彦は処置の間、吟子の盲腸の時と同じ心配でたまらない気持ちを味わう。目覚めた沙丘子に絹彦は「女は、その肉体でまた救われる」「外科的に手術をうけたら、もとの清浄に戻るのです」と語りかけ、大輪家と新井家の縁組について「これからだって確かによいことに違いありません」と伝える。

〔鑑賞〕想いが交錯する「人間模様」の中、見返りを求めない絹彦の気持ちのあり方と、揺れ動く女性心理を描き出す。（太田　紫）

【ね】

寝椅子の上で《ねいすのうえで》

〔初出〕「早稲田文学」昭和四十四年十月一日

〔単行本初収〕『肉親賦』昭和四十四年十月二十八日　新潮社

〔丹羽全集三〕

〔梗概〕「お化」の存在を問う五歳の孫の姿から、私は五歳の頃を思う。母の家出を八歳の頃と思い込んでいたが、四十年目に再会した姉から五歳の頃と教えられる。情人と会う母に芝居小屋へ連れられた鮮明な記憶が三十四歳のころだったこと、下校後にかぶりついた母の乳房の記憶も祖母の乳房だったことに六十四歳の私は狼狽する。確かな記憶として小学一年の母との再会を思い出した。母の「大きくなった」が今も耳に残っていたが、四年ぶりであったことに納得する。毎日学校から帰ると隠居所の祖母を訪ねていた私は、四年ぶりに母と再会した。私を抱き寄せて泣く母と祖母に対し、私にはためらいがあった。祖母に叱られた腹いせに衝立へ放尿しながら流れた涙は出なかった。祖母の涙には煩悩から娘を追い出し、自身も追い出されるに至った罪の自覚があった。自身の記憶に誤解があったように、誤解によって母を恨み続けた姉も、真相を知り誤解がとける。若い頃恨むこともあった祖母の生涯も、煩悩具足の凡夫を誰よりも実践したと感じ納得しながら、寝椅子の上で孫たちの遊び声を聞いていた。

〔**鑑賞**〕母との再会への誤解と記憶の再確認を描いた短編。事実と記憶のズレをとらえた川端康成「十六歳の日記」に通じるものがあろう。姉との再会は同時期の『肉親賦』に詳しい。母との再会は『椿の記憶』『無慚無愧』『仏にひかれて』を始め何度も描かれているが、再会とともに放尿や牛の記憶など断片的な記憶が挿入される点、誤解が祖母の生涯の肯定につながる点が特徴的。衝立への放尿は『ひと我を非情の作家と呼ぶ』に語られている。

（岡本和宜）

【は】

媒体《ばいたい》

〔**初出**〕「世界」昭和二十七年四月一日

〔**単行本初収**〕『禁猟区』昭和二十八年五月三十日　白燈社

〔**丹羽全集二十二**〕

〔**梗概**〕「都内某署に勤務する一警官」である「私」は、愛読している新聞小説の作者である小説家に宛てて、〈他に訴える場所もない悩み〉を綴った手紙を書いていた。戦後の世の中で「かつぎ屋」をせざるを得ない、幼い子どもを抱えて生活苦にあえぐ女性たち。彼女らに同情しつつも取り締まらなければならず、一方では、やはり生きるために点数を稼がなければならない部下を抱える中間幹部としての悩み。そこへ顔見知りの女性が来訪し罪の告白を始める。賭け事での浪費や暴力が絶えない夫との苦しい生活の中、日雇い労働者仲間の男に犯された彼女は、夫からは与えられなかった優しさに触れ、関係を続けていたが、夫に知られてしまう。「愚かな女」「罪ふかい女」と罪の意識を披瀝する告白に、「私」は途中で急に興味をひかれなくなり、彼女の中に「自己虐殺の誘惑におぼれきった女の相」、「ある種の観念に翻弄されている」姿を見出だす。その後「私」は、その女と関係を持っていた男とに遭遇、二人を激励するような言葉をかけるという「警察吏員からはみ出したふるまい」に及ぶ。

〔**鑑賞**〕手紙によって小説家に自らの悩みを一方的に吐露する「私」と、話相手の「私」に意識を向けず、「心に描いている何ものかに向って話をしている」ような告白をした女。その女の姿を見ることが、翻って「私」に自身を見させ、自らの問題を発見させるという構成が注目される。冒頭で作家宛の手紙を書きつつ「途方もない、重いものに圧しつぶされる圧迫感」を覚えていた「私」は、女と男に声をかける場面で「快いひびきをたてて」「喉を、言葉がおちていく」感触に満たされる。冒頭部と右の終局部の呼応も意図的な設定と言える。

（峯村至津子）

袴《はかま》

〔**初出**〕「文学界」昭和十年九月一日
〔**単行本初収**〕『この絆』昭和十一年二月十九日　改造社
〔**梗概**〕夕食後、春太郎が父親と囲碁をしていると、父親は春太郎の弟を、茶の湯の弟子で情人でもある八千代の家へ、迎えをかねて、来訪の有無を尋ねに遣る。長男の春太郎だけが腹違いであり、二男、三男、末女の母である養母は、長く病床にあり、死期が近い。養母は家の安定をはかって春太郎の結婚を急いでおり、彼のために袴を作る。ある日、養母は病床を抜け出し、家の茶室で行われている夫と八千代の情事に耳を澄ませている。それを見た春太郎は、養母を気遣いつつも、父親を責める気にはなれない。養母の死後、八千代も遠い土地へ行って再婚する。見合いをしても気に入った女性に出会えなかった春太郎は、父親に後妻を迎えることを決心する。行きつけの待合で、父親が、以前自分が関係を持った秀奴と深い仲であることを知った春太郎は、愕然とするが、自分はしばらく東京へ行って働くことにして、父親と秀奴の縁談をまとめる。その結婚式で、春太郎は亡母が自分の結婚ために作ってくれた袴をはき、これは亡母も予想外のことであろうと苦笑するのである。
〔**鑑賞**〕前半では、家の中で繰り広げられる父親と養母と情人との、愛と憎が描かれる。後半では、春太郎自身がかつて関係を持った女性を、父の後妻として家に入れる算段をする。一つ屋根の下で繰り広げられるこういった夫婦の、あるいは親子の「性」秩序の混乱には、丹羽自身の育った家庭環境が投影されてもいる。春太郎が、父親の「性」に共感し、冷静に理解しようとする態度を示していることが注目される。

（塚本章子）

秦逸三《はたいつぞう》

〔**単行本書下ろし**〕『秦逸三』昭和三十年六月十七日　帝国人造絹絲（株）
〔**梗概**〕広島県海田に十一人兄弟の三男として生まれた秦逸三は、一高経て東大医学部に進学、一年で応用科学に転じた。卒業後は鈴木商店樟脳専売局、神戸税関に勤めるも志を得ず、長男誕生を期に米沢高等工業（現山形大学）教授に転じる。そのころビスコース（再生繊維の溶液）研究に苦心する久村清太に出会い、人造絹糸の研究を始める。秦は学科予算を一人で使いはたし、講義を忘れるほど研究に熱中し、周囲の反感を買うが、大竹校長の擁護や久村、鈴木商店の金子直吉らの援助によって研究を続ける。ビスコース作成の肉挽機で指を失う。金子の援助で人絹製造所を設立し操業を始めるも、糸にすることが出来ない。久村と研究を進めたが成果は上らない。人絹の権威クロス（英国の人絹会社顧問）に手紙を出し、欧米を視察するが企業秘密として製造法を知ることはできない。大正六年の大火、電力不足、朝鮮女工問題など多くの問題を抱えながらも精製ビスコースを糸にする技術を開発する。なおも品質向上の苦闘は続き、工場と工員を支えた妻を亡くす中、次第に工場は軌道に乗る。原価計算担当社員に人絹の講義をし、その技術を世間にも公表する秦の自由闊達な学究態度は尊敬された。一方で酒や浄瑠璃に凝り、社員に迷惑をかけることもあった。生産量向上に伴い旧式となった米沢工場は閉鎖され、秦の研究者としての使命も終えたかのようであった。研究者として名声を得た秦は久村の嫉妬に寂しさを感じる。
〔**鑑賞**〕久村の死後、顕彰のため企画された。礼賛ではなく人間像を浮かび上がらせるために小説家が書くほうがよいという大屋晋三社長の意見により、三次軍次帝人勤労部長が友人の池島信平文藝春秋編集長に相談し丹羽に依頼したという。同時刊行の『久村清太』、福島克之『帝人のあゆみ』にくらべ、人造絹糸研究よりも秦の生活が詳しく描かれている。人造絹糸研究は原価計算担当社員への講義やラジオ放送原稿の形で描写され、研究ノートの引用によってさまざまな分野に興味を示した秦の学究態度が伺える。趣味と研究に生きた秦と、社長として経営を一手に担った久村との対比は、『哭壁』や後の『親鸞』『蓮如』との比較が出来よう。（岡本和宜）

爬虫類《はちゅうるい》

〔**初出**〕「文藝春秋」昭和二十五年一月一日～六月一日
〔**単行本初収**〕『爬虫類』昭和二十六年三月十日　文藝春秋新社
〔**丹羽全集十六**〕
〔**梗概**〕名護真千子の良人の蔵太は四十五歳、商事会社を経営する。極端な利己主義者で、欲望を満たすためなら闇の道でも歩いて行く。女は性欲のために存在すると考える稀代の放蕩者に罪悪の意識はかけらほどもない。真千子は、蔵太と関係を持った十二人の女を一人一人訪ねて、恨みを言うでもなく、仲のよい友達に会ったように話がしたいと考えた。最初に訪ねた諏江テルは、蔵太の子を二人生んでいたが、再婚して七人の子どもと大家族の面倒をみながら農家で平穏に暮らしていた。真千子は、この女の前では物好きにもやって来た被虐者の惨めさを発見するだけだった。鬼頭ツル子は、かつて名護商事の事務員。洋裁師になったいまは豊橋駅前の路地の兄の料理屋で暮らしていた。ツル子とその兄は、蔵太に対して感謝こそすれ恨みの思いはなかった。蔵太という悪徳の男も、彼らには有徳の士であった。ある日、絵路という女が真千子を訪ねてくる。蔵太が買い与えた家に住んでいる妾である。留置場に入った蔵太の救出に力を貸してほしいと言う。しかし六年の間自分から隠れていた絵路を決して許すことができない。真千子はすげなく申し出を断った。川崎珠子という女は、恨みを持って向こうからやって来た。夜更けに訪問したり、家に石を投げつけたりする狂気の行動で真千子を恐怖の底に陥れた。また、真正面から蔵太と闘おうとしない真千子の不誠実を責めた。自分に比べて珠子が純粋の世界に住むと理解すると、珠子の生き方や行動は真千子の負い目になった。植草淳子は酒場を経営していた。彼女の手紙が届いて旅館に出向くと、蔵太に髪を切られた無惨な姿で真剣に別れたがっていた。殺されるのではないかと蔵太の仕打ちに怯えたが、真千子が思うのは、殺す可能性は自分の方にあるかも知れないということだった。伊礼邦子という女の名を、真千子は蔵太から初めて聞いた。天性の娼婦型の女である。邦子が起こした泥棒騒ぎを収めるために、蔵太に頼まれて真千子は彼女のアパートに出向く。邦子を盗みに走らせた蔵太の性欲の業の深さに真千子は愕然とするのだった。気賀章子は死の床にいた。真千子は病院に急行するが、章子はすでに死体安置所に横たわっていた。彼女の日記と手紙には、蔵太の愛を得られずに漂流し、梶との恋に翻弄される悲しい心の内が綴られていた。正妻の座を奪うために呪い殺そうと、お百度を踏んだという章子の思いに真千子は慄然とする。蔵太は生絹の横流しを摘発されて逃げた後、会社を潰す計画を巡らしていた。一方、真千子も蔵太から訣別する計画を静かに練っていた。ついに蔵太を捨てるときがきた。夜列車で旅立つ日、真千子にはまだ自分の目的がわからなかたが、孤独を恐れるなと絶えず自身に言い聞かせていた。

〔**鑑賞**〕主人公の名護真千子が、稀代の放蕩者である蔵太とその女たちへの恨みと愛を通して、自らの自由と喜びに目覚めてゆく物語である。作者は、邪悪の象徴である「爬虫類」とのさまざまな対決を徹底的に描くことによって、対極にある人間的な魂を救い出そうとしている。真千子は虚無の底から魂の自由を見出した悲劇的な女性であるが、それゆえに真に人間的な女性と言えるのではないだろうか。精緻で執拗な心理描写と、作者の肉声を反映したような文体が絡み合い、この時期の代表作と呼ぶにふさわしい作品である。　（遠藤昭己）

母の晩年《ははのばんねん》

〔**初出**〕「群像」昭和三十一年十月一日
〔**単行本初収**〕『さまざまの嘘』昭和三十一年十二月二十五日　弥生書房
〔**丹羽全集三**〕
〔**梗概**〕私（作者）の七十五歳になる母を東京から千葉に隠居家を建て住まわせる。母は認知症がはじまっていて案山子に語りかけたり家から見えるあずまやに「風来さん」が住んでいるといったりする。そんな母を私は「姨捨」で家庭を守るために「犠牲」にしたと悔いる。寺に生まれ育った母であるが一向に宗教心を解さない。そんな母の動静が逐一東京にいる私に伝えられる。

〔**鑑賞**〕作者の母こうは昭和三十一年九月千葉の鴨川で亡くなっている。享年七十五。この作品は母の最晩年で死の直前の姿を描き「うなずく」「もとの顔」と共に母の晩年から死を描いた連作の一編。丹羽文学の根幹をなす生母の老いた姿を円熟期の作家の眼で描く。　（衣斐弘行）

母の日《ははのひ》

〔**初出**〕「群像」昭和二十八年十月一日
〔**単行本初収**〕『丹羽文雄文庫』（八）昭和二十九年六月十日　東方社
〔**丹羽全集三**〕
〔**梗概**〕鈴鹿は、岐阜で四十年余り間借生活していた母を、東京の自分の家にとうとうひきとった。母は七十三歳。これまでにも鈴鹿はこの老母をひきとろうしたが、二度とも失敗をしている。鈴鹿の妻や妻の親や友達の悪口を言いまわすといった老母のふるまいが、一家の雰囲気をかきみだすのだ。八歳の時に旅役者を追って家出をした母と鈴鹿は、その後何度か顔をあわせてはいたものの、四十年の間に鈴鹿にとって生母というものは不案内な存在となり、まったく思いがけない別の人間となっていた。老母は、話をすることを好む。あちらこちらで中傷する意図は少しもなしに、真実味あふれた中傷を言い歩く。小説の中の哀れな物語をわが身に取り入れて話をする。そのくせ、自分の言葉に責任を持たない。鈴鹿は、妻の立場を擁護し、一家の体面を保つためには、母に言動を遠慮させなければならないのであった。ついに、老母は妻の父親から自分が男女関係の対象にされているという話をしだした。ついに、妻までもが地獄にひきずりこまれたのだ。

　毎年、母の日になると十二歳で生き別れになった鈴鹿の姉から母に贈り物が届く。贈り物には、姉の中に母との思い出が美しく作り直されている感じが表れている。鈴鹿は、現実の母を姉に一目見せてやりたいといつも皮肉に思うのだが、姉の夢はこわさないほうが良いと思い直すのだった。

〔**鑑賞**〕鈴鹿とその周囲の人物は、老母の言動に手を焼いていた。風呂に入ることや着替えをすることを面倒だと思うぶしょう者であり、ありもしないような作り話を本当のことのように話し歩く。さらに、七十三歳という年齢にも関わらず、男女関係が興味の中心である。自分の行ないに苦悩や後悔がない、「手にあまる厄介な荷物」であった。しかし、鈴鹿はこの老母との縁を切らない。「自分の生母のもつ業縁というもの」として、ありのままの母をそっくりそのまま認めようとしている。鈴鹿の姿からは、たとえどんな人物であろうと、自分の生母をそのまま受け止めようという丹羽文雄の姿勢が感じられる。

（稲垣香奈）

浜娘《はまむすめ》

〔初出〕「文藝春秋」昭和三十九年二月一日

〔単行本初収〕『浜娘』昭和三十九年九月二十日　講談社

〔梗概〕三陸地方随一の漁港K市に十八歳で嫁いだみえは、二十八歳で良人が病死してから三年、子供二人と姑を抱えて農業と海苔の採集で生計を立ててきた。豊次郎はみえの二歳下で、仙台の運送会社をやめて後、K市に戻って消防自動車やトラックの運転手を勤めていた。夫の死後二年が経ったある日、海苔の買い入れに月四五回訪れる豊次郎と納屋で話し込んでいたみえは、無言で豊次郎と眸を見つめ合う流れの中で関係をもち、逢瀬を重ねる。海苔の季節が終わると野良仕事が始まり、二人が気軽に逢う理由はなくなるが、三箇月後、豊次郎は空の茶箱を運ぶふりをしてみえと逢った。春の祭礼で姑と長男を芝居に出し、次男を寝かせて納屋で逢った豊次郎に、「仕合わせだわ」としみじみというみえには「悔がみじんもなかった」と語られる。田植えの時期、妊娠に気づいたみえは豊次郎の勧めで、家族には歯医者に行くと言って中絶手術をする。産めば自分もその子も不幸になるものを手術で取り除いたことに、みえは「何だか大きな感動にうたれているような」気持だと言い、豊次郎は「人間の勝利」「利口に生きなければ」と言うが、二人の思いにはずれが生じている。

〔鑑賞〕語り手は、一家を背負いつつ情愛を求めるみえの姿を実感をもって描きつつ、現在の生活を維持するために我子を犠牲にするエゴイズムを、ラストでみえの意識に忍び込む「豊次郎の子を生んでみたい気持もあったが、それにはそしらぬ顔ですまさねばならなかった」という、微かな揺らぎに指摘している。

（渡邊ルリ）

薔薇合戦《ばらがっせん》

〔初出〕「都新聞」昭和十二年五月三十日〜十二月三十一日

〔単行本初収〕『薔薇合戦』（上）昭和十二年十一月二十日　竹村書房　（下）昭和十三年一月二十日　竹村書房

〔丹羽全集二十三〕

〔映画〕『薔薇合戦』昭和二十五年　松竹

〔梗概〕真砂の夫は背任横領が露わになる矢先、急死した。真砂はパトロン笠原の力を借り、謀反組でニゲラ化粧品を立ち上げる。妹の雛子と、真砂がスカウトした宣伝部の園池は互いに強く惹かれるものを感じるが、雛子には、義兄を守ろうとして茂木に身を汚されたという過去があった。真砂は妊娠した雛子を会社の日夏と強引に結婚させるが、日夏は野心をむき出しにし、日々暴力的になる。やがて雛子は流産し、日夏は警察沙汰を起こして北海道に去る。真砂が「若い燕」である小島を会社に入れたことで、社内に波風がたち始め、笠原にもその事実を知られてしまう。奔放な末の妹千鈴は同僚の江島と試験結婚を始めたものの、正妻に乗り込まれて終わる。千鈴は園池を箱根の宿に誘ったが園池の心が自分には向かないと知り、自分には潔癖というものがないと知る。ついに雛子は日夏と別れるために北海道に発ち、真砂は小島と別れて会社再建を決意する。

〔鑑賞〕事業家として功利を追求する真砂、傷を負って古い女性から脱皮してゆく雛子、そしてファムファタール的な千鈴。三姉妹のそれぞれに時代の女性像を反映させたこの作品は、後の『三姉妹』にもつながってゆく。昭和二十五年、時代設定を戦後に変え、松竹で映画化（成瀬巳喜男監督）された。（竹添敦子）

春の蟬《はるのせみ》

〔初出〕「海」昭和五十六年十月一日

〔単行本初収〕『妻』昭和五十七年十一月二十四日　講談社

〔梗概〕自宅改築工事のため、例年より早い春に訪れた山荘。其処で出会ったのは、初めて見る山荘付近の生き生きとした芽吹きと、臨時雇いのかく子。美しい自然への新鮮な驚きと感動を覚える一方、かく子の「へん」な言動に戸惑う〈私〉たち。考慮の末かく子を帰し、何時もの盛夏がやってくる。

〔鑑賞〕入江隆則は「短篇としては出色」（『文学1982』）と評されているが、内容の捉え方、特に自然描写とかく子との関係性は、現状大きく二分している。奥野健男は前者への感銘が後者への鋭い観察と「重なりあって」いる（「サンケイ新聞」昭和五十六年九月二十六日）と解し、桶谷秀昭は「分裂して」いる（「東京新聞」昭和五十六年九月二十六日）と解すのだ。妥当性は、どちらにあるのか。ここで文脈を思い起こすと、一つのキーワードが見えてくる。それは、非日常。工事という想定外の出来事、例年とは異なる時期の山荘、体験したことのない自然美、臨時雇いのお手伝い。本作は、事の起こりから一貫して平生に無い出来事尽くしなのである。そして、晩春から盛夏へという何時もの山荘の季節への変化と共に、物語は終わる。つまり、先の前者と後者は描写や観察の妙は勿論、非日常という点で「重なりあって」いるのであり、且つ同じそれであっても感動と当惑という点で「分裂して」いるのである。従って両氏の説は、双方共に一理ありと見ていいだろう。ただ、全体の解釈に於いては首肯し難い部分もあり、その点どうみるべきか。今後の検討が待たれる。（牛島理絵）

春の山かぜ《はるのやまかぜ》

〔初出〕「改造」昭和十八年十一月一日

〔単行本初収〕『春の山かぜ』昭和十九年十一月八日　春陽堂

〔梗概〕ソロモン前線から内地勤務となり一年経つ相田少佐は、秋の終わりにもかかわらず、「海の雛鷲の揺籃地では、絶えず、烈しい春の山かぜが吹いて」いると感じている―。士官室では座談会が行われていた。訪問者の一人、江間は海軍報道班員で、爆撃に同乗したこともあるが、今は別人のように士官らと向かいあっている。体験談の裏に明滅し流れる、深奥で激越な想念、権威、信念を摑もうとするが、ノートは簡単な報告文で埋まっていく。食事の後、士官室で相田少佐と二人になった時、下士官が来て、勝大尉が戦死していたことを告げる。勝大尉は水偵の分隊長であり、相田少佐の教え子であった。嘗て、江間は講演で勝の事を語り、戦死の報を受け小説に追憶の情を書き入れたが、実はその時の戦死の報は誤報であった。江間の小説を読んだ勝の母は、わが子を空に捧げた多くの母の心を知り、作者に礼が申したい、と手紙を書き送ってきた。その小説が単行本に収録される際、訂正文を書き入れたが、それが出版される頃には勝大尉は本当に戦死していた。

〔鑑賞〕「海軍報道班員　丹羽文雄」の署名で発表された。前半は士官との距離の取り方、報道班員としての自分の立ち位置、姿勢の回顧が、後半は勝大尉を巡り「文学といふ無慈悲な武器をとり、他人の生涯を一瞬に叩きくだすほどの暴行を犯す」という「ペンをもつことのおそろしさ」を再認識する過程が描かれる。報道班員としての任務と、作家としての創作活動の距離を、作者自身が困惑気味に吐露した印象を受ける作品である。なお、勝大尉（作中では「飛行長」）のことを講演会で語る内容の小説で、単行本の表題作となったのは「みぞれ宵」（「日の出」昭和十八年一月）、訂正文を書き入れた単行本は『みぞれ宵』（昭和十八年七月十九日）である。（水川布美子）

晩秋《ばんしゅう》

〔初出〕「週刊朝日」昭和四十二年一月一日～四十三年二月二十三日
〔単行本初収〕『晩秋』昭和四十三年三月十日　朝日新聞社
〔丹羽全集九〕
〔TV〕『晩秋』昭和五十年　読売テレビ
〔梗概〕事業に失敗した北畠啓は、晩秋に隣家の秋元帯子を見かける。女子美を卒業した帯子は、政略結婚であることを承知で桑野衡と結婚する。しかし夫には恋人がいて、関係は結婚後も続いていた。ある日義父の桑野忠顕を訪ねたおり、帯子は睡眠薬を飲まされて犯されてしまう。この忠顕は純粋に帯子を愛し、帯子も忠顕を受け入れるが、その死をもって関係に終止符が打たれる。

　二度目の結婚相手は謹厳な大学教授であったが、自分の生き方を変えられない人物で、帯子が自己実現のために精進する染色の仕事に我慢がならず離婚してしまう。北海道での展覧会後支笏湖のホテルに回った帯子は、かつて隣家に住み、陰から染色の仕事を見守っていた北畠啓と出会う。北畠は二度目の倒産に直面し、妻子とも別れて傷心の淵にいた。曲折を経た二人が出会い、これから人生をともにする決意を固める。

〔鑑賞〕作者は帯子の出自の複雑さや、封建的な親世代の価値観を描きながら、一人の女性が主体的に生き、自立していく様を描き出す。結婚や妻の在り方など既成概念にとらわれず、本来他人の男女が愛情によってのみ結ばれることを重要視している。世間並みを排し、自己の信念に従って人生を切り開いていく帯子の生き方はすがすがしい。

　一般的に結婚は「春」のイメージだが、帯子にとっては夫の不倫や義父との関係、二度目の結婚の破綻など、辛い「冬」をイメージするものであった。最終場面で北畠と再会する支笏湖畔のホテルも秋を迎えるが、そこは艱難辛苦を乗り越えた男女が行き着く場としてふさわしい。支笏湖の透明感と秋の清澄な空気は、今後の二人の人生が、純粋で輝きに満ちたものになることを暗示している。（鈴木吉維）

【ひ】

干潟《ひがた》

〔初出〕「毎日新聞」（夕刊）昭和四十九年一月四日～五月六日
〔単行本初収〕『干潟』昭和四十九年十二月五日　新潮社
〔梗概〕甲斐性無しの夫に不満を持つ庫子と、自信の無さから妻と素直に向き合えない正男。気難しい妻との間に溝を感じる庫子の兄啓介と、夫の裏切りを払拭出来ない恒子。そんな状況下、庫子は十年ぶりに再会した兄の友人と付き合うようになり、啓介は嘗て関係した妻の親友よし子と再び会おうとする。二組の夫婦を中心に、せめぎ合う心と心の変遷を描く。

〔**鑑賞**〕寄せては返す波の微妙なバランスによって成立し、それが崩壊すれば乾燥地となるか海に飲み込まれてしまうという干潟。表題は、登場人物の揺れ動く心を見事に象徴していよう。中でも啓介夫婦に顕著であり、彼らの「心の闘い」を「小説の中枢部分」とする山田智彦（集英社文庫「解説」）の指摘は、ある程度納得出来る。また、互いの人生に真の意味で功を奏しているか否かは別として、物語の最後まで辛くも夫婦という枠を保ち続けている同夫婦の其処へ至る軌跡は、然もありなんと思わせられるだけに奥深い。更に庫子夫婦は言うまでもなく、庫子の隣人夫婦も、表題を別な視点から表す存在として見逃せない。丹羽は、本作を以て自身の中にあった新聞小説と小説の表現法に対する垣根を越えたと表している（『丹羽文雄文学全集』（十））。また本作も同時期に書いた『蓮如』も自身にとっては同じ距離にあり、その「同じ距離にある人間を描いている」のだとも言及している（『丹羽文雄文学全集』（二十八））。これらの点を踏まえ、既存のジャンルに縛られない態度で作品研究することも有用だろう。（牛島理絵）

秘密《ひみつ》

〔**初出**〕「アサヒグラフ」昭和十二年二月十七日　初出時の「五官の秘密」を改題

〔**単行本初収**〕『丹羽文雄選集』（二）昭和十四年五月二十日　竹村書房

〔**梗概**〕良人（原田）が風呂に入ると垢すりの糸瓜の中から蚰蜒が出てきた。良人は妻の満子を呼びつけ殴る。結婚生活三年。良人の友達は皆別れることを勧めた。上京していた良人の父親も家を出て行くことを了承する。身支度を調え家を出て、麻布の友達（菊代）の家へ行く。菊代は神田で洋品店を営み、満子はそこの店員となった。

周囲の予想に反して、満子は離婚手続きをする気にならない。普通なら一月ともたない原田に対して満子は三年間我慢することができた。この三年間の夫婦生活は周囲が窺い知ることのできない「秘密」であった。満子には良人と見合い結婚をする前につきあっていた恋人がいたが、連絡はとれなかった。

半月後、着替えを取りに自宅へ戻ると、良人は十日ほど前からいない。満子はその夜から住み、昼間は神田の店にここから通う。夫の友人である牧が用心棒代わりに同居する。

満子は居候の牧の存在が次第に気になる。年が変わり離婚の手続きが済む。突然原田（元良人）が饂飩を送ってくる。牧は原田の気まぐれだというが、満子はこの饂飩が自分を病気にさせると思った。

〔**鑑賞**〕『丹羽文雄選集』（二）の解説で古谷綱武は所収作品を「妻となった女性の、心理と肉体の微妙なつながりが、かなり鋭く捕へられ、含蓄あるスケッチとなつてゐる。」としている。離婚することで原田と満子は、肉体的に別れることができた。しかし三年間の嗜虐・被虐という秘密の関係が満子を一種のマインド・コントロール状態に陥れる。最後の「白石の饂飩」は秘密の関係性をフラッシュバックさせる装置として機能している。ちなみに谷崎潤一郎は大正十三年に『痴人の愛』を発表しているが、丹羽の本作は女性の被虐者の視点から描かれている点が興味深い。（稲垣広和）

豹と薔薇《ひょうとばら》

〔**初出**〕「若草」昭和十二年一月一日～六月一日

〔**単行本初収**〕『愛欲の位置』昭和十二年六月二十日　竹村書房

〔**丹羽全集四**〕

〔**梗概**〕北条和生は中学の卒業を三箇月後に控えている。彼の頭を離れないのは、下級生の水谷俊平と近所の朝子であった。二人の、こちらへ向かって動いてくる感じのする明るい顔は似たものだった。同級生の汲川が蛇の目鮨の利子に夢中らしいと聞き、様子を聞こうとした和生は久しぶりに利子に会う。そこで知ったのは利子の自分への感情であった。卒業式の後、俊平への気持ちは制服を着ていたが故だと思う和生だったが、大胆に近づいてくる利子には抵抗のできない誘いを感じる。それは未知の世界への誘いだった。朝子の叔母が入試のために上京する彼を預かってくれるという。東京駅に着いた和生は、自分だけがひどく田舎じみていると思い、心細くなった。そしてそれが、これから送ろうとする学生生活の象徴のように感じながら、プラットホームに立っていた。雑誌掲載時にはこの後、思いがけず朝子が迎えに現れるという展開になる。入試を終えた後も東京にとどまり、縁談から逃げてきたという朝子との距離が縮まるところまで描かれるが、すべて削除された。

〔**鑑賞**〕この作品は「田舎の中学校が舞台になっている」「青春小説」（『雲よ汝は』あとがき）で、『藍染めて』とほぼ同時に連載された。「自叙伝ではないが、それに近い。作者自身に一番なつかしい作品」（『愛欲の位置』序）の一つである。

（竹添敦子）

豹の女《ひょうのおんな》

〔**単行本初収**〕『豹の女』昭和十二年十月十九日　河出書房

〔**梗概**〕デパートの美容部員久羅子は主任の南河に惹かれ始めるが、幾人もの男と遠慮のない行き来がある。別れた夫の津田は時々現れては久羅子の無節操を非難するが、いつか自分のもとに返ってくると真面目に考えていた。久羅子は自分がモデルをつとめた裸体画を津田が買ったと聞き、南河の求愛を素直に受けいれられなかったが、南河はトランク一つで久羅子のアパートに移ってきた。津田は、久羅子はどんな境遇でも自分の生活を切り開いてゆく現代の英雄だが、おさまりがどうなるか疑問だと口にする。南河はいつまでも妻子との縁を断ち切れないのに、久羅子の男性関係には嫉妬を募らせる。久羅子は、男と女は愛と理解で成り立つと考えているから、忍従するくらいなら何のために家を飛び出したのか分からないと言う。やがて果てしない争いの末に南河を門前払いにした久羅子だったが、南河が子供を抱いている姿を盗み見たとき、自分は平凡に親子の人情に負けたと思うのだった。ひとしきり泣いた後、久羅子は津田の家に向かい、ゆっくりと眠るのだった。

〔**鑑賞**〕『人形の家』のノラ、家出後のノラを意識して描かれたこの作品では、見合い結婚の後に久羅子に去られた津田が日々変化してゆくのに対し、皮肉にも情熱的な恋情で久羅子を獲得した南河の保守性が徐々に現れる。作者は「人間は裸になって、真剣になった時の姿が何ものよりも美しい」（「序」）と書き、旧態依然とした異性と争う主人公の真剣さを尊重しているのである。

（竹添敦子）

【ふ】

ファション・モデル《ふぁしょん・もでる》

〔**初出**〕「婦人倶楽部」昭和二十九年七月一日〜三十年九月一日

〔**単行本初収**〕『ファション・モデル』昭和三十年十一月十日　講談社

〔**梗概**〕画家の九鬼義方は初めてイブニン

グドレスをデザインし、そのことが縁でモデル・京極映子の生き方に触れる。彼女は元陸軍中将・京極吉親の娘という立場を利用するだけでなく、母徳子の目を盗んで有力者たちと肉体関係を結び、四七一一芸術学院というモデル養成所の院長となって、女実業家の名声を手に入れた。古風な貞操観念など微塵もない彼女にかかっては、男は決して独占欲を満たされず、かえって自分が弄ばれたような屈辱すら感じるのだった。女性の肉体美で幻惑し、内面は相手と対等に男性化している映子に怖いものはなく、巧みに男社会の油断に乗じてのしあがって行くのだった。そうした映子の空疎な生き方に激しく幻滅した九鬼は、巣鴨プリズンから釈放された父をいたわりながら、派手な姉の蔭でつつましく生きている腹違いの妹和子の生き方に惹かれ、絵画のモデルを依頼する。和子もまた九鬼の人柄に惹かれ、落魄した父との侘びしい生活の中に、新たな希望の火がともるのを感じていた。

〔鑑賞〕戦後社会に華々しく誕生したファッション・モデルの生活にいち早く迫った風俗小説の問題作。アメリカの政治的な思惑を背景に、八頭身の肉体美でミスユニバースの第三席を射止めた伊東絹子をはじめ、相島政子、ヘレン・ヒンギスといった実在のモデルの名も織り交ぜながら、高額な出演料やスポンサーへのサービスの実態、同僚への嫉妬や所属団体の分裂騒ぎ、後継者養成の問題など、当時のモデル界の裏事情をかなり踏み込んで紹介している。

（河野龍也）

吹き溜まり《ふきだまり》

〔初出〕「文藝」昭和三十年九月一日

〔単行本初収〕『丹羽文雄の短篇30選』昭和五十九年十一月二十二日　角川書店

〔梗概〕自殺未遂をした秋吉は須田町地下道で十代の売春娘と出会い一夜をともにする。そこでの二人の会話は他愛のないものだがそれだけに時代的孤独感が漂う。地下道では浮浪者たちの一斉強制がなされ秋吉も診療所に収容される。

〔鑑賞〕巻末に（未刊）とある。四百字原稿で十五枚余（六三四八字）の作品。作者は自殺未遂をした男と売春をする少女を通して戦後の混沌とした時代の風俗と人間関係を描こうとしたのではないか。

（衣斐弘行）

復讐者《ふくしゅうしゃ》

〔初出〕「週刊朝日」昭和十二年六月一日初出時の「妬かれ上手」を改題

〔単行本初収〕『丹羽文雄選集』（三）昭和十四年六月二十日　竹村書房

〔梗概〕渋谷の洋装店に勤める仲子は近所の足袋屋の若旦那と話をしていると市橋が嫉妬する。市橋は仲子を愛人としていたが現在は没落し、逆に仲子に小遣いをせびる。市橋と別れるために友人の婚約者で新聞社に勤める花岡に相談する。花岡は横浜の洋装店を紹介する。

仲子は住み込みで横浜の洋裁店に勤める。店には柴野清太郎というマスター代理が住み込んでいた。半月すると横浜の空気「エトランヂェのような投げやりな情熱」に馴染む。柴野と交際を始める。

市橋の件が一段落。仲子は東京に戻る。柴野も東京に出る。仲子は周囲に反対され柴野と別れる決意をする。柴野は仲子に未練があり、仲子をつけ回す。ある雨の日柴野は仲子を捉え、殴る蹴るの暴行をし、仲子は全治一箇月の大けがをする。四日後、花岡は仲子を見舞う。「君といふ女はとかく男に嫉妬させるやうに出来てゐるからね。（略）嫉妬され上手」であると言い、「今の世相では若い美しい女が生活の責任を背負つて立つには、この種の障碍がうんとつきまとうのだ」と花岡は思う。

〔鑑賞〕タイトルの「復讐者」は主人公の仲子に振られた市橋と柴野を指しており、仲子に対する嫉妬心から「復讐」の為に暴力をふるう。これらの行為は理不尽で許されるべき行為ではないが、敢えていえば男性を盲目的にのめり込ませてしまう仲子の魅力が原因である。

　また第五章の花岡の言葉は当時の女性の社会的自立がいかに困難であったかを示すものであると同時に、現在の種々のハラスメント問題を考えた場合示唆的である。

（稲垣広和）

藤代大佐《ふじしろたいさ》

〔初出〕「文学界」昭和二十八年六月一日

〔単行本初収〕『藤代大佐』昭和二十八年八月十日　東方社

〔丹羽全集二十〕

〔梗概〕もと大佐の藤代は、終戦後始めた慣れない商売に失敗した後、五十歳という年齢と履歴が障害となり仕事に就けずにいた。家付き娘である妻朝子は、藤代家の財産を夫の投資によって失いかけていることを理由に離婚を迫り、家に出入りしていた別の男の入れ知恵にのって家を旅館に改造し、離婚に応じない藤代を納戸に住まわせ下男のようにこき使う。藤代は離婚話が出た当初こそ「終戦後のモラルの低下」や「家族制度の崩壊」を嘆き、軍人であった頃は「一つの付録」のようなものとしか思っていなかった家庭が、退役後には「残忍な敵の陣地と一変した」と述懐していたが、解決を導く力もなく、終には妻が提示した生活に甘んじる。

〔鑑賞〕長年の軍人生活で培った、物事を一刀両断に即決するような心性は妻の離婚の申し出によってもろくも崩れ、「こころの怯け」が冒頭から提示されるが、妻の罵詈雑言を浴び、妻を他の男に寝取られ、子どもにも無視され、旧友からは軽蔑されてもなお、家に残りたいと願う己の不甲斐なさを最終的に藤代が認識するところが眼目。夫婦の問題を描いた諸作の中での位置づけ、退役軍人を主人公とした他の小説との比較なども必要であろう。

（峯村至津子）

父子相伝《ふしそうでん》

〔初出〕「群像」昭和五十四年一月一日

〔単行本初収〕『蕩児帰郷』昭和五十四年十二月十日　中央公論社

〔梗概〕ある夜、紋多に佃と名乗る男から「重大事件」との電話が入る。数日後自宅へやって来た彼は、自分は息子なのだと言い、頻りに「忘れて下さい」と繰り返す。その後、彼からの連絡は無い。紋多は「忘れるともなく忘れ」、彼もそうなのだろうと推測する。しかし、ふとした時に彼のことが頭を過ぎる。紋多は、己の中に芽生えた疑念を、生涯持ち続けることになるだろうと思うのだった。

〔鑑賞〕所謂〝紋多もの〟の一つ。「鎮魂歌にひとしいもの」（『蕩児帰郷』あとがき）と表した五年に及ぶ七本の連作中、第五作目に当たる。丹羽は昭和二十年の父の死以降、「父の記憶」（「社会」昭和二十二年十二月）、「父」（「光」昭和二十三年四月）等、父に関する作品を描くようになり、『青麥』で本格的に彼と向き合うことになるが、その「あとがき」で「父の歩いた一生は、また私の道でもある」と述べていることは、本作をも彷彿とさせる。「父の性的放縦が一家の罪の源泉であり、また子の紋多の前半生にも同様なものがあった以上」と本作にある如く「罪の問題はおそらく親子二代にわたっている」（中公文庫『蕩児帰郷』

磯田光一「解説」）との指摘も肯けよう。さて、本作のキーワードを一つ挙げるとすれば「忘れる」だろう。佃は紋多が忘れていた頃に訪問し、忘れて下さいと連呼する。そして紋多は日々の中で忘れていく。しかし、最初の「忘れる」から幾度もの揺れ戻しを経験することで、結果的に一層心の奥深くに刻み込まれていく。「父子相伝」という想いと共に。父の晩年と同じ年齢を迎えた時、その人生を問うでもなく、責めるでもなく、ただ父子の共通に言及する本作を記したという点に、当時の境地が伺えよう。　　（牛島理絵）

吹雪《ふぶき》

〔**初出**〕「週刊新日本」（特別号）昭和二十一年六月一日

〔**単行本初収**〕『女優』昭和二十一年十月十五日　生活文化社

〔**梗概**〕二十七歳のはま子は夫と死別後札幌の料理屋で女給として働く。店で再会した従兄弟の要ははま子の暮らしを叱咤し、向上心を持てと諭す。はま子は要の連れであった石神井と定山渓で一夜を共にする。要は女給から足を洗い生活の転回を考えるべきだと言い残し東京へ帰る。はま子は函館でも石神井と逢瀬を持つが、結局二人は別れる。その後はま子は店を辞めミシンの仕事を始めるが、生活は変化しても精神の部分の転回には到らないと感じる。姉の葬儀のため上京したはま子は要宅に数日滞在し札幌へ帰るが、列車は吹雪のため立ち往生する。最悪の事態を知らされたはま子は乗客の男達に交じり長万部へ強行。目も開けられない吹雪の中はま子は〈運命の眼をまつすぐに、勇敢に直視〉し、自分を正しいと意識する生活はこれから始まるのだと考える。

〔**鑑賞**〕今の生活が〈終りなく続いてゆく〉ように感じ、新しい運命が拓ける事を内心期待しつつも〈私つて駄目〉〈遊惰で役に立たない〉と自己否定的なはま子に、要は毒舌ながら人生の指針を与えようとしている。今後のはま子の生活が好転する保証はないが、作品末尾のはま子の心中思惟には、自分の運命は自分が転回させるのだという意志の芽生えが示唆される。標題でもある「吹雪」や、それに相対化される「人間の理解しにくい神秘な、美しい春の生活」が作中では象徴的に描かれていると考えられる。日々同じ愚痴をこぼし続ける同僚の名が〈冬子〉である点にも描写の巧みさが看取されよう。　　（杲　由美）

古い恐怖《ふるいきょうふ》

〔**初出**〕「日本評論」昭和十年十一月一日

〔**単行本初収**〕『この絆』昭和十一年二月十九日　改造社

〔**梗概**〕とも子の放埒な男性関係から逃れるため、朝一は麹町三番町の家から出て、築地のアパートを借りて別居しているものの、とも子との関係を絶つことはできないでいる。「しょっ中他の男のものになり得る」とも子に対する愛情は、容貌や肌の美しさに限られているとすることで、嫉妬の地獄から逃れようしている朝一であった。

とも子に秦真吉という恋人ができ、結婚を望まれる。秦はとも子に朝一と別れることを迫るだけではなく、とも子の行動を尾行するのであった。とも子は秦との結婚を考えていたものの、束縛しようとする秦と喧嘩別れする。

その後、とも子から「こんないい人と別れてしまうのかと、それが変に怖かったのよ」というのを聞かされた朝一は、とも子には肉体への無責任な感情しかもたないと努めてきただけに、それは古い観念がもたらす「古い恐怖」だと口に出かかる。しかし、朝一自身の「無責任な感情」も、そのように粧っているだけではないのかと、その言葉を飲み込むのであった。

〔鑑賞〕銀座で洋裁店を構えているとも子と、生活はとも子に支えられながら売れない戯曲を書いている今泉朝一の二人の愛憎を描いたもので、「マダムもの」として位置づけられる作品。

（秦　昌弘）

【へ】

別離《べつり》

〔初出〕「新潮」昭和十二年一月一日　掲載時の「写真」を改題

〔単行本初収〕『愛欲の位置』昭和十二年六月二十日　竹村書房

〔梗概〕酒場のマダムである叔子に生計を立てさせていた糸見は、自身で原稿収入を得ることができるようになり、椙子という愛人との間に子どもが出来たことで、叔子との別れを決意する。その為に、映画会社の秦澄子を仲立ちに立て、出産費用等の負担を条件に、今後は糸見には迷惑をかけないという椙子の家族名の偽りの手紙を置いて、家出を謀る糸見であった。

家出の準備に、簞笥から着替えを探していたところ、叔子が誰かに撮らせた彼女のヌード写真を見つけ波立つ糸見であったが、「何かの役にと毒のある」気持ちからトランクにしまうのであった。

偽の手紙によって、糸見と椙子とは別れたと叔子は思い違いをする。そのことを聞かされた糸見は、何故か晴れ晴れとした気持ちにはなれないでいる。

旅先で落ち合った椙子も「腹をつき出し、顔をしかめて」糸見を迎え、彼女自身も「愉しい気持ちだけではないのだ」と気づく糸見であった。

〔鑑賞〕マダムとの生活を解消していく要因となった女性は、「一茎一花」では、公子として、その出会いからが描かれている。この作品では、椙子が妊婦として登場したことで、マダムとの別れが決定的になっているものの、椙子の複雑な心境が窺える結末が印象的である。

（秦　昌弘）

蛇と鳩《へびとはと》

〔初出〕「週刊朝日」昭和二十七年四月二十七日～十二月十四日

〔単行本初収〕『蛇と鳩』昭和二十八年三月一日　朝日新聞社

〔丹羽全集二十四〕

〔映画〕『蛇と鳩』昭和二十八年　東映

〔梗概〕花背鉄工会社の若き重役古久根恒は、金儲けの手段として新興宗教創立を計画する。既存の教団の研究を重ね、時には妻三貴、家に出入りする千恵にまで実態調査をさせる。さらに学資援助した義弟緒方衛司に命じ、教祖にふさわしい男を探させる。緒方は伏見稲荷山の調査で、同行女静代をつれた扶嶽教行者浅香忍と出会う。色白の長身で目が鋭い浅香を教祖のモデルと見初めた緒方だが、その後懇意の巡査から浅香の逮捕を聞かされる。調書から、婚約者のいる静代をだまし妊娠させたこと、数人の余罪のあることを知る。緒方の報告を受け、古久根は金銭で告訴を取り下げさせ、浅香を教祖とする。莫大な費用を投じた宣伝、奇蹟の演出、社会貢献など巧妙な勧誘で、紫雲現世会は成功をおさめる。教団が社会進出するなか、少しずつ異変が起こる。緒方は教団で孤立し、古久根は会計の吟子に溺れ、古久根への反感を強める。古久根は会計の吟子に溺れ、三貴は嫉妬から教団の狂信的な祈禱に没頭する。教祖を演じる浅香は欲望を抑えられない。古久根は千恵を浅香の妻とすることで、浅香の慾望を封じようとする。千恵はこの計画と古久根からの強姦を緒方に告白し、二人は逃亡する計画をたてる。しかしこの時古久根家と教団に麻薬密輸の嫌疑で警官が乗り込む。「法難」と説く古久根の姿を、信者は殉教者と捉え、騙されたと気づかないままである。
〔鑑賞〕戦後の新興宗教の隆盛をモデルとし、昭和二十八年に第六回野間文芸賞を受賞。同年に映画化（東映、春原直久監督）された代表作の一つ。丹羽が「本当に求めていた道へ足を踏み出す転機」（「思い出」昭和三十二年一月、『丹羽文雄作品集』（五）月報）と述懐するように後の『青麦』『菩提樹』などの宗教小説にいたるきっかけとなった作品である。宇野博「名著の履歴書」（「図書新聞」昭和四十二年三月十二日）で示すように丹念に調査された新興宗教に関わる人間群像が描かれる。村松定孝の「新興宗教への丹羽の冷笑と非難」（『丹羽文雄』）、浅見淵が「社会小説的色彩が濃厚」（筑摩書房『新選現代日本文学全集』（十三））とするように、新興宗教を曝露した社会小説としての評価を得たが、梅崎春生「書評　丹羽文雄著『蛇と鳩』」（「文学界」昭和二十八年六月）は人物描写の不徹底を指摘、荒正人（河出書房『カラー版日本文学全集』（二十七）解説）の「罪の意識」を描かず、宗教を捉えていないとの批判もある。十返肇「最近の小説から」（「日本読書新聞」昭和二十八年三月三十日）は作中の寓意性ある主張を評価、浦松佐美太郎は宗教を社会的現象として客観視した丹羽の「合理主義精神」による作品（「解説」角川書店『昭和文学全集』（四十六））としている。また竹西寛子「作家と作品」（集英社『日本文学全集』（六十三））は「救済」を主題としている。岡本和宜「丹羽文雄「蛇と鳩」論」（『丹羽文雄と田村泰次郎』）は、社会小説として新興宗教の救いを描くことで、祖母や父の人生の意義を見出し親鸞の教義の尊さを再確認するきっかけとなったと論じる。「救い」の問題、以後の宗教作品との比較が必要であろう。

（岡本和宜）

【ほ】

彷徨《ほうこう》

〔初出〕「群像」昭和三十年十二月一日
〔単行本初収〕『崖下』昭和三十一年六月十五日　講談社
〔丹羽全集十七〕
〔梗概〕共に役所勤めの久村夫妻が夫の病気入院を機に妻小夜子は夜キャバレーで働く。夫は退院後役所を辞め業界新聞社に勤めるが長続きしない。小夜子も無理が祟り体調を崩し二人の間は険悪になり離婚する。久村は詐欺行為をするまでに身を持ち崩し警察に追われ、自殺未遂の揚げ句浅草で行き倒れになる。そんな久村が最期は生活保護法の適用を受け余生を送る。
〔鑑賞〕風俗小説の一編だが男が身を崩していく姿を描く。ここでは特に久村が自殺を決し実家で弟と仏教論を語る場面が異質。そこでは親鸞の「罪悪深長の凡夫」観についての作者の考えを久村に語らしている。無明や仏性についての論議が作中で語られるのは堕落した男性を描いた作品である故だが成功はしていない。

（衣斐弘行）

庖丁《ほうちょう》

〔初出〕「サンデー毎日」昭和二十九年二月七日～七月十一日
〔単行本初収〕『庖丁』昭和二十九年九月十日　毎日新聞社
〔丹羽全集八〕
〔TV〕『庖丁』昭和三十七年　フジテレビ

『庖丁』昭和四十二年　関西テレビ　『庖丁』昭和四十七年　NHK

〔梗概〕老舗料亭「千樹」の板前・山名直規は、故父の遺志を継ぐため厳しい修行に励み、三十前の若さでありながら、東京でも十指に入る名職人となった。実直で美しい「千樹」の女中お雅に思いを寄せているが、板前の権威ゆえに心を打ち明けられない。食通押小路の前で一世一代の大役を果たし、職人の喜びを静かに嚙み締めていた時、山名にもついに召集令状が届く。思いつめた山名はその晩、靖国神社裏の待合でお雅と契り、生還を待つという彼女の誓いを信じて戦地へと赴いた。さて、山名のいない「千樹」の板場では、軍の要人と結託した下役の戸田房吉が専横を極めた。職人の腕や男ぶりで山名を超えるのが無理なら、せめて金と才覚で見返してみたい。房吉は、お雅の母の疎開や姉の入院を世話し、愛情を財力で表現して行った。欠乏の時代に肉親を背負ったお雅は、軍需物資の横領と高利貸で成功した房吉を軽蔑しながらも、経済的な安定を求めて房吉の妻になる。出征から七年後、復員した山名は、連れ込み宿の板場に辛うじて職を見つけ、宿の買収に訪れた房吉夫妻と運命的な再会を果たす。お雅は罪悪感から激しく動揺するが、房吉を見限ることができない。山名は一生独身の決意を固める一方、一般家庭に日本料理の技を伝えながら、調理師資格の導入で混乱する職人たちの社会保障に奔走し始める。

〔鑑賞〕結末の構想は当初、お雅が山名の元に帰るというものだった。だが作者は、それが「嘘の解決」であることに気づいたと言う（単行本　あとがき）。確かに、古風な職人の美意識が簡単に肯定され得ない結末であってこそ、「庖丁」には「社会小説」の名にふさわしい時代感覚が吹き込まれることになった。なおこの作品は、瑳峨三智子・八千草薫・林美智子の主演によりたびたびドラマ化された。　（河野龍也）

報道班員の手記《ほうどうはんいんのしゅき》

〔初出〕「改造」昭和十七年十一月一日

〔単行本初収〕『報道班員の手記』昭和十八年四月十九日　改造社

〔丹羽全集二十五〕

〔梗概〕森紋多は海軍報道班員として軍艦に配乗された。報道班員は森の他、四社の記者と写真部員が各一名、二名のニュースカメラマンの計十一名で、森は最年長であった。戦闘だけがニュース価値ではない、前線の将兵の朝夕の生活も立派に報道すべきだというのが、小説家として徴用された森の仕事の範囲であり、記者同士のニュース争奪意識からは離れていた。森は「戦場ずれ」せず、内地の素人の感覚を失いたくないと思う。任地に居た先任者の六名は、往年の「記者気質」が清算された風で、生死を共にした深い連関があり、自分たち新参者とは違っていた。森は冷静に他の報道班員たちを観察する。やがて、森はツラギ行きを命じられ、海戦を体験、負傷する。基地に戻ると誰もが親切にしてくれた。一人、激越な経験をすれば、真剣に心と心を寄せ合い、個人的な欲望は影を潜めるのだ。帰還を命じられた森は、別離に伴う感傷ではなく、生死を共にした人間同士の連関から、心の握手のような緊密なものが生じていると感じた。

〔鑑賞〕「海戦」前後を描いた作品であり、発禁処分を受けた。『告白』の中で発禁に至る経緯に触れ、作中で悪い印象を書かれた「I記者」が、「世間は、金のために記者が従軍してゐると解釈してゐる」「由々しき軍規弛緩」と指摘したことに起因するとし、後年は「これは海軍系の新聞記者の団体の横車だつた。それに海軍の報道部が動かされた。そのきつかけは、やはり小説家の書くものは新聞記者のものとはちがふと、うつかり伊藤整が書いたからである。」（「発禁、削除の思ひ出」「群像」昭和三十四年五月）と回想している。中谷孝雄は、「ざらざらした荒つぽい文章で、ゴシップの範囲を出ないやうな作品である。」（「小説月評その他」「新潮」昭和十七年十一月）と評した。

（水川布美子）

暴夜物語《ぼうやものがたり》

〔初出〕「週刊朝日」（別冊）昭和二十四年四月十日

〔単行本初収〕『暴夜物語』昭和二十四年七月一日　東方社

〔映画〕『暴夜物語』昭和二十六年　大映

〔梗概〕妻子を戦争で失った関谷三郎は、復員後、ダンスホール「キャピタル」に雇われている。表向きは渉外係であるが仕事は用心棒で、ヤクザ者たちをホールに寄せ付けないことである。また支配人と踊子の間に立って、踊子が客との間に問題を起こさないように目を光らせることも彼の仕事である。彼の親切な対応は、踊子たちの心をつかんでいる。美貌の踊子津田朱実は、関谷の気を惹こうとするが、彼は朱実にも他の踊子にも同じように対している。ある日、花山楽団のマネージャーの重藤辰也と子分の藤山吉造がやってくる。重藤はホールと花山楽団の間に入って、金をせしめようとした。関谷は楽団の出演することは許したが、重藤との直接交渉には応じなかった。つぎに重藤は自分の女である踊子の玉木よし子を、キャピタルに入れようと連れてきた。よし子はホール雇われるが、朱実に惚れた重藤は、今度はよし子が目障りで邪魔になってしまった。彼は子分の吉造の口から、よし子にキャピタルから姿を消すように言わせる。だが、重藤の心の内を知るよし子は、意地でも言うことを聞かない。関谷も、キャピタルがよし子を手放す意志のないことを重藤に伝える。雨の夜、他所のヤクザ者を喧嘩で傷つけた重藤は、朱実を連れ出して高飛びしようと考える。吉造を使って朱実に誘いの手紙を渡すが、朱実に見せられて関谷もそれを読む。そこへ警官が踏み込んできた。喧嘩相手の死を知った関谷は、朱実を連れて重藤の隠れ家の射的場へ急行する。その頃、吉造は、これまで虐げられてきた復讐を果たすため、よし子を騙しておびき出して辱める。一方、抵抗する重藤は関谷のパンチを浴びて倒れ、警官たちに捕らえられる。彼らが去ると、関谷と朱実も雨の中へと射的場を後にした。

〔鑑賞〕「ギャング無用」というタイトルで新東宝から映画化された作品の原作である。登場人物はセリフと行動が中心で、心理描写の少ない、いかにも活劇ふうでスピーディなストーリー展開である。ダンスホールが舞台という設定は、同じく昭和二十四年四月に新聞連載が始まった『怒りの街』と同じである。終戦後に洋風な社交場として脚光を浴びる一方で、男女の危険な遊び場でもあったダンスホールは、虚栄と欲望の渦巻く場所として、都会の風俗を描くのに格好の素材だったのだろう。

（遠藤昭己）

朗らかなある最初《ほがらかなあるさいしょ》

〔初出〕「新正統派」（九号）昭和四年六月一日　初出時の「朗らかな、ある最初」を改題。

〔単行本初収〕『鮎』昭和四十八年十二月十日　成瀬書房

〔丹羽全集四〕

〔梗概〕ある日、旧友のはん子に再会した止紀子は、親友の庫子の恋人であるKとはん子が交際していることを知って、庫子には事情を話した上で三人で会う。Kの気持ちは庫子から離れているとはん子が喋るのを聞いて止紀子は残酷な快感を味わうのだ。三か月後、Kと別れた庫子は今度は愛宕という男に熱を上げるようになる。ある時、庫子と愛宕が、吉岡という新聞記者と止紀子とを近づけようとした。しかし、彼女は彼らが引き合わせた名雪という別の男と親しくなる。そしてその夜に二人は関係するが、止紀子はそれが初めてであった。驚くほど動揺していない自分自身を感じて彼女は笑い出してしまう。「朗かな、ある最初」という変ったタイトルはここに由来している。以前から何度も見合いに失敗する止紀子を心配していた父が突然縁談を切り出した時、歎願されている気配を感じて彼女もそれを承諾してしまう。話が決まって銀座で買い物の毎日を送っていると、ある日庫子と結婚した愛宕と会った。彼は庫子の悪口を止めどなく彼女に喋る。二度、三度偶然に新橋駅で彼と出会ううちに、それは偶然ではなく、彼に意のあることが止紀子にも呑み込めてくる。止紀子は名雪の時とは違った冒険の予感にある快感を覚えるのだった。

〔鑑賞〕丹羽は昭和四年三月に早稲田大学を卒業したが、寺を継ぐという実家との約束を無視して帰郷せずに小説を書いていたので送金が断たれていた。これはそうした東京生活の中で書いた作品である。そのためか、それまでのものに比べて枚数も多く、内容もはじめて正面切って一人の冷酷な娼婦型の女を描き出して新機軸を出そうとした野心作である。周囲にも好評で、永井龍男が「文藝春秋」で取り上げた。

（永井　博）

菩提樹《ぼだいじゅ》

〔初出〕「週刊読売」昭和三十年一月十六日〜三十一年一月二十二日

〔単行本初収〕『菩提樹』（上）昭和三十年十月十五日　新潮社　（下）昭和三十一年三月三十日　新潮社

〔丹羽全集一〕

〔梗概〕仏応寺の月堂良薫は母蓮子が歌舞伎役者の後を追い寺を出てから父宗珠と蓮子の母で祖母みね代との生活であった。母の家出の裏にはみね代と父とのただならぬ関係があった。幼い良薫にみね代は蓮子を悪い母とし育てるが良薫は子供として、宗珠は僧として苦悩する。しかし、宗珠もまたみね代との愛欲の悪罪から逃れるように檀家山路茂輔の妾小宮山朝子に惹かれ関係をもつ。こうした仏応寺で繰りひろげられる愛憎の日々のなかで檀家で共産党員の館要助や寺男松寿の真摯な宗教観や宗珠の親鸞観が語られていく。こうしてみね代の寺からの追放と宗珠の檀家総会での赤裸々な告白と懺悔がなされる。

〔鑑賞〕作者の宗教三部作（『青麥』『一路』）の一編。角川版『丹羽文雄作品集（六）月報に掲載された「『菩提樹』に就いて」で作者は「宗珠は、父をある程度モデルにしているが同時に私でもあった。良薫は、私自身をそのまま描いた。だからこの長編は、フィクションでありながら、私にとっては自叙伝小説である」としている。作者はまたこの作品を通してより親鸞思想に歩を進め得たといえる。尚、『青麥』やこの作品は真宗寺院における寺族史のうえからも、また、当時の教団史のうえからも興味深いものがある。

（衣斐弘行）

煩悩具足《ぼんのうぐそく》

〔初出〕「文藝春秋」昭和十年八月一日

〔単行本初収〕『自分の鶏』昭和十年九月二十三日　双雅房

〔丹羽全集十五〕

〔梗概〕真宗の覚生寺の住職として養子に

入り、近郊の実科高女の国漢教師も兼ねている龍穏は妻子がありながらも、高女で同僚のれん子と四年前から不倫関係にある。

　れん子から妊娠を告げられた日の夕方の勤行では、一寺の住職としてではなく、「利己的に真剣に彼女の処置に窮して手を合わす」龍穏の姿があった。

　宿した子どもの処置を、れん子に好意を寄せている高女の教師仲間である大島に、れん子と関係を持たすことで切り抜けようとしたり、古江田というヤクザ風の男に話をまとめさせようとする龍穏であった。しかし、逆に小林一国という侠客が一枚噛んでくることとなる。そこに、義母が絡んだ小切手の盗難事件が起こるなど、エゴイスティクな家族や親戚を巻き込んで、事態が一層複雑となっていく。

〔鑑賞〕丹羽は寺院を舞台にした作品を多く発表しているが、初期作品ではこの作品と「女人禁制」を挙げることができる。丹羽は「作家としての私の位置を決定した記念の作品である」と改造社版『丹羽文雄選集』（二）の「あとがき」で記している。

　利害で右往左往する人々の動きを、話すことも立って歩くこともできない二重苦の龍穏の子どもが、どこからか見つめている視線を仏の憐れみとするならば、後年の寺院小説でみられる仏の視線との関連を検討する必要がある。

（秦　昌弘）

【ま】

魔身《ましん》

〔初出〕「婦人公論」昭和四十年一月一日〜十二月一日
〔単行本初収〕『魔身』昭和四十一年三月二十五日　中央公論社
〔梗概〕幻昌寺の院主中雅は、養子として寺の娘道子と婚姻していたが、以前から道子の母みよかと深い関係にあった。中雅と道子には息子孝也が生まれるが、実母と夫との事実を知った道子は、みよかに仕向けられて家出し、再婚した。中雅は、みよかと檀徒の一女性とも関係があったと檀徒に懺悔し、寺を出た。孝也が十歳の時、みよかは隠居所へ越して中雅が院代として幻昌寺に戻り、孝也は隠居所にこっそり訪ねる母と会うようになる。檀家の希望で得度式を受けた孝也であったが、実感が持てず様々な矛盾を感じ、法衣を脱ぐといたずらがひどくなる。ある日偶然投げた小石で一羽の雀を死なせた孝也は、初めて死の悲しみを感じ、今後月参りでの読経で、自分は雀の死を思って南無阿弥陀仏と唱えるだろうと思う。また孝也は、みよかが自身の過ちは認めずに、道子を責めたり老女たちに説教したりするのを疑問に思う。中雅のもとには未亡人の松方秋子や婚家から戻った新村久子といった女たちがお茶の稽古に通っていた。坊守の必要から世話方から再婚話が持ち込まれる中、中雅は、自身の告白に登場した檀家の女性で、世話を受けていた新庄隆が日蓮宗に転宗して後、居所がわからなくなっていた久野三重子を忘れられずにいた。中雅は三重子を心の限界に置くことで、久子の誘いや秋子の謎めいた眼差しに抵抗ができるのだと考える。「わが身にひそむ魔身には、懲りるということがないのか」とはこの中雅の思いであり、秘かに三重子を待つ心を「厨子の中の弥陀の眸は（略）見透していた」という。だが幻昌寺に現れて父母の法要を願い出た三重子は、自分は既に中雅を捨て、幻昌寺に参ることと中雅とは何の関係もないと言い切り、新庄隆によってつくられた自分が新庄を知る中雅の妻にはなれない、中雅は懺悔を無駄にしてはいけない、と告げて去っていく。

〔鑑賞〕丹羽文雄の父と祖母との事件を素材として、院主でありながら「魔身」を潜ませる中雅と、その人生の入口に立ち得度式を迎える十歳の孝也を対置させて描く（丹羽文雄の得度式は七歳時）。中でも、宗教的自覚を持てぬ幼さで得度式に臨む孝也は、中雅の眼から「親鸞の心と何の関係もない」「封建的な形式主義の犠牲」であると指摘されており、本山の世俗的権威、寺と檀家との金銭を媒介とする繋がりが、「弟子ひとりもたず」という親鸞の言に照らして深く批判されていることも本作の重要な要素である。（渡邊ルリ）

街の草《まちのくさ》

〔初出〕「新潮」昭和三十年一月一日

〔単行本初収〕『丹羽文雄文庫』（二十）昭和三十年七月十日　東方社

〔梗概〕建具職人の轟宗太は家庭では威厳のある父親。妻徳子との間に四男三女の子があった。小学校を出てすぐ職人の見習いになった宗太は、子の教育に夢を託すが、どの子も出来が悪い。ただ一人、脳水腫の障害を持つ三男寅夫の早熟さには天才を感じ、わが子を発明家に育てようと意気込んでいた。長男次男の非行、長女の心中に次女の駆け落ちと不幸続きの轟家に、ある時勝子という少女が引き取られてくる。宗太は半年間、無抵抗な勝子と物置小屋で関係を持つが、彼女は嫁入り前に徳子が儲けた娘であった。両親の秘密を長男が暴き、夫婦関係は崩壊。宗太は寅夫を連れて別居するが、ほどなく寅夫の能力にも絶望し、怒りのはけ口がない。だが、何かと世話を焼いてくれる三女たつ子と四男時夫を見て、学校の成績では測れなかったわが子の誠実な心に気づき、寅夫から報酬を得ようと躍起になっていた自分を恥じる。宗太が六十八歳で死んだ後、寅夫は時男の家庭に引き取られて行った。そのため時男は妻に頭があがらない。

〔鑑賞〕好人物の手引きによる我執からの解放という丹羽の好んだテーマが凝縮された作品である。（河野龍也）

【み】

水溜り《みずたまり》

〔初出〕「群像」昭和三十五年八月一日

〔単行本初収〕『水溜り』昭和三十五年十月三十日　講談社

〔映画〕『水溜り』昭和三十六年　松竹

〔梗概〕旋盤の仕事をしている田井はある日電車で顔見知りの村子と友人の百子に出会う。これから遊園地に行く二人に田井はついていく。二人は家族連れの中年男に声をかけ、ヌード写真を撮らせて稼いでいた。そのお金でささやかな買い物をし、好きな歌手へのプレゼントに大金を払う刹那的な喜びに対し田井は違和感を感じている。田井は親に印刷所の校正の仕事だと嘘を言い、彼女たちの協力者となる。田井はこのアルバイトの効率化を考えることで、かえって工場での仕事にも気持ちの張りを感じだす。その一方で田井はいっそ工場をやめてこのアルバイトを本格的に会員制にすることを提案するが、彼女たちはこの仕事が一時的なものであることをわきまえている。

〔鑑賞〕彼女たちの意識の中ではこのアルバイトはだれも傷つけていないし、彼女たち自身も傷とは感じていない。（岡本　亮）

三日坊主《みっかぼうず》

〔初出〕「行動」昭和九年九月一日

〔単行本初収〕『鮎』昭和十年一月十日　文体社

〔梗概〕父親（島本徳太郎）は三重県北勢

の豪農の一人息子で、帝大法科出身の秀麗な顔をした男である。学生時代に下宿屋の娘だった母親に女の子を産ませた。これが長女である。卒業後は三重に帰っていたが、後悔して母と長女を迎えに行き、祖母とその身内のような箱職人の鶴蔵らと一緒に田原町で一家を持った。次女と長男も生まれる。彼は無為徒食と放蕩に明け暮れた。長女は一度結婚したが、京都に出奔し、離婚して芸者になった。その後母が死んだ。次女と長男は祖母と田原町に、父は巣鴨に住んだ。ある日、次女が巣鴨の父を尋ねていくと、彼は女と暮しているようだった。帰って弟にその話をすると、彼は父とその女は母の生前からの馴染みだと言ったので、次女は自分は自立して生きていくしかないと思い定める。父はその後もいろいろな商売を始めては投げ出し、いろいろな女と暮しては別れ、ある時は次女と長男を、ある時は長男だけを引き取ったり、また祖母のいる田原町に帰したりしていた。次女はタイピストになり、長男は放送局に臨時雇いになった。長女は落籍されて夫が百貨店の東京本社詰になると巣鴨に移ってきた。やがて次女と長男は父と別れ、二人でアパート暮らしをするようになった。父には女の子が産まれた。長女とは疎遠になった。次女と長男は堅実に生活し、父はそれを見るとさまざまな感慨を覚えるのだった。

〔鑑賞〕〈生母もの〉のように女ではなく、良家の出で帝大も出ていながら、金にも女にもだらしのない失敗者の男の半生を、関東大震災を挟んだ時代の変遷を背景として描いた作品である。

（永井　博）

【む】

無慚無愧《むざんむぎ》

〔初出〕「文学界」昭和四十五年三月一日

〔単行本初収〕『無慚無愧』昭和四十五年四月二十五日　文藝春秋

〔丹羽全集二〕

〔梗概〕「太陽蝶」と同年に書かれた自伝小説。妻から母に視点をかえているが同一のテーマと展開をもつ。すでに義兄と破倫の関係にあった蓮子は、勝光寺の了円と結婚するが、相善と裏山に登って事件を起こして以来、檀家から噂を立てられ寺を追放される。料亭松繁の圭介と再婚し、性のよろこびを知る。圭介は女癖が悪かったが、蓮子は素直で好奇心が強く自己中心的なので、かえって嫉妬を生じない。ある日番頭の一途な心にうたれて身体を許し、松繁から逃走する。自分は毒婦かと悩み、自問しながら、過ちを犯すのは、自分のなかの〈私でない私〉だと思う。美しい肉体の内部にすむ性の欲望である。やがて丹阿弥陀の浄雲寺に嫁ぐ。子供の雅子が九才のとき、夫の昭林が突然死。三十七才で未亡人となる。檀家のすすめで雅子に養子光尊を迎える。性の欲望を抑えきれず光尊と関係を持ち、それを知った雅子は役者遊びに明け暮れ、息子紋多を残して寺から追放される。光尊は蓮子を隠居所に移し、園子を後妻にする。噂を聞いて雅子がたずねてくる。紋多も顔を出す。娘を追い出し、母子を別れさせたのは蓮子であり、自分は「無慚無愧の極悪人」であると悔いるが、蓮子はこの瞬間を救いに変えることができない。煩悩に目がくらみ、恥多い人生だったが、まだ浄土へは行きたくないと思う。脳溢血から中風になり、浄雲寺にもどされるが、死期をむかえたうめき声は「はるか昔の霊をことごとく呼びよせるように執拗だった」と記される。なぜ安らかに死ねないのだろう、と孫の紋多は考える。

〔鑑賞〕長い間犯してきた深い業のために

死臭を漂わせる蓮子を描いた作者は、「母のような人間を母としてもったことが、親鸞に辿りつかせる機縁となった」と「自叙伝についての考察―創作ノート」（『丹羽文雄文学全集』（二二））で述べている。

（永栄啓伸）

猯《むじな》

〔初出〕「経済往来」昭和十年一月一日

〔梗概〕六十三歳の吟月は教員退職後に骨董の展覧会で失敗し、銀座で酒場を出す娘峰子の収入で暮らす。ある月夜、峰子が三輪勇吉とけんかして実家に戻る。三輪は峰子の店を世話した実業家だったが現在は零落し峰子を頼り、客への嫉妬から峰子に手を挙げて別れをまねいた。自身も娘に頼る生活から、峰子と顔を合わせるのが苦痛である。後日三輪は吟月に峰子との復縁を願うが、峰子の不貞を責める三輪を不快に思い、実家に留まることで娘の品行を正せると「責任」を誓う。そんな吟月を三輪は「同じ穴の猯」と冷笑する。案の定、近くに一軒家を借りた峰子は三輪と別の男性と逢瀬を重ねる。吟月は三輪との約束を意識するが、峰子の留守中に押入れに人間の気配を感じ、その事実に気押される。ある日峰子の留守中見知らぬ男との決まりのわるい初対面をするが、想像と異なる男の印象に好感を持つ。ところが後日峰子の留守中にまた別の男と出会い、困惑する。吟月は三輪の顔を思い出し、自分も峰子に翻弄される「同じ穴の猯」なのではと感じる。

〔鑑賞〕マダム物の題材を扱いながら、女性の父を中心に描く作品として異色。実体験からの虚構化を図った作品と言える。押入れに隠れる青年とそれを気遣う父の好意が印象的。尾崎士郎は「文芸時評五」（「国民新聞」昭和十年一月十日）でエロティシズム文学から離れた出色の作品と評価する一方、荒木巍は「文芸時評」（「文芸」昭和十年二月）で「鬼子」に比べ「うまさ」のみとしている。他に徳田一穂「文芸時評」（「あらくれ」昭和十年二月）がある。

（岡本和宜）

娘《むすめ》

〔初出〕「群像」昭和三十三年一月一日

〔単行本初収〕『娘』昭和三十三年二月二十五日　東方社

〔丹羽全集三〕

〔梗概〕語り手の紋多の一人娘育子は二十一歳。一年間のアメリカ留学を終えた巽健二と結婚する。六百名近く集まった披露宴を済ませると、新婚夫婦は箱根から蒲郡へのハネムーンに出かける。しかし妻も育子もお互いを必要として寂しがり、旅先三日目には家に帰りたいという電話がある。六日間の旅行を終えて芦屋の新居に入るが、妻は早速そこに出かけ五日間滞在してくる。これから毎月出かけるといい、育子は十九日目には早くも里帰りをする。妻は「すこし娘を手放すのが、早すぎました」と感じている。

〔鑑賞〕娘を嫁がせた紋多の心境は「よろこび、おめでたさの反面」、「悲しさの調子の多いもの」で「そこには誰の手にも触れてもらいたくなかった」という。この作品には、娘に対する父親の愛情が、母親のものとは対照されながら巧く表現されている。

（岡村洋子）

夢想家《むそうか》

〔初出〕「新文芸」昭和二十一年六月十日

〔単行本初収〕『鬼子母神界隈』昭和二十二年七月十五日　風雪社

〔梗概〕私（加納信祐）は曾て女（貞子）と二週間の同棲生活を送っていたが、女は私の友人瀧修三と出奔。私は今も十日ごとに瀧と暮らす女の元を訪れ、女も私を招き入れる。自分を〈夢想家〉だと言う私だが、女に言わせればそれは「栄螺の殻の中にはいつてゐて、その隙間から」人間を見透かす行為なのだという。私と女の仲を疑った瀧が家を出たと聞かされた私は、復縁を仄めかす女を連れて田舎へ帰ろうと考えるが、そこへ瀧が戻ってくる。女に無理やり送り出された私は帰り道で雨に打たれ高熱を出し、そのまま死の床に就く。貞子を呼ぼうかと言う女中の菊に「そんなわがままを言つて、悪くないでせうか」と言ったのが私の殻の中の最後の言葉となった。

〔鑑賞〕私の穏和な人柄は、裏を返せば性的交渉も含め万事に淡白だという事でもあり、〈嫉妬、焦燥、憎悪〉といった〈地獄〉に生の実感を覚える女との暮らしに齟齬を来すのは当然である。友人に奪われた女を慕い続ける私の姿を「無邪気な無垢さが読者の胸を打つ」（『丹羽文雄自選集』浅見淵「解説」）ものと見ることもできるが、栄螺の殻のように「外側はごつごつとして堅くて、不縹緻ですが、内側はすべすべとして、色彩豊かで、お伽話の御殿のやうにきれいな世界」に暮らす私は外界の現実を見てはおらず、自分にしか興味のないエゴイストとも理解することができる。

（杲　由美）

【め】

乳人日記《めのとにっき》

〔初出〕「世界」昭和二十四年十一月一日
〔単行本初収〕『丹羽文雄文学全集』（二十四）昭和五十年六月二十日　講談社
〔丹羽全集二十四〕

〔梗概〕ある時、私のところに、青木徹という男性が母親の古い日記を持ってきた。宮中で乳人をしていた一年間の克明な記録である。彼はこれを読んではじめて、父母の離婚の理由が分かり、父親を一方的に放蕩無頼の徒と思って軽蔑し、憎悪したことの誤りに気づいたと言う。「初めて御所に行く日、迎えの車で、主人、子ども、女中と一緒に家を出る。身体検査の後、乳人の辞令をもらい、乳人の部屋に案内される。夕食後主人は帰り、初めて主人と別に住むことになった。乳の御用は夜中の一時と四時。皇后の乳の追加を差し上げるのである。ぐっすりと眠るわけにはいかない。正常な夜の睡眠から段々と遠ざかっていくようである。子どもと一緒の生活のため、乳を飲ませた後は乳の量が減らないか、子どもの病気のときは、マスクをしたり乳首をアルコールで消毒したりと、絶えずおびやかされる。御奉公とはいえ、子どもまで犠牲にするのかと、矛盾に突き当たった気持ちのときもある。それでも、会社を終えて主人がやって来ると心細さが消えてほっとし、嬉しくなる。たまには、おことわりして主人と外出し、名残りを惜しみつつ車で御所に帰ることもある。御所は静かで空気もよく、自分が超越したような誇らしい気分にもなる。しばらくして、主人が外出のまま帰らないという日が、増えてきた。主人にまちがいのないようにと祈る。一方で、いまの自分は乳牛のようなつまらない女になったのではないかという疑いも芽生える。ある日、主人が「乳人を辞退することは出来ないものか」と言う。何かだまされているようだとも言う。主人が帰宅しないことに不安を覚え、預金帳を手元に置こうとするが、主人は渡そうとはしない。一家の名誉、わが子の出世の緒口にと我慢して御奉仕しているのに、家庭が火の消えたようになっていく。主人が花柳の巷で遊んでいることが明白になってきた。新しい恋人ができたことは確実であった。乳人とはそれほどのことか。そう言った主人の言葉が思い出されたりもする」母親は、無事に奉仕が終わる日を一日千秋の思いで指折り数え始める。そして、大役を務め終えて帰った彼女を待っていたのは、父の死と離婚問題だった。日記を読む者は、一家の幸福のために彼女が身を投げ出したことは一つの仮説にすぎず、真の幸福を手に入れるためには、さらにもう一つの仮説が必要だと知るのである。

〔**鑑賞**〕乳人だった人の古い日記を読んだ「私」が、その内容を紹介するというストーリーである。家族の名誉と出世の緒口をつかむために乳人になった主婦が、夫婦別居のために家庭生活の破綻を招いてしまう悲劇を、日記の中から読み取ろうとする。作者は、話者の「私」に、思想による幸福の根は脆弱で、ともすれば人間らしさを欠くことになりかねないと語らせている。

（遠藤昭己）

【も】

もとの顔《もとのかお》

〔**初出**〕「文学界」昭和三十二年一月一日

〔**単行本初収**〕『悔いなき愉悦』昭和三十二年八月二十日　講談社

〔**丹羽全集三**〕

〔**梗概**〕紋多は、一箇月ぶりに海辺の母の病室を訪ねた。母は目が見えなくなり、耳が聞こえなくなり、強心剤のために心臓だけが動いている状態であった。母の顔を見つめていた紋多は、あることに気付いた。額の皺が消え、四角だった頬の肉が消えている。いわゆる贅肉がすっかりなくなっていたのだ。八歳の時に家出をした母を紋多が引き取るまでには三十年近い年月が流れており、三十年という歳月は、容赦なく母の性格を一変させ、紋多一家は母の行いに悩まされていた。紋多は、強心剤を断り、母の死に臨む。死の直前にして、紋多は、これまでの母の行いは三十年の環境のせいであると理解し、思い出の中と同じである心のやさしい本当の母に出会えたのであった。母の死後、紋多はこれまで母を叱りつけた自分を悔やみ、母を知る人々に集まってもらい、母が生まれ育った専修寺高田派のお経をあげて葬式をしようと考える。

〔**鑑賞**〕「もとの顔」が発表される前年、丹羽文雄の生母こうは亡くなった。四歳で母と離別した丹羽文雄は、生母をモデルとした〈生母もの〉といわれる作品を書く中で、自分の母親像を追い求めてきた。この「もとの顔」には、丹羽文雄を思わせる紋多が、母の死を前にして、母の本当の顔、「もとの顔」に巡り会う。これまでどうしようもない振る舞いをして自分を悩ませてきた母の行いは環境のせいであり、母は昔と変わらずやさしい心の持ち主であったということに気付くことができたのだ。母死後、丹羽文雄は母のこれまでの生き方を振り返る中で、「親鸞」の教えに辿り着く。丹羽文学には「母親の存在」がなくてはならないものであるということを実感させられる作品である。

（稲垣香奈）

【や】

山の手線《やまのてせん》

〔**初出**〕「行動」昭和十年八月一日

〔**単行本初収**〕『この絆』昭和十一年二月十九日　改造社

〔**梗概**〕妻の菊代に離婚話をした翌朝、出勤のために信五が家を出ると、後ろから黙って菊代がついてきて、信五と同じ電車に乗り込んだ。電車は山の手線を巡り始める。

半年前、半ば押しかけられるようにして、信五は不本意なまま菊代と結婚したのであった。菊代は稼ぎのよい仕事をあっさり辞めて家庭に入り、わざわざ母親を呼び寄せて、生活を牛耳っていた。信五は銀座で、女給をしていた三佐子と出会う。三佐子は身籠もっていたが、肺が悪くて出産できないために手術を望み、信五は菊代と共に三佐子の世話をしたのである。三佐子と深い仲になった信五は、菊代に離婚を告げたのであった。

ドアが閉まる直前に電車から降りて、信五は菊代を振り払う。三佐子と暮らし始めた信五は、半月後自分の着物を取りに戻り、三佐子もついて来て外で待つ。隣家の男が出てきて信五を罵り、姑も信五を責め立てる。菊代は病的なまなざしで信五が荷物をまとめるのを見ていたが、信五が三佐子と出て行こうとすると、信五の方へ倒れ込んでしまった。姑の罵声を後ろに聞きながら、信五は三佐子と歩いていく。そして、心に陰翳を持つ三佐子のよさを感じるのである。

〔鑑賞〕丹羽が片岡トミと別れ、太田綾子と結婚した年に発表された作品であるためか、「結婚」「家庭」という制度に焦点が当てられている。「結婚」「家庭」という制度を信五に強要してくる菊代と、その枠組みからはずれるところを持つ三佐子が対照的に描かれている。菊代、信五を罵る姑、隣家の男などには、「世間」が体現されており、それに抗う信五の姿に、丹羽の「世間」に対する批評をみることが出来る。

（塚本章子）

山肌《やまはだ》

〔初出〕「日本経済新聞」昭和五十三年十二月七日～五十五年一月十四日

〔単行本初収〕『山肌』（上）（下）昭和五十五年六月二十日　新潮社

〔TV〕『山肌』昭和五十六年　フジテレビ

〔梗概〕事故に見舞われた夫に代わり、生命保険外務員として働き始める苑子。その仕事ぶりは順調で、瞬く間に業績を伸ばしていく。そして隣には、何時も立野がいた。家庭に重きを置く一方で、彼にのめり込んでいく苑子。子供たちの自立、仕事、そして立野との長きに渡る関係を通し、一人の女性として新たな自己を見出していく二十年を描く。

〔鑑賞〕表題は「陽を受けてかがやく山の肌の美しさを、主人公の美しさに象徴したもの」（新潮文庫中村八朗「解説」）であると同時に、近付くと見られる岩石剝き出しの山の地肌をも、主人公の別な側面として示唆しているだろう。苑子は外面上、最初から最後まで家庭から逸脱することは無い。しかしその内面は、仕事や立野との再会と別離を経て大きく変化する。それは物語の最後、不倫中の同僚の側に立ったことを示したアルカイック・スマイルに凝縮されていよう。この苑子特有の表情は、物語全体を通して登場し、初めは他人にとっての印象として描かれており興味深い。夫圭介と長男義武にも注目すべきだろう。圭介が妻の不倫に気付いているか否かの決定打は、最後まで無い。あるのは時折覗かせる含みある態度や、普段の彼からは予想外だと思われる反応だけだ。しかしそれ故、苑子自身の思いや立場が推し量れて面白い。義武は、当時の働く女性に対する世間の目を象徴している点が見受けられるなど、独特な存在感を放っていて惹き付けられる。本作は、昭和四十年代後半に一大変革期を迎えた生保業界を舞台としており、当時の状況を鋭く捉えた社会性ある作品としても注目を集めた。業界関係者に「こんなに裏の裏まで書かれたら困る」と言わしめたほどで「生保の実状をここまで描いた小説は初めてであろう」と評す（前出）のも肯けよう。

（牛島理絵）

【ゆ】

幽鬼《ゆうき》

〔初出〕「別冊小説新潮」（三）昭和二十七年九月十五日

〔単行本初収〕『濃霧の人』昭和二十八年六月十五日　東方社

〔梗概〕真宗高田派の寺院の子として生まれたが、寺を継ぐことを厭い家出して廃嫡となった過去を持つ紋多は、故郷から祖母の法事の知らせを受け、幼い頃、実家で祖母や父母から聞いた話を思い起こす。本堂の阿弥陀仏を盗み出そうとしたが、仏罰で腰が抜けて果たせなかったという泥棒の話は、幼い紋多に「底知れない畏怖心」「神秘感」を生じさせ、それは彼の中に「いまもなお生き生きと残ってい」た。檀家に死者が出る時、深夜の足音など死者の来訪を思わせるような不可思議な出来事が起こるといった、昔父母から聞いた話を想起した紋多は、「幽鬼」を信じているわけではないがその存在を否定もできない、説明し尽くせない〈人間の不思議〉に思いを馳せる。

〔鑑賞〕確かなことは人間が「不安動揺のかたまりであり、弱いものだということだけ」と認識する時、仏像の「あたたかい、ゆたかな顔」の意味を思う、という紋多の姿を通して、人間の存在と信仰の問題を問う作品となっている。

（峯村至津子）

有料道路《ゆうりょうどうろ》

〔初出〕「週刊文春」昭和四十年十一月一日～四十一年十一月二十一日

〔単行本初収〕『有料道路』昭和四十二年三月一日　文藝春秋

〔ＴＶ〕『有料道路』昭和四十二年　日本テレビ

〔梗概〕航空会社に勤める竹中に黒い服の男がつきまとう。その男から妻の不倫を聞かされるが、自分のこと以外に興味のない竹中は動揺しない。しかし十代のとね子に言い寄られると、転勤にかこつけて妻子の元から離れてしまう。これは妻の冬子に思いを寄せる瀬木の巧妙な策略であり、冬子の気持ちを自分へ向けさせるための罠であった。バーのマダムでありながら素人らしさの抜けない冬子はその策謀にはまり、瀬木に体を許すことになる。しかしとね子の口からすべてが露見し、冬子は瀬木の脅迫に屈することなく、全てやり直す覚悟を決める。

〔鑑賞〕主人公「冬子」の名前には、厳しい社会を生き抜く「冬」のイメージが込められている。他人によって家族が解体され、貞操が踏みにじられ、銀座の店も手放すことになる。その背後で画策する瀬木は愛欲の情動に突き動かされ、冬子を手に入れるためには手段を選ばない。読者は醜悪な男、ずるい奴と、憎々しげな思いを抱くが、それは人間の心の奥底に潜むどす黒い情念を表象化したものである。瀬木が悪ければ悪いほど、被害者冬子の清潔なひたむきさがクローズアップされる仕組みになっている。本書は主人公冬子が苦難を乗り越えていく成長小説であるとともに、経済的な成功が愛欲を肥大化させるという、高度経済成長という時代への警鐘が込められた作品でもある。

　また檀那寺の跡取り息子「廉」は、ネーミングどおり清廉潔白で内省的な男であり、動物的な瀬木とは対照的に描かれている。作中、家族といえども「まったく赤の他人の意志によってひきさかれてしまう」ということが繰り返されるが、寺の息子として生まれた作者の来歴と重なる部分が多い。
（鈴木吉維）

雪《ゆき》

〔**初出**〕「エコー」昭和九年十一月一日
〔**単行本初収**〕『閨秀作家』昭和十一年三月二十日　竹村書房
〔**梗概**〕寺谷伸一郎は、長唄の師匠になろうとしている友人の妻の妹である道子と、それからもう一人別の女と交際がある。彼は、その女の方で自分を離れて行かない以上この三角関係は片付かないと思い、煮え切らないずるい自分を鞭打つ気持ちと自己嫌悪で気分が滅入っていた。道子がもう一人の女のことを知っているので、余計に問題が差し迫っているという感じもした。女と別れたと言いながら、実は別れていないことを知ると、道子は詰問の手紙を書いたり、寺谷の下宿に恨み言を言いに行ったりする。しかし、何を言っても暖簾に腕押ししているようだった。寺谷は寺谷で、自分は二人の女を同時に愛しているのであって、それが理解できないだろう道子に何を言っても無駄だと思っている。道子は浅草のお師匠さんの家に住み込みに行くことになっており、結局二人はそのまま別れた。五年後、寺谷は大学を出て某区役所に勤めている。道子と別れた後、もう一人の女に対する気持もだんだん醒めた。彼の友人は道子の姉と別れ、彼もその友人に会っていない。時々道子のことを思い出し、彼女がいつか自分の前に文句を言いに現れるのを待つのだった。
〔**鑑賞**〕「唄」（「文学首都」昭和八年三月）の改作である。同名の「雪」（「新潮」昭和三十六年一月）とは別の作品である。
（永井　博）

雪《ゆき》

〔**初出**〕「新潮」昭和三十六年一月一日
〔**単行本初収**〕『雪』昭和三十六年四月十日　講談社
〔**梗概**〕十月のある日、旅館の会計係の島が長逗留している客がいることに気づく。その男は蒔田と名乗るがどうやら嘘であり、その後その男は旅館から姿を消す。毎年、旅館は十一月十五日で閉鎖となり、越年組を残して翌年の三月一日の山開きまで閉鎖される。今年の越年組は留次郎、惣太、元作であり、その仕事はおもに屋根の雪下ろしや旅館の修理であった。十二月の半ば過ぎ、留次郎が体調を崩し日一日と衰弱していく。応援を呼ぶため惣太が吹雪の中下山するが、その時すでに留次郎は死んでいた。元作は雪に閉ざされた広い旅館の中に死人と一緒に過ごすことに恐怖を覚え気が狂う。二日後、村からの救援隊の手で遺体と元作は下山させられた。翌年の六月、惣太が「ひとが死んでる」と血相を変えて事務所に駆け込んできた。その遺体は去年の十月に失踪した客であった。名前は長谷といい東京での生活に追い詰められ犯罪をおかし実家近くまで戻ってきたが、帰れずこの温泉場に流れてきた。
〔**鑑賞**〕会計係の島はその長谷を自殺に追いやったのは自分であることを悔いた。元作の女房が逃げたという噂が温泉場にはいった。頭がおかしくなった元作は退職金を元手に駄菓子屋をひらいていた。
（岡本　亮）

【よ】

養豚場《ようとんじょう》

〔**初出**〕「別冊小説新潮」（夏号）昭和四十年七月十五日
〔**単行本初収**〕『雨の中の声』昭和四十年十

一月三十日　新潮社

〔**丹羽全集二十**〕

〔**梗概**〕お春は酒好きのため亭主運が悪く、三人目の男と別れて後、養豚場に住み込んで病気の老主人の世話と飯炊きをすることになった。始末の良い酒飲みのため、お春の三食には世話をした酒屋の信用から焼酎五合がついた。二百頭の豚を持つ養豚場の経営者は旧家の大地主で、老主人の外に、隣家の娘八重子と交際している若主人の健と、豚の見張番で身寄りのない三十四歳の為造、五十年配の辰吾夫婦がいた。養豚場で働くようになって、お春は失っていた女らしさを取り戻し、心に余裕が生じて酒量が減った。淋しがりやのくせに人混みが嫌いで女を知らぬ為造は、辰吾に軽く見られていたが、お春には割合話をした。ある夜、お春は百メートルの豚舎を抜けて為造の小舎に忍び、その後一年、二人の関係が続く。お春が小舎に泊まった夜に主人が死亡したが、為造との関係は発覚せずに済んだ。葬式の中、辰吾は町の有力者に愛想を振りまく為造をにらみつけ、また病人の存在と養豚場への嫌悪から健との交際に反対していた八重子の両親は、葬式の立派さを再認識する。暇を申し出たお春は健に引き留められ、若者が雇われてお春は母屋に移ったため、病人の死以来回数が減っていた為造との逢瀬はさらに間遠になった。養豚場に来て三年、お春の貯金は二十万近くになった。健の嫁に来た八重子が自分も飲もうかと言うのに、お春は「女の酒飲みには、ろくなことがありません」と自分の亭主運の悪さを思って答える。お春と為造の仲は、ひとごとのように忘れられた。

〔**鑑賞**〕それぞれの思惑を持つ人々が生活して行く中、それなりに節度を保って自力で生きる女の情事は、周囲に気づかれることなく続き、無かったかのように消えていく。お春が通り抜ける際に敏感に騒ぐ二百頭の豚のみが、その事実を知っていたのである。（渡邊ルリ）

欲の果て《よくのはて》

〔**初出**〕「別冊文藝春秋」（三十六）昭和二十八年十月二十八日

〔**単行本初収**〕『欲の果て（昭和名作選）』昭和二十九年七月八日　新潮社

〔**丹羽全集十九**〕

〔**梗概**〕旅館「隣泉」に広島の五人組が逗留し、宿泊費を滞納していた。五人中四人までは、ここの女中や出入りの按摩と関係を持っていた。「隣泉」主人の関には六人目の妻が居たが、手癖が悪く、女中やその娘に手を出した。その中で、四十一歳で二児の母である未亡人の琴だけは一目置かれ、誰の毒牙にもかからなかった。琴の受け持ちであった久志本は、日守武夫と北海道の大豆を、広島の五人組と共に売り捌くことになった。その間、琴を目当てに、皮革会社重役の吾妻がやって来た。二晩目、許すつもりでいたのに、吾妻は直前で行為を止め「ここでは琴さんまでが他の女中の同類になってしまう」と言う。それを機に琴は「隣泉」を辞め、大豆の到着を待つ久志本と同棲することになる。やがて大豆発送の甲片が届くが、それは日守の作成した偽物であった。広島の五人組は久志本と日守を詐欺で訴え、琴は久志本の東京の妻の代わりに久志本に尽くす。やがて証拠不十分で釈放された久志本は岡崎に去り、琴は久志本の友人、丹下の家に身を寄せる。丹下は婿養子であったが、養母と関係を持った過去があった。丹下一家に馴染んだ琴であったが、やがて名古屋の実家に帰る。恋愛、夫婦の真似事をし、裁判所や警察署を覗き、他人の家庭の秘密も知った。「蕩児かへるといふ実感だけが、しみじみと味へた。」

や行

〔**鑑賞**〕丹下家の秘密は、これまでの作品で繰り返された、義母と婿の関係が踏襲されている。いつでも母子の居る実家に帰られる身でありながら、「放浪者の演技」を続ける琴は、遅い社会見学をしているようであり、彼女を取り巻く人物たちの「欲の果て」を映す鏡の存在のようでもあり、後年の「彼の演技」（「世界」昭和三十一年四月）に通じる「人生を演じる」人物であるともいえよう。　（水川布美子）

欲望の河《よくぼうのかわ》

〔**初出**〕「産経新聞」昭和三十六年四月十八日～三十七年七月二十日
〔**単行本初収**〕『欲望の河』昭和三十七年九月三十日　新潮社
〔**TV**〕『欲望の河』昭和三十八年　東京放送
〔**梗概**〕正木暁は未亡人で子供のいる伴恒子との結婚を許してもらうため、実家に帰る。だが魅力的で積極的な貝原三千代に惹かれ、恒子を捨てる。実は三千代の母は暁の父と将来を誓い合ったが裏切られた過去を持ち、それを知っていた三千代は暁を利用して母の復讐をしようとしたのだ。暁はその企みを知り、早々に別れる。その頃恒子は娘を診た病院の院長遠城の二号となり、新しく家を構えていた。既に老年の遠城は慇懃だが恒子の肉体のみを欲し、生きている人形として扱った。自分の心や娘が見えないものとされる生活に恒子が耐え難くなっていた時期、恒子と暁は再会する。二人は対話を続け、遠城の死後に再び結ばれることを約束しあうに至った。一方三千代は、兄の学友である実業家の藤井の財産を意のままに使っていたが、容貌醜悪な藤井とは結婚する気にどうしてもならない。故に結婚ではなく、彼の会社内で権力を持つことに目標を見出すことになる。しかし、いざ藤井が他の女性と結婚したと知ると、三千代は憤怒し、彼を猛烈に罵倒したのだった。
〔**鑑賞**〕身体だけを男性に捧げ、覚めた自意識と折り合いをつけられず苦しむ女と、葛藤や逡巡が一切なく、ただ消費のみをして生きる女という二つのタイプのヒロインが現れる点では、同時期に執筆された「この世の愁い」と同じ構造を有している。そこにもう一人の視点人物として「小さい頃から寺が好きだった」正木暁が加わり、和尚とのやり取りを通して、人間の欲望が人や時代を変えていくこと、その中で生涯に意義を見出す何事かをすること等が思考されていく。　（尾崎名津子）

横顔《よこがお》

〔**初出**〕「新潮」昭和七年九月一日
〔**単行本初収**〕『鮎』昭和十年一月十日　文体社
〔**梗概**〕初期丹羽作品のなかで、自伝的な色彩の濃いものとして「生母もの」と「マダムもの」がある。この作品は、一連の「マダムもの」のうちの最初に位置するもの。
　銀座の美容師である郁子は、夫である海保の新聞社への就職を、元新聞記者である能木に依頼していたことで、能木に度々呼び出される。郁子は夫の就職の件もあるという言い訳を抱きつつ、能木といると自由に快活に振舞えるので、満更でない気持ちから出かけていく。
　ある晩、保険会社の社長の愛人問題を探る為という口実で、能木は郁子を連れ出し、二人は一夜をともにしたのであった。
　その後も、郁子を呼び出そうとする能木であったが、郁子はその求めには応じなくなったことで、寄りを戻そうという魂胆を持つ能木は新聞社への就職をかなえたのであった。

夫は、就職できた理由や能木が今も抱いている魂胆に気づくことなく、ただ漠然とした反感から、能木と宴席で喧嘩を起こしてしまう。それでも、郁子は夫の妬心のにぶさがまどろっこしく歯がゆいのであった。

〔**鑑賞**〕丹羽は「鮎」が「文藝春秋」昭和七年四月号に掲載されたのを機に、かつての同棲相手で、今は銀座で酒場を開いている片岡トミのところへ転がり込んだのであった。彼女との愛憎生活を題材にしたのが「マダムもの」で、この作品と「嘘多い女」は、丹羽が早稲田大学卒業後も帰郷することなく、トミと同棲していた頃の事情を題材としたもの。

他の「マダムもの」の作品では、同棲相手の男は、マダムの不貞を知っているものの自身に生活力がないことから、彼女の男性関係をことさらに荒立てないよう努めている。この作品は、「お膳を蹴りあげた話」として「新正統派」（昭和四年十月）に発表されたものを改作して、「マダムもの」の男が背負うこととなるマダムへの貞操不信の始まりが描かれたのであった。

（秦　昌弘）

【ら】

襤褸の匂い《らんるのにおい》

〔**初出**〕「別冊文藝春秋」（四十一）昭和二十九年八月二十八日

〔**単行本初収**〕『丹羽文雄文庫』（十六）昭和三十年二月二十五日　東方社

〔**丹羽全集十九**〕

〔**梗概**〕七十三歳のきさ婆は、生来強欲な上に盗癖があった。郷里の栃木では田んぼの畦道をこっそり変えて地所を増やし、他人の作物を盗んでは売って莫大な貯金をした。罪が露顕しても平気で開き直る性格に亭主は恐れをなし、五十三歳で離縁された。英国人家庭や久住家で家政婦を務めながら、ごまかした食料を近所に配って恩を着せ、より高価な返礼にありつこうとする浅ましい根性は変わらない。息子に下宿屋をさせ、下宿人を食い物にして己の利益を図ったり、空襲のどさくさで盗品をため込んだりと、見え透いた手口で周囲の顰蹙を買うが、本人の心には他人の迷惑が一向に響かないのだった。こうして何一つ失わずに敗戦を迎えたが、因果にも、きさを当てにして子供たちが集まり、出費がかさんだ。そんな時、下宿屋に関満枝という女が現れる。満枝は貧しい主婦たちにボロ布を配り、雑巾刺しの内職を斡旋していた。主婦たちが材料をネコババしても目をつむり、赤字経営を物ともせず、満身の善意と信念によって仕事を続ける満枝の生き方は、最初きさには理解できなかった。だが、「仏様が見ている」という彼女の何気ない一言に、きさの心には「だれかの目を感じる支度」が兆しはじめる。

〔**鑑賞**〕『厭がらせの年齢』に通じる老醜の問題を扱いながら、善意による救済の可能性を説いた作品である。

（河野龍也）

【り】

理想の良人《りそうのおっと》

〔**初出**〕「人間」昭和二十二年二月一日

〔**単行本初収**〕『理想の良人』昭和二十二年五月十五日　風雪社

〔**丹羽全集二十二**〕

〔**梗概**〕大蔵省勤めの館の自宅には、妻淑子と台北時代の間借り人門脇義夫、淑子の妹美津枝が同居する。淑子が十三も年下の門脇と寝室を共にしている事実に美津枝は驚くが、それは館自身の勧めにもよるものであった。底意がなく他人の善意を疑うことのない館は、淑子を才気溢れる青年を見出す能力に長けていると誉め、一家の主の占める位置に門脇が腰掛けても意に介さない。だが門脇と淑子が外出した夜、仏間の館を窺う美津枝は、その様子に義兄も人並みに嫉妬や憤怒を感じるのだと思いかけるが、その後の館の挙動は、美津子に義兄が精神耗弱者ではとの疑いさえ抱かせるものだった。ある日、淑子の愛人であった以前の下宿人小金井素之が訪れ、小金井と門脇は初対面から互いの立場を見抜く。淑子との同衾を拒絶するようになった門脇が一時帰郷すると、館の希望で小金井が淑子と寝室を共にする。門脇が戻ると二人の青年は一日交代で淑子と寝るようになった。更には淑子の最初の相手であった岡崎から再会を期する旨の便りが届く。館家の下宿人が三人に増えることが予感され、館は「一日交代を二日交代にして皆仲良くやっていけばよい」と言ってのける。

〔鑑賞〕中村光夫や福田恆存らによる丹羽の風俗小説批判同様、本作の登場人物を「人間にまで創造されるには余りにも彫りが浅く影が薄い」（杉浦明平『増補・現代日本の作家』）とする見方もあるが、「マダムもののマダムをより客観小説的に設定した新しい条件のなかに追求したもの」（小田切秀雄『近代日本の作家たち（続）』）といった見解もあり、ともかくも本作は丹羽のマダムものの一つの到達点と見てよい。

（杲　由美）

隣人《りんじん》

〔初出〕「中央公論」昭和十四年九月一日

〔単行本初収〕『風俗』昭和十五年六月十八日　三笠書房

〔丹羽全集〕二十一

〔梗概〕灰色館と呼ばれる××省の、とある課に勤める小原壮作は、存在感の全くない男で同僚からは馬鹿にされきっていた。有力なコネもなく風采は冴えず、仕事の能力も課内中の係をたらい回しにされるほど低い。結婚も「こぶつきの出戻り」を見合いで押しつけられた形だが、夫婦仲は悪くなく、連れ子も可愛がっていた。故郷を出るときにはそれなりの出世欲もあったが、安月給と単調な仕事の繰り返しの中に影を潜め、鈍化した惰性の毎日。周囲の軽蔑を知りつつ反発も抵抗もすることなくやり過ごしている。言葉を多く持たず反発や怒りの表現方法を知らない彼には感情に拘泥することも却って苦痛だった。ある日、同僚の一人に召集令状が来、課をあげての壮行会が開かれる。珍しく酒を過ごした壮作は、万歳三唱が行われようとするときに、真っ赤な顔で卓上に登り、日の丸の旗を振りながら愛国行進曲を歌う。それはあの壮作のどこからとび出したものか、夢のような「狂暴な振舞い」で、やがて人々はその拙い歌声に一人、二人と唱和していくのだった。……だがそれは、壮作の見た一場の夢に過ぎない。壮作はいつものように同僚の憫笑を買いながら連れ子へのみやげだと鯣をポケットにしまう。それが己の習性に則った行動だとわかっているからだ。

〔鑑賞〕「隣人」とは、あなたの隣にもいるこんな男、といった意味だろうか。「誰の中にも多少の壮作の惰性はひそんでいるのではないだろうか」と問いかける語り手は、そんな男に秘められた「狂暴」の噴出を、哀切に満ちた共感を込めて描いている。それは、母との同居を通じてこの時期丹羽が直面していた「それでもやっていかねばならない」という思いとも響き合っているようである。

（三品理絵）

【れ】

蓮如《れんにょ》

〔初出〕「中央公論」昭和四十六年一月一日〜五十六年六月一日

〔単行本初収〕『蓮如』（第一巻）昭和五十七年九月二十日（第二巻）昭和五十七年十月二十日（第三巻）昭和五十七年十一月二十日（第四巻）昭和五十七年十二月二十日（第五巻）昭和五十八年一月二十日（第六巻）昭和五十八年二月二十日（第七巻）昭和五十八年三月二十日（第八巻）昭和五十八年四月二十日　各巻中央公論社

〔梗概〕蒙古襲来の動乱期に生まれた覚如は、数奇な「稚児」生活を経て成長し、曾祖父・親鸞の廟堂を守る三代目「留守職」になるが、伯父如信（善鸞の子）を二代目となし「血脈相続」を主張し「本願寺」の基礎を造った。しかし、長男存覚の学識、人望を憎み、後を継がせず、存覚は、仏光寺派に接近していった。鎌倉から室町に時代が流れ、親鸞の革新的な念仏思想は遠いものになっていった、本願寺七代目の存如の子として生まれた蓮如は、生母の身分の低さから、部屋住みを余儀なくされたが、熱心な求道心や、布教の実績によって八代目本願寺住持に就き、「立派な説教者・布教者」になろうと決心する。数多くの「御文（御文章）」による布教、堅い組織によって、旧仏教からの弾圧に耐え、吉崎御坊のような大きな力を有し、一向一揆の原動力になった。しかし、蓮如は、政治的に先鋭化するのを好まず、撤退する。「一念発起、平生業成」—（一念発起すれば、直ちに往生は定まる）を信じ、日常生活は、地頭や規則に従うが、心は「信心為本」で生きる。そして、誤解される虞れの有る「歎異抄」を禁書にし、真宗の他の派を多く帰属させ、本願寺派を大きな教団とした。五人の妻と二十七人の子供をなし、旺盛な生活力を発揮して、偉大なカリスマとして生を全うした。

〔鑑賞〕〈テクストのこと〉作者も言うように雑誌発表時の本文と単行本の本文では、可なりの変化がある（特に第一巻と第八巻）ので注意を要する。

〈意図・文体〉丹羽は、蓮如を書くことは「浄土真宗史を書くこと」という覚悟と「坊主出の作家としての「使命感」とで書き始めているので、「覚如」あたりから筆をおこしている。膨大な作品になることを予期して、彼は「説話体」を採用すると宣言した。舞台で言えば、「書割り」「背景」に当たる。この平面的な、説話体で全体が統一できたかどうかは吟味の必要がある。又、歴史学者や宗教学者の「蓮如」観に反対したり、歴史的事実を否定したりするところに丹羽の主張を見ることが出来る。「無断引用事件」については、本書第Ⅰ部『蓮如』無断引用問題について」の項参照。

（濱川勝彦）

【ろ】

老愁《ろうしゅう》

〔初出〕「モダン日本」昭和十六年八月一日

〔単行本初収〕『三代名作全集　丹羽文雄集』昭和十八年二月十五日　河出書房

〔梗概〕お辰は十三歳から料亭「呉竹」に住み込んで苦難の道を順当に出世し、民政党の代議士影山の子、右一郎を生み、料亭「泉」を開いた。影山の死後、後を頼まれていた外務大臣は、お辰の秘蔵息子、十六歳の右一郎に七、八年のフランス行きを勧め、二年後、右一郎は日本を発つ。十年間陰膳を欠かさなかったお辰は、フランスから帰国の手紙を受け、神戸に出迎えるが、背の高い青年右一郎から突然、妻マリーと息子譲を紹介される。東京に帰ったお辰は一ヶ月床に就き、右一郎の説得によって妹分のお照に「泉」を譲り、外務省嘱託、右一郎一家と熱海に住む。半月後訪ねてきたお照に、孫をおぶったお辰は、青い目、赤い毛の「この子が、孫のやうに思へないので、困るのだよ」と言う。

〔鑑賞〕『三代名作全集　丹羽文雄集』「あとがき」に、編輯者がこの雑誌も純文学ものにすすみたいと言っていたので「地味なものを承知で出した。が、それが活字になつたときほかの作品が依然として大衆読物であつたので、私のが一つぽつんと毛色がちがつてゐて妙なものであつた。これには実在のモデルがある」と書かれている。水商売のお辰の、息子への愛情の傾注を、情愛を込めて描く。丹羽の長男が国際結婚するのは昭和三十七年のことである。

（永渕朋枝）

路地《ろじ》

〔初出〕「文藝春秋」昭和二十六年三月一日
〔単行本初収〕『丹羽文雄文庫』（十六）昭和三十年二月二十五日　東方社

〔梗概〕杉並区のとある路地の奥に、昌雄康子の夫妻が住んでいる。二人は職がなく働いていない。昌雄は康子に売春をさせて生計を立てていた。毎回違った男と関係してほしいという昌雄の思いとは裏腹に、康子は屑屋との逢瀬を繰り返す。そのことを知り昌雄は折檻するのだが、昌雄の暴力に耐えかねた康子は家出する…。

〔鑑賞〕夫妻の他に、身体で契約をとる保険外交員の友子、小説家、日雇い、カフェーと職業を転々とする福井、妻子に先立たれて金属集めをする癖のある家主などの同居人を配す。十返肇「解説」（初刊本所収）は、「変つてゐるのは、その同居者たちとの関係で、戦後の特殊な風俗がよくあらはされてゐる。／…風俗作家としての丹羽の確かな技量を明らかに示してゐるものといへるであらう」と記す。夫妻を中心とした人間模様をいかに読むかが課題。

（原　卓史）

六軒《ろっけん》

〔初出〕「新潮」昭和二十二年二月一日
〔単行本初収〕『理想の良人』昭和二十二年五月十五日　風雪社

〔梗概〕六軒世帯の隣組の強制立退き執行の様子が冒頭に示されたのち、それまで隣組を構成していた各世帯の内情が連続して描かれていく。コックの助手をつとめる息子が持ち帰る残飯と物品を交換することで暮らしが豊かになってゆく植源こと植木屋源助・物品交換の仲介をつとめるお竹の来し方・食料の分け前を期待しつつ訪ねてくるお竹に借家人の愚痴を聞かせる原すみ子・家主のすみ子と反目する谷村貞子・同じくすみ子の借家人である三木さくのと成績優秀な長男喬・喬の話し相手である森富子とその母くめ。配給の人数を誤魔化していたくめが貞子の密告で警察に拘留されたり、恋人からの手紙に絶望した富子が自殺を図ったりと、色々な事件も隣組の中では起こっているが、人々の暮らしはお互い反目したり寄り添ったりすることでバランスを保ちながら営まれている。だがこうした市井の営みも、立退き人夫の代りに路地に進入してきた戦車がわずか一往復しただけであえなく崩壊する。これが隣組六軒の迎えた終戦であった。

〔鑑賞〕植源は「世帯合壁」にも共通する登場人物で、「世帯合壁」では六軒の隣組がまだ十二軒から成っていた頃を描いている。同じ隣組長屋を舞台とした連作と読むこともできる。

（杲　由美）

【わ】

歪曲と羞恥《わいきょくとしゅうち》

〔初出〕「新潮」昭和二十六年七月一日
〔単行本初収〕『海は青いだけでない』昭和二十六年九月二十八日　新潮社
〔丹羽全集二十二〕
〔梗概〕幾代は高萩と再婚したが、前の旦那の並川がしょっちゅう幾代のもとに通ってくる。ある夜、並川と高萩が鉢合わせとなった。高萩はどこで並川に敵討をしているのか、幾代の息子の光雄は知りたいと思う。光雄は母にもっと高萩のことを考えるよう諭すが、幾代は聞く耳を持たない。家出をした光雄について、幾代は家の恥が世間に知れ渡ってしまうことと、一緒にいると疲れるために家を出てくれた方がいいという想いに引き裂かれる…。
〔鑑賞〕「風俗小説」から「実験小説」への過渡的作品とみる見解が多い。青野季吉「文芸時評―面白い匿名批評」（「読売新聞」昭和二十六年七月二日）は、「風俗小説を脱却して、火瑫（かとう）爆弾が地上をころげまわるようなこんな作風で突込んでゆくべき」とし「近来の優れた作品」だと記した。武田泰淳「安定と無造作―文芸時評（中）」（「東京新聞」夕刊　昭和二十六年六月二十九日）は、「かなり乱れている」けれども「改革をめざして努力の最中」とし、福田恆存「名人の孤独―文芸時評」（「朝日新聞」昭和二十六年六月二十九日）は、「過去の自分から抜け出そうとする努力が見られる」という。丹羽の作風の変化を好意的に見る論者もいる一方、〈風俗小説〉の衰退と批判的に捉えたのは、平林たい子「風俗小説の衰微」（「朝日新聞」昭和二十六年七月十日）であった。また、荒正人「二條の清流―文芸時評（下）」（「毎日新聞」昭和二十六年六月二十八日）は「ひからびてしまっている」とし、神西清・梅崎春生・本多秋五「小説月評」（「文学界」昭和二十六年八月）は、「後味は必ずしもよくなかつた」というなど、否定的な見解も多い。幾代、高萩、並川の三角関係、幾代と光雄の母子関係をどのように捉えるか、また旧道徳とは無関係に生きる幾代の人物像が解釈のポイントとなるだろう。

（原　卓史）

若い季節《わかいきせつ》

〔初出〕「朝日新聞」（大阪・夕刊）昭和十一年六月三十日～八月六日
〔単行本初収〕『若い季節』昭和十一年九月十五日　竹村書房
〔丹羽全集四〕
〔梗概〕左部封介は映画配給会社の社員。月給五十円を貰っているが、辰野新子という「桁違いの金持ち」のお嬢さんとつきあっているためいつも金に困っている。同僚の瀬下評は星澄江という銀座「星」洋装店のオーナー兼デザイナーと半ば結婚状態にありながら若い水上翠という女性とつきあう。

左部は新子と結婚を考えるが、現実的な経済問題を考えると難しい。一方瀬下は澄江の目を盗んで翠とつきあうが、澄江の知るところとなる。

新作映画「猛獣人を裁く」の宣伝で忙しい最中、新子に結婚話が持ち上がり封介は失恋する。瀬下は精神的、肉体的に澄江から自立し、翠とつきあうことを決意する。映画の初日、帝劇に新子は母親と婚約者を連れてやってくる。映画は大入りで、封介はすぐに大阪へ出張の予定。封介のアパートに評がいることを翠に知らせる。

〔**鑑賞**〕透馬州《トーマス》映画配給会社の宣伝部員、左部封介《さとりほうすけ》と瀬下評《せしもひょう》の二人の恋愛を中心とした小説。物語の時間としては新作映画「猛獣人を裁く」準備から封切り当日までが描かれている。

本作品は丹羽が中央紙に初めて連載した新聞小説である。また作中「映画統制というご時世」とあるが、これは昭和六年の満州事変以降急速に進んだ国策映画への傾斜、戦争プロパガンダ化する映画界前夜の状況を知る上でも興味深い。（稲垣広和）

惑星《わくせい》

〔**初出**〕「時事新報」昭和二十五年三月十五日～九月十一日

〔**単行本初収**〕『惑星』昭和二十六年五月三十日　湊書房

〔**梗概**〕紋別重蔵に父一雁を殺され、母静乃を重蔵に奪われた朱園徹は、守銭奴にして復讐の鬼となった。徹は復讐を果たすために重蔵の娘智子を甘い言葉で誘惑し捨てることを画策。一方妹の朱園成子は徹の思想を刷り込まれていたが、紋別重蔵の三男で画家の駿介に次第に魅かれ、家出して同棲するようになる。家出に怒った徹は駿介だけではなく、成子にも復讐を企てる。それは駿介の絵を全て灰燼に帰すことであった。成子は復讐を止めさせるために、徹を刺し殺してしまう…。

〔**鑑賞**〕初出紙の連載開始の前日には「丹羽文雄作、今村寅二画、革新的な新聞小説いよ〳〵明日から連載」と紹介される。初刊本所収「湊書房新刊案内」に、「復習に燃ゆる憎悪と恋とが交叉して…」との内容紹介がある。母の静乃にとって、紋別智子・駿介の姉妹は義母で、朱園徹・成子の兄妹は実子。この二つのカップルが織り成す人間模様をいかに読み解くかが課題。当該作品は徳富蘆花「不如帰」（「国民新聞」明治三十一～二年）を典拠としており、二つのカップルがいずれ別れねばならないという暗示を読取ることが出来る。なお、初出紙では連載時に二つの企画が立てられた。一つは「惑星」の映画化。もう一つは「映画」主題歌の歌詞を懸賞で応募したこと。九月二十日しめ切で、十月四日に入選作（一名）と選外佳作（二名）が発表された。審査員は丹羽、作詞家藤田まさと、映画惑星プロデューサー浅田健三など。十一月早々にポリドールから発表予定だった。ただ、当時の「キネマ旬報」や『映画年鑑』には、「惑星」と題した作品は封切映画一覧表には載っていない。また、「十一月のレコード」（「時事新報」昭和二十五年十一月十七日）には入選作のレコード化についても記されていない。これらは企画倒れとなったのだろうが、かかるメディア戦略の考察も興味深い。（原　卓史）

Ⅲ部　丹羽文雄随筆書目

随筆集　新居《ずいひつしゅう　しんきょ》

昭和十一年九月十八日　信正社　四六判　函　二七六頁　横山隆一

〔**収録作品**〕「わが生活報告」「文学放談」「映画感興」「モデル供養」「旅の記憶」「同人雑誌因果」「自力本願」「ある澱」「観念的な女性」「自分の文章」「作品以前の弁」「三面記事」「門外漢の言葉」「古谷式地獄」「多摩川原」「感興」「銀座姿態」「わが初恋」「緑陰隅語」「吉屋信子氏邸拝見」「拾った女の姿」「自然描写について」「一月二十一日のこと」「尾崎一雄のこと」「原作と監督」「作家は如何に処生すべきかと問われて」「私儀」「新居」「日本語版について」「秋の油壺行」「鈴木信太郎画伯について」「エロティズムの方向」「日記」「松の内」「作家と俳句」「アビラ村の神様」「鷗外の歴史物」「新聞映画批評の是非」「恋愛読本」「小説論」

＊「序」に「『新居』の時代は自分にとつて忘れられない時代である。何かの方法で紀念してをきたい気持ちも強いのだ。随筆集でなく、寧ろ感想集である。そして小説に較べて、遥かに私儀に類するものである。然し、さうと腹を据ゑてしまへば、この年齢でこの経歴で随筆本に形取つた「新居」も、何かの役に立つてくれるであらうと思つてゐる。」とある。

迎春《げいしゅん》

昭和十二年四月十五日　双雅房　四六判　函　一七〇頁

〔**収録作品**〕「幼友達」「獅子舞と芝居」「父の墜落」「古里の記憶」「書物のこと」「過去の姿」「年の瀬」「迎春」「装幀」「女友達」「耳掃除」「女の習俗」「先妻先夫」「新女性気質」「恋愛の享楽」「恋愛時評」「今様父帰る」「他山の石」「北斎のこと」「馬か牛か」「二人の先輩」「作家随想」「『無限抱擁』の記憶」「自分の短篇」「大衆読物に就いて」「後記」「著書目録」

＊「後記」に「創作の場合はともかくも、随筆類となると、身贔屓から自分ひとりが面白くて他人には少しも面白くない作品をえてして選択しやすいものである。今度はさような思ひ上りのないやうに、すべてを双雅房主人に任せた。多年随筆物を手がけてゐる双雅房の見識に、自分は安心して作品の選択を許すことが出来た。／自分の作品の中から遠慮なしに双雅房主人の鑑賞でこれとこれといふ風に色別されることは、なかなか心愉しい方法である。」とある。

迎春《げいしゅん》

昭和十二年六月二十七日　双雅房　四六判　函　一七〇頁

※作者署名入り二十部限定版

一夜の姑娘《ひとよのくうにゃん》

昭和十四年五月二十日　金星堂　一八八×一二七　カバー　二六三頁　一木焞

〔**収録作品**〕「一夜の姑娘」「入道雲」「杭州と蘇州」「蕪湖の一時間」「上海の風」「初の砲弾の洗礼」「上海の花火」「九江点描」「変化する街」「戦場覚書」

※新選随筆感想叢書

Ⅲ部

上海の花火《しゃんはいのはなび》

昭和十四年五月二十日　金星堂　一七八×一二五　カバー　二六三頁　一木淳

※収録作品は『一夜の姑娘』と同じ。

随筆《ずいひつ》　秋冷抄《しゅうれいしょう》

昭和十五年九月二十日　砂子屋書房　四六判　函　二四九頁

〔収録作品〕「肉親賦」「自然と人」「面上の唾」「女性点々」「文学と私」「大陸の思い出」

小説修業《しょうせつしゅぎょう》

昭和十七年五月二十日　明石書房　一七八×一二四　函　一五三頁

〔収録作品〕「小感録」「近頃の感想」「付記」

＊牧屋善三の付記に「くれぐれも申し上げておきたいことは、これを一冊読んだら丹羽文雄の文学・小説についての考へが全部わかるかも知れないなどと、欲の深いことをお考へにならないやうにお願ひ致したいことです。作家はどちらかと云ふと、理屈でなく作品の方と真剣に取組んでゐるものです。ことに小説の修業は、書く以外にはありません。ここに輯められた言葉は、すべて小説家丹羽文雄が、小説を書きながら思ひ浮かぶままに記した感想の中から、氏の中にあつて比較的に根幹をなしてゐると思はれるものを抜き書きしたにすぎないのですから、読者はいちいちその言葉が生れ出た理由やら必然性などに心を費しながら味読していただきたいと思ひます。」とある。

小説と随筆《しょうせつとずいひつ》　わが母の記《わがははのき》

昭和二十二年七月二十五日　地平社　一二八×九〇　一二二頁

〔収録作品〕「わが母の記」「旧友」「猫」「仏像と祖母」「伊豆の海」「鼻」「稼ぐ人に」「初夏の娘」「若き娘たち」「モデル供養」「或る感想」「小説の正体」「岡本かの子らのこと」「両親のこと」「批評について」「人間修行と文学修業」

※手帳文庫第二部　十四

私は小説家である《わたしはしょうせつかである》

昭和二十二年十一月五日　銀座出版社　一八〇×一二四　三一三頁　原弘

〔収録作品〕「流行の倫理」「非情ということ」「西窪日記」「私は小説家である」「縮図について」「農村の生態」「過去の姿」「小説ノート」

＊「まへがき」に「これは私の文学、小説に関する一貫したものを読み取つて下さいと差し出すものでなく、どこを開いてもいい、どこから読んでもらつてもいいやうに編輯したいと思つた。」とある。

小説作法《しょうせつさほう》

昭和二十九年三月三十一日　文藝春秋新社　一七九×一二四　函　二八八頁

〔収録作品〕「小説覚書」「テーマに就いて」「プロット（構成）に就いて」「人物描写」「環境に就いて」「描写と説明」「小説の形式」「リアリテイに就いて」「文章に就いて」「時間の処理」「題名のつけ方に就いて」「あとがきの意義」「小説の書出しと

結びに就いて」「小説片手落論」「初心者の心得」「結論」「参考作品」（女靴　媒体）「あとがき」

＊「あとがき」に「従来の私は、行為を描写することに熱心であつた。戦後の私は、さうしたリアリズムでは満足ができなくなつて、はみ出すリアリズム、作者は作品の前面に顔を出さねばならないと、実験小説を云々しはじめた。作者の主観を強調することに、重きをおくやうになつた。これからも私は、この方法で小説を書いていくつもりである。」とある。

小説作法・実践篇《しょうせつさほう・じっせんへん》

昭和三十年十月五日　文藝春秋新社　一八二×一二七　函　二一八頁

〔**収録作品**〕「「作法」以前の作法」「モデルケース」「回答一束」

私の人間修業《わたしのにんげんしゅぎょう》

昭和三十年十月三十一日　人文書院　一八三×一二七　二〇九頁

〔**収録作品**〕「黒い壺」「私の好敵手」「弘法大師の末裔」「伊勢路を往く」「私の青春自叙伝」「世に出るまで」「新潟美人一夕話」「私の場合」「宗教と文学について」「私と宗教」「私の人間修業」「わが母の記」「あとがき」

＊「あとがき」に「この一冊には文学と宗教に関したものが多い。これからの私の文学の動向を示してゐるものである。しかし勿論宗教といつたところで、アウトラインにすぎない。大ざつぱに外側を撫でてゐるにすぎない。（略）私のねがひは、日本文学の中でどこまで宗教を文学にとり入れていけるかといふことの一つのテストになればよいと考へてゐる。人生を凝視する時、私にはもはや宗教を度外視しては考へられなくなつてゐる。果たしてどこまで宗教を自分のものに出来るか。この一冊には、さうした私のねがひの前触れのやうなものが多い。前触れだけで倒れまいと、自分を戒しめてゐる。」とある。

小説作法（全）《しょうせつさほう（ぜん）》

昭和三十三年九月十日　文藝春秋新社　四六判　函　三六六頁

＊「あとがき」に「この本は、丹羽文雄という一人の小説家の小説の作り方の秘密をさらけ出したものである。この本をよく読んだからと言つて、ただちに傑作が書けるものではない。が、小説を書こうという人に、一つの勇気を与えることはまちがいがないだろう。漠然と迷つていたことに、一つの方法を与えることにはなるだろう。私の本に反発をするのもよい。それもまた一つのきつかけが与えられたことになるのだから。」とある。

※『小説作法』と『小説作法・実践篇』を収録したもの。

人生作法《じんせいさほう》

昭和三十五年七月二十日　雪華社　四六判　函　三四九頁

〔**収録作品**〕「武蔵野日日」「私の欄」「文学について」「さまざまの記」「あとがき」

＊「あとがき」に「「人生作法」とは大代な題名だが、私というひとりの人間がどうものを考へ、生きてゐるのだといふことを端的にあらはしたものにすぎない。小説に表現できないものを、随筆や感想の形をかりてあらはしてゐる。」とある。

小説作法《しょうせつさほう》

昭和四十年四月十日　角川書店（角川文庫）　文庫本　カバー
四六七頁

※『小説作法』と『小説作法・実践篇』を収録した文庫版。

古里の寺《ふるさとのてら》

昭和四十六年四月二十八日　講談社　四六判　函　二九九頁
芹沢銈介

〔**収録作品**〕「古里の寺」「親娘孫」「富有柿」「白球無心且有心」「山椒の匂い」「武蔵野日日」

＊帯に「文学と宗教、文学と日常性の織りなす綾の中で、人生を真摯に見つめる丹羽文雄の滋味溢れる待望の随筆集」とある。

新人生論《しんじんせいろん》

昭和四十六年六月十五日　秋元書房　一八六×一二七　カバー
二六五頁　千修

〔**収録作品**〕「愛について」「人間について」「宗教について」「文学について」「先生の人と作品―師弟問答―中村八朗」「あとがき（中村八朗）」

＊中村八朗の「あとがき」に「丹羽先生の厖大な作品群の中から、此の本では私のこのみで私の好きな限られた作品を選び、その中から、私流にいい言葉と思われるものを選び出した。（略）丹羽先生は作品の中で、名言や箴言の類を書かれるのは好まれない。それだけに、いわゆる名文句というものを期待するとはぐらかされる。然し、書かれている言葉はどれも、現実に足をつけた肉のある言葉である。それ故に、奥行きが深いし、真実の光にぶつかってはっとする。」とある。

仏にひかれて　わが心の形成史《ほとけにひかれて　わがこころのけいせいし》

昭和四十六年十二月十五日　読売新聞社　変形四六判（一九一×一二九）　函　二三五頁　芹沢銈介

〔**収録作品**〕「わが幼少時代」「崇顕寺を出て還俗に」「父と祖母の秘事」「終戦前後の私」「崇顕寺の歴史」「母のありのままが私の創作に」

＊帯に「自らあかす丹羽文学の源泉」とあり、さらに小林秀雄の推薦文として「丹羽君の、特に面白く決して書こうとしない正直な人間描写には、疲れを知らないまことに執拗なものがあるのだが、その源泉ともいうべきものは、深いところにある事を知った。」とある。

歴史と文学の旅　親鸞紀行《れきしとぶんがくのたび　しんらんきこう》

昭和四十七年十一月十日　平凡社　四六判　カバー　二〇五頁
田中晋

〔**収録作品**〕「親鸞の再発見」（出生から叡山時代　六角堂　吉水時代　越後と関東　私の理解　晩年）「コースガイド親鸞の道を行く（京都　北陸　越後　関東）」「あとがき」

＊「あとがき」に「私は講演を頼まれると、よく母のことを話題にする。壇上から自分の母のことをあからさまに語り、時には顰蹙を買うほどである。が、それは私の母がだれよりも親鸞の説く「悪人正機」の悪人の条件をそなえていたからである。母はだれよりも確実に救われているという確信が私にある。それが大きな安心感である。私は「悪人正機」の説によって救わ

れた。私の小説家としての一生は、一人の女を書くことにつきるようである。その女は母親である。この母親によって私は親鸞とつよく結ばれることになった。」とある。

人生作法《じんせいさほう》

昭和四十七年十二月三十日　角川書店（角川文庫）　文庫本
カバー　二七二頁　暁美術印刷

＊「あとがき」に「私の随筆集の中では、いちばん実があるのではないかという気がしている。このごろは随筆風な小説を書くことに興味をもっているので、随筆集としては原稿がたまらなくなるかも知れない。小説と随筆の区別がなくなるのか、年齢のせいであろうか。そうかと思っているので、その反動のように小説的なあまり小説的な小説がむしょうに書きたくなる時がある。先のことはわれながら判らない。」とある。

※『人生作法』の文庫版

人生有情《じんせいうじょう》　告白《こくはく》・わが半生《はんせい》の記《き》

昭和四十八年十一月三十日　いんなあ　とりっぷ　変形四六判（一八三×一二七）　カバー　（挿絵）都竹伸正　二四〇頁　（装幀）杉村恒　（解説）大河内昭爾

〔**収録作品**〕「哀しき母の流転」「「非情の作家」といわれて」「悟りは悩みからはじまる」「親鸞父子の義絶と私」「自然にまかせて生きる世界」「父と祖父の秘事」「親鸞の眼」「青麥（抄）―人間の愛欲と苦悩―」「有情（抄）―父と子の葛藤―」

＊帯に「秘められた魂の告白！　父母と息子と親鸞の間で苦悩する著者が、最後にたどりついた自然法爾の世界で、はじめて悟りの境地に到達する、厳しくも激しい魂の流転を赤裸々に告白した感動の書！」とある。

仏にひかれて《ほとけにひかれて》

昭和四十九年十一月十日　中央公論社（中公文庫）　文庫本
カバー　一六四頁　伊藤明　（解説）大河内昭爾

※『仏にひかれて』の文庫版。

創作の秘密《そうさくのひみつ》

昭和五十一年十一月三十日　講談社　四六判　函　二四〇頁

〔**収録作品**〕「創作ノート」「新聞小説について」「私の読者」「作家たち」「文章管見」「小説家についての二、三の考察」「筋のある小説ない小説」「散文精神について」「続・散文精神について」「一九七四年の十一月の私」「早稲田文学の終刊号」「老人文学」「文化使節団に思うこと」「講演について」「小説を書く意味」「平林賞候補作品」「郁達夫伝」「文壇に出た頃」「続・文壇に出た頃」「作者の持味」「読者の手紙」「自叙伝についての考察」「話術」「作品の生命」「身辺雑記」「破滅型」「実作メモ」「水島治男のこと」

＊帯に「野間文芸賞をはじめとする各種の文学賞の選考委員を務める著者が、ときの話題作にふれて選評とは一味ちがった批評を行い、また小説がいかにして出来るかの手のうちを率直に明かす。実作者としての永年の蓄積をもってする展開は他の文芸評論にはない自由な面白さがある。」とある。

親鸞の眼《しんらんのめ》

昭和五十二年十月十日　ゆまにて　変形四六判（一八三×一二七）カバー　二三七頁　北山丈夫

〈**収録作品**〉「哀しき母の流転」「「非情の作家」といわれて」「悟りは悩みからはじまる」「親鸞父子の義絶と私」「自然にまかせて生きる世界」「親鸞の眼」「伊勢路」「しあわせの鐘」「洛西洛南」「わたしと寺と文学と」「古里の寺」「アラシを避けて」「私の『親鸞』」「人生のことば」「小感録」「私の場合は」「宗教と文学について」「私と仏教」「私の人間修行」「武蔵野日々」「破滅型」「親鸞のこと」「『親鸞』あとがき」

＊帯に「宗教と文学　内面の醜悪を凝視し、煩悩具足の人として生きた「人間」親鸞。その足跡をたずねゆき人間の苦悩を見守る著者の眼差しは鋭い。」とある。

私の年々歳々《わたしのねんねんさいさい》

昭和五十四年六月四日　サンケイ出版　変形四六判（一八二×一二七）カバー　二三三頁　芹沢銈介

〈**収録作品**〉「巴里の孫」「私の体験」「巴里からの一人旅」「読者の年齢」「広津和郎さんの「青桐」」「弔辞拾遺―舟橋聖一」「火野葦平」「浅見淵」「中山義秀」「「文学者」の終り」「私の文字」「父と勲章」「生涯と文学」「蕩児帰郷」「私の年々歳々」

＊帯に「文壇の巨匠、珠玉の随筆集　透徹した文学者の目に映じた身辺の移ろい…肉親を、友を、時世を語って滋味あふれる、丹羽文雄久々の随筆集。」とある。

私の小説作法《わたしのしょうせつさほう》

昭和五十九年三月五日　潮出版社　四六判　カバー　二二九頁　中島かほる

＊帯に「創造の根源　半世紀以上も第一線の小説家である作者が自分の体験を通して綴る具体的な小説の書き方」とある。

※『小説作法』と『小説作法・実践篇』を収録し改題したもの。

ひと我を非情の作家と呼ぶ《ひとわれをひじょうのさっかとよぶ》

昭和五十九年十一月三十日　光文社　四六判　函　二七七頁　菊地信義

〈**収録作品**〉「少年のころ」「処女作『鮎』」「『鮎』の反響」「郡上八幡」「東京の女」「続郡上八幡」「未知の手紙」「東京の第一歩」「縁日の夜」「記憶をたどりて」「謎の手帖」「コキューにされた男」「人間であることの限界」「深夜の女客」「武田麟太郎のこと」「非情の理由」「自我の発見」「新居」「義妹の告白」「父の心の謎を読む」「父の死」「『菩提樹』」「私の信仰」「あとがき」

＊「あとがき」に「いつかは書かねばならないことであった。この一冊は私にとって、唯一の告白の書となった。処女作『鮎』以来、今日まで十三万枚余も原稿用紙を書きつぶしてきたが、この一冊に書いたような告白は、一度も小説にしていなかった。書けなかったというのも、そのモデルが生存していたこともあったが、私自身に筆にする勇気が足りなかったせいもある。」とある。

＊帯に「文化勲章受章者である文壇の大御所が、なぜこんなにまで、己の恥をさらけ出すのか。文学者の業なのか―。煩悩の

果てに達した丹羽文学の極点」とある。

わが母、わが友、わが人生《わがはは、わがとも、わがじんせい》

昭和六十年七月五日　角川書店　四六判　函　二五二頁　岡村元夫

〔**収録作品**〕「わが母の生涯」「谷崎潤一郎さんとの出会い」「白鳥の記憶」「広津さんとの交遊」「尾崎一雄の友情」「一匹狼」「今日出海を口説いた話」「高橋誠一郎さんと浮世絵」「軽井沢と文壇」「文士劇の中止」「古いアルバムから」「三文文士」「文学賞のこと」「文壇人のゴルフの由来」「丹羽ゴルフ学校の歴史」「よく書きよく遊び」「小林秀雄とゴルフ」「中野好夫君とゴルフ」「雪とゴルフ」「私の健康」「庭が消える」「あとがき」

＊帯に「非情の作家が、愛憎をこえて母を語り、友を思う──。地獄をみた母のこと。谷崎潤一郎、尾崎一雄、広津和郎、小林秀雄他文壇デビュー以来邂逅した人々との交流。丹波学校の顚末。丹羽文学の軌跡をたどる最新エッセー。」とある。

ひと我を非情の作家と呼ぶ《ひとわれをひじょうのさっかとよぶ》

昭和六十三年六月二十日　光文社（光文社文庫）　文庫本　カバー　二五六頁　菊地信義　（解説）沢野久雄

＊帯に「『私は男女のまじわりに地獄を見てきた』文壇の大御所唯一の告白の書。」とある。

※『ひと我を非情の作家と呼ぶ』の文庫版

をりふしの風景《をりふしのふうけい》

昭和六十三年八月二十日　学芸書林　四六判　カバー　三〇五頁　ささめやゆき

〔**収録作品**〕「懐郷の伊勢路を往く」「ふるさと随想」「わたしの体験」「作家の年齢」「作家と健康」「小説の距離感」「書斎から」「仕事机」「六月の花」「当時の情」「右手可憐」「『樹海』を終えて」「『厭がらせの年齢』考」「熟年考」「お雑煮」「わが家の正月」「喜寿の春」「私の金婚式」「力を抜く」「私の肉体」「クラブ道楽」「遠い銀座」「私の草木」「私と和菓子」「わが家の漬物」「日記から」「文学者とテレビのモデル」「テレビの誘惑」「志賀さんの思い出」「辰野先生とゴルフ」「ゴルフ仲間の小林秀雄」「小林秀雄君の思い出」「吉川英治氏をいたむ」「弔辞拾遺」「野間さんのこと」「惟道さんのこと」「尾崎のこと」「尾崎一雄のいろいろ」「尾崎一雄の百日祭」「親鸞の迷惑」「わが親鸞、わが蓮如」「人間蓮如」「大悲」「あとがき」

＊「あとがき」に「若いとき、私は〝小説を書く機械〟と笑われたことがある。自分でもよく憶えていないほど小説を書いてきた。確かに出版された小説集の冊数も少なくない。が、随想集となると、この歳になってもその数は、意外と少ない。この本には、そういう私のそのときどきの思いをこめたものを集めてみた。いわば、私の雑記帳である。」とある。

ゴルフ・丹羽式上達法《ごるふ・にわしきじょうたつほう》

昭和五十一年七月三十一日　講談社　一七六×一一九　カバー　二四三頁　川島勝

〔**収録作品**〕「グリーンの上で」「私の苦闘篇」

＊「まえがき」に「この本は二十一年間、私がすこしでもゴルフに上達したいと念願して、さんざん苦しんできたことの告白

の書である。市場にはゴルフの教科書が氾濫しているが、私のものはそれとはまったく別のものである。教科書が玄関からはいっていくものとすれば、私の書は裏口からはいっていくようなものである。」とある。

ゴルフ談義《ごるふだんぎ》

昭和五十二年四月二日　講談社　一八九×一二八　カバー　二四四頁（装幀）風間完（イラスト）鈴木義司

〔**収録作品**〕「苦渋に満ちた私のゴルファーズ・ダイアリー」「膨大な技術指南情報の洪水の中で」「アマチュアの迷いと発見と錯覚と」「ゴルフと小説に淫した人生また愉し」

＊帯に「地球削りの日々　オールドエイジの文豪がゴルフの虫となりシングルになった秘訣！」とある。

ゴルフ談義《ごるふだんぎ》

昭和五十八年十一月十日　潮出版社（潮文庫）文庫本　カバー　二四二頁（カバーイラスト）矢吹申彦（デザイン）杉浦康平・海保透（解説）古山高麗雄

＊帯に「ゴルフがうまくなる！　ゴルフ歴三十年　作家が語る自己鍛錬のウルトラC」とある。

※『ゴルフ談義』の文庫版

ゴルフ上達法《ごるふじょうたつほう》

昭和六十年十月十日　潮出版社（潮文庫）文庫本　カバー　一八七頁（カバーイラスト）矢吹申彦（デザイン）杉浦康平・海保透（解説）沢野久雄

※『ゴルフ・丹羽式上達法』の文庫版

エイジ・シュート達成《えいじ・しゅーとたっせい》

昭和六十一年四月五日　潮出版社　一八八×一一九　カバー　二二二頁（装幀）村上豊（イラスト）山本功

〔**収録作品**〕「涙ぐましい努力」「臍で打つということ」「私の学び方」「縦振りの心得」「球は二度打て」「球は上から叩きつけよ」「アマはアマらしく振舞う」「左腕の急所」「苦行僧の如きプロ」「エイジ・シュート達成記〈1〉」「エイジ・シュート達成記〈2〉」

＊帯に「ゴルファーの夢といわれるエイジ・シュートを達成した著者の苦闘の日々と上達の秘訣を告白　ゴルフの醍醐味」とある。

新装版《しんそうばん》　ゴルフ上達法《ごるふじょうたつほう》

平成五年七月五日　潮書房　一七七×一一二　カバー　一九七頁（装幀）矢吹申彦（イラスト）山本功

※『ゴルフ上達法』（文庫版）の新装版

新装版《しんそうばん》　ゴルフ談義《ごるふだんぎ》

平成五年七月五日　潮書房　一七七×一一二　カバー　二六九頁（装幀）矢吹申彦（イラスト）山本功

※『ゴルフ談義』（文庫版）の新装版

（秦　昌弘）
（半田美永）

Ⅳ部　伝記年譜

明治三十七年（一九〇四）　以下、年齢は満年齢

十一月二十二日　三重県四日市北浜田町（現四日市市浜田町）に、真宗高田派仏法山崇顕寺十七代住職の父教開（本名鍬次郎）、母ふさへ（通称こう）の長男として誕生。四歳上の姉幸子、祖母すま、叔父弁海がいた。崇顕寺は文亀二（一五〇二）年創建とされ、丹羽家の祖先は戦国時代の武将丹羽弥八郎時定と伝えられる。父教開は名古屋中村在の則武村の富農、瀧川家の次男として生まれ、明治二十五（一八九二）年、二十一歳の時丹羽家の養子となる。

明治四十一年（一九〇八）　**四歳**

母こう、家出。

明治四十四年（一九一一）　**七歳**

四月　第二尋常小学校（四日市浜田町）に入学。専修寺で法主常磐井堯熙師より得度式をあげ、権中僧都となる。得度名は「開寿院文雄《ぶんゆう》」。

明治四十五年（一九一二）　**八歳**

父教開、田中はまと再婚。檀家の相談により祖母が同じ町内に隠居。文雄はこの隠居所をたびたび訪ね、母と再会する。

大正二年（一九一三）　**九歳**

教開、はまとの間に房雄が生まれる。

大正六年（一九一七）　**十三歳**

三月　小学校卒業。

四月　三重県立富田中学校（現四日市高等学校）に不合格。四日市市立第四尋常高等小学校高等科に入学。級友からトルストイなどを教えられる。

六月　姉が結婚のため渡米（翌年三月入籍）。のちロサンゼルスで一男一女をもうける。

十二月　「浜田同窓会誌」五号に、初めての掲載作品となる随筆「不勉強なる友人に与ふる文」を発表。

大正七年（一九一八）　**十四歳**

四月　三重県立富田中学校に入学（校長は田村泰次郎の父田村左衛士）。在学中は柔道、水泳などのスポーツにはげみ、夏目漱石、芥川龍之介、佐々木茂策などを好んで読んだ。一方、家庭では疎外感を覚えはじめる。

大正十年（一九二一）　**十七歳**

岐阜に住む生母ふさへを訪ねる。

大正十一年（一九二二）　**十八歳**

十一月　原稿用紙十六枚の習作「うたがひ」を執筆。

この頃、漢文担当の近藤杢に作文の才能を高く評価され、文学への関心を深める。富田中学校友会「会誌」に随筆「心の歩み」を発表。

大正十二年（一九二三）　**十九歳**

二月一日　祖母すま死去（享年七十九）。

三月　三重県立富田中学校卒業。
四月　早稲田大学第一高等学院に入学。進学のため上京し、牛込区榎町（現新宿区榎）日下家に下宿。
九月　四日市に帰省し、関東大震災を免れる。初恋の女性と交際にいたる。
十一月　榎木町の学生下宿栄進館に移る。このころ、新庄嘉章、野崎韶夫を知る。

大正十三年（一九二四）　二十歳

この年、高田町砂利場（現豊島区）の学生下宿文隆館に移る。新庄嘉章、中学校同級中村脩吉らがいた。

大正十四年（一九二五）　二十一歳

五月　鬼子母神の縁日で片岡トミと出会い、交際を始める。トミは明治三十九年生まれ、帝国女子専門学校（現相模女子大学）附属女学校卒。のち西銀座にバー「メイゾン・トミー」を経営し、丹羽の「マダムもの」、武田麟太郎「銀座八丁」のモデルとされる。

大正十五年（一九二六）　二十二歳

三月　第一高等学院卒業。仏文科をめざすも、新庄嘉章の語学力に及ばないと感じ国文科を選ぶ。
四月　早稲田大学文学部国文科に入学。同期生に火野葦平、寺崎浩、田畑修一郎らがいた。火野、田畑、寺崎らの同人誌「街」創刊に刺激を受ける。
五月　中村脩吉と撞球場豊川亭に常連であった尾崎一雄を訪ね、知遇を得る。尾崎の紹介で「街」同人となる。
十月　処女作「秋」を「街」に発表。

昭和二年（一九二七）　二十三歳

一月　「敦子」（国文学）、「捨てられた女」（早稲田大学新聞）発表。「文芸城」同人となる。
九月　「鮎」の原型である「或る生活の人々」（「文芸城」）発表。
この年、小石川雑司ヶ谷（現文京区目白台一丁目）の目白館に移る。

昭和三年（一九二八）　二十四歳

一月　「街」を脱退し、「新正統派」同人となる。同人には尾崎一雄、井上幸次郎、浅見淵ら二十六人。「その前後」（創刊号）、「春」（五号）、「秋・蜜柑・鏡」（六号）を発表。
三月　片岡トミと同棲。文隆館に移る。

昭和四年（一九二九）　二十五歳

一月　「悪い奴」（「新正統派」）発表。
三月　早稲田大学文学部国文科を卒業。卒業論文は「伊勢物語」であった。「いろは」（「新正統派」）発表。単身帰郷。片岡トミを呼び寄せ、崇顕寺で結婚式を挙げる（戸籍上入籍はせず）。数日滞在ののち夫婦で岐阜の母を訪ね、そのまま上京。目白館に移る。
六月　「朗らかな、ある最初」（「新正統派」）発表。川端康成、永井龍男らの評価を得る。特に永井龍男からは「文藝春秋」誌上で匿名ながら激賞された。

十月　「お膳を蹴りあげた話」（「新正統派」）発表。
十一月　生活のめどが立たず、妻を残し帰郷。僧職に就くが、反抗から有髪のまま檀家回りをする。

昭和五年（一九三〇）　二十六歳

五月　三百枚の原稿（「豹の女」の原型）を持参し、奈良市高畑に滞在していた尾崎一雄を訪ねる。尾崎に伴われ、奈良市北高畑の志賀直哉を訪問する。
九月　「新正統派」廃刊。継続誌「正統文学」に参加。創刊号に「壽々」を発表。
十一月　「河」（「正統文学」）発表。

昭和六年（一九三一）　二十七歳

一月　「正統文学」廃刊。継続誌「文学党員」に参加。創刊号に「南颸」を発表。
四月　「嬌児」（「文学党員」）発表。
五月　「脚」（「文学党員」）発表。
八月十五日　義母はま、心臓麻痺により死去（享年四十八）。

昭和七年（一九三二）　二十八歳

四月　永井龍男の推薦で「鮎」を「文藝春秋」に発表。「朝日新聞」紙上で杉山平助から激賞される。尾崎一雄から記事の切り抜きを郵送され、文壇登場の自信を得る。
九日、書き溜めた原稿をもって家出。上京し、小石川区小日向台町（現文京区小日向二～三丁目・音羽一丁目）の片岡トミの家に身を寄せる。トミは銀座でカフェの女給となっていた。その後、小石川区雑司ヶ谷七番地（現文京区目白台二丁目）の目白館に移る。
七月　「柘榴」（「婦人サロン」）発表。
九月　トミをモデルとした「横顔」（「新潮」）を発表。「マダムもの」のさきがけであった。
十一月　「剪花」（「三田文学」）発表。

昭和八年（一九三三）　二十九歳

一月　「未練」（「文芸首都」）発表。
二月　「唄」（「文芸首都」）発表。
三月　浅見淵、尾崎一雄らと「小説」を創刊。「童女二題」（「小説」創刊号）、「鶴」（「三田文学」）発表。
六月　「丘」（「小説」）、「鼬」（「文芸首都」）発表。
九月　「追ひつめられた彼」（「小説」）発表。
この年、京橋区（現中央区）新富町相馬ビルアパート二号館三階に転居。この頃、同ビルで太田綾子と知り合う。座のマダムとなったトミとの間に、次第に軋轢が生じる。

昭和九年（一九三四）　三十歳

二月　トミが麴町三年町二（現千代田区霞ヶ関三丁目）に移るが、もとの新富町相馬ビルアパートを仕事場とする。谷崎精二の紹介で広津和郎を識る。
四月　「世紀」同人となる。同人には浅見淵、尾崎一雄、小田嶽夫、田畑修一郎ら。「海面」（「世紀」）、「象形文字」（「改造」）発表。
五月　「小説家の批評」（「文芸通信」）発表。

六月　「常識」（「世紀」）発表。
七月　「贅肉」が第二回原稿募集当選作として中央公論に掲載される。新しいエロティシズムを描く新進作家として注目される。「麹町三年町」（「世紀」）、「静江と操の間」（「文芸首都」）、「甲羅類」（「早稲田文学」）、「石採祭の夜」（「時事新報」）発表。
八月　「婚期」（「世紀」）発表。
九月　「三日坊主」（「行動」）、「美貌」（「若草」）、「変貌」（「早稲田文学」）発表。
十月　「口舌」（「作品」）、「文芸時評」（「文芸首都」）発表。
十一月　「雪」（「エコー」）発表。
十二月　相馬ビルアパートより麹町三年町二（現千代田区霞ヶ関三丁目）に転居、のちに再び京橋区（現中央区）新富町三の相馬ビルアパートに移る。「百日紅」（「文芸」）発表。

昭和十年（一九三五）　三十一歳

一月　処女作品集『鮎』を文体社より出版。銀座「はせ川」で『鮎』出版記念会を開く（二十一日）。出席者は尾崎一雄、永井龍男、浅見淵、新庄嘉章、寺崎浩、丸岡明、庄野誠一、武田麟太郎ら。「貉」（「経済往来」）、「鬼子」（「新潮」）、「ある最初」（「三田文学」）、「おかめはちもく」（「早稲田文学」）、「進路」（「早稲田文学」）発表。
二月　「青春」（「文芸汎論」）、「嫉妬」（「大和」）、「新しき町」（「世紀」）、「花嫁」（「大阪朝日新聞」）発表。
三月　「岐路」（「中央公論」）発表。
四月　「椿の記憶」（「世紀」）、「朝」（「蠟人形」）、「紅子」（「若草」）発表。
六月　「自分の鶏」（「改造」）、「対世間」（「新潮」）、「真珠」（「早稲田文学」）発表。
七月　笹本寅の紹介で「週刊朝日」七月増大号に「温泉神」を執筆。その原稿料百円を持ち、箱根底倉温泉の仙石屋旅館に半月滞在。
八月　「煩悩具足」（「文藝春秋」）発表。志賀直哉らから賞賛を受ける。「山ノ手線」（「行動」）、「ある喪失」（「若草」）発表。
九月　「袴」（「文学界」）発表。『自分の鶏』（双雅房）刊行。
十月　「世紀」の後継雑誌「木靴」同人となる。「遺書」（「月刊文章講座」）、「青春の主題」（「週刊朝日」）、「妻の死と踊子」（「中央公論」）、「芽」（「三田文学」）、「移つて来た街」（「早稲田文学」～十一年一月）発表。
十一月　中野区上高田に移る。「古い恐怖」（「日本評論」）、「環の外」（「文芸」）、「無礼な愛情」（「ホーム・ライフ」）発表。
この年、片岡トミと別れるため、広津和郎に調停を依頼するが、断られる。中野区上高田町の軽部清子（洋画配給会社三映社の宣伝部長）宅に約半年身を寄せる。軽部清子の取り成しで片岡トミと別れ、浅草区永住町（現台東区東上野）に太田綾子と新世帯を持つ。

昭和十一年（一九三六）　三十二歳

有力作家として執筆量が増加。同時に大衆雑誌への執筆が増える。官能的作品により「情痴作家」と揶揄される。
一月　太田綾子と結婚。「蜀葵の花」（「新潮」）、「一色淑女」（「文芸雑誌」～四月）、「混同の秘密」（「文藝春秋」）発表。
二月　「この絆」（「改造」）発表。『この絆』（改造社）刊行。

三月　長女桂子誕生（三日）。『閨秀作家』（竹村書房）刊行。
四月　中野文園町四十番（現中野六丁目）に新居を構える。
「菜の花時まで」（「日本評論」）、「荊棘萌え初め」（「文芸」）、「女達の家」（「明朗」）発表。
五月　初めての新聞小説「一茎一花」を「福岡日日新聞」夕刊に連載（～六月）。「辛い夢若い夢」（「週刊朝日」）、「文鳥と鼠と」（「新潮」）、「摑む藁」（「文芸通信」）、「春光の下で」（「蠟人形」）、「恋に似通ふ」（「若草」）発表。
六月　「文学生活」同人となる。「朝日新聞」夕刊に「若い季節」を連載（～八月）。「女人禁制」（「中央公論」）発表。
八月　「逢へば懐し」（「週刊朝日」銷夏読物号）、「季節」（「エス・エス」）発表。
九月　『若い季節』（竹村書房）、随筆集『新居』（信正社）刊行。「小鳩」（「オール読物」）、「殴られた姫君」（「モダン日本」）、「横切った女」（「日曜報知」）発表。
十月　『女人禁制』（双雅房）刊行。「路地」（「月刊文章」）、「嘘多い女」（「日本評論」）、「結婚前後」（「婦人画報」）、「湯の娘」（「若草」）発表。
十一月　「逃げる花嫁」（「現代」）、「強い青春」（「日本映画」）発表。
十二月　『小鳩』（信正社）を刊行。「秋花」（「改造」）発表。

昭和十二年（一九三七）　三十三歳

一月　「モゥパッサンの女」（「333」）、「智子の場合」（「映画之友」）、「馬酔木」（「オール読物」）、「朝顔の女」（「サンデー毎日」新春特別号）、「女ひとりの道」（「週刊朝日」）、「藍染めて」（「新女苑」～七月）、「写真」（「新潮」）、「霜の声」（「中央公論」）、「日記」（「文芸」）、「紙函」（「雄弁」）、「豹と薔薇」（「若草」～六月）発表。
二月　「青春強力」（「週刊朝日」～四月）、「五官の秘密」（「アサヒグラフ」）発表。
四月　『女人彩色』（河出書房）、随筆集『迎春』（双雅房）刊行。「八月の日の誓」（「サンデー毎日」特別号）、「狂った花」（「文藝春秋」）発表。
五月　「薔薇合戦」（「都新聞」～十二月）、「甲子園夜話」（「オール読物」）、「似た女」（「スタア」）、「春返る夜」（「講談倶楽部臨時増刊）発表。
六月　長男直樹誕生（七日）。『愛欲の位置』（竹村書房）刊行。「愛欲の位置」（「改造」）、「嫉かれ上手」（「週刊朝日」特別号）、「追憶」（「婦人公論」）、「書簡」（「早稲田文学」）発表。
七月　「幼い薔薇」（「サンデー毎日」特別号）、「女の侮蔑」（「日本評論」）、「春くれなゐ」（「婦人倶楽部」増刊）発表。
八月　『幼い薔薇』（版画荘）刊行。
十月　初の書き下ろし長編『豹の女』（河出書房）刊行。
十一月　『薔薇合戦』（竹村書房　全二巻）刊行。「町内の風紀」（「中央公論」）、「海の色」（「文芸」）、「跳ぶ女」（「モダン日本」）発表。
十二月　『海の色』（竹村書房）刊行。

昭和十三年（一九三八）　三十四歳

一月　「母の上京」（「中央公論」）、「漂ふ花」（「映画之友」～二月）、「聡明」（「オール読物」）、「娘離れ」（「サンデー毎日」特

Ⅳ部

別号）、「困った愛情」（「週刊朝日」）、「青春の書」（「新女苑」～十二月）、「殴られた人情」（「日本評論」）、「白き梅」（「婦人倶楽部」）、「幼い鬼」（「婦人公論」）、「危い手前」（「雄弁」）、「或日喋る」（「若草」）発表。
三月　淀橋区（現新宿区）下落合六一七番地に転居。岐阜にいた母を呼びよせる。「妻の作品」（「改造」）、「善き人達」（「キング」）発表。
四月　「花戦」（「週刊朝日」～六月）、「晴天航路」（「日の出」）、「雛形」（「モダン日本」）、「灯影」（「若草」～七月）発表。
五月　「新生」（「台湾日日新聞」ほか　～十月）、「深山桜」（「オール読物」）、「誤解」（「現代」）発表。
六月　「自分がした事」（「日本評論」）、「青草」（「令女界」）、「女優」（「サンデー毎日」特別号）、「虹となる女」（「オール読物」）、「香気ある頁」（「婦人倶楽部」増刊）発表。
七月　「遠い悲話」（「雄弁」）、「紅蘭」（「講談倶楽部」増刊）発表。
八月　「女の領域」（「現代」～十二月）、「女傘」（「大陸」）、「夜開く花々」（「婦女界」～十一月）発表。
九月　内閣情報部の命令により漢口作戦に従軍作家として派遣され、現地を視察。『生きてゆく女達』（春陽堂）、『跳ぶ女』（赤塚書房）、『花戦』（竹村書房）刊行。
十月　「湯の町」（「日の出」）発表。
十一月　「柴犬」（「オール読物」）、「別府航路」（「週刊朝日」）、「更生譜」（「雄弁」）発表。
十二月　「還らぬ中隊」（「中央公論」～十四年一月）発表。

昭和十四年（一九三九）　三十五歳

一月　同人誌「文学者」創刊に参加（同人は伊藤整、尾崎一雄、田辺茂一、福田清人、徳永直、岡田三郎、室生犀星ら）。「東京の女性」（「報知新聞」～六月）連載。「浅草三筋町」（「オール読物」）、「職業もつ女」（「サンデー毎日」～三月）、「青苔」（「婦人公論」～六月）、「何日君再来」（「モダン日本」～六月）発表。
二月　「人生案内」（「改造」）、「上海の女」（「日の出」）、「手紙返すべきか」（「新女苑」）、「博多人形」（「若草」）発表。
三月　『還らぬ中隊』（中央公論社）刊行。「椿の花」（「サンデー毎日」特別号）、「私の創作ノート」（「帝国大学新聞」三十一日）発表。
四月　古谷綱武編集で『丹羽文雄選集』全七巻が刊行（～十月竹村書房）。父教開上京。三十年ぶりに父母が再会する。ラジオ「還らぬ中隊」放送（東京第二放送）。「南国抄」（「日本評論」）、「仏像と祖母」（「現代」）、「伊豆山の蟻」（「サンデー毎日」特別号）発表。
五月　随筆集『一夜の姑娘』（金星堂）刊行。「唇の門」（「オール読物」）、「七色の朝」（「週刊朝日」増刊）、「一夜の姑娘」（「大陸」）、「戦ひの庭」（「雄弁」）発表。
六月　『東京の女性』（改造社）刊行。「家庭の秘密」（「都新聞」～十五年二月）、「西門家の人々」（「大陸」～十二月以後中絶）、「けしの花咲く家」（「東宝映画」～八月）連載。「夕空」（「新青年」増刊）、「継子と顕良」（「文藝春秋」）、「女優の家」（「週刊朝日」別冊）発表。
七月　『七色の朝』（実業之日本社）刊行。「わが母の記」（「婦人公論」）、「面上の唾」（「文学者」）、「わが毒舌」（「文芸」～十一

月）、「青葉の秘密」（「週刊朝日」特別号）発表。
八月　『南国抄』（新潮社）刊行。「第二の結婚」（「日の出」）発表。
九月　「生命の灯」（「現代」）、「弥生」（「新女苑」）、「隣人」（「中央公論」）、「雷」（「エス・エス」）、「挿話」（「サンデー毎日」特別号）発表。
十月　映画「東京の女」公開（東宝）。「街の唄」（「オール読物」）、「おもかげ」（「日の出」）、「謎の女」（「婦人倶楽部」）、「感情」（「若草」）、「生ける手帖」（「アサヒグラフ」～十一月）発表。
十一月　「夢を作る人」（「歌劇」～十五年三月）発表。
十二月　度重なる検閲のため、「西門家の人々」連載中止。「青草」（「オール読物」）、「運命の岐路」（「キング」）、「太宗寺附近」（「文芸」）発表。

昭和十五年（一九四〇）　三十六歳

一月　「昔男ありて」（「会館芸術」～五月）、「二つの都」（「大陸新報」～六月）、「愛」（「婦人朝日」～三月）、「藍空」（「現代」）、「隣同士」（「サンデー毎日」特別号）、「春の気配」（「主婦之友」）、「妻と私と絹子」（「モダン日本」）発表。
二月　「君への贈物」（「日の出」）発表。
三月　『家庭の秘密』（新潮社）刊行。映画「家庭の秘密」前・後篇公開（新興キネマ）。「女心」（「オール読物」）、「再会」（「改造」）発表。
四月　『太宗寺附近』（新潮社）刊行。「母の青春」（「エス・エス」～九月）、「失踪」（「オール読物」）、「罪と愛情」（「現代」）、「跳ぶ結婚」（「日の出」）発表。
五月　「巷の早春」（「新潮」）発表。
六月　『風俗』（三笠書房）刊行。「風俗」（「日本評論」）、「旅館の娘」（「日の出」）、「南の国の嘆き」（「サンデー毎日」特別号）「紅蛍」（「週刊朝日」特別号）発表。
七月　『紅蛍』（時代社）刊行。「闘魚」（「朝日新聞」～十二月）、「切火」（「オール読物」）発表。
八月　「或る女の半生」（「中央公論」）発表。『青春の書』（今日の問題社）、『或る女の半生』（河出書房）刊行。
九月　随筆集『秋冷抄』（砂子屋書房）刊行。
十月　『二つの都』（高山書院）、『母の青春』（明石書房）刊行。「浅草寺附近」（「改造」）発表。
十一月　「開かぬ門」（「日の出」）発表。
十二月　「尊顔」（「オール読物」）発表。
この年、家出後初めて郷里四日市に帰郷。

昭和十六年（一九四一）　三十七歳

一月　『浅草寺附近』（青木書店）刊行。「流れる四季」（「主婦之友」～十七年三月）、「九年目の土」（「新潮」）、「三人姉妹」（「福岡日日新聞」ほか　～八月）、「新しい声」（「日の出」～八月）、「春の籤」（「サンデー毎日」春季特別号）発表。
二月　『闘魚』（新潮社）、『菜の花時まで』（春陽堂文庫）刊行。「九年目の土」（「知性」）、「本となる日」（「日本評論」）、「書翰の人」（「文芸」）発表。
三月　「妻の設計」（「モダン日本」）発表。
四月　「あねいもうと」（「戦線文庫」）、「柳屋敷」（「新若人」）発表。
五月　随筆集『小説修業』（明石書房）刊行。「眼のない魚」（「婦

人朝日」）、「花の鈴」（「日本女性」）発表。
六月　春陽堂より丹羽文雄選集（全三巻『対世間』『職業もつ女』『人生案内』）刊行。「友の妻」（「オール読物」）、「怒濤」（「改造」）、「眉匠」（「週刊朝日」特別号）発表。
七月　河出書房より書き下ろし長編『中年』を刊行するが発禁処分となる。また『逢初めて』（有光堂）刊行も翌月発禁。映画「闘魚」公開（東宝）。
八月　検閲強化により「新しい声」連載中断。「暁闇」（「中央公論」）、「老愁」（「モダン日本」）発表。
九月　「この響き」（「報知新聞」～十七年三月）連載。
十月　「朝夕のことば」（「講談倶楽部」～十七年四月）、「碧い空」（「日の出」）、「戦陣訓の歌」（「放送」）、「執筆休止」（「都新聞」十一日）発表。
十一月　「実歴史」（「知性」～十二月）発表。
十二月　「一日の凪」（「戦線文庫」）発表。

昭和十七年（一九四二）　三十八歳

二月　「執筆開始」（「文芸」）発表。
三月　書きおろし長編『勤王届出』（大観堂）、『流れる四季』（春陽堂）刊行。
四月　『碧い空』（宝文館）刊行。政治家森恪をモデルとした「現代史」（「改造」～十月）発表。
七月　海軍報道班員としてラバウルに赴く。
八月　第八艦隊旗艦「鳥海」に乗船し、ソロモン群島ツラギ夜戦に参加（八日）。全身三十箇所以上の負傷を受け帰国。
九月　ソロモン海戦の従軍記、講演依頼が殺到。各地を回る。
『青蟬』（三杏書院）刊行。
十月　伊豆山に滞在。「報道班員の手記」「海戦」を執筆。『この響き』（実業之日本社）刊行。「媒酌人」（『新作品　伊藤・丹羽・日比野集』有光社）発表。
十一月　ソロモン海戦を描いた「海戦」（「中央公論」）発表。「報道班員の手記」（「改造」）、「三つの並木道」（「新女苑」）、「虹の家族」（「週刊婦人朝日」～十九年二月）発表。
十二月　『海戦』（中央公論社）刊行。ベストセラーとなる。

昭和十八年（一九四三）　三十九歳

一月　随筆集『上海の花火』（金星堂）刊行。「夕陽ヶ乙女」（「少女の友」～四月）、「月愛三昧」（「婦人日本」～六月）連載。
二月　『三代名作全集　丹羽文雄集』（河出書房）刊行。「貝子」（「オール読物」）、「みぞれ宵」（「日の出」）発表。
三月　日本文学報国会より、南方文化研究会海軍委員に選ばれる。「梵鐘」（「新太陽」）発表。
四月　「海戦」により第二回中央公論社文芸賞を受賞。『少国民版ソロモン海戦』（室戸書房）刊行。『報道班員の手記』（改造社）刊行するも後に発禁。文学座「勤皇届出」初演（国民劇場）。
六月　「婦人日本」廃刊のため「月愛三昧」連載終了。「水焔」（「毎日新聞」～八月）連載。
七月　『みぞれ宵』（改造社）、呉志清訳『海戦』（上海大陸新報）刊行。
八月　「娑婆人」（「新女苑」）、「呉の宿」（「日の出」）発表。
九月　「海戦余滴」（「新太陽」）、「晴一天」（「婦人倶楽部」～十一月）、「混血児」（「文芸」）発表。

十月　満州版『ソロモン海戦』（国民画報社）刊行。「生活と花」（「中日新聞」ほか　一三五回）連載。「靖国のことば」（「日の出」）発表。
十一月　「晴一天」執筆禁止。「春の山かぜ」（「改造」）発表。
十二月　「知られざる頁」（「大洋」）発表。

昭和十九年（一九四四）　四十歳

一月　『現代史第一篇―運命の配役』（改造社）刊行。「台湾の息吹」（「台湾公論」～九月）、「朝夕」（「日本文芸通信」～二月）、「今年菊」（「読売新聞」～三月）連載。
三月　強制疎開指定区域とされ、自宅を失う。『水焔』（新潮社）刊行。夕刊廃止により「今年菊」連載中止。
四月　「いま一機」（「日の出」）発表。
五月　朝鮮を訪れ、釜山ほか各地で講演（～七月）。「東北二十三度」（「文藝春秋」）発表。
七月　「甘酒」（「日の出」）、「女子挺身隊」（「戦線文庫」）発表。
十月　日本文学報国会奉仕劇「五本の指」に出演（日比谷公会堂）。『春の山かぜ』（春陽堂）刊行。
十二月　栃木県那須郡烏山町（現那須烏山市）二の四五五大崎方に疎開。東海大地震により崇顕寺半壊。

昭和二十年（一九四五）　四十一歳

一月　父教開死去（享年七十三）。「十八歳の日記」（「新潮」）発表。
二月　「簞笥」（「新風」）発表。四日市に帰省。
五月　海軍省より報道班員として四国の基地に派遣を命ぜられる。九州特攻隊基地鹿屋に目的地変更され派遣される。急性結膜炎に罹り、ほとんど仕事をせずにすごす。
六月　四日市空襲により崇顕寺被災。
七月　斉藤信也（朝日新聞記者）とともに、鹿屋から無許可のまま帰郷。報道部から特攻隊の小説依頼を受けるが断る。栃木県芳賀郡市貝村字竹内（現市貝町竹内）に再疎開（十八日）。
八月　疎開後初めて尾崎一雄を訪ねる（八日）。
十月　座談会出席のため、終戦後はじめて上京。
十二月　アメリカから進駐した甥が竹内村を訪ねる。「小い花」（「日の出」）発表。

昭和二十一年（一九四六）　四十二歳

一月　基地での兵士の実像を描いた「篠竹」（「新生」）、「魚心荘」（「潮流」）を発表。海軍賛美からの変節と批判を受けた。一方で、武田麟太郎は「篠竹」を読み、作家として丹羽に追い越されたと感じた（大谷晃一『評伝　武田麟太郎』）という。「力の信者」（「時局情報」）、「陶画夫人」（「サンデー毎日」～四月）発表。『春の門』（新生活社）刊行。
二月　「山村の静」（「新女苑」）、「逆縁」（「新風」）、「雨」（「世界文化」）、「巻紙と暗殺」（「文明」）、「政治の雰囲気」（「新小説」）発表。
三月　「現代史」の続編「対人間」を「思潮」に執筆するも、GHQにより掲載禁止となる。「脱兎」（「オール読物」）、「海辺の出逢い」（「キング」）、「人と獣の間」（「新人」）、「憎悪」（「評論」）発表。
四月　『豹と薔薇』（白鷗社）刊行。「林の中の家」（「女性」）、「籠眼」（「婦人画報」）、「簞笥」（「ホープ」）発表。

五月　疎開先より上京。東京都北多摩郡武蔵野町西窪二七四に移転。続編を加え大幅改訂した『現代史』（創生社）刊行。『眉匠』（オール・ロマンス社）、『姉おとうと』（生活社）、『三姉妹』（春陽堂）刊行。「八月十五日」（「暁鐘」）、「猫」（「駒草」）、「農村の生態」（「生活と文化」）発表。

六月　「吹雪」（「週刊新日本」特別号）、「微風」（「新婦人」）、「夢想家」（「新文芸」）発表。

七月　「愛欲」（「芸術」）、「末路」（「週刊朝日」別冊）、「計算の男」（「西日本」）発表。『愛欲』（東八雲書店）、『女形作家』（白都書房）、『芽』（和田堀書店）刊行。

八月　「再婚」（「サロン」）発表。『陶画夫人』（六興出版部）、『学生時代』（碧空社）刊行。

九月　『椿の記憶』（コバルト社）、『東京の女性』（三島書房）、『憎悪』（大野書店）、『柔い眉』（太白書房）、『昔男ありて』（豊島岡書店）刊行。以後単行本刊行が相次ぐ。「黒猫」（「少女倶楽部」）、「山里」（「暁鐘」）発表。

十月　『或る女の半生』（日東出版社）、『女ひとりの道』（日本書林）、『女優』（生活文化社）、『豹の女』（葛城書店）刊行。「過去」（「紺青」～二十二年三月）、「再婚」（「サロン」）、「機関車」（「小説と読物」）、「女商」（「新人」）、「鬼子母神界隈」（「新生」）、「青柿」（「新風」）、「霜境」（「婦人文庫」）、「世帯合壁」（「文明」）発表。

十一月　『再会』（昭森社）、『書翰の人』（鎌倉文庫）刊行。「断橋」（「小説」）発表。

十二月　「鼻唄」（「婦人と政治」）、「孤独」（「サンデー毎日」）発表。

昭和二十二年（一九四七）　四十三歳

一月　『女の侮蔑』（三昧書林）、『贅肉』（実業之日本社）刊行。「復讐」（「女性」～八月）、「無法人」（「旅と読物」）、「群女」（「婦人画報」～三月）発表。

二月　『二つの都』（新月書房）、『鬪魚』（コバルト社）刊行。「厭がらせの年齢」（「改造」）、「六軒」（「新潮」）、「理想の良人」（「人間」）、「三平通り案内」（「光」）、「羞恥」（「婦人の国」）発表。

三月　『再婚』（日東出版社）刊行。「植物」（「女性」増刊）発表。

四月　「十九歳」（「新女苑」）、「緑の起伏」（「新風」～八月）、「清流」（「モダン日本」）、「流行の倫理」（「新潮」）、「狛のいる家」（「サンデー毎日」）発表。

五月　『愛欲』（朝明書院）、『理想の良人』（風雪社）、『白い南風』（八雲書店　全二巻）、『流れる四季』（鷺の宮書房）刊行。「未亡人」（「社会」）、「水禽」（「主婦と生活」）、「バラの時代」（「小説と読物」）、「誰がために柳は緑なる」（「女性改造」）、「流行の消息」（「トップライト」～十月）、「人間模様」（「日本小説」後「人間図」に改題）、「玄関にて」（「文壇」）発表。

六月　『第二の結婚』（東方社）、『女商』（斎藤書店）、『逢初めて』（三島書房）刊行。「多雨荘の姉妹」（「サンライズ」）、「雑草」（「文芸」）、「芸術家」（「文学界」～七月）、「巷の胃袋」（「月刊にいがた」～十月）発表。

七月　『わが母の記』（地平社　手帖文庫）、『若い季節』（世界社）、『鬼子母神界隈』（風雪社）刊行。「踊子の素性」（「主婦と生活」～十二月）、「聖橋」（「旅と読物」）、「世話情浮名横櫛」（「読物と漫画」）、「実作家の評論」（「東京新聞」）発表、小説家と批評家をめぐる論争となる。
八月　『花戦』（蒼雲書房）、『柔い眉』（川崎書店）、『群女』（新太陽社）刊行。「天才女」（「オアシス」）発表。
九月　『嘘多い女』（新文芸社）、『似た女』（尾崎書房）刊行。
十月　『十字路』（日東出版社）、『南国抄』（新潮社）刊行。実験小説「哭壁」（「群像」）～二十三年十二月）連載。「後れ風」（「サロン」）、「型置更紗」（「小説と読物」）、「旅」（「東京」）、「川の相」（「文明」）、「蕩児」（「別冊文藝春秋」）、「都会の片隅」（「モダン日本」）、「空しい人々」（「読物時事」）発表。
十一月　随筆集『私は小説家である』（銀座出版社）刊行。「流転」（「ホープ」～二十三年一月）、「人間模様」（「毎日新聞」～二十三年四月）、「最初の頁―現代史抄」（「大和」）発表。
十二月　『未亡人』（九州書院）刊行。「下情」（「オール読物」）、「父の記憶」（「社会」）、「魚と女房達」（「人間」別冊）、「武蔵野の虹」（「サンデー毎日」別冊）発表。

昭和二十三年（一九四八）　四十四歳

一月　『バラの時代』（和敬書店）、『薔薇合戦』（講談社　全二巻）刊行。「踊子」（「朝日評論」）、「幸福」（「改造」）、「夕空」（「花形」）、「或る女の独白」（「風雪」）、「不憫」（「読物時事」）発表。
二月　「守礼の門」（「文藝春秋」）、「伊豆山日記」（「現代人」）発表。
三月　文学者の第二次仮指定六十一名発表。火野葦平らとともに第二次追放該当者（公職追放の仮指定）とされる。『魚と女房達』（かに書房）、『守礼の門』（文藝春秋新社）、『蕩児』（全国書房）刊行。「楽屋」（「文芸読物」）発表。
四月　早稲田系作家を中心にした「十五日会」結成に参加。他に石川達三、寺崎浩、井上友一郎、田村泰次郎、井伏鱒二、石川利光ら。『春の門』（東方社）、『人間図』（改造社）刊行。「父」（「光」）発表。
五月　文学者の第二次追放該当者（公職追放の仮指定）を解除される。「天童」（「新潮」）発表。
六月　『人間模様』（講談社）、『象形文字』（オリオン社）刊行。「私版金瓶梅」（「小説界」～九月）、「天と地の子」（「生活文化」～八月）発表。
七月　改造社より『丹羽文雄選集』刊行開始（～二十四年十二月。全七巻四巻以後中絶。各巻に「あとがき」を付す）。『厭がらせの年齢』（新潮社）、『誰がために柳は緑なる』（文学界社）刊行。「純情」（「夕刊新大阪」～十二月）、「発禁」（「世界文化」）、「洗濯屋」（「早稲田文学」）、「マロニエの並木」（「改造文芸」）、「かまきりの雌雄」（「鏡」～十月）、「愛欲解脱」（「小説世界」～十二月）、「盛粧」（「別冊文藝春秋」）発表。
八月　盲腸手術のため済生会病院に入院。「雨の多い時」（「社会」）発表。
九月　「めぐりあひ」（「日本小説」）、「四十五才の紋多」（「風雪」）、「喜憂」（「文学界」）発表。
十月　世界文化社より「十五日会」の機関誌「文学者」創刊。『女達の家』（鏡書房）、『幸福』（世界文学社）刊行。「挿話」（「文学会議」）発表。
十一月　『家庭の秘密』全二巻（蜂書房）刊行。「落鮎」（「婦人公論」～二十四年六月）、「隣の声」（「文芸読物」）、「感性の秋」（「苦楽」臨時増刊）発表。

十二月『哭壁』全二巻（講談社）刊行。「十夜婆々」（「文藝春秋」）、「洋裁店」（「サンデー毎日」特別号）発表。

昭和二十四年（一九四九）　四十五歳

一月「近代令色」（「オール讀物」）、「路は続いている」（「中部日本新聞」〜五月）、「新家族」（「婦人倶楽部」〜十二月）、「弱肉」（「文芸」）、「人形以後」（「ホープ」〜四月）、「静かな朝」（「名作読物」）発表。

二月「部屋」（「小説界」）、「妻の席」（「小説新潮」）、「金雀児」（「風雪」）発表。

三月　芥川賞選考委員となる。以後長年にわたって選考委員をつとめた（〜昭和六十年三月）。「父の晩年」（「小説と読物」）、「歌を忘れる」（「新文学」〜六月）、「母の詩集」（「キング」春の増刊号）、「はたはたの味」（「新文庫」）、「貸間払底」（「人間」）発表。『告白』（六興出版）、『かまきりの雌雄』（全国書房）刊行。

四月　出版社倒産により雑誌「文学者」休刊。「怒りの街」（「東京新聞」ほか　〜九月）、「愛人」（朝日系地方新聞　〜十月）、「生活の中の詩」（共同通信〜十二月）連載。「暴夜物語」（「週刊朝日」別冊）、「瀬戸内海」（「風雪別輯」）、「博多人形」（「家庭生活」）、「老いらくの恋」（「別冊小説新潮」）、「嫉妬」（「小説ファン」）、「夫婦の味」（「サロン」）、「シンデレラの靴」（「新小説」）、座談「創作合評」（「群像」〜六月）対発表。

五月「或る市井人の結婚」（「新潮」〜六月）、「柿の帯」（「文学界」）、「一本の箸」（「早稲田文学」）、「一つの夢」（「歴史小説」）、「街の物音」（別冊「読物時事」）、「うちの猫」（「別冊文藝春秋」）発表。『純情』（講談社）刊行。

六月　新東宝映画「人間模様」公開。「七十五日物語」（「主婦之友」〜二十五年十二月）連載。「序章　改稿現代史」（「歴史小説」〜十二月）、「切火の女」（「近代ロマン」）、「湯の町の小鳩」（「小説ファン」）発表。『町内の風紀』（明星出版社）刊行。

七月「モナリザの末裔」（「ホープ」〜九月）、「逃げた魚の心」（「小説世界」）発表。『暴夜物語』（東方社）、『落鮎』（中央公論社）、『路は続いて居る』（六興出版）刊行。

八月　終戦にいたる昭和天皇の周辺を描いた「日本敗れたり」（「サロン」〜十月）を連載。話題を呼ぶ。「有天無天」（「思索」）、「一時機」（「世界評論」）発表。

九月　雑誌「文芸往来」で丹羽文雄特集が組まれる。批評家と小説家のあり方をめぐり中村光夫と論争。のちに「風俗小説」論争へと発展する。戦後風俗を描いた「当世胸算用」（「中央公論」〜十二月）連載。「生きている人間」（「小説界」）発表。

十月『日本敗れたり』（銀座出版社）刊行。「蛇の殻」（「読売評論」）、「もとの蛙」（「別冊小説新潮」）、「紋多の大学生」（「サンデー毎日」特別号）、「落点」（「週刊朝日」）発表。

十一月　西多摩郡武蔵野町（現武蔵野市）西窪一丁目三一一に移転。「愛の塩」（博報堂地方新聞　〜二十五年）連載。「女客」（「オール讀物」）、「飛ぶ結婚」（「小説山脈」）、「乳人日記」（「世界」）発表。『怒りの街』（八雲書店）、『かしまの情』（新潮社）刊行。

十二月『開かぬ門』（不動書房）、『愛人』（文藝春秋新社）刊行。「東京貴族」（「週刊朝日」増刊）発表。

昭和二十五年（一九五〇）　**四十六歳**

一月　NHK第一放送「朝の訪問」に出演。「東京の薔薇」（「小説公園」）、「女の復讐」（「婦人倶楽部」）、「爬虫類」（「文藝春秋」〜六月）、「ある時の風雪」（「真相」特集版）、「或る曇り日に」（「文学行動」）発表。

二月　ラジオドラマ「かしまの情」放送（NHK第一放送）。『贅肉』（春陽堂）刊行。

三月　「惑星」（「時事新報」〜九月）、「雨跡」（「サンデー毎日」〜七月）連載。「春の地色」（「ロマンス」）、「襟巻」（「別冊文藝春秋」）発表。『新家族』（講談社）刊行。

四月　東宝映画「女の四季」公開（原作「貸間の情」）。「東京どろんこオペラ」（「小説新潮」）、「鳥鷺」（「新小説」）、「砂地」（「文学界」）、「落穂拾い」（「中央公論文芸特集」）発表。『当世胸算用』（中央公論社）刊行。

五月　東宝映画「怒りの街」公開。「贈物」（「オール読物」）、「黒犬」（「小説公園」）発表。『東京どろんこオペラ』（六興出版）刊行。

六月　「袷時」（「新潮」）発表。

七月　丹羽の経済援助により同人雑誌「文学者」復刊。瀬戸内晴美、新田次郎、吉村昭、津村節子らを輩出し、文壇の登竜門の雑誌となった。「船方」（「文芸」）発表。

八月　実験小説「爬虫類」連載（「文学界」〜二十六年二月）。「罪戻」（「世界」）、「水汲み」（「別冊文藝春秋」）発表。『雨跡』（河出書房）刊行。

九月　「暁荘物語」（「家庭生活」）、「好色の戒め」（「群像」）、「過去」（「別冊小説新潮」）、「こおろぎ」（「中央公論文芸特集」）、「歌姫模様」（「婦人倶楽部」増刊）発表。『落穂拾い』（京橋書院）刊行。

十月　松竹映画「薔薇合戦」公開。『愛の塩』（東方社）刊行。

十一月　武蔵野市西窪一丁目三〇一（現西久保一の一三の三）に転居。「漁村日日」（「改造」）、「晋州」（「小説公園」）、「帯」（「婦人画報」）、「男爵」（「読売評論」）、「堕天使」（「週刊朝日」別冊）発表。『生活の中の詩』（東方社）刊行。

十二月　ラジオドラマ「怒濤」（NHK第二放送）。『好色の戒め』（創元社）刊行。「街灯」（「別冊文藝春秋」）、「堕天使（二）」（「週刊朝日」別冊）発表。

昭和二十六年（一九五一）　**四十七歳**

一月　新東宝映画「孔雀の園」公開（原作「東京の薔薇」）。「朱乙家の人々」（「婦人倶楽部」〜二十八年四月）、「自分の巣」（「新潮」）、「朝」（「婦人世界」〜五月）、「たらちね」（「文芸」）、「花紋」（「別冊小説新潮」）、「街の逃げ水」（「サンデー毎日」特別号）、「風光る」（「モダンロマンス」）、「文学的青春伝」（「群像」）発表。

二月　大映映画「暴夜物語」公開。『七十五日物語』（東方社）刊行。「天の樹」（「東京新聞」夕刊〜八月）連載。「故郷の山河」（「小説公園」）発表。

三月　「瓢簞を撫でる」（「小説新潮」）、「路地」（「文藝春秋」）、「街灯　続」（「別冊文藝春秋」）発表。『爬虫類』（文藝春秋新社）刊行。

四月　「酒の果」（「オール読物」）、「爛れた月」（「中央公論」）、鼎談「創作合評」（「群像」〜六月。丹羽文雄・高見順・阿部知二）発表。

五月「結婚式」（「小説新潮」）、「壁の草」（「世界」）、「女医者」（「別冊小説新潮」）発表。『惑星』（湊書房）刊行。

七月「日日の童心」（「サンデー毎日」特別号）、「歪曲と羞恥」（「新潮」）、「劇場の廊下にて」（「別冊文藝春秋」）、「速度」（「社会文芸」）発表。

八月「水汲み」（「小説朝日」）、「濃霧の人」（「小説公園」～二十七年四月）発表。

九月「夕霧」（「小説朝日」）、「果実」（「小説新潮」）、「牡丹雪」（「別冊小説新潮」）発表。『結婚式』（北辰堂）、『海は青いだけでない』（新潮社）刊行。

十月「幸福への距離」（「群像」）、「虹の約束」（「共同通信」～二十七年五月）発表。『天の樹』（創元社）刊行。

十一月「銘柄夫人と靴磨き」（「小説公園」）発表。『幸福への距離』（新潮社）刊行。

十二月「悪態」（「別冊文藝春秋」）発表。

昭和二十七年（一九五二） 四十八歳

一月「結婚生理」（「婦人画報」～十二月）、「世間知らず」（「時事新報」～六月）連載。「一つの階段」（「文芸春秋」）、「美少年」（「サンデー毎日」特別号）、「女靴」（「小説新潮」）、「太平」（「新潮」）発表。

二月「彼女の災難」（「オール読物」）、「春の告白」（「小説新潮」）、「明日の空」（「婦人公論」～九月）、「葉桜」（「別冊文藝春秋」）発表。

四月「小説作法」（「文学界」～二十八年十二月）連載。創作過程を示した評論として話題となる。「媒体」（「世界」）発表。「蛇と鳩」を「週刊朝日」に連載（～十二月）。宗教的題材を描くきっかけとなる。

五月「女の階段」（「小説新潮」）発表。

六月「貞操切符」（「主婦と生活」～二十八年十一月）連載。「顔のない肉体」（「オール読物」）、「吊橋」（「別冊小説新潮」）発表。

七月「髭」（「群像」）、「青葉の虫」（「小説新潮」）、「妻は誰のもの」（「サンデー毎日」特別号）発表。

八月 執筆原稿が五万枚を突破。週刊誌などでとりあげられる。「花さまざま」（「小説新潮」）発表。『女靴』（小説朝日社）、『虹の約束』（新潮社）刊行。

九月「隣人」（「改造」）、「那須野の狐」（「小説朝日」）、「幽鬼」（別冊「小説新潮」）発表。

十一月「遮断機」（「新潮」）発表。亀井勝一郎から「無救の思想」を示した作品と評される。「ふたりの私」（「文芸」）発表。

十二月「紫雲現世会」（「別冊文藝春秋」）発表。『当世胸算用・告白』（小説朝日社）、『厭がらせの年齢・鮎』（筑摩書房）刊行。

この年、崇顕寺再建工事に着手。千葉県安房郡鴨川町（現鴨川市）に母の別居所として別荘を購入。

昭和二十八年（一九五三） 四十九歳

一月「架空研究会」（「群像」）、「群馬」（「小説公園」）、「砂地」（「新女苑」）、「青い街」（「文藝春秋」）、「二日の花」（「週刊朝日」増刊新春特別号）、「禁猟区」（「別冊小説新潮」）、「真珠交換」（「週刊読売」）発表。『結婚生理』（東方社）刊行。

二月　「恋文」（「朝日新聞」夕刊　～四月）連載。「白鬼」（「オール読物」）、「武蔵野の言葉」（「文学者」）、「風引」（「別冊文藝春秋」）発表。
三月　文芸美術健康保険組合結成。初代理事長となる。『蛇と鳩』（朝日新聞社）刊行。
四月　東宝映画「蛇と鳩」公開。「化学繊維」（「別冊文藝春秋」）発表。
五月　「妻の毒」（「小説新潮」）、「無名の虫」（「世界」）、「甲羅類」（「文芸」）発表。『恋文』（朝日新聞社）、『朱乙家の人々』（講談社）、短編集『禁猟区』（白燈社）刊行。
六月　「二人妻」（「小説新潮」）、「板塀」（「新潮」）、「藤代大佐」（「文学界」）、「菜の花」（「群像」）、「市井事」（「別冊文藝春秋」）発表。『濃霧の人』（東方社）刊行。
七月　野間文芸賞選考委員となる。「木の芽どき」（「小説公園」）発表。『遮断機』（東西文明社）刊行。
八月　「露の蝶」（「キング」～二十九年七月）連載。「信子の日月」（「キング」増刊号）、「未亡人」（「小説新潮」）、「わが家の曲がり角」（「オール読物」）、「兎唇男の死」（「別冊文藝春秋」）発表。『藤代大佐』（東方社）刊行。
九月　「三枝の表情」（「改造」）、「露の蝶」（「キング」～二十九年七月）、「青い花」（「講談倶楽部」）、「女客」（「別冊小説新潮」）、「再会」（「週刊朝日」秋季増刊号）発表。
十月　「母の日」（「群像」）、「悪の宿」（「小説新潮」）、「欲の果て」（「別冊文藝春秋」）発表。
十一月　東方社より『丹羽文雄文庫』全百巻刊行開始（二十五巻で中絶。～三十年十二月）。ラジオドラマ「恋文」（ラジオ東京～十二月）。「鷹の目」（「小説公園」）発表。
十二月　「蛇と鳩」により第六回野間文芸賞を受賞。新東宝映画「恋文」公開。はじめて父をモデルとした『青麦』（文藝春秋新社）を書き下ろし刊行。「首相官邸」（「オール読物」）発表。

昭和二十九年（一九五四）　五十歳

一月　東京ステーションホテルで野間文芸賞受賞を祝う「『蛇と鳩』お祝いの会」開催。「今朝の春」（博報堂地方新聞　～七月）連載。「波の蝶」（「小説新潮」）、「夜番」（「別冊小説新潮」）発表。
二月　「庖丁」（「サンデー毎日」～十一月）連載。「彫物師」（「小説新潮」）、「東京いそっぷ噺」（「中央公論」）発表。
三月　『小説作法』（文藝春秋新社）刊行。ベストセラーとなる。
四月　「柔眉の人」（「新潮」）、「女は恐い」（「文藝春秋」）、「水蓮」（「別冊小説新潮」）発表。
六月　「魚紋」（「時事新報」夕刊　～十二月）連載。「魔性」（「オール読物」）、「暗礁」（「小説新潮」）、「息子」（「文芸」）、「野の女」（「週刊朝日」別冊）発表。
七月　「ファッション・モデル」（「婦人倶楽部」～三十年九月）連載。「隣家」（「小説新潮」）、「薄色の封筒」（「別冊文藝春秋」）、「懺悔」（「別冊小説新潮」）発表。『欲の果て』（新潮社）刊行。
八月　「濫褸の匂い」（「別冊文藝春秋」）発表。
九月　「武蔵野日記」（「文学者」～十月）、「煩悩腹痛記」（「オール読物」）、「舞台界隈」（「群像」）発表。『庖丁』（毎日新聞社）刊行。
十月　「虫」（「小説新潮」）、「時の氏神」（「婦人公論」）、「青麦

（第二部」）（「文学界」）、「目撃者」（「別冊文藝春秋」）、「邂逅」（「サンデー毎日」中秋特別号）、「誤解」（「別冊小説新潮」）発表。

十一月　「小説作法実践篇」（「文学界」～三十年六月）連載。

十二月　「毎年の柿」（「小説新潮」）、「七の子をなすとも」（「週刊朝日」別冊）発表。

昭和三十年（一九五五）　五十一歳

一月　父をモデルとした「菩提樹」を連載（「週刊読売」～三十一年一月）。「どぶ漬」（「群像」）、「街の草」（「新潮」）、「気紛れの線」（「世界」）発表。

二月　「軟風」（「オール讀物」）、「異国」（「小説新潮」）発表。

三月　ラジオドラマ「青麥」（日本短波放送）。

四月　「飢える魂」（「日本経済新聞」～三十一年三月）連載。「押花」（「小説新潮」）、「S子」（「新潮」）、「断橋」（「別冊文藝春秋」）、「女の滞貨」（「週刊朝日」別冊）、「感情」（「別冊小説新潮」）発表。

五月　講談社主催ゴルフコンペで、初めて十八ホールを回る。「流浪の岸」（「サンデー毎日」特別号）発表。

六月　書き下ろし伝記『久村清太』、『秦逸三』刊行（帝国人絹株式会社）。ラジオ講演「私の人間修業」（NHK第二放送）。

七月　「箱の中の子猫」（「オール讀物」）、「人形」（「小説公園」）、「崖下」（「新潮」）、「来訪者」（「別冊小説新潮」）発表。

八月　『露の蝶』（雲井書店）刊行。「輪廻」（「小説新潮」）、「女の計略」（「週刊朝日」別冊）発表。

九月　「吹き溜り」（「文芸」）発表。

十月　『女の計略』（鱒書房）、『菩提樹』全二巻（新潮社　～三十一年三月）、随筆集『私の人間修業』（人文書院）、『小説作法実践編』（文藝春秋新社）刊行。「業苦」（「新潮」）、「支那服の女」（「文藝春秋」）、「潮流」（「別冊小説新潮」）発表。

十一月　「親鸞とその妻」を「主婦の友」に連載（～三十四年五月）。『ファッション・モデル』（講談社）刊行。「塵の境」（「オール讀物」）、「鳥黐」（「小説新潮」）発表。

十二月　『支那服の女』（河出新書）刊行。「彷徨」（「群像」）発表。

この年、ゴルフをはじめる。

昭和三十一年（一九五六）　五十二歳

一月　ラジオドラマ「飢える魂」（文化放送　～九月）。「抗議」（「小説新潮」～二月）、「欲の周囲」（「文芸」～二月）、「動態調査」（「別冊小説新潮」）発表。

二月　「結婚の試み」（「オール讀物」）発表。

四月　日本文芸家協会理事長となる。「女形」（「小説公園」）、「母の忘却」（「小説新潮」～六月）、「海の声」（「新潮」）、「附添婦」（「別冊小説新潮」）、「共産被服廠」（「別冊文藝春秋」）、「彼の演技」（「世界」）発表。

五月　「日日の背信」（「毎日新聞」～三十二年三月）連載。「其日の行為」（「週刊新潮」）発表。『飢える魂』（講談社）刊行。

六月　「妻は知らず」（「オール讀物」）発表。『今朝の春』（角川小説新書）、『崖下』（講談社）刊行。

七月　四日市市立浜田小学校校歌を作詞。「伊津子」（「小説新潮」）、「白い手」（「週刊読売」増刊号）、「夢と現実」（「別冊小説新潮」）、発表。

八月　「帯の間」（「小説新潮」）、「零の記」（「週刊朝日」別冊）発表。
九月　母こう死去（享年七十五）。「女人恐怖症」（「オール読物」）発表。
十月　日活映画「飢える魂」公開。「母の晩年」（「群像」）、「湿気」（「中央公論」）、「処世術便覧」（「別冊文藝春秋」）発表。
十一月　日活映画「続飢える魂」公開。「四季の演技」（新聞三社連合　～三十二年）連載。「美貌」（「小説公園」）、「さまざまの嘘」（「新潮」）発表。
十二月　『丹羽文雄作品集』全八巻別巻一刊行開始（角川書店　～三十二年八月）。「不安な邂逅」（「小説新潮」）発表。『さまざまの嘘』（弥生書房）刊行。

昭和三十二年（一九五七）　五十三歳

一月　「長春吉の調書」（「オール読物」）、「うなづく」（「新潮」）、「もとの顔」（「文学界」）、「食堂の女」（「文芸」）、「靴磨き」（「文藝春秋」）、「旅のこと」（「小説新潮」）、「わが身」（「別冊小説新潮」）発表。
二月　ラジオ「私の精神遍歴」（NHK第二放送　～三月）。「砂糖」（「キング」）、「物置の夫婦」（「小説新潮」）、「落下速度」（「別冊文藝春秋」）、「父と娘」（「知性」）発表。
四月　ラジオドラマ「日日の背信」（文化放送　～十二月）。「感情始末書」（「オール読物」）、「水いらず」（「小説新潮」）、「一本松」（「別冊小説新潮」）、「妻の裸体」（「別冊文藝春秋」）発表。『日日の背信』（毎日新聞社）、『其日の行為』（東方社）刊行。
五月　「お吟」（「新潮」）、「運河」（「サンデー毎日」～三十三年八月）発表。
六月　「悔いなき愉悦」（「群像」）、「妻の要求」（「サンデー毎日」特別号）発表。
七月　「動物的」（「小説公園」）、「ある動機」（「別冊小説新潮」）発表。『親鸞とその妻』全三巻刊行開始（新潮社　～三十四年六月）。
八月　「禁猟区」（「日本経済新聞」～三十三年十月）連載。「忘却の人」（「小説新潮」）、「祭の夜」（「文藝春秋」）発表。『悔いなき愉悦』（講談社）、『忘却の人』（角川小説新書）刊行。
九月　ドラマ「忘却の人」（日本テレビ）放映。「女の環境」（「オール読物」）、「着ぼくろ」（「新潮」）、「夢と知りつつ」（「週刊朝日」別冊）発表。
十月　崇顕寺再建。落慶法要で記念講演を行う。長女桂子、本田隆男と結婚。「小鳥の日」（「小説新潮」）、「祭の衣装」（「総合」）、「富士山」（「別冊小説新潮」）発表。『四季の演技』（角川書店）刊行。
十一月　「うちの患者」（「太陽」）発表。

昭和三十三年（一九五八）　五十四歳

一月　民放番組審議委員に内定。「山肌」（「小説新潮」～八月）、「染められた感情」（「日本」～十二月）連載。「娘」（「群像」）、「金木犀と彼岸花」（「新潮」）発表。
二月　松竹映画「日日の背信」公開。「青春の皺」（「オール読物」）、「胸の灯」（「週刊朝日」別冊）発表。『娘』（東方社）刊行。
四月　丹羽個人の出資により第二次「文学者」創刊。日本文芸家

Ⅳ部

協会理事長に再選。随筆「武蔵野日日」（「文学者」～三十六年三月）連載。

六月　日活映画「四季の愛欲」（原作「四季の演技」）公開。「血液銀行」（「別冊文藝春秋」）発表。『運河』（新潮社　全二巻）刊行。

七月　日活映画「運河」公開。「執行猶予」（「週刊朝日」別冊）発表。

十月　「天衣無縫」（「群像」～十二月）連載。「茶摘みの頃」（「サンデー毎日」増刊号）、「生身」（「週刊新潮」）、「鵜となる女」（「別冊文藝春秋」）発表。『染められた感情』（講談社）刊行。

十一月　「集団見合」（「オール読物」）、「骨のある土地」（「群像」）、「浅草の唄」（「小説新潮」）発表。『浅草の唄』（角川書店）、『禁猟区』（講談社）刊行。

昭和三十四年（一九五九）　五十五歳

一月　ラジオドラマ「運河」（文化放送　～八月）。「顔」（「毎日新聞」～三十五年二月）連載。心理描写を中心にした新聞小説として話題となる。「豆腐と電球」（「講談倶楽部」）、「愁眉」（「小説新潮」）、「ふき溜りの人生」（「新潮」～十二月）、「天皇の末裔」（「世界」）、随筆「私の欄」（「早稲田文学」～八月）発表。

二月　ラジオドラマ「東京の女性」放送（ニッポン放送　～四月）。以後「丹羽文雄シリーズ」として全十作（「禁猟区」「虹の約束」「四季の演技」「朱乙家の人々」「親鸞とその妻」「鎮火祭」「献身」「美しき嘘」「今朝の春」～三十七年一月）放送。「鎮花祭」（「週刊朝日」～三十五年三月）連載。

三月　「恐い環境」（「日本」）発表。『天衣無縫』（講談社）、書き下ろし『現代人の日本史三　天平の開花』（河出書房新社）刊行。

四月　ラジオドラマ「今朝の春」放送（ラジオ関東　～五月）。「看護婦の妻」（「オール読物」）発表。

五月　『朱乙家の人々』（講談社）、『愁眉』（講談社）刊行。

六月　「心驕れる人」（「日本」）発表。

七月　「仏壇」（「群像」）発表。

八月　「馬頭観音」（「小説新潮」）発表。

九月　「灯籠は見ている」（「オール読物」）発表。

十一月　ラジオドラマ「庖丁」（NHK第一放送　～十二月）。「美しき嘘」（「週刊読売」～三十六年二月）連載。「架橋」（「群像」）、「明暗」（「日本」）発表。『架橋』（講談社）刊行。

十二月　「色の褪せる季節」（「別冊文藝春秋」）発表。

昭和三十五年（一九六〇）　五十六歳

一月　「ベージ色の騒ぎ」（「オール読物」）、「街で拾う」（「サンデー毎日」特別号）、「秘めた相似」（「小説新潮」）、「美貌恨」（「別冊小説新潮」）発表。

三月　大映映画「東京の女性」公開。「旅と女」（「講談倶楽部」）発表。『ふき溜りの人生』（新潮社）刊行。

四月　日本文芸家協会理事長に三選。「献身」（「読売新聞」～三十六年五月）連載。「生涯」（「小説新潮」）発表。

五月　ラジオドラマ「顔」（文化放送　～十月）放送。「若い嵐」（「小説新潮」）、「嫉妬の対象」（「日本」）発表。『秘めた相似』（講談社）、『顔』（毎日新聞社）刊行。

七月　ドラマ「日日の背信」（フジテレビ　～九月）放映。「昼のよろめきドラマ」として話題となる。「弱い獣」（「オール読物」）、「夜を行く」（「小説新潮」）、「めぐりあひ」（「新潮」）、「ある退院」（「小説中央公論」）発表。『鎮花祭』（文藝春秋新社）、随筆集『人生作法』（雪華社）刊行。

八月　「この世の愁い」（「神戸新聞」ほか七社連合。～三十六年八月）連載。「水溜り」（「群像」）、「校庭の虫」（「週刊朝日」別冊）発表。

九月　「和解」（「婦人画報」）、「裸の女」（「別冊文藝春秋」）発表。

十月　ドラマ「飢える魂」（フジテレビ　～十二月）放映。大映映画「顔」公開。「刹那」（「小説中央公論」）、「ゆきずり」（「別冊小説新潮」）発表。『水溜り』（講談社）、『虹の約束』（東方社）刊行。

十一月　教育テレビ「夫と妻の記録―人生をえぐる七万枚」出演。大映映画「鎮花祭」公開。「若木」（「小説新潮」）発表。

十二月　「お礼ごころ」（「オール読物」）発表。

昭和三十六年（一九六一）　五十七歳

一月　「顔」により毎日芸術賞受賞。ドラマ「白い南風」（NETテレビ　～四月）放送。「感情」（「群像」）、「もぐらの宿」（「サンデー毎日」特別号）、「中年女」（「小説新潮」～六月）、「浮木」（「小説中央公論」）、「雪」（「新潮」）、「航跡」（「日本」）、「再婚」（「週刊公論」）、「交叉点」（「別冊小説新潮」）発表。『ゆきずり』（講談社）刊行。

三月　雑誌「文学者」百号記念ならびに毎日芸術賞受賞記念祝賀会を開催。「娘たち」（「中央公論」）、「なりわい」（「別冊文藝春秋」）発表。

四月　文部省国語審議委員となる。松竹映画「水溜り」公開。ドラマ「憎しみは誘う」（NETテレビ）放映。以後同局で原作ドラマが連続放映される。「山麓」（「サンデー毎日」～三十七年三月）、「岬」（「週刊公論」～八月）、「欲望の河」（「産経新聞」～三十七年七月）連載。「憎しみが誘う」（「オール読物」）、「最後の火」（「別冊小説新潮」）発表。『雪』（講談社）、『白い南風』（東方社）刊行。

七月　「山の湯のひと達」（「別冊小説新潮」）発表。『中年女』（講談社）刊行。

八月　松竹映画「白い南風」公開。『献身』（新潮社）刊行。

十月　映画「禁猟区」（松竹）、「献身」（大映）公開。ドラマ「秘めた相似」（NHK）放映。「高圧架線」（「群像」）、「ちかくの他人」（「小説新潮」）、「若い履歴」（「小説中央公論」）発表。『美しき嘘』（中央公論社）刊行。

十一月　「だれもが孤独」（「週刊サンケイ」～三十八年五月）連載。「湯治客」（「オール読物」）発表。

十二月　「結婚前後」（「小説新潮」）発表。『高圧架線』（講談社）刊行。

この年、ゴルフのシングルプレーヤーとなる。

昭和三十七年（一九六二）　五十八歳

一月　長男直樹の国際結婚を題材にした「有情」（「新潮」）を発表。話題を呼ぶ。ドラマ「顔」（フジテレビ　～四月）放映。「雨宿り」（「週刊朝日」別冊）、「坂の途中」（「小説新潮」）発表。

二月　長男直樹、アメリカでベアテ・フィッシャーと正式に結婚。

ドラマ「鎮花祭」（日本テレビ）放映。「へそくり」（「オール読物」）発表。『有情』（新潮社）刊行。
三月　「世間咄」（「別冊文藝春秋」）発表。『この世の愁い』（講談社）、『山麓』（角川書店）刊行。
四月　「最初の転落」（「小説新潮」）、「枯野」（「別冊小説新潮」）、「妻の場合」（「早稲田公論」）発表。
五月　著作権法審議会委員に選出される。日本文芸家協会のノーベル賞候補作家推薦委員となる。ドラマ「運河」（日本テレビ～八月）、「献身」（日本テレビ）放映。「かりそめの妻の座」（「小説中央公論」～三十八年三月）、「ある日思ふ」（「新潮」）発表。『母の晩年』（東方社）刊行。
六月　「悔いなき煩悩」（「日本経済新聞」～三十八年九月）連載。『最初の転落』（講談社）刊行。
七月　「計算された夢」（「小説新潮」）発表。
八月　源氏鶏太、柴田錬三郎の発案で文壇ゴルファー例会「丹羽学校」が発足。水上勉ら多くの作家が参加する会となる。東映映画「山麓」公開。「死の邂逅」（「別冊小説新潮」）、「祖父となる記」（「主婦之友」）発表。
九月　「情事の計算」（「別冊文藝春秋」）発表。『欲望の河』（新潮社）刊行。
十月　宗教的主題を描く長編「一路」（「群像」～四十一年六月）連載開始。「昇天」（「オール読物」）、「通り雨」（「小説新潮」）、「面影に生きる」（「文芸朝日」）発表。
十一月　婦人公論女流新人賞選考委員となる（～三十九年）。ドラマ「悔いなき煩悩」放映（日本テレビ）。

昭和三十八年（一九六三）　五十九歳

一月　「高い天井」（「小説新潮」）、「可愛」（「新潮」）、「囃子の夜」（「文芸」）発表。
二月　「浅間山」（「オール読物」）、「海の蝶」（「小説現代」～三十九年一月）、「波の上」（「小説新潮」）発表。
三月　「豚」（「別冊文藝春秋」）発表。『情事の計算』（講談社）刊行。
四月　ドラマ「欲望の河」（TBS　～七月）放映。「梅雨期」（「別冊小説新潮」）発表。長男直樹帰国。翌月披露宴を行う。
五月　「ある関係」（「小説新潮」）発表。
六月　「女医」（「オール読物」）、「女の絆」（「別冊小説新潮」）、「夏の夜以来」（「新潮」）発表。『ある関係』（講談社）、『悔いなき煩悩』（新潮社　全二巻）刊行。
七月　明治座で舞台「菩提樹」初演。「納豆の味」（「小説中央公論」）発表。
八月　ラジオ「この世の愁い」（文化放送　～八月）放送。「制服と暴力」（「小説中央公論」）、「貰ひ人と少女」（「新潮」）発表。
九月　ドラマ「明暗」（TBS）放映。「老女の価値」（「小説新潮」）、「うまい空気」（「別冊文藝春秋」）発表。
十月　舞台「顔」（明治座）初演。ドラマ「美しき嘘」（日本テレビ　～三十九年四月）放映。「肌の棘」（「別冊小説新潮」）発表。
十一月　「命なりけり」（「朝日新聞」～三十九年十二月）連載。『女医』（講談社）刊行。

昭和三十九年（一九六四）　六十歳

一月　第七期国語審議会委員に再任。「闇の力」（「オール読物」）、

「節操」（「小説新潮」）、「ある青年の死」（「世界」）、「土地の風」（「文芸」）、「負け犬」（別冊「小説新潮」）発表。
二月　読売文学賞選考委員となる。「かえらざる故郷」（「報知新聞」～四十年七月）連載。「おのれの業」（「日本」）、「浜娘」（「文藝春秋」）、発表。限定版『有情』（雪華社）刊行。
三月　ドラマ「今朝の春」（ＭＢＳ　～七月）放映。「祭の夜」（「別冊文藝春秋」）発表。
四月　日本文芸家協会理事長に五選。「驟雨」（「小説現代」）、「再婚」（「小説新潮」）、「戯画」（「別冊小説新潮」）発表。
七月　「餞別」（「別冊小説新潮」）発表。
八月　「朝顔」（「文芸」）発表。
九月　「夏草」（「オール讀物」）、「独身寮」（「小説新潮」）、「汽笛」（「新潮」）発表。
十月　「山の女」（「小説現代」）、「義母」（「別冊小説新潮」）発表。
十一月　還暦の祝いが行われる。文芸著作権保護同盟再発足、会長となる。芸術院会員に推される。『海の蝶』（講談社）刊行。
十二月　『再婚』（新潮社）刊行。

昭和四十年（一九六五）　六十一歳

一月　「魔身」（「婦人公論」～十二月）、「天職」（「オール讀物」）、「隣家の法悦」（「小説現代」）、「妻の秘密」（「小説新潮」）、「雪の中の声」（「新潮」）、「欲の果て」（「文芸」）、「世間師」（「文藝春秋」）発表。『命なりけり』（朝日新聞社）刊行。
二月　「焚火」（「小説新潮」）発表。『かりそめの妻の座』（講談社）刊行。
三月　「馬」（「別冊文藝春秋」）発表。
四月　「雲よ汝は」（「マドモアゼル」～十二月）、「父帰らず」（「小説新潮」）、「郷愁」（「小説新潮」）発表。谷崎潤一郎賞が制定され、選考委員となる
五月　女流文学賞選考委員となる。（「中央公論」五月号に発表）。ドラマ「この世の愁い」（東海テレビ　～七月）放映。「耳たぶ」（「中央公論」）発表。『だれもが孤独』（講談社）刊行。
六月　ドラマ「命なりけり」（日本テレビ）放映。「貞操模様」（「三友社」～四十一年九月）連載。「病葉」（「オール讀物」）、「繃帯を外す時」（「小説現代」）発表。
七月　「四人の女」（「小説新潮」）、「拗ねる」（「文芸」）、「養豚場」（「別冊小説新潮」）発表。
九月　長編「親鸞」連載開始（「産経新聞」～四十四年三月）。
十月　「結婚という就職」（「別冊小説新潮」）発表。『かえらざる故郷』（講談社）刊行。
十一月　「有料道路」（「週刊文春」～四十一年十一月）連載。「追憶」（「小説新潮」）発表。『雪の中の声』（新潮社）刊行。

昭和四十一年（一九六六）　六十二歳

一月　「溝板」（「小説新潮」）、「無軌道」（「別冊小説新潮」）発表。
二月　「喋り口」（「オール讀物」）、「女心」（「小説現代」）、「情死の内容」（「小説新潮」）、「野犬」（「文芸」）、「靴直し」（「文藝春秋」）発表。
三月　『魔身』（中央公論社）刊行。
四月　日本文芸家協会会長となる。理事長再任。「舞台裏」（「別冊小説新潮」）、「浴室の妻」（「時」）発表。『女心』（講談社）、『雲よ汝は』（集英社）刊行。

Ⅳ部

五月　吉川英治文学賞選考委員となる。「茶の間」（「新潮」）発表。
六月　「少年の日」（「オール読物」）発表。『朝顔』（河出書房新社）刊行。
七月　「母の始末書」（「小説新潮」）、「人妻」（「別冊小説新潮」）発表。
八月　「三十女」（「オール読物」）発表。『一路』（講談社）、『母の始末書』（新潮社）刊行。
十月　文化勲章選考委員に選出される。「昔の路」（「小説新潮」）、「昼顔」（「別冊小説新潮」）発表。
十一月　「静かな夜」（「オール読物」）発表。
十二月　「濃霧」（「別冊文藝春秋」）発表。
この年、「菩提樹」（イギリス）など海外での出版が相次ぐ。

昭和四十二年（一九六七）　六十三歳

一月　ドラマ「庖丁」（フジテレビ）、「日日の背信」（東海テレビ～四月）、「有料道路」（日本テレビ　～四月）が相次いで放映。「晩秋」（「週刊朝日」～四十三年二月）連載。「畠の蛭」（「小説現代」）、「友情」（「小説新潮」）、「あの晩の月」（「別冊小説新潮」）発表。
二月　「一路」により第十八回読売文学賞を受賞。「輪踊り」（「オール読物」）、「蛾」（「群像」）、「歴史」（「小説新潮」）発表。
三月　『有料道路』（文藝春秋）刊行。
四月　「水捌け」（「小説新潮」）、「茶畑から」（「別冊小説新潮」）発表。『貞操模様』（新潮社）刊行。
五月　「不信」（「小説新潮」）発表。
六月　「楢の木」（「別冊文藝春秋」）発表。
七月　「薄倖」（「小説新潮」）、「宿敵」（「別冊小説新潮」）、「約束」（「週刊読売」増刊号）発表。
八月　「般若」（「オール読物」）発表。『人妻』（新潮社）刊行。
九月　「婚外結婚」（「読売新聞」～四十三年十年）連載。新しい結婚の形として話題を呼ぶ。
十月　「焚火」（「小説新潮」）、「田舎道」（「別冊小説新潮」）発表。『丹羽文雄自選集』（集英社）刊行。

昭和四十三年（一九六八）　六十四歳

一月　「ひとりぼっち」（「群像」）、「人生行路」（「小説現代」）、「海辺の告白」（「小説新潮」）、「日向ぼっこ」（「中央公論」）、「赤い三日月」（「別冊小説新潮」）発表。
二月　「かね子と絹江」（「オール読物」）発表。『蛾』（講談社）、『かえらざる故郷』（報知新聞社）刊行。
三月　『晩秋』（朝日新聞社）刊行。
四月　「三人の妻」（「小説新潮」）、「塵の人」（「別冊小説新潮」）発表。
六月　芸術院第二部長となる。「花のない果実」（「小説現代」）、「春日遅々」（「文学界」）発表。
七月　「かれの女友達」（「別冊小説新潮」）発表。
八月　「危険な遊び」（「小説新潮」）発表。
九月　「女の運命」（「報知新聞」～四十四年十月）発表。
十月　「妻の気持」発表。
十一月　「追憶」（「月刊ペン」）、「無慚」（「小説新潮」）発表。『海辺の告白』（講談社）刊行。

昭和四十四年（一九六九）　六十五歳

一月　「肉親賦」（「群像」）、「蛙」（「小説現代」）発表。
二月　ラジオドラマ「厭がらせの年齢」（ＮＨＫ第一放送）。『婚外結婚』（新潮社）刊行。
四月　『十返肇著作集』（講談社）編集委員となる。文芸家協会会長兼任を辞任（理事長に井上靖）。「にわか雨」（「小説新潮」）発表。
五月　『親鸞』全五巻刊行開始（～九月）。「五月の風」（「文学界」）発表。
六月　「恩愛」（「小説新潮」）発表。
十月　「解氷」連載（「河北新報」ほか　～四十五年十月）。「舞台」（「小説新潮」）、「寝椅子の上で」（「早稲田文学」）発表。『肉親賦』（新潮社）刊行。
十一月　建立に尽力した「文学者之墓」が静岡県小山町富士霊園に建立。除幕式に出席。『親鸞』出版記念会をホテル・オークラで開催。「声」（「月刊ペン」）発表。

昭和四十五年（一九七〇）　六十六歳

一月　母の半生を描いた長編「太陽蝶」（「家の光」～四十六年十二月）連載。「枯草の身」（「群像」）、「桐の木」（「小説新潮」）、「母の乳」（「サンケイ新聞」）発表。
二月　「孫の世界」（「自由」）発表。『運命』（講談社）刊行。
三月　「親鸞」により第四回仏教伝道文化賞を受賞。祖母をモデルとした「無慚無愧」（「文学界」）発表。
四月　「鼠と油虫」（「小説新潮」）発表。『無慚無愧』（文藝春秋）刊行。
六月　自叙伝「仏にひかれて」（「読売新聞」～四十六年八月）連載。
八月　「白い椅子」連載（「日本経済新聞」～四十六年八月）連載。
九月　著作権制度審議会委員となる。
十月　「二度の空港」（「小説新潮」）発表。
十一月　「身の瑕」（「月刊ペン」）発表。
十二月　雑誌「芸術三重」で丹羽文雄特集号が組まれる。「私という作家」を寄稿。「蓮如執筆以前」（「中央公論」）発表。

昭和四十六年（一九七一）　六十七歳

一月　「親鸞」に続く最長編「蓮如」を連載開始（「中央公論」～五十六年六月）。「古い写真から」（「別冊小説新潮」）発表。
二月　「私の文学」（「サンケイ新聞」）発表。
四月　「書かれざる小説」（「別冊小説新潮」）発表。随筆集『古里の寺』（講談社）刊行。
五月　「燕楽閣」（「小説新潮」）発表。
六月　『新人生論』（秋元書房）刊行。
七月　「葡萄」（「別冊小説新潮」）発表。
八月　「声」（「オール読物」）発表。
九月　『燕楽閣』（講談社）刊行。
十月　「尼の像」（「群像」）、「熊狩り」（「新潮」）発表。
十一月　『解氷』（新潮社）刊行。
十二月　ＮＨＫテレビ「日本史探訪」に出演。「カナリヤ」（「小説新潮」）発表。『仏にひかれて』（読売新聞社）刊行。

昭和四十七年（一九七二）　六十八歳

一月　「処方箋」（「小説新潮」）発表。

二月　「泥濘」（「小説新潮」）、「手紙」（「週刊小説」）発表。
四月　「細い命」（「週刊小説」）、「親という名の人間」（「別冊小説新潮」）発表。
五月　文芸家協会会長、理事長を兼任。
六月　ドラマ「庖丁」（ＮＨＫ　～七月）放映。小説「蓮如」に重松明久『覚如』から無断引用があったと「朝日新聞」で報じられ、著作権をめぐる社会問題となった。
七月　『太陽蝶』（新潮社）刊行。
八月　平林たい子文学賞設定、選考委員となる（～平成二年）。
九月　「お遍路」（「小説新潮」）発表。
十月　無断引用問題をめぐる騒動から文芸家協会会長、理事長職を辞退。重松と和解。
十一月　「渇き」（「東京新聞」～四十九年一月）連載。『親鸞紀行』（平凡社）刊行。
十二月　名作自選日本現代文学館として『有情』を刊行（ほるぷ出版）。

昭和四十八年（一九七三）　六十九歳

一月　引用問題をうけて、「蓮如」の連載を休止（～七月）。「郡上八幡」（「海」）、「ひとごと」（「文学界」）、「後座妻」（「週刊小説」）、「枯葉」（「別冊小説新潮」）発表。
二月　ドラマ「美しき煩悩」（ＴＢＳ　～四月）放映。「講演旅行」（「小説サンデー毎日」）、「肌の狐」（「小説新潮」）発表。
四月　「一路」を原作としたドラマ「加那子という女」（日本テレビ　～六月）放映。「訪問客」（「別冊小説新潮」）、「遺稿」（「週刊朝日」）、「鴨」（「週刊小説」）発表。
五月　「蓮如」連載再開。「立松懐之の行為」（「群像」）発表。
七月　『尼の像』（新潮社）刊行。
九月　旧版を大幅に改訂した『新版　親鸞』（新潮社　全三巻）を刊行。
十月　「歳月」（「小説新潮」）発表。
十一月　「風の渡り」（「週刊小説」）発表。『人生有情』（いんなあとりっぷ社）刊行。
十二月　成瀬書房より限定版『鮎』を刊行。「作者のことば」を書き下ろす。

昭和四十九年（一九七四）　七十歳

一月　「老いの鶯」（「小説新潮」）、「干潟」（「毎日新聞」夕刊　～五月）発表。
二月　「二月の断絶」（「小説サンデー毎日」）、「小豆粥」（「週刊小説」）発表。
三月　石油ショックの影響による紙代高騰に伴い、「文学者」を二五六号で終刊。謝恩会を開く。
四月　講談社より『丹羽文雄文学全集』全二十八巻刊行開始（～五十一年八月）。各巻末に「創作ノート」を書き下ろす。「終止符の感慨」（「文学者」）発表。
五月　「彼岸前」（「群像」）発表。
七月　「漣」（「別冊小説新潮」）発表。
八月　家族をテーマとした連作「たらちね」（「海」）発表。『渇愛』上下（新潮社）刊行。
十月　「文学者」を主宰し、後進を育てたことにより第二十二回菊池寛賞を受賞。ドラマ「献身」（日本テレビ　～五十年一月）

Ⅳ部

放映。随筆「人間グリーン」連載（「夕刊フジ」～十二月）連載、「苺摘み」（「小説新潮」）発表。

十一月『仏にひかれて』（中央公論社）刊行。

十二月「少年の日」（「太陽」）発表。『干潟』（新潮社）、『名作長篇小説　晩秋』を刊行（三笠書房）。名作長篇小説シリーズとして以後十七冊を刊行。

昭和五十年（一九七五）　七十一歳

一月「父の秘密」（「海」）、「聖橋」（「小説新潮」）、「人の音」（「新潮」）、「青い目の人形」（「オール読物」）、「青い椅子の女」（「週刊小説」）、「おのれの心」（「中央公論」）発表。

五月「仏の樹」（「海」）、「舗道」（「小説新潮」）発表。

七月　ドラマ「晩秋」（日本テレビ　～九月）放映。

八月「海霧」（「小説新潮」）発表。

十月『丹羽文雄宗教語録』（桜楓社）刊行。

十一月　姉幸子、ロサンゼルスで死去（三日）。「蓮如―閑話休題」（「中央公論」）発表。

昭和五十一年（一九七六）　七十二歳

一月「ゴルフ談義」（「日刊ゲンダイ」～五月）、「贖罪」（「海」）、「雪濁り」（「小説新潮」）発表。

四月「冬晴れの朝」（「小説新潮」）発表。

五月　日本文芸家協会理事長に復帰。

六月「彫塑」（「小説新潮」）発表。

七月　ドラマ「渇愛」（日本テレビ　～九月）放映。「喫茶店にて」（「別冊小説新潮」）発表。『ゴルフ・丹羽式上達法』（講談社）刊行。

九月「魂の試される時」連載（「読売新聞」～五十二年十月）。

十月「山荘」（「群像」）、「秋の蝶」（「小説新潮」）発表。

十一月　ドラマ「女の運命」放映（MBS　原作「運命」～五十二年三月）。『創作の秘密』（講談社）刊行。

昭和五十二年（一九七七）　七十三歳

一月　妻との会食座談「丹羽家のおもてなし料理」連載（「ウーマン」～十二月）。「挫折」（「小説新潮」）、「中華料理店」（「新潮」）、「巴里の孫」（「文藝春秋」）発表。

三月「茶室」（「海」）発表。

四月　ドラマ「太陽蝶―菜の花の女」（KTV　～六月）放映。「心残りの記」（「小説サンデー毎日」）、「晩年」（「小説新潮」）発表。『ゴルフ談義』（講談社）刊行。

七月「身辺の木々」（「季刊芸術」）、「巷の風」（「別冊小説新潮」）発表。

八月「似た事情」（「海」）、「街と人間」（「文藝春秋」）発表。

九月「音信」（「オール読物」）、「素直」（「小説新潮」）発表。

十月「挿話」（「海」）発表。『親鸞の眼』（ゆまにて出版）刊行。

十一月　文化勲章を受章。

昭和五十三年（一九七八）　七十四歳

一月　文化勲章受章を祝し、丸の内東京会館で「丹羽文雄君のお祝いの会」開催。発起人は尾崎一雄、今日出海、永井龍男。「うとましい人」（「群像」）、「心猿」（「小説新潮」）、随筆「わたしの体験」（「家の光」～十二月）発表。『魂の試される時』（新

潮社　全二巻）、集英社文庫より自選短篇集全六冊刊行。
二月　ドラマ「魂の試される時」（フジテレビ　～五月）放映。
三月　四日市市名誉市民に推挙される。「晒しもの」（「海」）発表。
四月　教育テレビで「わたしの自叙伝」放映。「鵜の森城」（小学館『探訪日本の城』）、「離婚」（「小説新潮」）発表。
六月　「雨戸の所為」（「新潮」）発表。
七月　「疑惑」（「別冊小説新潮」）発表。
九月　文化功労者選考委員となる。
十月　「煩悩」（「小説新潮」）、「濃い眉」（「別冊小説新潮」）発表。
十一月　四日市市立図書館に丹羽文雄記念室が開設。記念式典に出席。「二日の旅」（「海」）発表。
十二月　「山肌」（「日本経済新聞」～五十五年一月）連載。

昭和五十四年（一九七九）　七十五歳

一月　「父子相伝」（「群像」）、「優しい人達」（「小説新潮」）、「蕩児帰郷」（「読売新聞」）発表。
三月　尾崎一雄の文化勲章受章を記念した「尾崎一雄君を祝う会」開催。発起人となる。
五月　「虚実」（「すばる」）発表。
六月　随筆集『私の年々歳々』（サンケイ出版）刊行。
七月　「帰郷」（「海」）、「奇妙な関係」（「オール讀物」）発表。
十一月　毎週の面会日を月一度に変更。
十二月　『蕩児帰郷』（中央公論社）刊行。

昭和五十五年（一九八〇）　七十六歳

一月　「困った立場」（「小説新潮」）、「犬と金魚」（「新潮」）、「当時の情」（「群像」）発表。
二月　「熊狩り」（「新潮」）発表。
四月　「ひとりごと」（「群像」）、「曳出物」（「別冊小説新潮」）発表。
五月　「四季の旋律」（「東京タイムズ」ほか　～五十六年二月）連載。
六月　『山肌』上下（新潮社）刊行。
七月　「警告」（「文藝春秋」）発表。
九月　「樹海」（「読売新聞」～五十六年十一月）連載。『彼岸前』（新潮社）刊行。
十一月　石川利光、中村八朗、大河内昭爾、河野多恵子、森常治、吉村昭の発案で「文学者」同人の同窓会をかねた「龍の会」発足。以後新橋第一ホテルで毎年開催。
十二月　妻綾子、高血圧のため倒れ、入院。

昭和五十六年（一九八一）　七十七歳

四月　随筆「ふるさと随想」（「日本経済新聞」中部版）発表。
五月　ドラマ「帰らざる故郷」（テレビ朝日　～八月）放映。
十月　「春の蟬」（「海」）、「沈黙」（「群像」）発表。
十二月　喜寿、妻古稀、古家改築のパーティを開催。妻綾子、胃癌のため入院。摘出手術をうける。「右手可憐」（「小説新潮」）発表。

昭和五十七年（一九八二）　七十八歳

一月　「巣立ち」（「小説新潮」）、「鳥の影」（「文藝春秋」）、ゴルフ随筆「人間グリーン」（「夕刊フジ」～二月）連載。

Ⅳ部

四月　東京放送番組審議委員会委員長となる。
五月　『樹海』上下（新潮社）刊行。
六月　「妻」（「群像」）発表。
七月　「わが家の風物詩」（「海」）発表。
八月　「仕事机」（「別冊潮」）発表。
九月　『蓮如』刊行開始（中央公論社　全八巻　～五十八年四月）。「悔いの色」（「新潮」）、認知症についての随筆「『厭がらせの年齢』考」（「サンケイ新聞夕刊」）発表。
十一月　『妻』（講談社）刊行。

昭和五十八年（一九八三）　七十九歳

一月　「夜のおどろき」（「群像」）発表。
四月　尾崎一雄死去。葬儀委員長を務める。
五月　随筆「文壇夜話」連載開始（「月刊カドカワ」～六十年二月）。
八月　自身の半生を回顧した「ひと我を非情の作家と呼ぶ」連載（「宝石」～五十九年十月）。
十一月　「祖母の乳」（「文学界」）発表。
十二月　「蓮如」により第三十六回野間文芸賞を受賞。豆本『鮎』（未来工房　限定二六〇部）刊行。

昭和五十九年（一九八四）　八十歳

三月　『私の小説作法』（潮出版社）刊行。
五月　「わが母の生涯」（「週刊朝日」）発表。
十月　「ゴルフ談義」（「潮」～六十年九月）、「少年の日」（「中央公論」文芸特集）発表。

十一月　『丹羽文雄の短篇30選』（角川書店）、『ひと我を非情の作家と呼ぶ』（光文社）刊行。
十二月　「小説・舟橋聖一」（「新潮」～六十一年十二月）発表。

昭和六十年（一九八五）　八十一歳

一月　「母の日本髪」（「群像」）発表。
二月　教育テレビ「芥川賞五十年」に出演。「鎮魂」（「文学界」）発表。
三月　「親鸞」「蓮如」に続く歴史小説「一向一揆の戦い―日本最大の宗教戦争」を「中央公論文芸特集」に連載（～六十二年九月　七回）。NHKテレビ「親鸞」に出演。
四月　「煩悩の犬」（「すばる」）発表。
五月　よみうり文壇ゴルフ大会でエイジ・シュートを達成。
七月　NHKテレビ「この人・丹羽文雄ショー」に出演。随筆集『わが母、わが友、わが人生』（角川書店）刊行。
八月　『蓮如』（中公文庫　全八巻　～十二月）刊行。
十月　『ゴルフ上達法』（潮出版社）刊行。
この年、芥川賞選考委員を辞任。

昭和六十一年（一九八六）　八十二歳

一月　「彼岸花」（「群像」）発表。
四月　『エイジ・シュート達成』（潮出版社）刊行。
七月　「私の乱視」（「中央公論文芸特集」）発表。

昭和六十二年（一九八七）　八十三歳

一月　「夫と妻」（「群像」）発表。

Ⅳ部

三月　早稲田大学第三回芸術功労賞を受賞、早稲田大学で記念講演を行う。「丹羽文雄展」が早稲田大学演劇博物館で開催される。この頃からアルツハイマーの兆候が顕著となる。

四月『人間・舟橋聖一』（新潮社）刊行。

五月　四日市の句碑「古里は菜の花もあり父の顔」建立。除幕式に出席。

六月「大悲」（武蔵野市　市民社教だより）発表。

九月　都立板橋老人医療センターで初期アルツハイマー症の診断を受ける。以後長女桂子が介護にあたり、種々の役職から退くことになる。前立腺肥大症手術のため聖路加病院に入院。「本願寺遺文」第七回（「一向一揆の戦い」改題）を発表するも、以後連載休止。未完に終わった。

十一月　第八回龍の会に出席。以後病状の悪化により龍の会は中止される。

昭和六十三年（一九八八）　八十四歳

一月　妻綾子、発熱のため多摩老人医療センターに入院。パーキンソン病、動脈硬化のほかに「まだらボケ」の症状が出始める。

三月　最後の小説となる「蘇生の朝」（「中央公論文芸特集」）発表。

四月　日本芸術院文化第二部長を辞任。後任は阿川弘之。

八月　随筆集『をりふしの風景』（学芸書林）を刊行。

平成元年（一九八九）　八十五歳

八月　大動脈瘤硬化のため小諸総合病院に入院、老人医療センターで手術をうける。

平成三年（一九九一）　八十七歳

一月　丹羽文雄米寿、綾子傘寿を祝した桂子・直樹主催「新春の集い」が三鷹プレステージで開催される。

平成四年（一九九二）　八十八歳

十月　小金井カントリークラブでの丹羽学校創立三十周年記念ゴルフ大会に、娘桂子と出席。古山高麗雄、生島治郎、堤清二らが参加。

十一月　武蔵野市名誉市民に推挙される。文芸美術国民健康保険組合理事長を辞任。

平成六年（一九九四）　九十歳

九月　最後の原稿となる文章を執筆。

「前略ごめん　今の私は手紙が思うように書けないのです文字を職業としてきた私が考えた末にやうやく　これだけの　あいさつが出来るやうになりました　書いておれば、頭の方がはっきりしてくるので言いたいことが　はっきりとして来ます　自分が職業の文字を　わすれてしまうなど考えも及ばないことでした　しかし　書いておれば　次……」（清水邦行「私家版丹羽家の断章　その二〈結〉」）

平成七年（一九九五）　九十一歳

四月　小金井カントリークラブで丹羽ゴルフ学校閉会式が行われる。

七月　最後の丹羽学校が軽井沢ゴルフクラブで開催。

この年、日本芸術院の依頼で吉村昭、津村節子らとともにビデオ用インタビューをうける。

平成八年（一九九六）　**九十二歳**

九月　娘桂子が「仏様に似てきた九十二歳の父・丹羽文雄」を「婦人公論」に発表。丹羽の病状が広く知られるようになる。

平成九年（一九九七）　**九十三歳**

二月　四日市市崇顕寺門前に「丹羽文雄生誕の地」の碑が建立される。

六月　本田桂子が『父・丹羽文雄介護の日々』（中央公論社）を刊行。ベストセラーとなる。

十二月　「蓮如聖人五百回御遠忌」にちなみ、文庫改版『蓮如』（「中央公論社」全八巻）が刊行。

平成十年（一九九八）　**九十四歳**

四月　ドキュメンタリー「父・丹羽文雄　痴呆を生きる　魂は老いず」がNHKで放映され、反響を呼ぶ。

九月　妻綾子死去（享年八十六）。

平成十一年（一九九九）　**九十五歳**

九月　東京都近代文学博物館で「丹羽文雄と「文学者」展」（十一日～十一月三十日）が開催。

平成十二年（二〇〇〇）　**九十六歳**

三月　介護保険制度が導入され、要介護四の認定を受ける。

八月　『海戦　伏字復元版』（中公文庫）刊行。

平成十三年（二〇〇一）　**九十七歳**

二月　「文豪丹羽文雄　その人と文学」展が四日市市立博物館で開催される（～三月）。

四月　娘の本田桂子が虚血性心不全のため逝去（享年六十五）。

平成十六年（二〇〇四）　**百歳**

十二月　四日市市で丹羽文雄生誕百年記念事業として展示及びシンポジウムが開催される。

平成十七年（二〇〇五）

一月一五日　高田本山より法主褒賞を受賞。

四月二〇日　肺炎のため武蔵野市の自宅で逝去。享年百歳。

五月九日　築地本願寺で日本文芸家協会葬が行われる。

六月　「文学界」「群像」で追悼特集が組まれる。

七月　追悼展「丹羽文雄―人と文学」展が早稲田大学小野梓記念館ワセダギャラリーで開催される。

十二月　ドラマ「ひと我を非情の作家と呼ぶ『新居』」、「彼女の告白」がBS―i「文学の唄　恋する日曜日」シリーズで放映。企画製作は孫の丹羽多聞アンドリウ。

平成十八年（二〇〇六）

一月　『鮎・母の日・妻　丹羽文雄短篇集』（講談社文芸文庫）刊行。

四月　一周忌にあたり、四日市市主催の追悼式が催され、追悼展「丹羽文雄―わが母、わが道、わが文学」展が四日市市立博物館で開催される（～六月）。『母、そしてふるさと　丹羽文雄作品集』（四日市市立博物館）刊行。
十月　『丹羽文雄と田村泰次郎』（濱川勝彦・半田美永・秦昌弘・尾西康充編著、学術出版会）刊行。
十二月　四日市市立博物館に丹羽文雄記念室が開設される。

（岡本和宜
秦　昌弘）

編集後記

丹羽文雄の作品に本格的に取り組むこととなったのは、勤務している四日市市立博物館において、丹羽文雄展開催の計画があがってきた平成十年頃からである。当時四日市市立図書館に設置されていた旧丹羽記念室で、全二十八巻からなる『丹羽文雄文学全集』に目を通し始めたものの、これらの膨大な作品に対して、どう取り組んでいけばよいのか、一日の作業を終えては、暗然たる思いで夕焼けを眺めたものであった。

しかし、人生の真実や社会の現実を、突き放した視線でありながらも、皮肉な嫌味を感じさせることなくさらりと示す丹羽文雄という作家に魅かれ始め、僅かながらも展覧会開催への一筋の光を、夕日のなかに見出し始めていくのである。

そして、「文豪　丹羽文雄─その人と文学展」開催の一ヶ月前となった平成十三年一月、展覧会ポスターを持って武蔵野市の丹羽邸に、丹羽文雄の長女である本田桂子さんを訪ねたのであった。玄関でお手伝いさんに、丹羽文雄が好物と聞いていた四日市名物「なが餅」とポスターを渡し、通された応接間に、「この父に戻って欲しいのです。秦さん」と、そのポスターを抱きしめた桂子さんが飛び込んできたのであった。しかし、太陽のような笑顔で「私は、自他ともに認めるファザコンなのよ」と話される桂子さんが、展覧会終了を見届けるかのように、四月には急逝したのである。

その後、平成十七年四月には、長年病床にあったものの長寿であった丹羽文雄が逝去し、予てから丹羽家の方々と進めていた丹羽邸の移築と新しい丹羽文雄記念室の設置が四日市市立博物館で始まることとなった。

新しい丹羽記念室の為に、文化勲章を始めとして、丹羽邸のものは総て四日市市に寄贈されたのであった。その決断をされた本田隆男氏、丹羽多聞アンドリウ氏を始めとする丹羽家の方々が、作家丹羽文雄を何よりも誇りにされ、その顕彰を郷里に託されたからである。

文学は作品に触れることで、その作家の理解へとつながっていくのであって、展示では作品をもとにした作家の足跡紹介に留まってしまうのもやむを得ないのではないだろうか。やはり、文学は読み手と書き手の対話や対決で成立するものであって、それは活字の世界での営みである。記念室の展示に加え本事典によって、丹羽文学が再び大きく動き出すことを期待したい。

さらに、本事典の年譜は丹羽家から寄贈された資料を基にしており、従来の丹羽年譜を改めることとなった箇所も少なくはない。また、和服姿の丹羽文雄の写真を巻頭に掲げたのは、本田桂子さんがしっかりと抱きしめた展覧会ポスターが和服姿の丹羽文雄であったからである。

この度、半田美永先生の呼びかけによって、近代文学を研究する多くの方々が本事典に参画され、丹羽文学研究の大きな輪を作っていただきました。十数年前、丹羽全集を前にしてただ一人で夕焼けを眺めていた頃には思いもしなかったことであり、このような機会を与えていただいた半田先生と廣橋研三社長には御礼の言葉もありません。

本事典が契機となり、丹羽文雄の人と文学がさらに人々の心に届くことを願ってやみません。

平成二十四年十一月

秦　昌弘　記

執筆者一覧

稲《いな》垣《がき》香《か》奈《な》　いなべ市立北勢中学校
稲《いな》垣《がき》広《ひろ》和《かず》　中京大学
衣《い》斐《び》弘《ひろ》行《ゆき》　花園大学・臨済宗東福寺派大泉寺
牛《うし》島《じま》理《り》絵《え》　皇學館大学大学院博士後期単位取得
遠《えん》藤《どう》昭《あき》己《み》　中部ペンクラブ・文芸同人誌「海」
大河内《おおこうち》昭爾《しょうじ》　武蔵野大学
太《おお》田《た》紫《ゆかり》　四日市市教育委員会学校教育課
岡《おか》村《むら》洋《よう》子《こ》　鈴鹿中学・高等学校
岡《おか》本《もと》和《かず》宜《のり》　近畿大学附属和歌山中学・高等学校
岡《おか》本《もと》亮《まこと》　高田中学・高等学校
奥《おく》出《で》健《けん》　大正大学
尾《お》崎《ざき》名《な》津《つ》子《こ》　慶應義塾大学
尾《お》西《にし》康《やす》充《みつ》　三重大学
河《かわ》原《はら》徳《とく》子《こ》　近代文学研究家
河《こう》野《の》龍《たつ》也《や》　実践女子大学
鈴《すず》木《き》吉《よし》維《つな》　川崎北高等学校
竹《たけ》添《ぞえ》敦《あつ》子《こ》　三重短期大学
塚《つか》本《もと》章《あき》子《こ》　甲南大学
永《なが》井《い》博《ひろし》　四日市大学
永《なが》栄《え》啓《ひろ》伸《のぶ》　近代文学研究家
永《なが》渕《ふち》朋《とも》枝《え》　神戸女子大学
秦《はた》昌《まさ》弘《ひろ》　四日市市立博物館
濱《はま》川《かわ》勝《かつ》彦《ひこ》　奈良女子大学・神戸女子大学
原《はら》卓《たか》史《し》　中央大学
半《はん》田《だ》美《よし》永《なが》　皇學館大学
杲《ひので》由《ゆ》美《み》　京都女子大学・花園大学
三《み》品《しな》理《り》絵《え》　皇學館大学
水《みず》川《かわ》布《ふ》美《み》子《こ》　神戸女子大学
峯《みね》村《むら》至《し》津《づ》子《こ》　京都女子大学
渡《わた》邊《なべ》ルリ　東大阪大学

■**編著者紹介**

秦　昌弘（はた・まさひろ）

1958年９月、三重県生まれ。現在、四日市市立博物館学芸員。編著『肉体の悪魔・失われた男　田村泰次郎戦争小説集』、共編著『21世紀の本居宣長』『田村泰次郎選集』（全五巻）『丹羽文雄と田村泰次郎』『ふるさと・四日市の文学者たち』『母、そしてふるさと　丹羽文雄作品集』。論文「田村泰次郎〈肉体〉文学の苦悩」「丹羽文雄の宗教小説　沈黙の悪人・告白の悪人」他多数。

半田　美永（はんだ・よしなが）

1947年８月、和歌山県生まれ。現在、皇學館大学文学部教授。博士（文学）。著書『佐藤春夫研究』『文人たちの紀伊半島』、編著『証言阪中正夫』『阪中正夫文学選集』『伊勢志摩と近代文学』、共編著『紀伊半島近代文学事典』『有吉佐和子の世界』『丹羽文雄と田村泰次郎』、歌集『中原の風』他。論文「日本近代文学における中国」「鷗外における独逸体験と《東洋》」他多数。

丹羽文雄文藝事典

和泉事典シリーズ 28

二〇一三年三月五日　初版第一刷発行

編著者　秦　昌弘
　　　　半田　美永
発行者　廣橋　研三
発行所　和泉書院
〒543-0037　大阪市天王寺区上之宮町七―六
電話　〇六-六七七一-一四六七
振替　〇〇九七〇-八-一五〇四三

印刷　亜細亜印刷／製本　渋谷文泉閣
装訂　倉本　修／定価はカバーに表示

ISBN978-4-7576-0647-0　C1590

――和泉事典シリーズ――

織田作之助文藝事典	浦西和彦 編	2	五二五〇円
河野多恵子文藝事典・書誌	浦西和彦 著	14	一五七五〇円
丹羽文雄文藝事典	秦昌弘 半田美永 編著	28	五二五〇円
紀伊半島近代文学事典 和歌山・三重	浦西和彦 半田美永 編	13	三九九〇円
大阪近代文学事典	日本近代文学会関西支部 大阪近代文学事典編集委員会 編	16	五二五〇円
大阪近代文学作品事典	浦西和彦 編	18	九四五〇円
四国近代文学事典	浦西和彦 堀部功夫 増田周子 著	19	一〇五〇〇円
滋賀近代文学事典	日本近代文学会関西支部 滋賀近代文学事典編集委員会 編	23	八四〇〇円
兵庫近代文学事典	日本近代文学会関西支部 兵庫近代文学事典編集委員会 編	26	五二五〇円
京都近代文学事典	日本近代文学会関西支部 京都近代文学事典編集委員会 編		続刊

（価格は５％税込）